Zum Buch:

Sonnenuntergänge. Hm. Sind jetzt auch net so meine Spezialität. Ich denke immer: Wenn sie weg ist, ist sie weg, die Sonne. Morgen kommt sie doch wieder. Warum machen manche Leute da so eine Welle? Gebannt lese ich weiter und sehe die Antworten der Männer. Zwölf gefällt das. Acht haben ihr im Kommentarfeld ein Bild mit einem Sonnenuntergang angehängt. Und wie ich noch so nachdenke, warum Männer so gern Frauen mögen, die Sonnenuntergänge mögen, kommt mir DIE Idee. SONNENUNTERGANG!!! Das ist es! Die Lösung! *Haus Sonnenuntergang* muss unser Heim heißen. Wenn so viele Leute das gut finden, dann kann es doch nicht verkehrt sein.

Zur Autorin:

Ramona Schukraft ist Comedienne und Autorin und setzt sich seit 13 Jahren humorvoll in ihrer Rolle als Altenpflegerin Sybille Bullatschek auf der Bühne und in Youtube-Videos für ein besseres Image des Pflegeberufs ein. Sie bringt Menschen in Theatern, Heimen und auf Pflegekongressen mit ihren Geschichten aus dem Haus Sonnenuntergang zum Lachen. Schukraft hat in den 90er-Jahren ein Freiwilliges Soziales Jahr im Pflegebereich absolviert. Sie ist Preisträgerin des »Herz & Mut«-Awards »Pflegerin des Jahres 2022« in der Sparte »Humor in der Pflege« und wurde vom Comedy Arts Festival in Moers für ihren Einsatz als »Comedy-Botschafterin für den Pflegeberuf« ausgezeichnet. »Sie haben Ihr Gebiss auf der Hüpfburg verloren« ist ihr erster Roman.

SYBILLE BULLATSCHEK

Sie haben Ihr Gebiss auf der Hüpfburg verloren

HarperCollins

Für meine geschätzten Lieblingsmenschen in der Pfläge.

3. Auflage 2023

Deutsche Erstausgabe

Umschlaggestaltung von Hafen Werbeagentur, Hamburg
Umschlagillustration von © Peter Bartels
Gesetzt aus der Stempel Garamond
von GGP Media GmbH, Pößneck
Druck und Bindung von CPI books GmbH, Leck
Printed in Germany
ISBN 978-3-365-00267-4
www.harpercollins.de

Klimaneutral
Druckprodukt
ClimatePartner.com/15109-2009-1001

MIX
Papier
FSC FSC® C083411

Kapitel 1

Alles auf Anfang – oder wie alles begann

Besprechungszimmer, 10.00 Uhr

Heute ist Meeting. Meeting mit Brainstorming. Brainstorming ist englisch und heißt so viel wie »Gehirnsturm«. Und damit unser Gehirn gut stürmt, sitzen wir alle im Besprechungszimmer. Ich weiß zwar nicht, warum unser Gehirn im Besprechungszimmer besser »stürmt« als im Aufenthaltsraum, aber wir fügen uns. Schließlich hat unser neuer Chef das angeordnet. Herr Otterle. Sorry, Herr Rüdiger Otterle. Blöder Name. Vornamen mit »ü« klingen meistens blöd. Wie Jürgen. Oder Günter. Aber der passt irgendwie zu ihm.

Ich habe viel erwartet. Ute hatte ihn schon vor ein paar Tagen auf dem Flur gesehen und rumerzählt, »der sieht fast aus wie der letzte James Bond!«. Find ich überhaupt net. Groß, schlaksig, dunkelblonde gewellte Haare und so eine Geiernase, die von vorne harmlos aussieht, aber im Profil an eine Hexe erinnert. Einen grauen Anzug hat er an mit einer lila Krawatte, auf der ineinander verschlungen seine Initialen gestickt sind: RO. Rüdiger Otterle.

Gerade als ich überlege, ob er wohl zu Hause eine Frau hat, die die Muße hat, mit flinken Fingern und silbernem Stickgarn eine lila Krawatte zu verzieren, flüstert Sascha: »Guckt mal, der rennt mit dem Logo von Röder/Oramed auf der Krawatte rum. Crazy! Und das nach dem Herzmittel-Skandal. Der traut sich was!« Dann haben wir ihm alle die ganze Zeit auf die Krawatte geglotzt und überlegt, ob es nun mutig oder armselig ist, mit der Krawatte eines Skandal-Pharmakonzerns rumzulaufen.

Die Pharma-Krawatte ist auch schuld, dass ich mich überhaupt nicht mehr konzentrieren konnte, »Wir sind jetzt eine Business Company im Health-and-Care-Sektor«, sagt Otterle, »und ein hervorragendes Self-Marketing sollte unsere Leading Ambition sein.« Vielleicht hat er auch was anderes gesagt, keine Ahnung. Niemand blickt bei dem Deutsch-Englisch mehr durch. Er hätte auch sagen können, dass wir jetzt »Nuclear Weapons« bei den Senioren »under the bed hiden«. Da hätten wahrscheinlich trotzdem alle genickt.

Dann hat er im Besprechungszimmer die Runde gemacht und jedem nacheinander die Hand gegeben. Na ja, fast jedem. Der Frau Berthold, die in der Küche mithilft, nicht. Gut, die hatte auch so rote Hände von den Erdbeeren, die sie kurz vorher geschnitten hat, und eine dreckige Schürze um. Die wollte ja eigentlich nur kurz Hallo sagen und hat ihm freundlich die Hand entgegengestreckt, aber da hat er seine ganz schnell auf dem Rücken verschränkt und ihr nur kurz zugenickt und »Freut mich, Frau, äh ... Bertram!« genuschelt. »Frau Bertram! Frau Bertold!!!«

Da ist mir zum ersten Mal aufgefallen, dass er sich überhaupt keine Namen merkt.

Mich grinst er auch an. Aber nur weil der Eddy vom Pfleidelsheimer Tageblättle auf den Auslöser drückt. Den hat er übrigens persönlich eingeladen, damit alle im Ort wissen:

Das Seniorenheim hat jetzt einen neuen Chef. Einen tollen, neuen, dynamischen Chef. Einen mit vielen innovativen Ideen fürs Marketing. Das hat er im Interview immer wieder betont. INNOVATIV, das war sein Hauptwort. Die Evelyn und ich standen an der Glastür und haben gelauscht.

Da saß er dann im Besprechungszimmer, hat sich Kaffee bringen lassen, von seinen »Visionen« erzählt und ab und zu in einen Diabetikerkeks gebissen. Der Eddy vom Tageblättle hat immer nur genickt und irgendwas auf seinen Block gekritzelt.

Wahrscheinlich hat er bloß »Schwätzer« draufgeschrieben.

Der Otterle denkt, er ist was Besseres, nur weil er studiert hat. Marketing. An der London Business School. Das hat er, bevor die Presse kam, groß auf die neue Magnettafel geschrieben, die er mitgebracht hat. Oder »Flip-Chart«, wie er sagt. Mit einem blauen Edding: »Rüdiger Otterle, Head of Pflege«, und seinen Lebenslauf. »Head of Pflege« – selten so gelacht. Irgendjemand hat das Head später weggewischt und mit »Depp« ersetzt. Das hat er aber nicht mehr mitgekriegt, da saß er schon in seinem neuen Büro. Oder Office.

Zum Pressetermin mussten wir dann ein paar Senioren reinschieben, die mit aufs Foto sollten. »Aber nur die, die noch einigermaßen frisch aussehen und sich benehmen können«, hat er mir zugeraunt. Unverschämtheit! Unsere Senioren sehen alle fit aus! Wie sich schnell rausstellte, war das mit den Senioren keine gute Idee. Frau Spielmann fuhr aus Versehen mit dem Rollator über Otterles Fuß, woraufhin er sie angeblökt hat: »Passen Sie doch auf, wo Sie hinfahren!« Zum Glück hörte Frau Spielmann schlecht, guckte ihn bloß an und rief ganz aufgeregt: »Fahren? Wo fahren wir denn hin?« Der Kämmerer streckte dem Fotografen aus Spaß die Zunge raus, und als der Seifert wieder die Kriegsgeschichten rausgekramt hat, wurden die Senioren auf die Zimmer gebracht. Otterle hakte sich mit einem »Hach, alte Leute sind schon eigen!« beim Lohmüller unter und lenkte ihn auf den Flur.

Unser Heim ist das zweite Unternehmen, das er übernimmt. Das erste hat er angeblich gegen die Wand gefahren, hat mir die Evelyn unter vorgehaltener Hand erzählt. Er hat vorher in Finnland eine Firma für Eis und Fertiggerichte geleitet. Aber Eis läuft wohl in Finnland net so gut. Das hätte ich ihm auch sagen können. Da ist doch neun Monate im Jahr Winter. (Da braucht man nicht für studieren, um das zu wissen.)

Na ja, und jetzt haben wir ihn an der Backe. Eigentlich sollte ja der andere Sohn vom Herrn Otterle senior – das ist unser alter Chef – das Heim übernehmen. Aber der musste ablehnen, weil er sich der Aufgabe nicht gewachsen fühlt. Deshalb hat der Otterle senior notgedrungen an den drei Jahre jüngeren Rüdiger übergeben, damit »die Firma« in der Familie bleibt. Ganz wohl war ihm bei der Sache auch nicht, schließlich hat er sich mit dem Rüdiger nie gut verstanden. Ich mag den Otterle senior gern. Bei dem hab ich damals meine Ausbildung gemacht, Ende der 90er. Eine Seele von Mensch, aber mittlerweile selbst schon pflegebedürftig. Ins Heim wollte der aber nie. Der hat eine Bosnierin, die ihn zu Hause pflegt. »Ein Platz im Seniorenheim isch viel zu teuer, Frau Bullatschek!«, hat er mal gesagt. Schwabe halt.

Jetzt sitzen wir also im Besprechungszimmer beim Meeting. Ich sitz nicht gern im Besprechungszimmer. Die Stühle sind schlecht gepolstert, und nach zehn Minuten tut einem der Hintern weh, als hätte man drei Stunden auf einem Gaul ohne Sattel gesessen. Aber unser Hintern sitzt nicht lang. Wir haben ja gar keine Zeit. Wir müssen gleich Essen verteilen.

Der ovale Holztisch ist riesig. Fast so riesig wie die Möbel, die man manchmal im Fernsehen sieht, wenn sich irgendwo die Politiker treffen und was aushecken. Nur, dass bei uns nicht der Scholz, der Lindner oder der Lauterbach am Tisch sitzen. Schade eigentlich. Die sollten mal zu uns kommen, denen würd ich was erzählen! Was in der Pflege so los ist und dass wir endlich mehr Unterstützung und mehr Leute brauchen und eine bessere Bezahlung, damit der Beruf attraktiver wird. Und dann sollten sie mal eine Woche mitlaufen und net immer bloß fünf Minuten irgendwo reinschneien. Politiker, die interessieren sich doch gar net für uns. Dafür sitzt bei uns am Tisch jetzt der Herr Otterle. Auch net besser.

Zuerst begrüßt uns der Otterle wie immer ganz förmlich, guckt auf seine teure Armbanduhr und versichert, dass es nicht lang dauern wird, weil wir ja alle viel zu tun hätten (WIR!!!).

Beim Erzählen läuft er immer auf und ab und fuchtelt bedeutsam mit den Händen. Meistens guckt er ins Leere, wenn er was erzählt. Oder auf das Bild mit dem Schwan, das neben der Tür hängt. Das hat vor Jahren mal ein Senior gemalt und mir gewidmet. Als er es mir übergeben hat, hat er gesagt: »Frau Bullatschek, Sie sind wie ein Schwan. So groß und stolz. Sie verteidigen alles, was Ihnen lieb ist, und sehen dabei so harmlos aus, aber wenn Ihnen jemand blöd kommt, kann es sein, dass Sie ganz schön fest zubeißen!«

Nur ganz selten schaut er einen direkt an. Also, der Herr Otterle, net der Schwan. Er erklärt uns, dass es aus marketingstrategischer Sicht besser ist, dem Heim einen neuen Namen zu geben. Damit die Leute draußen wissen, dass hier jetzt ein neuer Wind weht. Und aus diesem Grund hat er eine große Werbeagentur aus Stuttgart beauftragt. »Image ist heutzutage alles, es geht um die Außenwirkung!«

Wir schauen ihn erwartungsvoll an. »Ich find den Namen *Seniorenresidenz Otterle* eigentlich ganz schön«, murmle ich. »Schön vielleicht, Frau Bullatschek, aber nicht effektiv! Wir brauchen was, das Emotionen auslöst! Was Großes! Ich dachte an BLUE SKY oder HEAVEN'S GATE!«

Da schaltet sich plötzlich Sascha ein, der neben mir sitzt und die ganze Zeit nur gelangweilt eine Papierserviette in Fetzen gerissen hat: »Heaven's Gate war eine Sekte, die haben alle in den Neunzigern Selbstmord begangen!« Beim Wort »Selbstmord« guckt Otterle kurz irritiert auf den Schwan, und dann beginnt sein rechter Mundwinkel, unkontrolliert zu zucken. So als ob er lachen wollte, aber seine andere Gesichtshälfte gelähmt wäre.

Sascha weiß so was, der hängt die meiste Zeit am Tag im Internet. Er ist jetzt schon seit fünf Jahren bei uns. Angefangen hat er mal als Bufdi und wollte dann studieren, irgendwas mit Medien. Aber dazu ist es nie gekommen. Vielleicht auch ganz gut so. Er passt gar nicht ins Mediengeschäft mit seinen langen, zotteligen Rasta-Locken und seinen Armeehosen. Sascha trägt immer diese olivgrünen Armeehosen mit dem Tarnmuster. Dabei war er doch nie beim Bund. »Sybille, das sind die bequemsten Hosen, die du dir vorstellen kannst!«, hat er mal zu mir gesagt. »So eine sollte jeder im Schrank haben, total unempfindlich, da siehst du keinen Fleck drauf!« In dem Moment hab ich mir vorgestellt, wie es aussehen würde, wenn wir alle statt der weißen Hosen Armeehosen tragen würden. Und Jacken. Wenn schon, denn schon. Seifert wäre wahrscheinlich der Einzige, der das gut fände. Der ist auch der Einzige, der leuchtende Augen kriegt, wenn jemand vom Krieg erzählt. Der würde wahrscheinlich im Flur auf und ab marschieren und uns bei der Tablettenausgabe salutieren. Nein, keine Armeehosen. Auch wenn das mit den Flecken natürlich ein Argument ist. Ich frag mich immer, was für ein Idiot sich die Farbe Weiß für Pflegekleidung ausgedacht hat. Der hat entweder noch nie in der Pflege geschafft oder einen Deal mit der Waschmittel-Lobby.

Sascha ist mittlerweile eine Art Hausmeister bei uns im Heim. Immer wenn was kaputt ist, kommt Sascha und repariert es. Er arbeitet bei uns auf 450-Euro-Basis, ist aber fast immer vor Ort. Gut, den hält daheim nichts. Er wohnt in einer winzigen Wohnung, weil er es bei seinen Eltern nimmer ausgehalten hat. Sein Vater trinkt ä bissle zu viel und wird dann handgreiflich. Da ist Sascha ganz froh, wenn er bei uns gebraucht wird. Er hat sich neben dem Speisesaal die kleine Kammer ein bisschen hergerichtet. Da ist sein Werkzeug drin und ein großer Tisch mit seinem Computer, und da spielt er dann gern mal seine Ballerspiele. Die Senioren finden das spannend und gucken manchmal zu, wenn er wieder irgendwelche Aliens abmurkst. Besonders Herr Seifert, der alte Waffennarr. Der brüllt dann immer ganz laut: »Schieß doch! Schieeeeeß!«, was auch schon zu heller Aufregung bei den anderen Senioren geführt hat, die im Speisesaal nebenan beim Mittagessen saßen.

Otterle hat jetzt seine Fassung wieder.

»Aber ›Heaven‹ heißt ›Himmel‹«, fährt er unbeeindruckt fort. »Das ist doch was Schönes!«

Evelyn und ich gucken uns an und müssen lachen. Otterles Mundwinkel zuckt wieder gefährlich nervös. Diesmal gehen sogar die Augenbrauen mit nach oben, als wäre eine unsichtbare Schnur daran befestigt, an der jemand gerade gezogen hat wie bei einer Marionette. Otterle ist noch nicht lange bei uns im Heim, aber eines weiß ich mittlerweile: Wenn er was auf den Tod nicht ausstehen kann, dann, wenn jemand lacht und er net weiß, worüber.

Evelyn kriegt sich überhaupt nicht mehr ein und hält sich eine Hand vor den Mund, damit sie nicht laut losprusten muss. Wir kennen den Begriff »Heaven's Gate« auch. Aber von woanders. Aus unserer Stammdisco, dem *Starlight*. Da gehen wir gerne mittwochs hin, wenn wir keinen Nachtdienst haben. Das *Starlight* liegt am Ortsausgang von Pfleidelsheim, direkt neben der Gärtnerei Scheuerle. Das ist auch gut so, die Blumen stört es nicht, wenn es mal ein bisschen lauter ist. Also zumindest hat sich noch keine Geranie beschwert …

Das *Starlight* ist ein umgebauter Schweinestall, sieht und riecht man aber nicht mehr. Da gibt's mittwochs immer die »Rushhour mit den Knallerhits aus den 80ern und 90ern«. Und wenn wir keinen Nachtdienst beziehungsweise am nächsten Tag keinen Frühdienst haben, trinken wir da manchmal einen Cocktail oder auch zwei. Ich mag ja gern Hurricane oder irgendwas mit Batida de Coco. Und jetzt kommt's: Die Evelyn trinkt immer »Heaven's Gate«. Und so manches mal auch einen zu viel. Mittwochs ist immer »All you can drink«.

Die Evelyn und ich, wir verstehen uns super. Sie ist eigentlich meine beste Freundin. Gut, auch meine einzige. Evelyn hat vor fünf Jahren bei uns im Heim angefangen. Mehr aus Verzweiflung, weil sie mit ihrem abgebrochenen Medizinstudium nichts anderes gefunden hat. Das Studium hat sie auch nie richtig interessiert, zumindest war sie kaum an der Uni. Und dann ist sie auch noch schwanger geworden von ihrem damaligen Freund, den sie im Urlaub kennengelernt hat. Ihr Sohn, der Jan-Niklas, ist jetzt sechs. Den liebt sie heiß und innig, aber natürlich muss sie auch ab und zu abends mal raus. Dann passen ihre Eltern auf den Bub auf. Und dann heißt es: Sybille und Evelyn mischen das *Starlight* auf!

Otterle schaut mahnend zu Evelyn, die jetzt mit dem Kopf auf der Tischplatte liegt und hysterisch in sich reinkichert. Wahrscheinlich denkt sie gerade an letzten Mittwoch, als sie nach drei Heaven's Gate so einem aufdringlichen Typen weisgemacht hat, dass sie Schauspielerin ist und in einer Soap mitspielt und dass das alles unglaublich anstrengend ist. Und der hat immer nur wichtig genickt und gesagt: »Ja, ja, das glaub ich, ich bin in der Immobilienbranche, hach, ein Stress ist das!« Da hab ich gesagt: »Und ich bin Altenpflegerin. Des isch auch sehr anstrengend.«

Dann hat er sich kurz zu mir gedreht und so komisch sein Gesicht verzogen und ganz abfällig gemeint: »Altenpflegerin. Aha. Alte Leute. Hm. Den ganzen Tag Hintern abwischen und dann zugucken, wie sie das Zeitliche segnen?«

Da sind die Sicherungen bei mir durchgebrannt. Ich liebe meine Senioren, und ich liebe meinen Job in der Pflege, auch wenn er nicht immer einfach ist und es einem keiner dankt, dass man sich auf gut Deutsch den Arsch aufreißt. Aber so was sagt keiner zu mir! Schon gar nicht so ein Möchtegernhäusleverkäufer. Ich hab ihn an seinem teuren Designerhemdkragen geschnappt und ganz dicht an mich rangezogen.

»Bürschle«, hab ich gesagt – na ja, ich hab's gebrüllt, weil der DJ in dem Moment total laut »Born to be Alive« gespielt hat. »Bürschle«, sag ich, »wenn du so schnell net des Zeitliche segnen willscht, dann sieh zu, dass du Land gewinnscht!«

Gut, dass ich ihm den Rest von der Evelyn ihrem Heaven's Gate über den Kopf gekippt habe, hätte vielleicht net sein müssen – aber ich war so in Rage. DJ Robin ist irgendwann dazwischengegangen und hat mich ä bissle beruhigt. Allerdings hat die Sache ein Nachspiel: Am nächsten Mittwoch hab ich Hausverbot im *Starlight*. Egal, ich hab eh Nachtdienst. Die Evelyn hat sich auf dem Heimweg gar nimmer eingekriegt. »Geil, Sybille! Sooo geil!« Und dann hat sie gelacht, so wie jetzt. Und wahrscheinlich dabei halb Pfleidelsheim aufgeweckt.

Otterle macht das Gekichere sichtlich nervös. »Frau Neumann, was ist denn so komisch? Wollen Sie uns vielleicht an Ihrem privaten Witz teilhaben lassen?«

Alle gucken jetzt auf Evelyn. Sascha wirft nur trocken ein: »Neuberger, nicht Neumann!« Aber Evelyn winkt nur ab und murmelt: »Tschuldigung!«

»Ich möchte bis zum nächsten Meeting Ergebnisse«, fährt Otterle fort und klopft mit seinem Kuli ungeduldig auf den Tisch. »Wir sind eine Business Company im Health-and-Care-Sektor, da hat jeder ein Mitspracherecht. Das bedeutet für Sie«, fährt er eifrig fort, »dass Sie mir alle einen neuen Namen für unser Heim präsentieren dürfen!«

Die Begeisterung hält sich bei uns Pflegekräften in Grenzen. Schließlich haben wir tausend wichtigere Sachen zu tun, als uns irgendeinen neumodischen Namen für unseren Arbeitsplatz auszudenken. Otterle scheint das zu merken und macht schnell ein Angebot: »Die Pflegekraft, deren Name genommen wird, bekommt einen Preis!«

Triumphierend blickt er in unsere demotivierten Gesichter. Nach ein paar Sekunden Stille fragt Evelyn schließlich das, was uns alle interessiert: »Und was ist der Preis?«

Otterle lacht. »Oh, da möchte ich nicht zu viel verraten, aber es hat mit einem fernen Land zu tun!« Ein Raunen geht durch den Besprechungsraum. Irgendjemand ruft: »Eine Reise?«

Otterle zieht nur vielsagend seine Augenbrauen hoch. »Ihre Vorschläge hätte ich gern bis morgen 17 Uhr in einem verschlossenen Kuvert. Beim nächsten Mal werde ich dann den Sieger verkünden! Ach und …« Dann wendet er sich an mich: »Frau Bullerbü, sagen Sie bitte auch den anderen Pflegekräften Bescheid, die heute nicht da sind – jeder soll mitmachen.«

»Bullatschek! Ich heiße Bullatschek!! Sybille Bullatschek!« Doch das hört Otterle schon gar nicht mehr. Er klappt zufrieden sein ledergebundenes Notizbuch zu, schiebt den Stuhl an den Tisch, schnappt sich seinen Laptop und verabschiedet sich mit einem kurzen: »Meeting beendet! An die Arbeit! Volle Pflegekraft voraus!« Und dann lacht er wieder so blöd. So ein Lachen, das er bestimmt auf der London Business School gelernt hat. So würde ich nie lachen, so künstlich. Ich lache, wenn's witzig ist, oder ich lasse es. Es gibt viele Momente zum Lachen in der Pflege. Aber die kennt der Otterle halt nicht.

Und der Satz, über den er sich gerade so amüsiert, der ist außerdem gar net von ihm. Ein Aufkleber mit dem Spruch »Volle Pflägekraft voraus« mit »ä« klebt auf meinem Spind und einer auf dem Spiegel in der Personaltoilette. Den hat er vor ein paar Tagen gesehen und mich prompt angesprochen: »Was soll das denn? Es heißt ›Pflege‹, nicht ›Pfläge‹!« Typisch! Aber woher soll er's wissen. Wir sagen »Pfläge«, schließlich sind wir in Schwaben. Wir sagen ja auch »Spätzle« und net »Spetzle«.

Falsch ist das, wenn der Otterle diesen Satz sagt. Dann klingt das so »Ich-bin-auch-einer-von-ihnen«-mäßig. Nein. Er ist keiner von uns. Er kennt uns überhaupt net.

***

Eine Reise? Eine Reise!

Ehe man sich verguckt, hat Otterle wie ein Phantom den Raum verlassen. Da wir zum Essenausteilen schon wahnsinnig spät dran sind, rennen Evelyn und ich gemeinsam die Treppe hoch in unseren Wohnbereich.

Evelyn und ich arbeiten beide in Südcorega. Zusammen mit Ute, Claudia, Cat, Steffi, Elke und Milena und Beate. Natürlich sind nie alle auf einmal da, und jeder hat seine Favoriten, mit denen er am liebsten zusammenarbeitet (auf Beate könnte ich zum Beispiel sehr gut verzichten).

Eigentlich heißt es auch nicht Südcorega, sondern Wohnbereich 1. Abgekürzt WB 1. Aber wir sagen immer Südcorega. Wir sind auf der Südseite vom Gebäude – da wo mittags immer die Sonne rein knallt. Im Sommer ist es manchmal unerträglich. Dann laufen allein im Fernsehzimmer drei Ventilatoren, die so laut surren, dass man kaum versteht, was im Fernsehen gesagt wird. Und dann drehen die Senioren den Fernseher noch lauter, sodass man teilweise sogar in Nordcorega hören kann, was in Südcorega geguckt wird, und im Nachbarort wahrscheinlich auch. Alles in allem sind die Bewohner bei uns in Südcorega um einiges fitter als die in Nordcorega.

Oben angekommen, bleibt Evelyn plötzlich unvermittelt stehen und fragt völlig außer Atem: »Und? Schon ’ne Idee?«

»Essen austeilen!«, sag ich knapp. Aber sie wehrt bloß ab und meint: »Nein, wegen dem Namen!«

Alles, was mir einfällt, ist: »Ach, der spinnt doch!«

Evelyn sieht das ein bisschen anders. »Also ich mach mit! Ich will die Reise!!«, und ihre Augen beginnen zu funkeln.

Ich kann sie ja verstehen, das Geld reicht bei ihr hinten und vorne net, und da wäre so eine Reise bestimmt wie ein Lottogewinn für sie und den Jan-Niklas.

Mir ist es nicht so wichtig. Ich bin gern daheim, auch wenn ich Urlaub habe. Dann mach ichs mir mit einem spannenden Krimi oder einem Liebesroman auf meinem Balkon gemütlich, trink abends einen Batida de Coco und guck mir »Harry und Sally« oder irgendeinen anderen Film mit Meg Ryan an. Mich hat’s noch nie raus in die weite Welt gezogen. Liegt vielleicht daran, dass ich mal mit 14 beim Schüleraustausch in Frankreich war. Blöderweise hatten wir aber gar kein Französisch in der Schule. Aber die 8c, die ursprünglich fahren sollte, hatte so ein Magen-Darm-Virus erwischt, und dann haben sie einfach uns geschickt. Das war ein einziger Horrortrip. Die Familie hat kein Wort Deutsch gesprochen, und nach einer Woche hab ich mir einen Wirbel ausgerenkt, weil ich pantomimisch darstellen wollte, dass die Toilette verstopft ist.

Dann hat mich der Bus auf dem Rückweg noch an der Autobahnraststätte vergessen, weil ich zu lang auf dem Klo war. Die Klasse hat es erst gemerkt, als sie auf dem Parkplatz vor der Schule ihr Gepäck ausgeladen haben und noch ein Koffer übrig war. Mein Vater musste dann vier Stunden fahren, um mich abzuholen. Entsprechend gut war seine Laune, als er ankam. Auf der Rückfahrt hat er kein Wort gesprochen. Mir war eh nicht nach einem Gespräch zumute. Ich hatte in den vier Stunden Wartezeit sechs große Fanta getrunken und fünf Schokoriegel gegessen, und mir war speiübel. Ich war schon froh, dass ich in einer scharfen Rechtskurve meinem Vater nicht auf den Schoß gekotzt hab.

Mein Reisefieber hält sich seither in Grenzen.

Milena hat den Essenswagen schon aus dem Fahrstuhl geholt. Mit einem vorwurfsvollen »Wo wart ihr denn so lange?« mit ihrem typischen polnischen Akzent kommt sie uns mit einem Tablett entgegen. Auf dem Teller dampfen Kartoffelbrei mit Hackfleischsoße und passiertes Gemüse. Na ja – es dampft nur noch ä bissle. Der Weg von der Küche ist halt net gerade kurz, und es gibt viel zu tun. Da müssen die Teller manchmal warten. Die Küche gibt alles, damit auch eine zusammengemanschte Pampe nicht aussieht, als wäre jemand mit dem Bagger drübergefahren. Frau Berthold hat auf dem Kartoffelpüree noch liebevoll etwas Petersilie drapiert. Das ist der Teller von Frau Bongartz, des sehe ich sofort. Die hat momentan wieder Probleme beim Kauen. Ihre Dritten hat sie jetzt zum wiederholten Mal irgendwo im Heim verloren. Bisher sind sie immer wiederaufgetaucht, mal im Regal im Bücherzimmer, mal in der Ritze vom roten Sessel im Fernsehzimmer, und einmal sogar in der Wäscherei, weil sie sie einfach in ihre Blusentasche gesteckt hat und es nicht gemerkt hat, als die Bluse in die Wäsche kam. Aber auch nach 40 Grad mit Schleudergang sahen die Beißerle noch erstaunlich gut aus. Nur, wie gesagt, momentan sind die Zähne mal wieder verschollen, und so lange kriegt Frau Bongartz passierte Kost.

Ich hab heute morgen überall im Heim Plakate aufgehängt: Oben steht WANTED! GESUCHT!, drunter ist ein Foto von Frau Bongartz' Gebiss abgebildet und wann es zuletzt gesehen wurde. Solche Plakate sieht man ja öfter an Bäumen, wenn jemand seinen Hund oder seine Katze vermisst. Warum soll es dann nicht auch mit dritten Zähnen funktionieren, hab ich mir gedacht.

Bisher hat noch niemand angebissen – im wahrsten Sinne des Wortes – und einen Zettel mit meiner Durchwahl abgerissen. Vielleicht hat das Gebiss auch wirklich keiner gesehen. Schade, ich hätte mir auch eine schöne Belohnung überlegt.

Ich schnappe mir ein Tablett und renne ins nächste Zimmer. Manche Senioren essen gern im Zimmer, die stört das viele Geschwätz im Speisesaal. Oder sie können halt nicht raus aus ihrem Bett. Manche essen allein, denen muss man nur beim Kleinschneiden helfen, anderen muss man ihr Essen anreichen. Und loben, gerade die, die net wirklich essen wollen. Immer wieder loben. Und wenn sie ihren Brei oder ihre Suppe dann schaffen, dann ist man ä bissle stolz. So, als hätte man es selbst gegessen. Und dann freuen die sich auch, weil man sich selbst so freut. Es gibt auch einen internen Wettbewerb bei uns. Wer es schafft, dass der Herr Maurer sein Mittagessen isst (und es auch drin behält), darf sich im Aufenthaltsraum ein Toffifee nehmen.

Aber so ist es halt mit den Senioren und Senioras. Manche essen manierlich, andere spucken dir die Soße auf den Kittel. Senioras schreib ich, weil Senioren bei uns nur die Männer sind. Die Frauen sind Senioras, also die über 80, und die drunter sind die Senioritas. Wir haben das irgendwann mal eingeführt, weil es schöner klingt.

Ich guck aufs Namensschild vom nächsten Tablett. Friedhelm Seifert steht drauf. Oha. An Seiferts Zimmertür klebt ein pinkfarbener Zettel: »Achtung! Seifert spinnt heute wieder! Lieber zu zweit reingehen! Ute.«

Ins Zimmer vom Herr Seifert geht niemand gern. Der

Seifert ist ein Tyrann. Deshalb schnapp auch ich mir sein Tablett, weil ich genau weiß, dass die Evelyn regelmäßig einen halben Nervenzusammenbruch hat, wenn sie aus dem Zimmer kommt, und Milena aus Angst schon gar nicht reingeht. Der Seifert hat eine Boshaftigkeit am Leib, die sich gewaschen hat. Da braucht man ein dickes Fell. Er muss im Zimmer essen, weil er sich im Speisesaal nicht benehmen kann. Sein Zwei-Zimmer-Appartement bezahlt sein Sohn, der hat ihn auch ins Heim gebracht, weil er daheim einfach nicht mehr mit ihm zurechtgekommen ist.

Ich hab keine Angst vorm Seifert. Trotzdem klopf ich vorsichtig an, bevor ich sein Zimmer betrete. Keine Antwort. Ich öffne schwungvoll die Tür. Als ich reinkomme, trifft mich fast der Schlag: Seifert hat wohl wieder seinen Chaos-Tag. Überall fliegen alte Zeitungen rum, teilweise sind Bilder rausgerissen. Socken, Teetassen, zerfledderte Taschentücher, alles auf dem Boden verteilt. Aus seinem kleinen Radio, was auf der Fensterbank steht, dröhnt laute Marschmusik. Seifert sitzt aufrecht in seinem Bett, seine Augen sind geschlossen. Er trägt immer noch seinen blau gestreiften Schlafanzug, weil er sich heute morgen wohl mal wieder geweigert hat, sich anzuziehen. Ich mache Platz auf dem völlig zugemüllten Tisch und stelle laut polternd mein Tablett ab. »Mittagessen!«, brüll ich gegen die Marschmusik an. Dann find ich endlich den Knopf, um das Radio leise zu drehen.

Seifert schreckt aus seinem Bett hoch und brüllt: »Keine Bewegung«, eine unsichtbare Waffe auf mich gerichtet.

»Ich bin's doch, die Sybille!« Er lässt langsam die nicht vorhandene Knarre zu Boden sinken. »Können Sie nicht anklopfen, Sie Trampel?«, fährt er mich an. »Sie sind wie ein großer Elefant! Wie ein dicker großer Elefant! Nur nicht so hübsch!« Ich mach einmal kurz »Töröööööö« wie Benjamin Blümchen und schneide ihm erst eine Grimasse und dann sein Schnitzel. »Der Elefant hat ihnen was zu essen gebracht!«, sage ich und versuche, ihn anzulächeln.

»Ich will Ihren widerlichen Fraß nicht, den können Sie sich sonst wohin stecken!«

Das bin ich schon gewohnt. Seifert will offiziell nie was von dem Essen. Er sagt immer, selbst im Krieg hätte das bisschen Essen, was sie hatten, noch besser geschmeckt als das, was wir im Heim servieren. Und im Krieg hätte er sogar einmal einen ganzen Pappkarton gegessen. Ich weiß aber, dass er wie ein hungriger Tiger über den Teller herfallen wird, sobald ich das Zimmer verlassen habe. Schnell versuche ich noch mit drei Handgriffen, ein bisschen Ordnung zu schaffen.

»Lassen Sie Ihre verdammten Finger von meinen Sachen, sonst sag ich der Heimleitung, dass Sie klauen, und dann kriegen Sie eine Abmahnung.«

»Jaja!«, besänftige ich ihn und sammle unbeeindruckt ein paar Zeitschriftenschnipsel vom Fußboden auf. »Wollen Sie heute Mittag mal zum Singkreis gehen?«, frag ich noch, bevor ich das Zimmer wieder verlasse.

Die Waltraud vom Singkreis hat angeboten, dass sie ihm noch eine Chance geben will. Sie ist vom örtlichen Musikverein und kommt immer dienstags, um den Senioren ein bisschen Abwechslung zu bieten. Eigentlich will den Seifert keiner mehr dabeihaben, weil er mit allem und jedem Streit anfängt und man sicher sein kann, dass er irgendjemanden beleidigt oder sogar handgreiflich wird. Beim letzten Mal hat er die Waltraud angespuckt.

»Zum Teufel mit dem Singkreis! Ich hab keine Lust, mit diesen alten gebrechlichen Affen blöde Volkslieder zu singen!«, schreit mich der aggressive Senior an. Seine Augen funkeln gefährlich. Ich schließe die Tür von außen und atme tief durch. Irgendwas fliegt polternd von innen dagegen. Seifert halt.

Als ich kurze Zeit später zur Mittagspause in den Aufenthaltsraum komme, ist das Hauptthema immer noch das Meeting von Otterle. »… oder Zum Silberblick«, sagt Elke, und alle lachen. Die Namensdiskussion ist offensichtlich in vollem Gange.

Ich nehme mir einen Kaffee und setze mich dazu.

»Also, ich würde gern nach Paris, wenn ich die Reise gewinne, da soll es so schön sein!«, ruft Evelyn und kriegt ihren verklärten Blick. Schlagartig kommt mir wieder die Klassenfahrt nach Frankreich in den Kopf. Wie der Jean-Claude, der Vater von der komischen Familie, mir damals erklärt hat, was ich gerade gegessen habe. Quak, Quak, hat er immer gemacht. Quak. Und ich sage: »Ah, Ente!« Und hab mit meinen Armen einen schwimmenden Vogel nachgemacht.

»Non!«, hat er daraufhin gesagt und gelacht. Und dann hat er mir ein Bild von einem Frosch gezeigt. Mich würgt es jetzt noch, wenn ich dran denke.

»Italien«, sagt Sascha jetzt. »Italien wär cool.«

»New York!«, ruft Steffi.

»Und wer macht dann euren Dienscht, wenn ihr weg seid?«, frag ich, als kurz Ruhe ist, und komme mir vor wie ein Spielverderber.

»Na, der Otterle!«, brüllt Sascha. Schallendes Gelächter bricht aus. Der Otterle in Seiferts Zimmer. Da würde ich gern Mäuschen spielen.

Milena sitzt in der Ecke und hat bisher noch gar nichts gesagt. Sie rutscht unruhig auf ihrem Stuhl hin und her, hält in der rechten Hand ihren Früchtetee und guckt wie ein Häschen auf der Landstraße, dem gerade ein 7,5-Tonner entgegenbrettert.

»Aber, was ist, wenn man niemanden darf mitnehmen und muss alleine fahren?«

»Was soll schon sein?«, fragt Sascha und zuckt mit den Schultern. »Dann fährt man halt allein. Wird ja nicht für vier Wochen sein!« Wieder erntet er Gelächter.

»Um Gottes willen! Um Gottes willen!«, ruft Milena. »Was da alles passieren kann! Vielleicht du wirst entführt, oder Flugzeug stürzt ab! Um Gottes willen!«

Erst jetzt fällt mir auf, dass Milenas Hände zittern und es ihr nur beim Gedanken an eine Reise allein schon kalt den

Rücken runterläuft. Milena ist sehr speziell. Sie ist 28 und kommt aus Polen. Sie hat Pflege in Warschau studiert und ist seit vier Jahren bei uns. Milena würde wahrscheinlich nie allein irgendwo hinfahren. Ihr Lebensmotto: Die Welt ist böse, und überall droht einem Gefahr. Für sie ist es schon schlimm genug, dass sie momentan so weit weg von ihrer großen Familie ist. Meistens macht sie Früh- oder Spätdienst, weil sie nachts mit ihrer Paranoia das ganze Heim in Aufruhr versetzt.

Einmal hat sie, als sie Nachtdienst hatte, irgendwo ein Geräusch gehört und sich dann auf der Toilette eingeschlossen.

Und bei mir klingelt dann nachts um drei des Telefon und eine heulende Milena erzählt mir starr vor Angst, dass Einbrecher im Heim sind und was sie denn nun machen soll. Am Anfang hab ich noch Witze gemacht und gesagt: »Gib ihnen den Seifert mit, dann isch Ruhe!« Aber das konnte sie auch net beruhigen. Ich hab dann den Peter Spielmann von der Polizei angerufen. Mit drei Streifenwagen sind die angerauscht und haben des ganze Heim auf den Kopf gestellt. Und dann war's bloß eine dicke Katze, die versucht hat, sich durch das halb offene Flurfenster ins Heim zu schleichen, dann aber weder vor noch zurück konnte.

Und selbst das hat Milena nicht beruhigen können, denn schwarze Katzen, die nachts ins Haus eindringen, bringen Unglück, hat sie gesagt. Alte polnische Weisheit oder so. Und als dann am nächsten Tag in Nordcorega ein Senior einen Herzinfarkt hatte und nicht mehr zu retten war, da hat sie sich vor mir aufgebaut und gesagt: »Siehst du, Sybille! Ich hatte recht! Katze hat Mann getötet!«

»Ich mache nicht mit bei dieser Sache«, sagt Milena schließlich. »Mir ist es egal, wie unser Heim heißt, Hauptsache, ich habe Arbeit.« Aber ihr Satz geht im Stimmengewirr völlig unter. Länder- und Städtenamen werden weiter wild in die Runde geworfen.

Schließlich mischt sich noch Steffi, unsere Auszubildende, ein. Sie wirft ihren blonden Pferdeschwanz energisch zurück und verkündet, dass sie sich professionelle Hilfe von außen holt. »Mein Freund Fabian macht gerade ein Praktikum in 'ner total hippen Agentur, der weiß bestimmt was! Und dann fahr ich nach New York zum Shoppen!«

Ute rollt mit den Augen. Wir gucken uns an. War ja klar, dass Steffi zum Shoppen will. »Handy-Steffi«, wie sie von uns heimlich genannt wird, hat im letzten Sommer eine Ausbildung bei uns angefangen. Eigentlich wartet sie aber darauf, als Model entdeckt zu werden. Ganz viele Leute hätten ihr schon gesagt, sie wäre die neue Schiffer. Keine Ahnung, wer die alte Schiffer ist, aber wenn die sich auch so dämlich angestellt hat, dann kann ich mir nicht vorstellen, dass sie es weit gebracht hat.

Steffi ist eine Notlösung. Wir brauchen dringend neue Pflegekräfte, und ihre Bewerbung war die einzige. Ich frag mich bis heute, ob die sich per WhatsApp beworben hat, denn Nachrichten auf WhatsApp zu tippen, scheint alles zu sein, was sie kann und was sie auch den ganzen Tag macht. Ach, und Instagram natürlich. Stündlich. Minütlich. Immer. Und bei den Senioren rumsitzen und ihnen irgendwelche Geschichten von Stars und Influencern erzählen, die sie sowieso net kennen. Steffi kommt net aus Schaffhausen, wie man bei uns zu jemandem sagt, der auf gut Deutsch eine faule Socke ist.

Wenn es was zu tun gibt, kann man davon ausgehen, dass von Steffi weit und breit keine Spur ist. Dann hockt sie beim Sascha im Kämmerle und schaut ihm zu, wie er World of Warcraft spielt, oder sie tippt auf ihrem Handy rum.

World of Warcraft. Was für ein blödes Spiel. Ein Spiel, das man mal erfinden könnte, wäre doch »World of Pflägekraft«! Da muss man dann immer mit einer Schnabeltasse navigieren und die Rentner ins Bett bringen. Und die Aufgabe ist, möglichst viele Rentner in einer Minute zu schaffen. Das wäre doch mal praxisnah.

Mein Blick gleitet zur großen Uhr über der Tür. Zehn vor. Ich klatsch kurz in die Hände und sag aufmunternd zu meinem Team: »So, Leute! Wir müssen wieder! Endspurt! Volle Pflägekraft voraus!« Und dann stelle ich mich vor den großen Holztisch und äffe den Gang von Otterle nach. »Wir sind doch eine Business Dings im Hell-und-Care-Sektor«, sage ich und zucke kurz mit dem Mundwinkel. Und dann lache ich albern.

Aber keiner lacht mit. Stattdessen starren alle auf irgendwas hinter mir. Als ich mich umdrehe, sehe ich Otterle im Türrahmen stehen. Er hat die Arme vor dem Körper verschränkt und mustert mich mit zusammengekniffenen Augen von oben bis unten.

Es ist mucksmäuschenstill. Otterle räuspert sich schließlich und sagt nur süffisant lächelnd: »Company, Frau Bullatschek. Company. Nicht Dings. Aber Ihr Englisch scheint ja nicht so ausgeprägt zu sein wie Ihre komödiantischen Fähigkeiten.« Rumms. Das hat gesessen. Wenn ich rot anlaufen könnte, hätte mein Gesicht jetzt die Farbe von einer reifen spanischen Tomate.

»Bevor Sie nachher Schluss machen, würde ich Sie gern noch in meinem Büro sehen.« Und dann verlässt er zügig den Raum. Die anderen Pflegekräfte stehen hektisch auf, Sascha geht mit einem »Oh, oh« im Teletubbie-Stil an mir vorbei.

Evelyn packt mich kameradschaftlich an der Schulter und flüstert nur: »Scheiß drauf!«

Alle stellen brav ihre Tassen in die Spüle. Beate rauscht mit einer Zigarette und einem Feuerzeug in der Hand an mir vorbei und nuschelt: »Los, fangt schon an, ich komm gleich!«

***

Denk nach, Sybille! Denk nach!

Es ist erst das zweite Mal, seit er angefangen hat, dass ich in Otterles Büro bin. Beim ersten Mal war die Stimmung irgendwie positiver. Da hat Otterle alle Pflegekräfte in sein Büro gebeten, und jeder hat ein Glas Sekt gekriegt. Und dann haben wir auf eine gute Zusammenarbeit angestoßen.

»Das macht man so in großen Unternehmen«, hat er gesagt. Gut, vielleicht war es ein Fehler, den Sekt vor Dienstbeginn zu trinken. Evelyn und ich hatten beide Spät und haben uns, weil's so gut geschmeckt hat, noch ein zweites Glas genehmigt. Evelyn hat sich das von der Milena geschnappt, die trinkt ja keinen Alkohol. »Alkohol macht hemmungslos«, sagt sie immer. »Du trinkst zwei Schlucke, und dann bist du nicht mehr du selbst, weil der Teufel in dich fährt!«

Evelyn und ich waren ziemlich beschwingt. Ich möchte nicht sagen, dass wir die Lage am Nachmittag nicht mehr unter Kontrolle gehabt hätten, aber es gab schon einfachere Schichten.

Heute gibt es keinen Sekt. Otterle lässt mich zehn Minuten warten, bis er schließlich aufkreuzt. Als das Büro noch dem Otterle senior gehört hat, hat es mir besser gefallen. Da stand so ein dicker, schwerer Eichentisch drin und ein großer Gummibaum. Und hinten an der Wand hing ein bunter Kalender, in dem alle Geburtstage der Bewohner und des Pflegepersonals vermerkt waren. Und wenn man Geburtstag hatte, hat man immer ein Blümchen und was Süßes gekriegt. Das war eine schöne Zeit. Damals war ich oft im Büro. Manchmal haben wir einfach nur geplaudert, der Otterle senior und ich.

Jetzt steht da ein weißer Ikea-Tisch, und überhaupt ist alles ganz hell. Auf dem Tisch liegen Pflegezeitschriften und eine Zeitung, die *Der Manager* heißt. Vorne drauf ist ein schicker Endvierziger mit sonnengegerbter Haut und blauen Augen im Anzug abgebildet.

»Sören Smalgard« steht drunter. »Manager des Jahres.« Und dann steht da noch »Top-Gehälter im Überblick«, »Verdienen Sie genug?«, »Wie Sie die 500.000-Euro-Grenze knacken«.

Als ich gerade einen Blick reinwerfen will, geht die Tür auf.

»Ah, da ist ja unsere Unruhestifterin!«, begrüßt mich Otterle. Er lässt sich in seinen Ledersessel plumpsen und guckt mich herausfordernd an. »Frau Bullatschek, wie lange arbeiten Sie jetzt hier?«

»Zwölf Jahre«, sage ich wahrheitsgemäß.

»Zwölf Jahre«, wiederholt Otterle. »Und Sie wollen doch auch noch ein bisschen bleiben, stimmt's?«

Ich merke, wie ich unruhig werde. »Klar, das ist mein Traumjob! Auch wenn ich keine 500.000 Euro verdiene«, sag ich mit Blick auf die Zeitung.

Otterle räuspert sich. »Dann leg ich Ihnen nahe, dass Sie sich vielleicht mehr auf Ihre Arbeit konzentrieren und nicht immer den Kasper machen. Wir sind schließlich eine Business Company hier und keine Comedyshow.«

Manchmal schon, denk ich bei mir, halte aber den Mund. »Da Sie ja heute so kreativ waren im Aufenthaltsraum, erwarte ich mir von Ihrem Namensvorschlag Großes. Abgabe ist morgen 17 Uhr. Aber das wissen Sie ja.«

Ich will schon aufstehen, da fährt er fort: »Ach, und noch was, Frau Bullatschek. Nur weil mein Vater Sie ständig protegiert hat, heißt das nicht, dass ich das auch tue. Sie sollten sich vorsehen. Hier weht jetzt ein anderer Wind.«

Ich nicke kurz und stehe dann kurzerhand auf. »War's das?«, frage ich ein bisschen frech. »Ich würde jetzt gern Feierabend machen.«

»Nur zu, nur zu«, knurrt Otterle und widmet sich seinem Computer.

Evelyn wartet unten am Tor auf mich. Ich bin mit Fahren dran und muss sie noch bei der Nachmittagsbetreuung rumfahren, wo sie Jan-Niklas abholt. Als wir in meinem Fiesta sitzen, bricht es aus ihr raus.

»Und?«, fragt sie erwartungsvoll. »Was hat er gesagt?«

»Ich wäre kompetenter als er und deshalb soll ich jetzt das Heim übernehmen.«

Evelyn guckt für einen kurzen Moment, als hätte sie es geglaubt. Dann lacht sie, und ich stimme mit ein.

»Nee, aufgeplustert wie ein Gockel hat er sich … Was sonst?«

»Ach, schade, dass unser alter Otterle nicht mehr da ist, was?«

»Allerdings!«

Wir stoßen einen gemeinsamen Seufzer aus. Ich lasse Evelyn am evangelischen Kindergarten raus und winke noch kurz, bevor ich davondüse. Die drohenden Worte von Otterle gehen mir nicht aus dem Kopf: »Ich erwarte Großes von Ihrem Namensvorschlag!« Großes! Pah! Dabei will ich die blöde Reise doch gar net! Trotzdem muss ich mir was ausdenken. Die Ermahnung heute hat den Ernst der Lage gezeigt.

Ich fahre noch kurz beim Supermarkt vorbei und kaufe mir ein paar Erdnusskräcker, eine Packung Schokokekse, Brausebonbons, Kartoffelchips und eine Maxi-Tüte Gummibärchen. Wenn ich nachdenken soll, muss ich knabbern.

Den ganzen Abend sitze ich auf meiner Couch und starre an die Wand. Seniorenresidenz Abendwind. Nee.

Spätzünder. Nee.

Waldfriede. Nee, klingt nach Friedhof.

Dämmergarten. Nee.

Mir fällt und fällt nichts ein. Auch nach dem zehnten Schokokeks und dem 82. Gummmibärchen ist in meinem Kopf nur Leere – im Gegensatz zu meinem Bauch.

Dann kommt mir die Idee: Ich mache einfach mal meinen Computer an. Vielleicht weiß Google ja was. Der Herr Google weiß doch sonst immer alles. Das ist doch so ein »Gscheiterle«, wie man bei uns sagt. Aber auch der spuckt bloß den üblichen Mist aus.

Dann schweife ich ab. Ich logge mich kurz bei »Pflegeliebe.de« ein, nur um zu gucken, ob ich eine neue Nachricht habe. Auf dem Monitor erscheint der gleiche Schriftzug wie immer: »Besucher Ihres Profils in den letzten 24 Stunden: null.«

Ich bin frustriert. Was mache ich falsch, dass die anderen Pflegerinnen so viele Zugriffe haben und ich keinen? Ich klicke mich durch die Profile meiner Mitbewerberinnen.

Sabrina, 29, ist eine blonde Krankenschwester mit Haaren bis zum Arsch.

»Hübsch, so ein Rapunzel-Typ«, denk ich. Bei der ist jede Menge los auf der Seite. Gegen die komm ich eh net an. Dann klicke ich ein weiteres Profil an. Das abgebildete Mädchen mit den braunen kurzen Haaren sieht bei Weitem nicht so gut aus wie ich. Viel dicker. Viel. Und eine extrem große Nase. Trotzdem 28 Zugriffe. Ich scrolle nach unten. Was hat die denn für Hobbys?

»Ich mag Pferde«, steht da. Gut, das kann ich net schreiben, ich hab ein gespaltenes Verhältnis zu Gäulen, seit ich als Kind mal von einem Pony gefallen bin. »Und spiele in meiner Freizeit Badminton.« Oje. Ich kann nicht mal einen Medizinball fangen. »Außerdem bin ich total romantisch. Ich liebe Sonnenuntergänge«, steht da.

Sonnenuntergänge. Hm. Sind jetzt auch net so meine Spezialität. Ich denke immer: Wenn sie weg ist, ist sie weg, die Sonne. Morgen kommt sie doch wieder. Warum machen manche Leute da so eine Welle? Gebannt lese ich weiter und sehe die Antworten der Männer. Zwölf gefällt das. Acht haben ihr im Kommentarfeld ein Bild mit einem Sonnenuntergang angehängt.

Und wie ich noch so nachdenke, warum Männer so gern Frauen mögen, die Sonnenuntergänge mögen, kommt mir DIE Idee.

SONNENUNTERGANG!!!

Das ist es! Die Lösung! *Haus Sonnenuntergang* muss unser Heim heißen. Wenn so viele Leute das gut finden, dann kann es doch nicht verkehrt sein.

Ich logge mich aus und gehe beschwingt Zähne putzen. Bevor ich mich ins Bett lege, kritzle ich noch fünfmal auf meinen Notizblock: Sonnenuntergang. Haus Sonnenuntergang.

Dann reiße ich einen Zettel ab, schreib den Namen in Großbuchstaben drauf, pack ihn in einen Umschlag und klebe ihn zu. *Eat this, Herr Otterle!*

Besprechungszimmer, 10.00 Uhr, eine Woche später

Es herrscht Unruhe im Raum. Diesmal sind noch mehr Pflegekräfte da als in der Woche davor. Die Stühle reichen nicht für alle, deshalb stehen Sascha, Steffi und noch ein paar andere an der Wand neben dem Bild mit dem Schwan. Ich bin früh genug gekommen und habe mir einen Sitzplatz gesichert. Eigentlich habe ich heute Spätdienst und bin nur wegen der Bekanntgabe des neuen Namens schon da. Und weil Otterle gesagt hat, dass Anwesenheitspflicht ist. Letzte Woche hab ich noch stolz kurz vor Ablauf der Frist den Umschlag mit meinem Vorschlag in die Pappbox vor Otterles Büro geworfen.

Alle sind in großer Erwartungshaltung. Immer noch fallen Urlaubsziele, zu denen der potenzielle Gewinner reisen will. Steffi hat Muffins gebacken mit amerikanischen Flaggen drauf und sogar schon einen Reiseführer von New York mitgebracht, den sie wahrscheinlich stolz rumgehen lassen will, wenn es sie trifft. Sie gibt sich siegessicher: »Ich bring euch allen was mit vom Big Apple!«

Ich hab mir noch gar keine Gedanken gemacht, wo ich überhaupt hinwill. Vielleicht mal nach Prag, da war ich erst einmal, und da hat es geregnet. Aber fliegen will ich nicht.

Gegen 10.10 Uhr betritt Otterle mit einem riesigen Paket den Raum. Er zieht sein Jackett aus und schlägt mit einem Kugelschreiber gegen eine Kaffeetasse, was so viel heißen soll wie »Ruhe jetzt!« – und es klappt. Keiner sagt mehr ein Wort.

»Sehr geehrte Pflegekräfte«, setzt er an. »Wie Sie wissen, ist heute ein großer Tag für uns alle, denn unser schönes Heim soll einen neuen Namen bekommen!«

Ein kleiner Applaus, von Otterle angeklatscht, brandet auf. »Die Wahl ist uns sehr schwergefallen! Ich habe letzte Woche die Box mit allen Zetteln nach Stuttgart zu den Herren von der Werbeagentur mitgenommen, und in einem gemeinschaftlichen Auswahlverfahren haben wir letztendlich den Gewinnernamen ermittelt. Der Name, der gewählt wurde, wird jetzt unser Seniorenheim repräsentieren. Er taucht in Anzeigen und auf Briefpapier auf, auf dem Geschirr, auf T-Shirts und auf großen Werbeplakaten, die überall in der Gegend hängen werden. Und natürlich wird er in großen Leuchtbuchstaben über unserem Heim prangen! Schon heute Mittag wird der Name an der Außenfassade befestigt. Und ich habe hier in dieser Mappe von einem Kurierdienst die ersten Werbematerialen geschickt bekommen.«

Otterle packt umständlich das große Paket aus. Steffi beugt sich neugierig vor, damit sie ja nichts verpasst. Evelyn beißt sich nervös auf die Unterlippe.

»Ich werde jetzt den Namen bekanntgeben! Vielleicht können Sie eine Art Trommelwirbel machen?« Alle Pflegekräfte trampeln jetzt mit den Füßen auf den Boden und stimmen in ein gemeinsames Ooooooooooooh ein, was klingt, als würde ein Indianerstamm seinen neuen Häuptling begrüßen. Otterle reißt das fest zugeklebte Papier weg und legt bedeutungsschwanger eine DIN-A3-Pappe mit der Vorderseite auf den Tisch. Dann gibt er uns Zeichen, den Trommelwirbel abzubrechen.

Langsam hebt er die Pappe vom Tisch, sodass er sie zuerst sehen kann. Mit einem freudigen »Das ist unser neuer Name!« starrt er plötzlich fassungslos auf die Pappe und stammelt: »HAUS SONNENUNTERGANG …«

Dann dreht er mit zittrigen Händen die Pappe um. Alle jubeln, und lautes Gegackere, von wem dieser verrückte Name wohl stamme, setzt ein.

Ich starre auch auf die Pappe und brülle laut: »Des bin ich! Des isch mein Vorschlag!!«

Evelyn fällt mir als Erste um den Hals. Steffi entgleiten alle Gesichtszüge. Kein Big Apple, kein Shopping. Genau wie Otterle. Der lässt sich auf einen Stuhl fallen und stammelt nur: »Aber das ist nicht der neue Name, das ist er nicht! Der Name ist *Haus Sonnenschein*! Schein!!!«, brüllt er uns jetzt an, als wär er wahnsinnig geworden.

Milena schaut ängstlich zu Otterle, Evelyn entgeistert zu mir. Alle anderen schauen, als würden sie nur Bahnhof verstehen.

»Diese Idioten! Diese gottverdammten Werbe-Idioten!«

Hektisch sucht er sein Handy in der Hosentasche und tippt in einer Geschwindigkeit, die Steffi zur Ehre gereichen würde, eine Nummer ein.

»Otterle hier«, brüllt er, so laut, dass wir alle mithören können. »Was ist das denn, was Sie mir da geschickt haben? Nein, das wollte ich bestimmt nicht so. Nein, das haben wir nicht. ›Sonnenschein‹ hab ich gesagt. Nein, das stand auf keinem Zettel. Das ist MIR eingefallen. MIR!! Als wir die Besprechung hatten. Wie, falsch verstanden? Aber das gibt es doch nicht! Ja, ja, ja, auf dem Zettel stand ›Sonnenuntergang‹, aber so nennt man doch kein Seniorenheim! Da hätten Sie doch auch mal mitdenken müssen, Sie Schwachmaten! Ich bin nicht beleidigend! Hier geht es nicht nur um eine Menge Geld, das verplempert wurde, hier geht es auch um den deutschlandweiten Titel ›Heim des Jahres‹, den wir anstreben.«

Beim Satz »Heim des Jahres« schauen sich alle fragend an. Wir sind Anwärter auf den Titel »Heim des Jahres«? WIR? Unser kleines, piefiges Seniorenheim? Ich hab zwar schon von der Auszeichnung gehört, aber hätte nie gedacht, dass wir überhaupt eine Chance hätten, ins Auswahlverfahren zu kommen. Eine zwölfköpfige Jury aus Pflegefachleuten, Ärzten, Journalisten, Prominenten und ein paar Willy Wichtigs von der Krankenkasse wählt erst mal 25 Heime aus. Dann werden wieder zehn ausgesiebt und so weiter. Von daher ist es relativ unwahrscheinlich, dass wir den Titel holen. Wir haben zwar erfolgreich achtmal die goldene Bettpfanne gewonnen, aber das ist nur ein Scherzpreis, den sich die Pflegeheime im Umkreis abwechselnd verleihen, um ein großes Sommerfest zu rechtfertigen, bei dem immer viel getrunken wird (besonders beliebt bei Evelyn!).

Otterle hat jetzt seinen linken Arm wie ein bockiges Kind, das nicht zu Mittag essen will, auf den Tisch gestützt und seinen Kopf in die Handfläche gelegt. Mit der rechten Hand hält er zitternd das Telefon.

»10.000 Flyer, 30 Großplakate und die ganzen anderen Werbematerialien und die Leuchtschrift! Wer zahlt das denn jetzt?! Ich? Nein, ganz bestimmt nicht! Ganz bestimmt nicht. Unterschrieben? Ach, lecken Sie mich doch!«

Otterle schmeißt das Handy knapp an Milenas Kopf vorbei Richtung Wand. Die duckt und bekreuzigt sich sofort. Minutenlang liegt Otterle regungslos mit dem Kopf auf der Tischplatte. Irgendwann traue ich mich, zu fragen: »Herr Otterle, isch alles okay?«

Sein Kopf hebt sich langsam, er findet die Fassung wieder.

»Ja, alles bestens. Danke der Nachfrage!«

Dann steht er auf, streicht kurz seinen Anzug glatt, und als wäre nichts gewesen, verkündet er mit einem zähen Lächeln: »Das bedeutet, dass Frau Bullatschek gewonnen hat! Herzlichen Glückwunsch!«

Alle klatschen, und Sascha pfeift sogar auf seinen Fingern.

»Und hier ist Ihr Preis.«

»Die Reise, die Reise!«, ruft einer von den Pflegern aus Nordcorega, der an der Wand steht. Otterle lächelt schief und fragt dann irritiert nach: »Welche Reise denn?«

»Na, die Reise, die Sie versprochen haben«, sagt Evelyn unsicher.

»Ich?«, fragt Otterle. »Ich hab gesagt, es hat etwas mit einem fernen Land zu tun. Von einer Reise war nie die Rede!«

Es ist still im Raum, als mir Otterle ein schlecht eingepacktes kleines Päckchen überreicht.

Gespannt reiße ich das bunt gemusterte Geschenkpapier auf. Drin ist eine Pfeffermühle. »Original Pfeffer aus Madagaskar« steht drauf. Auf dem Boden der Mühle klebt ein halber Aufkleber von einer Pharmafirma, der nur notdürftig entfernt wurde.

»Na, freuen Sie sich wenigstens ein bisschen, Frau Bullatschek?«

»Ja«, sag ich bemüht um Freundlichkeit. »So was hab ich noch nicht.«

»Na, dann ist doch alles bestens«, erwidert Otterle. »Und jetzt alle wieder schnell an die Arbeit! Vom Rumsitzen wird man schließlich nicht ›Heim des Jahres!‹ Volle Pflegekraft voraus!«

Kapitel 2

Speed-Dating mit Folgen

1. Geh net dran!

Heute Morgen hat Mama mich um sechs Uhr aus dem Bett geklingelt. Erst hab ich gedacht es wär die Evelyn und ich hätt verschlafen und alle warten auf mich. Horror! Wenn du verschläfst und dann ins Heim kommst, empfangen dich alle mit so einem vorwurfsvollen Blick, als hättest du sie ans FBI verpfiffen. Keiner spricht mit dir, und alle denken das Gleiche: »Wegen dir schaff ich meine Runde net und hab ä kürzere Pause. Aber Hauptsache, du hascht noch ä schönes Stündle länger in deinem warmen Bettle gelegen!«

Bis zum Mittag hat sich das meistens gelegt, ein blöder Witz oder eine Packung Duplos wirkt Wunder. Wichtig ist bloß, dass es einem leidtut und dass man sich aufrichtig entschuldigt. Nicht so wie die Steffi. Die hat neulich verschlafen, kommt aber topgestylt mit Lippenstift und einer aufwendigen Timoschenko-Zopffrisur über den Flur marschiert. In einer Hand eine Tüte vom Bäcker, in der anderen das Handy, in das sie gerade noch eine WhatsApp-Sprachnachricht quatscht: »Muss Schluss machen, bin jetzt da, die gucken schon so komisch. Bis später!« Und dann hat sie uns so arrogant gemustert und geflötet: »Soooorryyy, Leute, ich hab den Bus verpasst, chillt doch mal!«

CHILLEN? Wir sind in der Pfläge.

Die hat Nerven. Anderthalb Stunden zu spät kommen, und dann marschiert sie wie ein Model auf dem Laufsteg den Flur entlang. Ich sag noch zu Evelyn: »Na ja, immerhin hat sie uns was vom Brotkörble mitgebracht!« Da hatte ich ihr schon fast verziehen. Für eine warme Marzipanschnecke töte ich.

Aber Fehlanzeige! Nachdem sie umgezogen war, was auch noch mal ewig gedauert hat, setzt sie sich erst mal in den Aufenthaltsraum und reißt langsam die große Papiertüte auf. Zwei dicke Schokocroissants kommen zum Vorschein, die sie, wie sie uns mitteilt, dann erst mal essen muss, um genug »Energy« für den Dienst zu haben.

Die Ute hat sie sich dann zur Brust genommen und gesagt, dass des so nicht geht. Also mit dem Zuspätkommen, nicht mit den Croissants. Wir sind ja ein Team und jetzt außerdem eine Business Company im Health-and-Care-Sektor. Ich musste kurz lachen, wegen der Business Company, hab die Ute aber bewundert, weil sie so cool geblieben ist. Ich hätte ihr eine Kopfnuss verpasst.

Anderthalb Stunden zu spät kommen und sich dann so aufführen. Typisch Steffi!

Das ist mir in meiner »Karriere« (Otterle-Speech) zum Glück erst dreimal passiert, einmal 2007, da hatte ich den Wecker falsch programmiert. Die anderen beiden Male hab ich es am Abend vorher ä bissle mit dem Alkohol übertrieben. Dabei trink ich eigentlich nie zu viel. Aber wenn jemand Geburtstag hat oder ä Feschtle isch, dann hab ich mich und die Zeit nicht mehr unter Kontrolle.

Bei der Evelyn ist es weitaus schlimmer – die verschläft mindestens einmal im Monat. Und die hat es sogar schon geschafft, den Spätdienst zu verschlafen. Na ja, aber ICH hab ja heut nicht verschlafen.

Ich hätte eigentlich gleich wissen müssen, dass es Mama ist am Telefon und nicht die Evelyn, weil ich ihr letzte Woche so einen Spezialklingelton verpasst hab. Sascha hat mir dazu geraten. »Das mach ich bei allen, die mich nerven! Sparkasse, Versicherung und Otterle! Ein perfekter Trick für deine Mutter. Dann weißt du gleich – geh nicht dran«, hat er gesagt und verschwörerisch gezwinkert.

Dann hat er mein Handy genommen und irgendwas dran rumgedrückt. Und immer wenn meine Mutter jetzt anruft, kommt »Thunderstruck« von AC/DC. Ich erschrecke mich jedes Mal fast zu Tode.

AC/DC ist jetzt nicht so meine Musik. Mein Bruder hat das früher öfter gehört, als wir noch Teenager waren. In voller Lautstärke. Und dann hat mein Vater immer mit seinen Fäusten an seine Zimmertür gebollert und gerufen: »Mach die Affenmusik aus!« Kurze Zeit später haben die harten Jungs von AC/DC bloß noch halb so laut gesungen. Mein Bruder war sauer, aber er wär nie auf die Idee gekommen, zu meinem Vater zu sagen: »Chill doch mal, ich hör Musik so laut, wie ich will«, so wie die Steffi.

Einen Scherz hat sich Sascha natürlich auch noch erlaubt. Ich sitz am Dienstag im Bus nach Ludwigsburg, und plötzlich stöhnt eine französische Frauenstimme durch den ganzen Bus »Je t'aime«. Alle haben sich umgeguckt, wo das wohl herkommt. Sogar der Busfahrer hat interessiert in den Innenspiegel geglotzt, ob er die halb nackte Französin irgendwo sehen kann. Dann hat die Frau immer lauter angefangen, zu stöhnen. Die meisten haben verstohlen aus dem Fenster geguckt. Ich hab erst gar nicht kapiert, dass es aus meiner Tasche kommt. Als ich sie aufgemacht hab, ist es immer lauter geworden. Alle haben mich angestarrt. Auf meinem Display stand nur: »Otterle – geh nicht dran!« Danke, Sascha! Ich hab den Anruf dann schnell weggedrückt und das Handy auf stumm geschaltet.

Und um sechs Uhr heute Morgen schallt es dann ohrenbetäubend durch mein Schlafzimmer: »Thunder!« Das heißt Donner, hab ich rausgefunden. Passt! Mich hat es fast aus dem Bett gedonnert.

Aber warum ruft Mama mich um die Uhrzeit an? Ich hatte ihr, glaub ich, fünfmal gesagt, dass ich Spätdienst hab, aber irgendwie geht so was immer an ihr vorüber. Meine Mutter hört nie zu. Sie guckt dich an und gibt dir das Gefühl, als würde sie zuhören, weil sie dabei immer so komisch mit dem Kopf nickt wie ein Wackeldackel, aber eigentlich denkt sie schon wieder drüber nach, was sie als Nächstes sagen könnte. Man merkt das dann daran, dass ihre Sätze so gar net zu meinen passen. Beispiel:

Ich: »Beim Breuninger isch so eine schicke Jeansjacke im Schaufenster, ich glaub, die hol ich mir.«

»Ich hoff ja net, dass es noch mal kalt wird.« (Hier denkt man noch, sie hört zu.)

»Warum? Ich zieh die doch eh erscht im Frühjahr an.«

»Für die Blumen wär der Frost wirklich schlecht. Der Papa hat die doch schon gesetzt!«

»Blumen? Welche Blumen? Ich hab gesagt, ich hol mir die Jeansjacke.«

»Ja, dann hol sie dir doch, wenn dir kalt isch. Wo hängt sie denn, an der Garderobe?«

»Nein, beim Breuninger im Schaufenster!«

»Was macht deine Jacke beim Breuninger im Schaufenster?«

Ende.

Ähnlicher Gesprächsverlauf heute früh. Telefon schmettert »Thunder«.

Ich (genervt): »Mama, ich hab Spät!«

Mama (ignorierend): »Sybille, gut, dass du schon wach bischt, aber ich sag noch zum Papa, ›Klar isch sie wach, sie hat doch Dienscht!‹.«

»Mama, ich hab Spätdienscht!«

»Was? Warum gehscht du dann ans Telefon?«

»Weil es geklingelt hat.« (Na ja, weil AC/DC mir ins Ohr gebrüllt hat.)

»Also ich würd um die Uhrzeit nie ans Telefon gehen!«

»Was gibt's denn so Wichtiges?«

»Ach, das erzähl ich dir später. Du kannst doch noch schlafen, du hast doch Spätdienscht!«

Klick. Aufgelegt. Irgendwann erwürg ich sie.

An Schlaf ist jetzt nicht mehr zu denken. Ich such meine Hausschlappen, tapse in die Küche und mach erst das Licht und dann die Kaffeemaschine an. Mir fällt auf, dass ich sie mal wieder entkalken muss. Sie braucht mittlerweile für zwei Tassen fast 20 Minuten und röchelt dabei ähnlich laut wie Frau Bäuerle, wenn ich Nachtdienst hab. Wenn ich dann beim Rundgang noch mal in ihr Zimmer guck, denk ich jedes Mal: »Oh Gott! Gleich erstickt sie. Bitte nicht in meiner Schicht!« Ich will net dem Notarzt, Herrn Otterle und den Angehörigen erklären müssen, was passiert ist. Alle geben dann bestimmt mir die Schuld, weil ICH nicht richtig aufgepasst hab, und am Ende Gerichtsprozess, Schuldspruch, Knast und so weiter. Und keine Sau wird es dann interessieren, dass man allein oder höchstens zu zweit beim Nachtdienst auf 25 oder mehr Senioren aufpassen muss, weil der Personalschlüssel einfach viel zu knapp bemessen ist.

Deshalb weck ich die Frau Bäuerle immer ganz kurz und frag sie, ob alles okay ist. Und dann lächelt sie meistens und sagt: »Mur die Mase, Frau Bullatschek. Mur die Mase!« Auch wenn sie ihre Zähne nicht drin hat, weiß ich natürlich, was sie meint. Das hat sie mir schon zigmal erklärt, es ist wohl nur eine Verengung der Nasenscheidewand, durch die sie weniger Luft kriegt. Man hat es in den 70ern mal probiert, zu operieren, aber alles noch schlimmer gemacht. Da würde auch mein Maschinen-Entkalker nix bringen. Eigentlich darf man Frau Bäuerle gar net wecken. Ute sagt immer: »Du hast sie geweckt? Bist du wahnsinnig, Sybille? Sei froh, dass sie schläft. Die klingelt dich in den Wahnsinn.«

Man muss wissen: Frau Bäuerle ist unsere unangefochtene Klingelkönigin. Das macht sie mit einer solchen Leidenschaft, dass man nicht weiß, ob es Boshaftigkeit oder einfach nur Freizeitbeschäftigung ist. Wir haben schon überlegt, ob sie früher bei den Zeugen Jehovas war, weil die ja auch so gerne klingeln. Ich bin der Meinung: »Wenn sie klingelt, isch sie wenigstens noch net erstickt!«

Draußen ist es noch dunkel und relativ ruhig. Der Berufsverkehr geht frühestens in einer Stunde richtig los. Ich mag die Stimmung, grad im Winter. Und heute, wo ich mal nicht zum Frühdienst muss, ist es natürlich noch angenehmer. Sich einfach ohne Zeitdruck auf die Couch setzen, bissle Frühstücksfernsehen gucken, Marmeladenbrot essen, dann duschen, Pflegeliebe.de checken. So ist mein Plan.

Ich bin bloß froh, dass ich nicht um die Uhrzeit draußen rumlaufen muss. Ich hab ja zum Glück keinen Hund, wie die Ute. Die rennt schon vorm Frühdienst mit ihrem Fiffi durchs Wohngebiet. Manchmal sogar durch das kleine Wäldchen hinten beim *Starlight*. Im Dunkeln! Jetzt, wo morgens nicht mal mehr die Laternen an sind, weil die Stadt Strom sparen will. »Mir passiert schon nix, Sybille, ich hab doch den Bobo!«, sagt sie dann immer. Ja, ein Hund schreckt Verbrecher ab, sagt man. Ich bin mir nur nicht ganz so sicher, ob ein Chihuahua-Yorkshire-Mischling im Notfall beim Axtmörder den nötigen Respekt hinterlässt.

Nee, das wär nix für mich. Kennt man doch aus Aktenzeichen XY. Da bin ich traumatisiert. Meine Mutter hat früher schon immer gesagt, wenn wir Aktenzeichen XY gesehen haben, damals, als es noch der Eduard Zimmermann gemacht hat, nicht der Eisläufer – da hat sie immer zu mir gesagt: »Siehst du, Sybille, des passiert, wenn man nachts im Minirock an der Bushaltestelle steht!« Ich bin realistisch. Wenn ich nachts im Minirock an der Bushaltestelle steh, bin ich schon froh, wenn der Bus anhält. Meine Anziehung auf Männer hält sich bisher in Grenzen – aber des kann sich sehr schnell ändern!

Im Frühstücksfernsehen läuft gerade ein Bericht über ein neues Dating-Format: Love-Surprise. Ich dreh den Ton lauter und beiß in mein zweites Marmeladenbrot. Pinkfarbene Herzchen flimmern über den Bildschirm, Geigenmusik setzt ein. Ronny (24), Kfz-Mechatroniker, trifft in einem Heißluftballon auf die blonde Vanessa. Erst oben in 500 Metern Höhe dürfen sie sich zum ersten Mal sehen. Die überschminkte Moderatorin, die auch mitfliegt, ruft hysterisch: »Surprise,

Surprise!« und nimmt beiden die Augenbinden ab. Vanessa sieht bissle so aus, als würd sie gern springen. Wundert mich nicht. Ronny wär jetzt auch nicht mein Typ. So eine Riesenzahnlücke, ein Vollbart, und wenn er redet, macht seine Spucke so Fäden, die dann im Bart hängen bleiben. Bestimmt hat er Mundgeruch. Und dann so eng auf einem Raum. Nee, Surprise-Dating im Ballon ist nix für mich. Im Aufzug mit Ryan Gosling, ja, da wär ich sofort dabei. Aber nicht mit Zahnlücken-Ronny im Fesselballon. Ich will grad umschalten, als mein Handy klingelt. Es ist 20 nach sechs. Oder zehn vor halb sieben, wie man bei uns sagt. Ich sehe Evelyns Gesicht im Display. Na ja, was heißt Gesicht – man sieht nicht viel auf dem Foto, das ich ihr zugeordnet hab. Sie hat ein riesiges Glas Aperol Spritz vor dem Gesicht. All you can Drink im *Starlight* vor zwei Jahren. Danach hat sie mir noch in den Fiesta gekotzt, aber vorher hatten wir viel Spaß.

Ich überlege. Evelyn um 20 nach sechs, das heißt nix Gutes. Entweder sie ist krank, und ich soll für sie einspringen, oder sie ist im Haus Sonnenuntergang, jemand anderes ist krank, und ich soll einspringen. So oder so, es wird auf das Gleiche rauslaufen: Einspringen! Ich ringe mit mir, ob ich rangehen soll. Bei Love-Surprise trifft sich das nächste Pärchen gerade in einer Kläranlage. Mich würgt es. Ich schnapp mir das Telefon und geh in die Küche. Dann heb ich ab und imitiere einen Anrufbeantworter. Uralter Gag, aber funktioniert immer bei der Evelyn.

»Hallo, hier isch die Mailbox von Sybille Bullatschek. Momentan bin ich grad in einem wichtigen Meeting oder hab ein heißes Date bei Love-Surprise, deshalb kann ich net drangehen. Bitte hinterlassen Sie …«

»Sybille, hör auf. Ich weiß, dass du das bist!«

»Nein, Sybille Bullatschek kann Ihre Nachricht leider nicht entgegen…«

»Claudia ist krank, Ute muss zum Tierarzt, Steffi erreich ich nicht. Bittteeeee!«

»Sybille Bullatschek kann heute leider nicht für Sie einspringen. Bitte versuchen Sie es bei einem unserer anderen Mitarbeiter … Pieeep!«

»Ich steh hier allein mit Beate. Frau Grube ist gerade gestürzt, wir warten auf den Krankenwagen, Frau Häfele hat ihre depressive Phase, und Seifert meint, er wäre Rambo.«

Ich schlucke den letzten Bissen von meinem Marmeladenbrot runter und wühle mich parallel durch die Klamotten auf meinem übervollen Kleiderstuhl, den ich eigentlich heute aufräumen wollte. Soll einer sagen, Frauen könnten kein Multitasking. Kauen, Suchen, Telefonieren. Top!

Auch wenn ich mich bockig anstelle und doch gern ein bisschen gebeten werden will, ich lass keinen hängen. Schon gar net die Eveyln. Bei der Beate würd ich es mir noch mal überlegen. Unser Verhältnis ist eher schwierig.

Evelyn japst noch mal in die Leitung und versucht es jetzt auf Kleine-Mädchen-Tour: »Sybilleeee. Bitte, du bist doch meine Freundin.«

Ich bleib noch einen Moment hart, gleich wird sie mir ein Angebot machen: Hugo im *Starlight*, gemeinsamer DVD-Abend, Hilfe beim Regalaufbau …

»Sybille, bitte! Wenn du jetzt kommst, dann …«

Ja! Ich balle die Faust wie Boris Becker nach seinem Wimbledon-Sieg. Nur, dass ich nicht so verschwitzt dabei aussehe. Schließlich komme ich gerade aus dem Bett und nicht vom Tennis-Court.

»Also wenn du jetzt kommst, dann besorg ich dir einen Platz beim Speed-Dating am Freitag!«

»Aber da gibt's keine Plätze mehr!«, entfährt es mir.

»Ha! Wusste ich es doch!« Evelyn lacht triumphierend am anderen Ende der Leitung. »So kriegt man dich immer! Ich erzähl dir in der Pause mehr, aber kannst du kommen, bitteee?«

»Jaja, bin schon unterwegs!« Das ist natürlich maßlos übertrieben, noch bin ich nicht mal angezogen. 15 Minuten später such ich einen Parkplatz vorm Haus Sonnenuntergang. Klar, wieder alles vorn besetzt. Grad jetzt, wo der Schneeregen einsetzt. Da meine Frisur aber sowieso eher an einen Unfall erinnert als an ein Model-Styling à la Steffi, stell ich mein Auto hinten bei den Bäumen ab und renn mit dem Rucksack schützend über meiner Haarpracht zum Eingang. Ich press mich an den Sanitätern vorbei, die mit der Trage, auf der Frau Grube liegt, die komplette Schiebetür versperren. Als sie mich erblickt, ruft sie erleichtert: »Gott sei Dank, Frau Bullatschek! Mein Sohn! Jemand muss meinen Sohn anrufen!« Ich drücke ihr kurz die Hand und verspreche, dass ich mich drum kümmern werde. Frau Grube gehört zu unseren 100-Jährigen – das heißt, ihr Sohn ist knapp 80 und hört extrem schlecht. Ich hoffe, dass er versteht, was ich will, wenn ich ihn später an der Muschel hab. Dann renn ich die Treppe hoch nach Südcorega. Evelyn rast mit einem Tablett an mir vorbei und wirft mir ein Luftküsschen zu mit den Worten: »Danke, Sybille! Du, kannst du Frau Häfele übernehmen, Frau Bäuerle, Herrn Wiegemann und den neuen Mann in New York?«

»Wir haben einen Neuen in New York?«

»Ja, spricht leider nicht viel. Herr Meier. Nee. Müller. Nee, irgendein Allerweltsname. Guck aufs Schild oder in die Akte.«

Für Außenstehende muss es komisch klingen, aber bei uns haben alle Zimmer zwar Nummern, aber auch Städtenamen. Hat sich der Herr Otterle senior damals ausgedacht: »Frau Bullatschek, Senioren ordnet man nicht nach Zahlen. Das sind Menschen, die auch noch Wünsche und Träume haben und mit einem bestimmten Städtenamen vielleicht was Tolles verbinden, auch wenn sie da nicht mehr hinreisen können.«

Natürlich sind es nur solche Städte, bei deren Klang man schon an die große weite Welt denkt. Frau Häfele ist in London, Frau Spielmann in Venedig, Herr Strauß in Wien, Frau Bäuerle in Paris. Herr Seifert war früher mal in Rom, hat aber drauf bestanden, dass sein Zimmer in Stalingrad umgetauft wird. Na ja, passt gut. Da will eh keiner hin.

Ich fang mit der Grundpflege an und bring dann alle, die wollen und können, nach und nach in den Speisesaal. Heute sind wir ein bisschen später dran, weil wir durch den Personalausfall zeitlich hinterherhinken. Jetzt sind natürlich die besten Plätze schon weg, und Streit ist vorprogrammiert. Seit wir, dank Herrn Otterle junior, keine festen Sitzplätze mehr haben, gibt es bei jeder Mahlzeit mindestens eine unschöne Szene. Otterle ist der Ansicht, dass es den Wettbewerb zwischen den Senioren steigert und auch ein Anreiz ist, »morgens in die Puschen zu kommen«, wenn man seinen gewohnten Sitzplatz nicht sicher hat. Der hat gut reden. Er musste ja auch die Übergangsphase nicht mitmachen, in der es fast täglich Mord und Totschlag gab.

»Außerdem hält es geistig fit, wenn man sich mit wechselnden Tischpartnern unterhält! Das kenne ich aus meiner Zeit an der London Business School. Da saß der Craig aus South Carolina auch mal neben dem Ching Jong aus Peking«, hat er uns stolz erklärt.

»Und für unsere Bewerbung als ›Heim des Jahres‹ kann so was sicherlich nicht schaden!«

Mag ja sein, dass das gut für die Völkerverständigung bei irgendwelchen verwöhnten Business-Fuzzis ist, aber bei uns fliegen Gebisse, wenn wir Frau Schäfer aus »Lissabon« neben Frau Spielmann aus »Venedig« setzen. Ute und ich konnten ihn wenigstens davon überzeugen, die dementen Senioras und Senioren an ihren angestammten Plätzen zu lassen, die brauchen schließlich ihre gewohnte Umgebung. Das hat sogar Otterle eingesehen.

»Da sitze ich!« Frau Häfele bremst ruckartig ihren Rollator ab und bleibt bockig neben dem Tisch am Fenster stehen.

Die ältere Seniora im lila Samtkleid, die dort Platz genommen hat, schaut sie herausfordernd an. »Jetzt sitze ich hier, dann müssen Sie halt früher aufstehen!«

Ich versuche, zu vermitteln: »Frau Häfele, schauen Sie mal, da drüben am Gummibaum isch es doch auch schön!«

»Ich bin allergisch auf Gummi, das wissen Sie doch, Frau Bullatschek!« Frau Häfeles Augen funkeln gefährlich. Das sollte vermutlich ein Witz sein, denn Frau Häfele ist weder dement noch doof. Und allergisch schon zweimal nicht. Die Seniora im lila Samtkleid, das ein bisschen aussieht wie ein Morgenmantel aus dem vorigen Jahrhundert, löffelt unbeirrt ihren Joghurt weiter.

»Sie stehen jetzt sofort von meinem Platz auf!«, brüllt Frau Häfele durch den kompletten Speisesaal. Brüllen kann sie, das hat sie gelernt. Sie war früher Lehrerin an der örtlichen Grund- und Hauptschule und musste vermutlich öfter freche Lümmel in ihre Schranken weisen.

»Sie können mich mal, Sie alte Schabracke!«, wettert jetzt Samtmäntelchen. Die Situation scheint mir zu entgleiten. Als ich hilfesuchend zur Ausgabetheke schaue, winkt mir Frau Bertold aus der Küche hektisch zu. Sie hat den ganzen Zirkus mitverfolgt und bedeutet mir jetzt pantomimisch, dass an Herrn Kämmerers Tisch neben dem kleinen Springbrunnen noch ein Platz frei ist. Das ist die Rettung, bevor die beiden Grazien sich vor den Augen aller zerfleischen!

»Frau Häfele, ich hab einen Platz bei unserem Charmeur, schauen Sie mal, Herr Kämmerer sucht noch eine nette Tischgesellschaft.«

Beim Namen Kämmerer wird sie hellhörig.

»Wo? Wo ist er denn?«, fragt sie ungeduldig wie ein junges Mädchen. Ich deute auf den kleinen Zweiertisch am anderen Ende des Speisesaals. Ihr Blick folgt meinem Zeigefinger, und sofort braust sie mit ihrem Rollator davon. Samtmäntelchen murmelt nur ein kaum hörbares »Blöde Kuh« in ihre Serviette, als sie sich den Mund abwischt. Ich werfe ihr einen strengen Blick und ein kurzes »Na, na!« zu und renne zurück nach Südcorega, um die letzten beiden Senioren zu holen. Als ich mich beim Rausgehen noch mal umdrehe, sehe ich eine lachende Frau Häfele an Kämmerers Tisch sitzen, die sich nervös durch die Haare fährt. Bingo!

Kein Wunder, beim Herrn Kämmerer werden alle schwach. Wir haben nicht viele Männer im Heim, und Herr Kämmerer sieht mit seinem karamellfarbenen Teint, dem schlohweißen vollen Haupthaar und den stechend blauen Augen nicht bloß sensationell gut aus, er ist mit 94 auch einfach noch fit im Kopf, hat unglaublichen Charme und jede Menge Humor. Alle Senioras und Senioritas sind scharf auf ein Date mit dem Kämmerer, und ich kann es ihnen nicht verdenken. Wenn ich in dem Alter wäre … Also …

Mein Gehirn macht einen kurzen Gedankensprung, als ich die Treppe hochstürme. Date! Plötzlich fällt mir des versprochene Speed-Dating von Evelyn wieder ein. In der Tageszeitung war letzte Woche ein großer Bericht darüber gewesen, mit der Überschrift »Liebe im Schnelldurchlauf«. Und drunter war ein Foto von zwei jungen Männern im Karohemd, »Marco K. und Mustafa H., die die moderne Art des Kennenlernens« jetzt auch zu uns »in die Provinz« bringen wollen. Provinz! Frechheit! Wir haben vielleicht keinen Bahnhof, kein Schwimmbad, und wenn du zum Mc Donald's willst, muss du erst vier Kilometer zur Autobahnauffahrt fahren, aber wir sind doch keine Provinz! Wir haben unser Bistro, das *Pinocchio*. Und das haben – laut Pfleidelsheimer Tageblättle – die beiden Stuttgarter Partyveranstalter ausgesucht, um einen Testballon zu starten. »Man wird sehen, wie und ob diese Art des Flirtens in Pfleidelsheim angenommen wird« war der letzte Satz im Artikel. Leider haben sie dann auch noch einen Bericht im Radio gebracht, und innerhalb von zwei Stunden waren alle Plätze restlos ausgebucht gewesen. Ich hab mich ä bissle geärgert, dass ich net gleich angerufen hab, aber ich hätte im Leben net mit so viel Nachfrage gerechnet. So viele Singles haben wir hier gar net. Ich schätze, es kommen hauptsächlich Männer von außerhalb, und da würde ich mir schon gute Chancen ausrechnen. Die kennen mich ja nicht und sind vollkommen unvoreingenommen. Die wissen nicht, dass ich damals nur wegen der Sandra Seifert nicht Weinkönigin geworden bin, obwohl mir die Krone zustand, das war ein herber Schlag, ausgerechnet gegen meine Erzfeindin Sandra Seifert zu verlieren.

Sandra arbeitet auf dem Landratsamt und glaubt, sie sei was Besseres. »Ach, du bischt ja bloß in der Pfläge, Sybille, ich arbeite im Büro, des isch ä bissle anspruchsvoller als Hintern abwischen!«, hat sie mal zu mir gesagt. Pah! Was macht die denn den ganzen Tag? Stempel auf irgendwelche Ausweise und Papiere drücken, Kaffee trinken und freitags um zwei Feierabend. Ja, wahnsinnig anspruchsvoll.

Ich war mir so sicher, dass ich Weinkönigin werde. Ich war so gut vorbereitet und hätte bestimmt unseren Ort toll präsentieren können. Wochenlang hab ich Weine probiert: Riesling, Grauburgunder, Trollinger, Lemberger, bis mir des Zeug aus den Ohren rauskam und ich kurz davor war, den Anonymen Alkoholikern beizutreten.

Ich behaupte nach wie vor, die Sandra hat die Jury bestochen mit dem selbst gebrannten Schnaps von ihrem Vater. Die Evelyn hat sie am Abend vor der Wahl gesehen, wie sie beim *Grünen Baum* vorbeigegangen ist, wo die Jury sich getroffen hat – mit einem großen Korb mit Flaschen. Bestimmt hat ihr Vater für die Jury, in der übrigens bloß alte Männer sitzen, einen schönen Tropfen abgefüllt. Offiziell hieß es, es lag daran, weil meine Eltern keinen Weinberg haben. Inoffiziell hat jemand wohl gemeint, ich könnte »den Pflichten einer Weinkönigin« nicht nachkommen, weil ich ja in der Pflege arbeite und man da nie wüsste, ob es mein Dienstplan überhaupt zulässt, dass ich am Wochenende so oft weg bin. Im Endeffekt war es net ganz so schlimm. Das Dirndl, das meine Mutter für mich ausgesucht hatte, war eh viel zu eng, und mir war immer ganz schwindelig, wenn ich es ausgezogen hab, weil ich die ganze Zeit den Bauch eingezogen und die Luft angehalten hab. Spätestens beim dritten Termin wäre ich wahrscheinlich explodiert. Ich bin halt kein Dirndl-Typ. Aber eine Weinkönigin in Jogginghose wäre vielleicht net ganz so passend gewesen.

2. Einspringen zum Zweiten

Es ist kurz nach zehn, als ich zu meiner ersten Tasse Kaffee komme. Also Dienstkaffee, daheim hatte ich ja schon welchen. Evelyn reicht mir die Tasse mit dem Spruch: »Ich darf das, ich bin Pflägekraft« – der passt so gut. Ja, ich darf das. Ich darf Pause machen.

Beate hat sich mit ihrer Zigarette und dem Handy auf den Balkon verzogen, und so kann ich endlich Evelyn in die Mangel nehmen.

»Und, was ist jetzt mit dem Speed-Dating?«, frag ich gespannt.

»Also, pass auf.« Evelyn zieht einen der Stühle, die von Beate alle ordentlich unter den Tisch geschoben wurden, vor und lässt sich stöhnend drauf fallen. »Am Freitag ist überraschend noch ein Platz frei!«

»Woher weißscht du des?«

»Ganz einfach: Es ist mein Platz.«

»Und warum überlässt du den mir?«

»Weil ich schon ein Date habe! Ich hab gestern bei Pflegeliebe.de einen schnuckeligen Typen kennengelernt.«

»Auf Pflegeliebe.de?«, hake ich nach, weil ich es kaum glauben kann, dass sich da auch Männer rumtreiben, die nicht nur auf 20-jährige Blondinen mit einer Vorliebe für Sonnenuntergänge stehen.

»Ja, ich bin da total oft am Flirten, da musst du dich auch endlich mal anmelden, Sybille, das macht so einen Spaß.«

Ich überlege kurz, ob ich ihr sagen soll, dass ich längst da bin und dass sich auf meinem Profil so gar nix tut, lass es dann aber lieber. Schließlich will ich kein Mitleid und ihr schon gar nicht die Laune verderben. Und für mich ergibt sich durch ihr Glück ja jetzt eine neue Chance.

»Musst dich halt nur beim Speed-Dating als Evelyn Neuberger ausgeben«, sagt Evelyn und nimmt einen großen Schluck aus ihrer »Keep calm and pfläge«-Tasse. »Merkt doch keine Sau.«

»Na ja, mir sind aber in Pfleidelsheim und net in Berlin, da kennt mich doch jeder«, gebe ich zu bedenken.

»Und wenn schon! Wenn du erst mal auf dem Flirtstuhl sitzt, fragt doch keiner mehr nach. Und den Typen kannst du ja erklären, dass du in Wirklichkeit anders heißt, als es auf dem Namensschild steht!«

»Stimmt auch wieder!« Evelyn reicht mir eine pinkfarbene Postkarte, auf der in großen weißen Buchstaben steht: »Glückwunsch, Evelyn! Du bist dabei! Finde eine heiße Verabredung bei unserem Speed-Dating. Wo: *Bistro Pinocchio*. Wann: 19 Uhr, Freitag, 28. Februar.«

Das Wort »Evelyn« ist nachträglich mit einem schwarzen Textmarker eingetragen worden. Ich gehe zum Spind und stecke die Karte in meinen Rucksack. Als ich rauskomme und mich noch mal bedanken will, ist Evelyn schon in Paris verschwunden, Frau Bäuerle braucht einen neuen Verband für ihren Fuß.

Ich hab am Freitag Frühdienst – das passt perfekt. Dann hab ich noch den ganzen Nachmittag, um mich hübsch zu machen. In Gedanken überlege ich schon, was ich anziehen könnte. Vielleicht die Jeans und die geblümte Bluse, von der immer alle sagen, dass ich darin aussehe wie eine amerikanische Schauspielerin. Also fast alle. Beate hat neulich gemeint, ihre Oma hätte in dem Muster mal ein Nachthemd gehabt – aber Beate kann ihre kleinen Sticheleien einfach net lassen. Läuft selber rum wie eine graue Maus, aber wenn dann mal jemand anderes farbenfroh hervorsticht, kann sie es nicht ertragen. Gut, die muss sich auch nicht mehr stylen, die hat ja ihren Peter. Seit 25 Jahren sind sie verheiratet. Das weiß ich deshalb so genau, weil sie neulich, als sie silberne Hochzeit hatten, eine riesige Platte mit Kuchen mitgebracht hat. An dem Tag war aber so viel zu tun, dass ich erst am Dienstende dazu gekommen wäre, mir ein Stück zu nehmen. Aber da hatte sie die Glasplatte schon gespült und den Rest vom Kuchen in den Müll geschmissen, obwohl ich ihr gesagt hab, dass sie mir doch bitte was aufheben soll.

»Tja, zu spät. Tut mir leid!«, hat sie nur achselzuckend gemeint.

Im Grunde ging es ihr nur um ihre blöde Platte. Beate erträgt es nicht, wenn was rumsteht oder dreckig ist. Du legst einen Kugelschreiber hin – weg. Beate. Dein Kaffeebecher steht halb voll auf dem Tisch im Aufenthaltsraum und du gehst kurz aufs Klo – weg. Beate.

Neulich hab ich Frau Bäuerle auf den Flur geschoben, um mit ihr ein bisschen in die Sonne zu gehen, komme zwei Minuten später wieder – weg. Beate. Da hatte sie sie wieder in ihr Zimmer verfrachtet. Die hat so einen Ordnungssinn, das ist schon krankhaft. Ich hab also Frau Bäuerle wieder rausgeholt und sie in den Garten geschoben. Aber da war keine Sonne mehr. Weg! Ich wette, das war auch Beate.

Ich war bisher erst einmal bei ihr daheim. Da ist es so sauber, da könnte man auf dem Boden eine Herz-OP durchführen. Da steht auch nix Unnützes rum, so wie bei mir oder bei der Evelyn. Die Bücher im Schrank sind nach Farben geordnet, und die Küche sieht aus wie in einem von diesen Möbelhaus-Katalogen. Was mich dann aber dennoch leicht irritiert hat, war die Couch im Wohnzimmer. Die haben sie schon seit drei Jahren, aber da ist immer noch der Plastikbezug von der Lieferung drauf. »Damit nix dran kommt«, hat Beate uns dann erklärt. »Seid bitte vorsichtig, wenn ihr euch draufsetzt, die war teuer!« Ich bin ständig gerutscht, weil man auf dem Plastik gar keinen Halt hat. Im Sommer muss man sich da drauf halb totschwitzen, hab ich gedacht, aber vielleicht sitzen der Peter und sie auch gar nicht drauf, sondern gucken auf unbequemen Klappstühlen fern.

Als ich das der Evelyn erzählt hab, hat sie nur ungläubig den Kopf geschüttelt. »Na ja, andererseits ist es doch praktisch, Sybille, überleg mal: Wenn es den Peter, was wir nicht hoffen wollen, auf der Couch dahinrafft, liegt er schon auf der Plastikfolie, dann muss Beate ihn nur noch einrollen und raustragen!« Ich bin fast zusammengebrochen vor lachen.

Gerade als ich mit Herrn Wiedemann rückwärts aus dem Aufzug ausparken will, stoße ich mit Otterle zusammen, der den Flur entlangstürmt und dermaßen in die Unterlagen in seiner Hand vertieft ist, dass er mich glatt überrennt.

»Mensch, passen Sie doch auf, wo Sie hinfahren!«, motzt er drauflos und schaut nur kurz von seinem Papierstapel hoch. Dann schaut er wieder auf seine Zettel und wieder hoch. Ein bisschen wie in einem GIF im Internet. »Frau Bulladings, äh, …tschek. Was machen Sie denn hier?«, fragt er mich erstaunt.

»Ich arbeite hier, schon vergessen?«, entgegne ich kess und klopfe mir innerlich auf die Schulter für meine Schlagfertigkeit.

»Das weiß ich, aber warum jetzt?« Er zieht den Ärmel seines Jacketts zurück. Eine hellbraune Uhr kommt zum Vorschein, das Armband sieht aus wie eine Spritze, die einmal ums Handgelenk gewickelt ist. Wahrscheinlich wieder so ein Geschenk von seinen Pharmafreunden. Erinnert ein bisschen an die essbare Uhr, die ich als Kind gern gelutscht hab und die an einer Gummikette mit bunten Brauseringen befestigt war. Ich bezweifle allerdings, dass Otterle an der Uhr leckt. Obwohl. Wer weiß …

»Sie sind heute für den Spätdienst eingetragen!«, teilt er mir jetzt mit. »Was machen Sie also hier?«

»Ich bin eingesprungen für Frau Reichenbach, die ist krank!«

»Ach, das ist ja interessant, und wann wollten Sie mir das mitteilen?«

Ich bin kurz davor, ihm noch eine meiner schlagfertigen Antworten vor den Latz zu knallen und zu sagen: »Heute Morgen um sechs, aber wir dachten, Sie schlafen lieber aus!« Dann lasse ich es aber bei dem Satz bewenden: »Das Team hat mich heute früh angerufen, ich war die Einzige, die konnte!«

»Das ist ja toll!«, stöhnt Otterle jetzt, und ich freue mich kurz über das Lob, das gar keines ist. »Tja, Frau Bullatschek, die Frage ist jetzt nur: Wer übernimmt dann Ihren Spätdienst? Sie wissen, dass ich gegen Doppelschichten bin!«

Erstens hatte ich garantiert net vor, eine Doppelschicht zu schieben, und zweitens weiß ich natürlich, dass er gegen Doppelschichten ist, denn das hat er neulich lang und breit erklärt: »Ich dulde keine Doppelschichten. Dabei sinkt die Konzentration, es passieren Fehler, und ruckzuck hat man die Heimaufsicht am Hals. Das können wir uns nicht leisten, wir sind jetzt schließlich eine Business Company im Health-and-Care-Sektor und streben den nationalen Titel ›Heim des Jahres‹ an. Das bedeutet bundesweites Ansehen! Stellen Sie sich das vor! Wir kommen auf den Titel sämtlicher Pflegezeitungen!«

Es geht also net darum, uns Pflägekräfte zu schonen, nein, natürlich nicht. Wir sind ihm eigentlich relativ egal. Die Heimaufsicht und sein blöder Wettbewerb sind seine einzige Sorge.

Zum Glück weiß ich mehr als er. »Kein Problem, die Frau Mössner übernimmt meinen Spätdienscht«, beruhige ich ihn. Ich hoffe, dass Ute bis zur Spätschicht mit Bobo vom Tierarzt zurück ist, wie sie am Telefon versprochen hat. »Also wenn der Gummiball bis dahin gefunden worden isch!«

»Bitte, was?!« Otterle schaut irritiert.

»Also der Hund von Frau Mössner hat einen roten Quietsche-Gummiball ver…«

Otterle winkt ab. »Sehen Sie zu, dass Ersatz da ist, Details interessieren mich nicht!«

Genauso unverhofft, wie er aufgetaucht ist, ist er auch wieder verschwunden. Herr Wiedemann schaut mich teilnahmsvoll an und fragt: »Was ist denn mit dem armen Hund von der Frau Mössner?«

Während ich ihn in sein Zimmer schiebe, schildere ich ihm ausführlich die Geschichte, wie sie mir die heulende Ute berichtet hat: Bobo hat wohl einen großen roten Gummiball verschluckt. Das zumindest befürchtet Ute, weil der Ball nirgends aufzufinden ist und Bobo sich so komisch verhält. Jetzt wird ihm beim Tierarzt ein Kontrastmittel gespritzt, um zu gucken, ob sich der Ball in seinem Magen befindet.

»Ich frage mich bloß, wie ein so kleiner Hund einen apfelsinengroßen Ball verschlucken kann«, denke ich laut.

»Also wenn der Hund quietscht, wenn man ihm auf den Bauch drückt, dann ist der Ball noch drin!« Ich muss über Herrn Wiedemanns Witz lachen, obwohl ich mir nicht sicher bin, ob es einer war. Ein Tipp, den ich auf keinen Fall an Ute weitergeben werde.

Der Vormittag verläuft sonst zum Glück relativ ruhig. Ein typischer Mittwoch. Keine Ahnung, warum, aber mittwochs ist eigentlich immer am wenigsten los. Das Einzige, was man ab und zu hört, wenn man den Flur langgeht, ist Frau Bäuerle, die beim Wissensquiz mit Saskia im Fernsehzimmer die richtigen Antworten reinbrüllt. »MOZART!«, tönt es durch die geschlossene Tür, und ich höre, wie Saskia sie zum erneuten Mal ermahnt, die anderen auch zu Wort kommen zu lassen. Saskia ist von der Betreuung und kommt immer mittwochs um 11, um den Senioren den Vormittag ein bisschen zu verschönern. Ich spiele für mein Leben gern und bin manchmal fast ein bisschen neidisch, dass ich keine Zeit hab, mitzumachen. Andererseits, Mensch-ärgere-dich-nicht! mit der Zielgruppe Ü-80 ist auch nicht immer leicht. Ich hab mich einmal dazu überreden lassen, als wenig los war – Frau Häfele, Frau Spielmann, Herr Seifert und ich. Frau Spielmann hat ständig geschummelt und ist mehr Felder vorgerückt, als sie gewürfelt hat, und Herr Seifert ist der schlechteste Verlierer ever! Als er gemerkt hat, dass ihm die Felle davonschwimmen, beziehungsweise er immer rausgekickt wird, hat er einfach seine Plastik-Spielfigur in den Mund gesteckt und runtergeschluckt. Ich bin sofort panisch losgerannt, um Hilfe zu holen. Als ich mit der Evelyn zurückgekommen bin, hatte er die restlichen drei auch noch verschluckt. Also Figuren, net Senioren. Der

Sanitäter hat mich berechtigterweise gefragt, ob Seifert dement wäre. Ich war ehrlich und hab gesagt: »Nein, der isch einfach nur verrückt.«

Er wurde dann mit Blaulicht ins Krankenhaus gebracht. Das hat ihm gefallen – endlich mal die volle Aufmerksamkeit! Schon als die Sanitäter ihn rausgetragen haben, hat er alle Senioren, die im Flur saßen und neugierig geguckt haben, mit einem triumphierenden Blick bedacht. Dem Kämmerer hat er mit den Fingern ein V gezeigt. Wahrscheinlich für »Vollidiot«. Im Grunde ist er ja eine arme Wurst. Nur, dass Würste nicht so viel Aufmerksamkeit brauchen. Sie haben ihm dann den Magen ausgepumpt, und alle vier Figuren sind wieder aufgetaucht. Und sogar noch ein Würfel vom Kniffel. Keiner weiß, wie lang der verschwunden war.

So viel zum Spielen mit Senioren. Man muss also aufpassen, dass sie nix in den Mund stecken und im besten Fall gewinnen. Wie Kinder. Oder Hunde, um beim Thema zu bleiben.

Um 13.45 kommt eine extrem gut gelaunte Ute mitten in die Übergabebesprechung gerauscht, schmeißt ihren Schlüsselbund auf den Tisch und zieht umständlich ihre dicke Daunenjacke aus. Ich guck sie fragend an und forme mit den Lippen das Wort »BOBO«, um rauszufinden, ob es Neuigkeiten vom Quietscheball gibt. Sie zeigt mir einen Daumen hoch und flüstert ein leises »Alles gut«. Dann versucht sie, sich möglichst unauffällig einen Platz zu suchen, was bei Ute nie gelingt. Ute kann net unauffällig. Das liegt einerseits an ihrer Größe und Statur – sie bringt bei ihren 1,65 m gut 120 Kilo auf die Waage – und zum anderen an ihrer Ungeschicktheit. Wenn im Haus Sonnenuntergang was runterfällt, kann man zu 90 Prozent davon ausgehen, dass Ute Mössner nicht weit ist. Heute ist es eine Kaffeetasse, die sie mit ihrer Daunenjacke, die sie sich schwungvoll von den Schultern reißt, fast zu Fall bringt. Milena, die danebensitzt, reagiert geistesgegenwärtig und fängt die Tasse wie bei einer Zirkusnummer gerade noch auf. Sie bekreuzigt sich, wie immer, wenn Unheil von ihr abgewendet wurde, und Ute findet die Situation selbst so komisch, dass sie glucksend in sich reinlacht. Das ist das Schlimme, man kann ihr nie böse sein, weil sie einfach so herzerfrischend dabei lacht. Die Einzige, die für so viel Kontrollverlust kein Verständnis hat, ist Beate. Und Otterle natürlich. Aber der ist ja zum Glück bei der Übergabe nie dabei.

Beate wirft Ute einen strengen Blick zu und legt mahnend den Zeigefinger auf den Mund, was so viel heißt wie »Pssst. Wir machen erst die Übergabe, und dann kannst du Deine Tierarztstory loswerden oder Tassen runterschmeißen, oder beides.«

Dann berichtet Beate der Spätschicht ausschweifend, warum Frau Grube gestürzt ist, wie der behandelnde Arzt heißt, welches neue Medikament Herr Maurer kriegt, was der neue Senior in New York nicht essen darf und warum die Tür zur Terrasse zubleiben muss. (Jemand hat wieder eine Maus gefüttert, die jetzt ständig versucht, ins Heim zu schleichen.)

Als Beate schließlich fertig ist, hör ich mit halbem Ohr, wie Ute zu Sascha sagt: »Na ja, aber es geht ihm so weit gut.« Und dann lacht sie wieder schallend. Ich geh davon aus, dass sie von Bobo spricht, und frag, ob mit dem kleinen Kläffer wieder alles okay ist.

»Ja, dem geht es gut. Der Markus ist jetzt das Problem!«

Markus ist Utes Mann, der als IT-Fachmann meistens von daheim aus arbeitet.

»Wieso, hat der jetzt den Ball verschluckt?«, scherze ich. Ute lacht jetzt noch lauter.

»Nee, der hat den Ball gefunden, hinten in der Ecke, unter seinem Computer-Tisch. Er angelt ihn vor, aber gerade als er sich aufrichten will, hat er vergessen, dass er unter dem Tisch hockt, geht volle Pulle hoch mit dem Kopf, die Tischplatte wackelt, der Computer auch, und in dem Moment, wo er gucken will, ob was umgefallen ist, knallt ihm der Monitor voll auf den Kopf. Platzwunde.«

»Ach du heilige …!«

»Deshalb bin ich auch so spät. Erst mit dem armen Bobo zum Tierarzt, der kotzt übrigens die ganze Zeit vom Kontrastmittel, und dann noch mit Markus in die Notaufnahme! Also wenn ich jetzt noch die Tasse umgeschmissen hätte …«

Die Ungeschicktheit scheint in der Familie zu liegen. Komisch. Dabei sind sie doch gar net verwandt. Also hoffe ich zumindest.

Als ich heimkomme, leuchtet das Licht an meinem Anrufbeantworter. Vier verpasste Anrufe, aber nur eine Nachricht: Mama. Natürlich. Wenn sie mich auf dem Handy net erreicht, quatscht sie mir den eben voll. »Sybille, wo bischt du denn, es isch jetzt zehn Uhr! Du liegscht doch net etwa immer noch im Bett? Ich weiß, dass du keinen Dienscht hascht, also ruf die Mama mal zurück!«

Das ist auch typisch für meine Mutter. Sie spricht von sich in der dritten Person. »Die Mama.« Warum sagt sie nicht »mich«? Ich stell mir vor, ich würde bei Otterle anrufen und auf Band sprechen: »Also, rufen Sie die Frau Bullatschek mal zurück!« Der würde denken, ich hab einen an der Waffel.

Damit endlich Ruhe ist, tippe ich hastig ihre Nummer ins Telefon: 522. Bei uns hat man noch kurze Nummern, die muss man nicht speichern. Die kann sich jeder merken.

»Bullatschek«, tönt es am anderen Ende der Leitung. Das Radio im Hintergrund ist so laut, dass ich meine Mutter kaum verstehe. Ich brülle ins Telefon: »Mach doch mal die Musik aus, ich kann dich net verstehen!«

»Moment, ich muss die Musik ausmachen, ich versteh dich sonscht net!«

Ich rolle die Augen, was sie zum Glück nicht sieht, denn das mag sie gar net. Früher hat sie immer gesagt, die bleiben stehen, wenn man das zu oft macht. Als etwas Ruhe eingekehrt ist, fragt sie, wie es denn sein könne, dass ich während dem Dienst telefoniere.

»Mama, ich hatte Frühdienscht!«

»Also doch! Warum hast du mich denn dann heute Morgen angelogen?«

»Ich hab net gelogen, da wusste ich's doch noch net!«

»Sybille, du wirst auch immer vergesslicher.«

»Ich bin eingesprungen für die Claudia!«

»In deinem Alter fängt das an. Das war bei mir auch so! Einmal steh ich beim Blumen-Scheuerle, und weißt du was? Da hatte ich doch glatt meinen Geldbeutel daheim vergessen. Da war ich Anfang 40. Man denkt, das kommt erst im Alter, aber weit gefehlt! Dein Vater ist noch viel schlimmer, vielleicht hast du es ja von dem!«

Ich gebe auf. Soll sie doch denken, dass ich vergesslich bin.

»Mama, warum hascht du mich denn heut früh angerufen?«

»Ich? Hattest du net MICH angerufen?«

»Nein!«

»Ach, jetzt weiß ich es wieder! Im Pfleidelsheimer Tageblättle stand vor ein paar Tagen, dass es eine Partneraktion für Schwervermittelbare gibt. Also für Singles wie dich. Es gibt irgendein neumodisches Wort dafür, fällt mir grad net ein.«

Ich weiß, dass sie auf das Speed-Dating anspielt, beschließe aber, ihr nix davon zu sagen, dass ich dank Evelyn noch einen Platz gekriegt hab. Meiner Mutter darf man so was unter keinen Umständen erzählen. Die ist so verrückt nach einem Schwiegersohn, die treibt einen in den Wahnsinn damit. Sie würde mich noch am gleichen Abend anrufen und ausfragen, wie es war, ob die Männer nett waren, wie sie ausgesehen haben, und vor allem, was sie beruflich machen. Dann würde sie fragen, warum ich den Bänker nicht genommen hätte, denn das wäre doch ein sicherer Job. Ganz ehrlich: Am liebsten würde sie wahrscheinlich selbst mitgehen und einen für mich aussuchen.

»Ja, hab ich gehört, aber ist schon alles ausgebucht«, sage ich beiläufig, als würde es mich gar nicht interessieren.

»Ja, aber das wär doch was für dich!«

»Ja. Aber es isch AUSGEBUCHT!«

»Warum denn? Wer geht denn da alles hin?«

»Keine Ahnung, aber ich sicher net.«

»Ach, wie schade, überleg es dir doch noch mal.«

»Mama, da gibt es nix zu überlegen, man kommt bloß mit einer Eintrittskarte rein, und die hab ich net«, lüge ich jetzt, ohne mit der Wimper zu zucken.

»Aber des wär doch toll!«

»Ich muss jetzt Schluss machen, will noch kurz in die Stadt ...«

Wir sagen immer »Stadt«, obwohl sich unsere Fußgängerzone auf eine Straße mit acht Geschäften beschränkt. Klingt halt einfach besser als »Dorf« oder »Örtle«.

»Na ja gut, ich wollt es dir ja auch bloß sagen, net, dass es hinterher wieder heißt, die Mama hätte es dir net erzählt!«

»Ja, total lieb von dir! Mach's gut, bis später vielleicht, tschüss!«

»Ade, und kauf net so viel in der Stadt!«

Klick. Aufgelegt.

Ich will tatsächlich in die Stadt, aber nicht zum Einkaufen, sondern zum Friseur. Meine Haare sehen aus wie ein Wischmopp. So kann ich unmöglich morgen im *Pinocchio* aufschlagen. Ich hoffe, dass ich spontan noch einen Termin bei *Hairy und Sally* kriege.

Ich war ewig nicht mehr da und weiß schon genau, was für ein Gesicht die Mandy machen wird, wenn sie meine kaputten Spitzen sieht. Aber wenn ich ihr erst mal sage, dass ich ein Date habe, wird sie bestimmt Verständnis haben und einsehen, dass es ein Notfall ist.

Als ich durch die Scheibe gucke, bin ich erleichtert: Da sitzen nur ein paar Frauen mit Alufolie auf dem Kopf. Doch der Schein trügt. Als ich frage, ob ich noch eine Chance auf eine Frisur hätte, schaut Mandy angestrengt auf eine Liste. »Mit Wartezeit. Nur mit Wartezeit. Heute ist die Hölle los!« Ich schaue in den halb leeren Salon. Vielleicht sollte sie mal zu uns ins Heim kommen, dann könnte ich ihr zeigen, was ich unter

»die Hölle los« verstehe. Aber ich reiß mich zusammen. Ist ja schon nett, dass sie mich dazwischenschiebt.

Ein junges Mädchen mit lila Haaren dirigiert mich auf die Stühle in der »Wartelounge« und fragt, ob ich einen Kaffee möchte. Ich lehne dankend ab. »Wenn ich jetzt Kaffee trinke, liege ich die halbe Nacht wach, und ich hab morgen Frühdienscht und dann ein Date, da muss ich frisch aussehen!«, teile ich ihr stolz mit. Das Kaugummi kauende Mädchen schenkt mir ein gequältes Lächeln und dampft wieder ab.

Und dann heißt es warten. Ich ärger mich ein bisschen, dass ich gestern nicht angerufen hab. Scheint ja echt viel los zu sein. Es laufen zwar ständig irgendwelche schwarzbekleideten Mädels mit bunten Haaren und diesen Scherenschürzchen, die sie um die Hüfte gebunden haben, an mir vorbei, aber die ignorieren mich konsequent. Wahrscheinlich Auszubildende, die nur Haare waschen dürfen, denk ich bei mir. Unsere Azubis setzen ja auch keine Spritzen. Moment mal. Welche Azubis? Wir haben nur Steffi. Sonst gab es keine Bewerbungen. Hier hingegen scheint ein Nest zu sein. Die Friseurbranche zieht dann doch mehr junge Menschen an als die Pfläge. Ich frage mich, warum das so ist, die verdienen ja später ungefähr halb so viel wie eine Examinierte.

Nach anderthalb Stunden geht es endlich voran. Zeitgleich mit mir ist ein circa 15-jähriges Mädle dran, das sich, wie ich mitkriege, für ein Musikvideo stylen lassen will, was sie bei YouTube hochladen möchte. Nicht ihr erstes, wie sich rausstellt. Scheinbar hat sie mit einem gewissen Jason schon eins gedreht, das recht erfolgreich war. Ich bin net so oft bei YouTube, aber die Ute leitet mir ständig irgendwelche Videos weiter. Das letzte hieß: »Schüchternes Kätzchen auf Hochhausdach wird von Feuerwehrmann gerettet.« – War recht unspektakulär, weil irgendjemand das Kätzchen wohl extra da platziert hatte, es war nämlich angeleint. Und es war auch kein Hochhaus, sondern ein Garagendach. Ich glaub, der Mann hatte ein Faschingskostüm an und war nicht mal ein echter Feuerwehrmann. Die Titel werden immer so aufgeblasen, nur damit die Leute draufklicken. Darauf fall ich net rein! Dann sollen sie doch wenigstens kreativer sein. »Schüchterner Feuerwehrmann auf Hochhausdach von Kätzchen gerettet«, hätte ich sofort angeklickt.

Die Auszubildenden, für die ich eben noch Luft war, scharen sich jetzt um den Stuhl der YouTuberin wie Wespen um ein Stück Torte.

Wir sitzen auf unseren höhenverstellbaren Stühlen direkt nebeneinander, der YouTube-Star und ich. Als ich unsere beiden Gesichter so im Spiegel nebeneinander sehe, fällt mir auf, wie wenig Falten sie im Gegensatz zu mir hat. Gut, mit 15 hatte ich auch noch keine.

Mandy hüpft jetzt nervös um sie rum und stellt eine Frage nach der anderen. »Und den Jason kennst du persönlich? Wie ist der denn so privat? Sieht der in echt genauso gut aus wie im Video?« Eine der Auszubildenden, die eine Frau hinter mir frisiert, hat jetzt einen Föhn angemacht, der so laut ist wie ein Presslufthammer, und ich muss die Ohren gut spitzen, um alles zu verstehen. Der faltenfreie Teenager antwortet mit einem Augenaufschlag, den sie bestimmt stundenlang geübt hat: »Du, der Jason ist MEGA!«

Dann geht es endlich auch bei mir los. Chrissy kommt zu meinem Stuhl und fragt, was denn bei mir gemacht werden soll. »Die Spitzen. Nur die Spitzen, aber auf keinen Fall zu kurz, ich geh morgen zum Speed-Dating!« Keine Reaktion. Wahrscheinlich ist Speed-Dating nur was für Leute Ü30. Ich hab sowieso das Gefühl, dass sie mir überhaupt nicht zuhört. Ständig schaut sie im Spiegel neidisch zu Mandy und ihrer prominenten Kundin rüber und schwärmt mir jetzt auch die Ohren voll, wie mega doch Jason und sein dämliches Video sind.

Ich kann es nicht mehr hören. Als wir beim Haarewaschen sind, denk ich, Zeit, auch mal aufzutrumpfen, Sybille. Ich bin schließlich Kundin, da kann sie sich auch mal was aus meinem spannenden Leben anhören. »Wir sind jetzt eine Business Company im Health-and-Care-Sektor und werden wahrscheinlich ›Heim des Jahres‹!«, erkläre ich stolz und verhaspele mich prompt beim th von Health.

»Ach, echt? Und worum geht es da so?«, fragt Chrissie gespielt interessiert. »Ist das Wasser so okay? Oder wärmer?«

»Nee, isch okay, äh, was war die Frage? Ach so, worum es geht. Na ja, um unseren Job, die Altenpflege.«

Jetzt lächelt sie mit ihren pinkfarbenen Lipglosslippen schief und meint leicht herablassend: »Ach ja, du arbeitest ja da in diesem Seniorenheim. Und wie sind die so, die, äh, alten Leute?«

»Na, super«, sag ich, »zum Beispiel der Herr Seifert, der hat neulich einen Bollen gebracht, der hat ...!« Und als ich gerade die Geschichte mit Seifert und dem »Mensch ärgere Dich nicht«-Spiel erzählen will, unterbricht sie mich: »Also ich könnte das ja nicht! Immer den Tod vor Augen!« Keine Ahnung, was sie meint.

Beim Schneiden sagt sie dann gar nichts mehr. Sie summt zu irgendeinem Dancesong mit, der aus den kleinen Lautsprecherboxen auf der Heizung tönt.

Plötzlich lässt Mandy am Nachbarspiegel die Schere fallen und rennt wie von der Tarantel gestochen zum Radio. Sie dreht mit ihren Glitzernägeln am runden Lautstärke-Knopf und kreischt hysterisch: »Der Jason!! Das ist Jasons neuer Song, ›I'm motherfucking funky‹!«

Alle Mitarbeiterinnen tanzen plötzlich wie irre zum Takt der Musik, als wären wir in einem Club in Berlin und nicht in einem piefigen Friseursalon in Pfleidelsheim. Chrissie schneidet im Rhythmus der Musik meine Haare, was beängstigend aussieht, denn sie hat dabei so einen irren Blick. Sie tanzt in ihrer enganliegenden schwarzen Jeans um meinen Stuhl rum, streckt ab und zu die Hände in die Luft, wedelt mit der Schere von rechts nach links und ruft zeitgleich mit den anderen »Motherfucking«.

Für einen kurzen Moment denke ich, sie wären alle verrückt geworden. Das passiert! Das hab ich mal in einem Film gesehen, da hat der Friseur die Kundin mit der Schere am Ende erstochen, und das Blut spritzte über den ganzen Spiegel. Oh Gott. Vielleicht hat sie das gemeint, als sie vorhin sagte »Immer den Tod vor Augen!«. Panik steigt in mir auf. Ich muss verhindern, dass was Schlimmes passiert. Sicherheitshalber fange ich an, zu schreien. Ich schreie gegen die Musik an, was nicht leicht ist, denn der Lautstärkeregler ist voll aufgedreht. Eigentlich will ich bloß »Stopp« rufen, brülle dann aber: »Nein! Ich will nicht sterben!«

Plötzlich ist es still. Totenstill. Mandy hat sofort die Musik runtergedreht, und alle schauen irritiert auf mich. So, wie man guckt, wenn der Nachbar bei der Party mit der Polizei in der Tür steht. Die YouTube-Tussi schüttelt nur mit dem Kopf, wirft mir einen mitleidigen Blick zu und vertieft sich dann wieder in ihr Handydisplay. Ist mir aber egal. Bevor mir irgendeine durchgeknallte Friseuse vor lauter Euphorie eine Schere in die Rippen rammt oder mir eine Glatze schneidet, wehr ich mich. Auch wenn ich den Hass der Naildesign-Undercut-Fraktion auf mich ziehe. Leider hab ich motherfucking Jason zu spät abgewürgt. Meine Haare sind jetzt kurz. Viel zu kurz. Ich kann keinen Zopf mehr machen. Blöder Jason! Ich hasse seinen Song!

3. Funky Motherfucker

Ich wache um 4.30 Uhr schweißgebadet auf. Ich hatte einen furchtbaren Albtraum von diesem Jason. Er kam mit einer Riesenschere in den Salon gestürzt, dann hat er erst Chrissy und dann Mandy abgemurkst. Chrissy hat noch versucht, sich zu wehren, und dabei ist einer ihrer langen lilafarbenen Glitzernägel abgebrochen. War aber egal, zwei Minuten später hing sie eh tot über dem Waschbecken. Dann hat Jason die YouTube-Tussi in ihrem Stuhl so doll gedreht, dass ihre blonden Locken wild umhergeflogen sind. Mir ist schon vom Zugucken schlecht geworden. Dabei hat er immer gebrüllt: »Mein Song heißt ›Funky Motherfucker‹ und nicht ›Motherfucking funky‹!«

Ich sollte keinen Alkohol mehr trinken, bevor ich ins Bett gehe. Bekommt mir nicht. Waren aber erstens nur zwei kleine Baileys auf Eis und zweitens die einzige Möglichkeit, meine Verzweiflung über meine neue Frisur einigermaßen in den Griff zu kriegen. Außerdem hab ich bis elf Uhr nachts Klamotten anprobiert. Wahrscheinlich zieh ich den engen Jeansrock zum Speed-Dating an, mal gucken, aber das überleg ich mir nach dem Frühdienst, ich hab ja den ganzen Nachmittag Zeit.

Eigentlich könnte ich noch ’ne gute halbe Stunde schlummern, bis mein Wecker klingelt, aber ich bin zu aufgeregt. Heute wird ein spannender Tag. Fünfeinhalb Stunden Schlaf sind jetzt nicht gerade viel, aber ein starker Kaffee wird mich hoffentlich retten.

Ich schiebe den Vorhang zur Seite und reiße kurz das Schlafzimmerfenster auf, um zu gucken, wie das Wetter ist. Draußen ist es stockfinster. Die Stromsparmaßnahmen von der Stadt sind wirklich eine Frechheit. Ich strecke meinen rechten Arm mit der Handfläche nach oben aus und prüfe den Niederschlag. Ein arktisch kalter Luftschwall umweht mein Nachthemd. Aber kein Schnee, kein Regen, kein Hagel. Mist! Ich hab mir geschworen, dass ich heute ausnahmsweise mit dem Fahrrad ins Heim fahre, sollte es trocken sein. Im Wetterbericht haben sie gestern Schneeregen angekündigt, aber auf die kann man sich ja auch nicht mehr verlassen. Lust hab ich keine, bei der Eiseskälte Rad zu fahren, aber Vorsatz ist Vorsatz. Ein bisschen Fitness wird mir an einem solch wichtigen Tag guttun. Außerdem kann ich dann beim Date heute Abend sagen, ich hätte heute Morgen um halb sechs schon Sport gemacht, vor dem Frühdienst. Das klingt so dynamisch. Ich muss natürlich hoffen, dass keiner genauer nachfragt, denn »ich bin drei Kilometer mit dem Hollandrad zur Arbeit gefahren« klingt nicht halb so sexy, wie wenn Madonna sagt, sie hätte eine Stunde Yoga gemacht und wäre dann noch drei Stunden im »GYM« zum Workout gewesen.

Das hab ich gestern übrigens bei *Hairy und Sally* in einer dieser zerfledderten Klatschzeitungen gelesen. Madonna turnt eigentlich den ganzen Tag. Und das mit über 60! Aber die hat ja auch für alles ihre Leute. Privatkoch, Personal Trainer, sogar einen jugendlichen Lover. Die muss nicht mehr zum Speed-Dating, um einen kennenzulernen. Obwohl ich es lustig fände. Ich sehe ihre Einladung direkt vor mir. Sieht genauso aus wie die von Evelyn, nur dass jemand mit schwarzem Edding MADONNA draufgeschrieben hat. Beim Gedanken, dass Madonna heute Abend auch im *Pinocchio* auftauchen könnte, muss ich kurz lachen.

Aber wer weiß, was für schicke Frauen da heute Abend auftauchen (abgesehen von Madonna, hahaha). Bisher hab ich mir ja nur über die Männer Gedanken gemacht. Die Konkurrenz schläft bekanntlich net. Ich pack meinen Rucksack, schlüpf in die dicke Jacke mit dem Teddyfell und zieh die Tür zu.

Und genau in dem Moment fällt mir ein, dass mein Wohnungsschlüssel auf dem Küchentisch liegt. Bravo! Ich hab stattdessen den Autoschlüssel eingesteckt. Wo hab ich bloß meinen Kopf. Dann muss ich wohl oder übel heute Mittag einen Ersatzschlüssel holen, entweder bei meinen Nachbarn oder bei meinen Eltern. Ich hoffe, die Kotterers, die unter mir wohnen, sind dann da. Ich hab wenig Lust, bei meinen Eltern vorbeizufahren und mir schon wieder von meiner Mutter anzuhören, dass ich immer vergesslicher werde.

Es ist noch kälter, als es vorhin am Fenster schien. Unser Thermometer, das direkt neben dem Hauseingang hängt, zeigt 22 Grad. Das haben die Kotterers von ihrem letzten Urlaub auf Teneriffa mitgebracht. Scheint nicht so eine gute Qualität zu sein, denn es zeigt immer 22 Grad an. Auf Teneriffa sind jetzt bestimmt 22 Grad, denk ich und überlege, wann ich das letzte Mal im Urlaub war. Lange her. Ich muss unbedingt demnächst meinen Urlaub für den Sommer einreichen, sonst sind die guten Termine wieder alle weg. Ich guck auf die Handy-App: minus fünf Grad. Bei meinem Fiesta, der direkt vor der Tür steht, sind sogar die Scheiben gefroren.

Ich ringe kurz mit mir, ob ich nicht doch lieber das Auto nehmen soll. Warme Heizungsluft, mein Vanille-Duftbäumle, ein PUR-Song zum Wachwerden. Aber jetzt Eiskratzen? Außerdem wollte ich ja Sport machen. »Nein, Sybille, Vorsatz isch Vorsatz!«, sagt mein inneres Engelchen, und das Teufelchen auf meiner Schulter zieht eine Schnute.

Ich denk noch mal an Madonna und beschließe, genauso viel Disziplin aufzubringen wie sie bei ihrer Tour. Leider hat mir keiner einen Vitaminshake ans Bett gebracht, und mein Personal Trainer ist auch weit und breit nicht zu sehen. Widerwillig schwing ich mich auf mein weißes Fahrrad und hoffe, dass mir um diese Uhrzeit nicht so viele Autos begegnen, weil das Rücklicht schon wieder net geht. Als ich fast an der Kreuzung Edeka/Blumen-Scheuerle bin, macht es plötzlich »ratsch«, und die Kette springt ab. Verdammt!

Heute kommt aber auch alles zusammen. Ich versuch erfolglos im Halbdunkel, die Kette wieder draufzumachen. Keine Chance. Mir frieren fast die Finger ab. Nach fünf Minuten beschließe ich, zu schieben. In dem Moment fängt es wie verrückt an, zu schneien. Blick auf die Uhr. Ich beschließe, zu rennen.

Als ich kurz vor knapp völlig durchnässt im Heim ankomme, sehe ich im Neonlicht meine rabenschwarzen Finger. Die anderen sind gerade bei der Übergabe, ich renn in die Personaltoilette, um das Öl runterzukriegen.

»Wo bleibst du denn, Sybille? Wir machen Übergabe!«, fragt Beate unfreundlich, als sie unvermittelt ins Klo gestürmt kommt.

»Guten Morgen, Beate!«, entgegne ich übertrieben freundlich. Ich halte ihr meine Hände unter die Nase. »Ich muss noch kurz schrubben. Die Kette am Fahrrad isch abgesprungen!«

Beate schaut angewidert auf meine Finger und stößt dann einen genervten Seufzer aus. »Wieso kommst du auch bei so einem Wetter mit dem Fahrrad? Beeil dich bitte. Wir wollen nicht ewig warten.«

»Warum kommst du auch bei so einem Wetter mit dem Fahrrad«, äffe ich sie nach, nachdem die Tür ins Schloss gefallen ist. Was hat das Wetter bitte mit der Kette zu tun? Das hätte mir auch bei 22 Grad auf Teneriffa passieren können. Schlüssel vergessen, Kette ab, Frühdienst mit Beate. Der Tag fängt gut an.

Als ich Evelyn bei der Übergabe treffe und ihr mein Malheur erzähle, ist ihr erster Satz: »Oh nein, du Arme! Was für ein Scheiß!« Ja, so reagiert man. Das ist halt eine Freundin – eine echte! Anders als Beate. Aber wer eine Plastikfolie auf der Couch hat, damit kein Dreck dran kommt, was willst du von so jemandem schon erwarten.

Mir fällt wieder Teneriffa ein. »Hast du schon Urlaub eingereicht, Evelyn?«, frag ich sie kurze Zeit später im Fahrstuhl.

»Schon lang, ich muss doch während der Ferien wegfahren, wegen dem Jan-Niklas!«

»Muss ich heute unbedingt auch noch machen!«, teile ich ihr mit.

»Probier es Montag, Otterle ist doch heute gar nicht im Haus.«

»Wo isch der denn schon wieder?«

»Fortbildung, angeblich!«

»Ah, Fortbildung …« Ich mache mit den Fingern pantomimisch ein paar Anführungszeichen, und wir lachen. Das ist unser Running-Gag.

Herr Otterle ist immer bei einer »Fortbildung«, wenn was Wichtiges ist. Gut, heute ist nicht wirklich was Wichtiges, aber wahrscheinlich ist er auch nicht bei einer Fortbildung. Ein Chef muss einem ja nicht sagen, wo er hingeht. Und so läuft alles unter dem Deckmäntelchen »Fortbildung«, was er in der Zeit macht, in der er nicht da ist. Egal, ob er jetzt Shoppen ist oder beim Zahnarzt oder tatsächlich bei einer Fortbildung.

Der Vormittag verfliegt. Ohne Herrn Otterle ist es immer so entspannt. Der bringt ständig so eine gewisse Unruhe mit in den Wohnbereich. Er stolziert wie ein Gockel über den Flur und fragt so was wie: »Haben Sie dies gemacht? Haben Sie jenes erledigt?« Controlling, so nennt er das. Das hat er wahrscheinlich in der LBS gelernt. Also in seiner London Business School, nicht bei der Bausparkasse.

Um 11.25 Uhr passiert dann das, was unter keinen Umständen hätte passieren dürfen, zumindest nicht heute. Immer – aber nicht heute. Beate ruft uns ins Büro. Schon durch die Glasscheibe kann man sehen, dass sie keine guten Nachrichten hat. Ihr Gesicht, was sonst auch nicht gerade der Inbegriff von Freundlichkeit ist, ist noch ernster als sonst.

»Leute, ich mach es kurz: Wir haben einen Personalausfall in der Spätschicht«, fängt sie ihren Satz an, der von uns mit einem genervten Raunen quittiert wird. Evelyn, die auf der Lehne des roten Besuchersessels hockt, kneift mich in den Arm und wirft mir einen besorgten Blick zu. Sie weiß so gut wie ich, was das bedeutet, und sie ist auch die Einzige, die weiß, dass sie und ich heute was Wichtiges vorhaben.

Beate läuft nervös im Raum auf und ab, als sie uns die Neuigkeiten verkündet. »Claudia hat angerufen, sie ist wohl immer noch krank. Ein Virus. Sie hat sich den ganzen Morgen übergeben. Sie kann auf keinen Fall heute arbeiten. Ute hat frei, aber geht nicht ans Telefon.« Klassiker. Vielleicht kann sie wirklich grad nicht und steckt in einer lebensbedrohlichen Situation. Vielleicht. Vielleicht hat Bobo auch den nächsten Ball verschluckt. Aber am wahrscheinlichsten ist, sie hat die Nummer vom Heim im Display gesehen und das Handy ausgemacht.

Beate fährt fort: »Steffi ist mit einer Freundin zum Shoppen nach London geflogen, das hat sie ja schon vor Wochen angekündigt, die kann also auch nicht.« Evelyn und ich werfen uns einen vielsagenden Blick zu. Mit den London-Reisevorkehrungen hat Steffi uns die letzten Tage fast in den Wahnsinn getrieben. Müsste mit dem Teufel zugehen, wenn sie nicht geflogen wäre. Aber die gilt ja eh nicht als volle Kraft. Weder theoretisch noch praktisch.

»Milena hat schon Spätdienst, kann also nicht einspringen. Genau wie Cathrin. Aus dem WB Nordcorega kann uns keiner unterstützen, die sind selbst schon am Limit.«

»Was ist mit dieser Zeitarbeitsfirma, Running Pfläge, die uns neulich mal Personal geschickt haben?«, wirft Evelyn hoffnungsvoll ein. Beate rollt die Augen. »Nein, die rufen wir auf keinen Fall an, das kann keiner von euch wollen!« Ich nicke zustimmend.

Das war wieder so ein Otterle-Projekt. Als vor ein paar Wochen Not am Mann war, oder besser an der Frau, hat er irgendwo im Internet diese Firma aufgetan, wahrscheinlich war es die günstigste. Es kamen zwei 20-jährige Mädchen aus Osteuropa, Olga und Teresa, die kein Wort Deutsch gesprochen haben und, wie sich rausstellte, auch noch nie in der Pflege gearbeitet hatten. Eigentlich haben sie nur permanent telefoniert und die Zeit abgesessen. Der Oberhammer war, dass die eine die ganze Zeit Kopfhörerstöpsel im Ohr hatte und laut Musik gehört hat. Beate hat sie nach zwei Stunden vor die Tür gesetzt.

»Sybille, es nutzt nichts. Ich krieg keinen. Entweder du oder die Evelyn müsste Milena und Cat bei der Spätschicht unterstützen.« Beate klopft mit dem Kuli auf den Tisch und starrt auf ihren Zettel.

»Aber Otterle hat neulich extra noch mal betont: ›keine Doppelschichten‹!«, sag ich jetzt trotzig. »Sonst wird das nix mit dem ›Heim des Jahres‹, hat er gesagt.« Der letzte Satz ist gelogen, aber ich hoffe, dass sie das von ihrer Idee abbringt, mich einzuspannen.

»Herr Otterle ist aber nicht da, und die Pflegedienstleitung bestimmt das jetzt. Ihr wollt ja wohl eure Kolleginnen nicht hängen lassen, das ist ja wohl wichtiger als irgendein Titel.« Top-Argument. Zieht immer, weil keiner ein Kollegenschwein sein will. Mir steigen die Tränen in die Augen, ich hatte mich so auf das *Pinocchio* gefreut.

Evelyn schaut mich flehend an. »Ich bin um 18 Uhr in Ludwigsburg verabredet, ich hab doch den Babysitter für den Jan-Niklas nur bis zehn. Kannst du nicht bisschen später zum Speed-Dating?«

»Aber des geht doch um 19 Uhr los! Wenn ich da später auftauche, isch der Käs gegessen. Da muss man doch pünktlich sein, des macht doch sonst gar keinen Sinn!«

»Ach, alles scheiße!«, entfährt es Eveyln.

Jetzt mischt sich auch noch Beate ins Gespräch ein: »Ganz ehrlich, Sybille. Ein Speed-Dating? Das ist doch eh nix für dich«, sagt sie jetzt herablassend. »Was willst du denn da? Das sind doch alles Männer mit einem kleinen Schaden. Wer jetzt noch keinen kennengelernt hat, der findet auch niemanden mehr.«

Ich merke, wie ich innerlich explodiere. »Was weißscht du denn, deine einzige Sorge in deiner Beziehung isch doch, dass dir dein Peter net von der Plastikfolie rutscht und die Couch versaut!« Bums. Das hat gesessen. Beate schluckt kurz und geht wortlos aus dem Zimmer.

Evelyn nimmt mich in den Arm. »Vielleicht finden wir noch eine Lösung, dass du doch noch hingehen kannst.«

»Wie denn?«, jammere ich.

Als ich zu Frau Spielmann ins Zimmer komme, um ihr ihre Tabletten zu geben, hab ich mich noch nicht ganz gefangen. Meine Augen sind immer noch ein bisschen rot von den Tränen, die ich mir gerade auf dem Flur aus dem Gesicht gewischt habe. Da hab ich einmal im Leben so eine Chance, und dann macht mir der Dienstplan einen Strich durch die Rechnung. Ich putze mir laut hörbar die Nase und versuche dann, fröhlich wie immer zu klingen, als ich ihr ihre Tabletten reiche.

»So, einmal Arsen und eine Portion E605 für Sie.«

Frau Spielmann, die zwar eine Diva sein mag, hat ein extrem gutes Gespür für Stimmungen. »Na, wer hat Sie denn geärgert? Wieder der Herr Otterle?«, fragt sie, als sie sich die erste Tablette in den Mund schiebt.

»Nein, ist was Privates. 'tschuldigung.«

»Ach, hier ist doch nix privat, Frau Bullatschek. Raus mit der Sprache. Wo drückt der Schuh?«

Da ich eh nix für mich behalten kann, schildere ich ausführlich meine gesamte Geschichte, dass ich noch einen Platz beim Speed-Dating bekommen hab, dass ich mir ewig überlegt hab, was ich anziehe, dass ich mich so drauf gefreut hab und dass mir jetzt die Tatsache, dass ich einspringen muss, den ganzen Abend versaut. Frau Spielmann hört aufmerksam zu, nickt zwischendurch immer verständnisvoll und streichelt sogar meine Hand, als ich am Ende der Geschichte schon wieder kurz davor bin, in Tränen auszubrechen.

»Frau Bullatschek«, sagt sie dann. »Ich war viermal verheiratet. Keiner der vier Männer war es im Endeffekt wert. Aber Spaß hatte ich im Leben allemal mit dem anderen Geschlecht. So was darf man sich nicht entgehen lassen. Und so ein Speed-Dating klingt doch spannend!«

»Ja, aber was soll ich denn machen?«, frag ich verzweifelt.

Frau Spielmann beugt sich jetzt ganz nah an mein Ohr und flüstert: »Ihre Kolleginnen Frau Kaminski und Frau Baumeister sind doch auch noch da, wenn ich das richtig verstanden habe. Da reicht es doch, wenn Sie denen einfach ein bisschen Arbeit abnehmen, verstehen Sie?« Sie zwinkert mir zu, aber ich verstehe nur Bahnhof.

»Wie meinen Sie des?«

»Na, ganz einfach: Sie nehmen uns mit!«

»Waaas?«, entfährt es mir als Erstes.

In meinem Kopf überschlagen sich die Gedanken. Ich setze mich wie in einem Schockzustand auf Frau Spielmanns Bett. »Aber des darf ich net. Was, wenn was passiert?!«

»Was soll denn bitte passieren? Wir sind doch erwachsene Menschen!«

»Ja, aber Sie sind hier in unserer Obhut, wir müssen auf Sie aufpassen.«

»Ach, das können Sie doch auch in der Kneipe. Ich fände es schön, mal wieder rauszukommen.«

Ich schwanke zwischen Euphorie über die Idee und Angst vor den Konsequenzen, falls doch was schiefgeht.

»Na kommen Sie schon!« Frau Spielmann gibt mir einen kameradschaftlichen Schubser. »Wir machen jetzt eine Liste, wen wir mitnehmen!« Sie zieht aus der Schublade ihrer Kommode ein kariertes Blatt Papier und einen goldenen Kugelschreiber. Mit ihren schlanken sehnigen Fingern fängt sie an zu schreiben.

»Also. Herr Kämmerer muss auf jeden Fall mit. Das ist ein Meister des Flirtens! Von dem können die jungen Burschen noch was lernen!« Ich stimme ihr zu. »Dann Frau Häfele, die kann so was auch für sich behalten, die hat die Sache mit den Pillen auch nicht weitergetratscht.« Ich bin so in Trance, dass ich gar nicht nachhake, was es mit den Pillen auf sich hat. Wahrscheinlich wieder so eine Tauschgeschichte, das haben wir öfter mal im Heim. Da wird gedealt, schlimmer als im Bahnhofsviertel von Stuttgart.

Langsam freunde ich mich mit dem Gedanken an. »Was ist mit Frau Bongartz?«, hake ich nach. »Die hat doch auch einen Rollator und ist gut zu Fuß.«

»Nein, die ist zu alt«, sagt Frau Spielmann knapp und schüttelt energisch den Kopf. »100-Jährige haben bei einer solch aufregenden Aktion nichts zu suchen, stellen Sie sich mal vor, die hat was mit dem Herz!« Ich muss ihr recht geben. Die Schlagzeile »Herzversagen bei 100-Jähriger während Speed-Dating« macht sich nicht so gut auf dem Titel vom Pfleidelsheimer Tageblättle. Frau Spielmann macht einen weiteren Vorschlag: »Dann Frau Bäuerle vielleicht?«

»Unsere Klingelkönigin?«

»Die kann doch eh nachts nicht schlafen«

»Na gut. Aber das sind jetzt vier, das sollte reichen, um die anderen zu entlasten, mehr schaffe ich nicht allein. Ich muss mich ja auch noch auf das Date konzentrieren.«

»Da machen Sie sich mal keine Sorgen, das kriegen wir zusammen hin!« Sie tätschelt mir freundschaftlich die Hand. Langsam kriege ich Angst. Was hat Frau Spielmann vor?

»So, Frau Bullatschek, Sie gehen jetzt mal arbeiten, ich muss mir überlegen, was ich heute Abend anziehe, und ein bisschen frischmachen muss ich mich ja auch noch«, sagt sie forsch.

»Aber es sind noch fast sieben Stunden bis dahin«, erkläre ich ihr.

»Na ja, ein kleines Schönheitsschläfchen muss auch noch drin sein, heute Mittag.«

Ein Schönheitsschläfchen! Davon kann ich nur träumen. Für mich heißt es Megastress bis zum Speed-Dating. Ich muss zwischen den Schichten schnell heimrennen und meine Klamotten holen, mein Styling wird wohl eher etwas schlichter ausfallen.

»Ich weihe die anderen ein und sorge dafür, dass es keiner erfährt. Das ist unser Geheimnis!« Sie reibt sich aufgeregt die Hände und freut sich jetzt wie ein Schneekönig. »Das wird ein Spaß!« Fröhlich steckt sie sich die zweite Tablette in den Mund und spült sie mit einem großen Schluck Wasser runter.

»Ich frag den Sascha, ob er uns mit dem Busle fährt. Sie müssten dann alle um 18.30 Uhr fertig sein! Aber um kurz vor zehn müssen wir unbedingt wieder hier sein, wenn die Übergabe mit der Nachtschicht stattfindet.«

»Jaja!«, ruft sie noch, als ich ihr Zimmer verlasse.

Mir ist nicht ganz wohl bei dem Gedanken. Einerseits finde ich es eine Bombenidee, andererseits habe ich wirklich Angst, dass was schiefgehen könnte.

Sascha reißt in dem Moment, in dem ich gerade anklopfen will, schwungvoll die Tür von seinem kleinen Hausmeisterkämmerle auf. Wir erschrecken beide kurz und müssen lachen.

»Sybille, du lustigste aller Pflägekräfte! Was führt dich um diese Zeit zu mir?«

»Sascha«, sage ich ernst. »Du mußscht mir helfen!«

»Klaro, immer doch!« Er macht seine selbst gedrehte Zigarette im Aschenbecher aus, setzt sich auf den Drehstuhl und verschränkt erwartungsvoll die Arme hinter dem Kopf. »Was gibt es denn?« Ich schließ die Tür leise hinter mir und erzähle Sascha die ganze Geschichte von Anfang bis Ende. Er hört aufmerksam zu, und sein Grinsen wird immer breiter.

»… tja, und jetzt wollen also die vier mit mir heute Abend mit zum Speed-Dating, aber keiner darf es wissen, ähm, und es müsste uns jemand fahren«, beende ich schließlich meinen Vortrag. Alles, was er dazu sagt, ist: »Geilomat!«

»Des heißt JA?«, frage ich sicherheitshalber nach.

»Ich bin so was von dabei! Hab heute Abend eh nix vor. Und so eine Geheimaktion ist doch genau mein Ding!«

Ich hab langsam das Gefühl, alle freuen sich auf die Aktion mehr als ich. Eigentlich hatte ich mir mein erstes Speed-Dating anders vorgestellt. Irgendwie privater. Ich allein, und sechs fremde Männer. Jetzt gehe ich mit vier Senioren und einem 28-jährigen Hausmeister. Aber immerhin ist mal was los.

Ich beauftrage Sascha, um 18.30 Uhr am Hinterausgang zu warten und den Senioren samt Rollatoren ins Busle zu helfen. Ich stoße dann gegen Viertel vor sieben dazu. So bleibt mir eine Viertelstunde, um mich fertig zu machen. Von 18.30 Uhr bis 18.45 Uhr. Wird fast so knapp wie mein Rock. Die Ausrede für Milena und Cat muss ich mir noch ausdenken.

Ich kann Evelyn überreden, mich nach Ende der Frühschicht heimzufahren, damit ich meine Klamotten und mein Schminkzeug holen kann. Es fällt mir schwer, ihr nix von meinem Vorhaben zu erzählen, aber je weniger Leute eingeweiht sind, desto besser. Ich hab ihr erzählt, dass ich mich heute Morgen ausgesperrt habe und meine Nachbarn nur jetzt da wären, und deshalb müsste ich kurz heim, um den Schlüssel zu holen. Das ist natürlich nur die halbe Wahrheit. In Wirklichkeit bete ich, dass die Irene Kotterer überhaupt da ist, um mir den Ersatzschlüssel zu geben.

»Oh Mann, das tut mir so leid, dass du jetzt wegen mir nicht zum Speed-Dating kannst, was für ein blödes Timing«, sagt Evelyn jetzt schuldbewusst.

»Ach, net so schlimm, es kommt bestimmt noch mal eine Gelegenheit«, beruhige ich sie.

»Ich wünsch dir ganz viel Spaß mit deinem Tim oder Tom oder wie er heißt. Erzähl mir morgen, wie es war, oder schick mir eine WhatsApp!«

»Klar, mach ich!«

Ich drücke Evelyn kurz und springe aus dem Auto. Dann renne ich zu unserem Haus und klingele ungeduldig bei den Kotterers. Immerhin. Das Auto von Irene steht vor der Tür. Ich starre gedankenverloren auf die Klingelknöpfe, während ich warte. Neben dem untersten Klingelknopf steht auf einem kleinen weißen Plastikschildchen in Druckbuchstaben »Fam. Kotterer«, auf der Klingel direkt obendrüber in Schnörkelschrift »Sybille Bullatschek«.

Mein Schild ist nur ein Papierstreifen, der mit Tesa befestigt wurde. Das »u« von »Bullatschek« ist leicht verwischt durch die Witterung. Ich hatte es bei meinem Einzug vor sieben Jahren nur schnell ausgedruckt, weil ich dachte, ich würde mir sowieso bei Schilder-Lämmle ein richtiges machen lassen. Meine Mutter meinte dann aber zur mir: »Sybille, vielleicht heiratescht du ja bald! Dann nimmscht du doch seinen Namen an, da musst du dann wieder ein neues Schildle machen lassen. Wart doch erscht mal ab. Koschtet doch alles Geld.« Meine Eltern sind Schwaben.

Es dauert eine ganze Weile, bis der Türknopf summt. Und summt. Und summt. Oje. Die Zwillinge machen auf. Das kenn ich schon. Sie sind jetzt vier Jahre alt und finden nix spannender, als ewig auf den Knopf zu drücken, auch wenn gar keiner geklingelt hat. Ich renne die Treppe hoch bis zu ihrer Wohnungstür im ersten Stock. Die Tür ist zu. Ich klingele noch mal. Wieder summt der Türknopf der Haustür unten unendlich lange. Ich klopfe an die Tür, um anzukündigen, dass ich schon davorstehe. »Wer ist da?«, höre ich eine Kinderstimme. Ob es jetzt Leon ist oder Luca, kann ich nicht sagen. Ich kann sie schon nicht auseinanderhalten, wenn ich sie vor mir sehe. Da ist es mit den Stimmchen auch nicht einfacher.

»Leon, bischt du des?«, rufe ich auf gut Glück. »Hier isch die Sybille von oben, kannscht du mal kurz aufmachen?«

»Nein«, antwortet eine bockige Kinderstimme.

»Isch die Mama da?«

»Weiß ich nicht.«

Ich bin kurz davor, eine Personenbeschreibung seiner Mutter abzugeben, damit er mir sagen kann, ob sie sich vielleicht in der Nähe befindet.

»Leon, ich muss mit der Mama sprechen, es isch dringend!«, versuche ich es noch mal. »Wir dürfen nicht aufmachen.«

Ich werde langsam ungeduldig. Beate hat gesagt, ich soll mich beeilen.

»Hier isch die Sybille von oben, die mit der luschtigen Frisur, die Frau, die immer auf euren Wellensittich aufpasst, wenn ihr im Urlaub seid!«

»Wir sind aber gar nicht im Urlaub.«

»Ich weiß, ihr seid ja daheim. Es geht um meinen Schlüssel!«

»Wir haben aber keinen Schlüssel!«

»Ja, nein, also ich weiß, es geht ja um meinen Schlüssel!«

Ich bin jetzt kurz davor, die Tür einzutreten wie im »Tatort«.

Ich sehe mich im Geiste schon im Trenchcoat vor den Vierjährigen stehen, wie ich meine Karte hochhalte und sage: »Kripo Ludwigsburg, wir haben einen Durchsuchungsbefehl!«

»Hol doch mal die Mama, bitte!«, versuche ich, mich zu konzentrieren. Jetzt höre ich Kinderschritte, die sich von der Tür entfernen. Gott sei Dank. Endlich. Er hat es gecheckt. Ein Hoch auf die Vierjährigen. Eine Minute später tönt es erneut:

»Hallo!«

»Leon, hascht du die Mama gefunden?«

»Ich bin nicht der Leon, ich bin doch der Luca!«

»Waaaas? Aber ich hab doch grad mit dir gesprochen, oder?«

»Nein, das war der Leon.«

»Luca, kannscht du mal die Mama holen, bitte? Es geht um meinen Schlüssel!«

Ich hoffe inständig, dass sich die Zwillinge wenigstens vom Intellekt her unterscheiden und Luca ein bisschen cleverer ist als sein Bruder.

»Wir fahren morgen zum Elefantenbaby!«

Okay. Ich hab mich getäuscht.

»Oh, des isch ja toll. Geht ihr mit der Mama in den Zoo?«

»Ja!«

»Und die Mama, wo isch die jetzt?«, frage ich noch mal ganz nebensächlich. Jetzt bloß keinen Druck aufbauen.

»Leeeeooon, wo ist denn die Mama?«, brüllt er durch die Wohnung.

Eine Stimme aus dem weit entfernten Kinderzimmer ruft jetzt: »Das weißt du doch. Wäsche aufhängen!«

Ich bin kurz davor, durchzudrehen. Hätte er mir das nicht gleich sagen können? Ich renn die Treppe runter zum Kellerausgang, der direkt in den Garten führt, wo die Wäscheleinen hängen. Irene hängt seelenruhig einen Bettbezug auf. Ich versuche, nicht hektisch zu wirken, schließlich hat sie von dem ganzen Drama nix mitgekriegt.

»Irene, gut, dass ich dich erwische! Du, ich bräuchte dringend meinen Schlüssel!«

»Ach, hallöle, Sybille. Du bischt ja ganz aus der Puschte«, sagt sie lachend. »Du, ich häng grad noch geschwind die Wäsche auf!«

»Ähm, ja, nein, du, es isch sehr, sehr eilig, ich muss wieder zurück ins Heim, ich hab heut Doppelschicht und hab mich heut früh aus Versehen ausgesperrt.«

»Geh doch schon mal hoch und sag dem Luca oder dem Leon, dass sie dir die Tür aufmachen sollen, ich komm gleich.«

»Des hab ich schon versucht, die machen net auf!«
Wieder lacht sie. »Hach, die zwei. Süß, oder?«
Ich lache künstlich mit und stimme ihr zu. Auch wenn ich ihnen am liebsten den Hals umgedreht hätte.

Als ich endlich meinen Schlüssel hab, renn ich in die Wohnung. Wo ist der verdammte Rock? Was zieh ich jetzt eigentlich obenrum an? Darüber hatte ich mir gar keine Gedanken gemacht, da war mir schon schummerig vom Baileys. Ich schnapp mir die Bluse, die, wie böse Stimmen behaupten, aussieht wie das Nachthemd von Beates Oma, mein Schminkmäpple und ein Paar Schuhe mit bissle Absatz und renne aus der Wohnung. Zum Glück hab ich diesmal alle Schlüssel.
Ich steig in mein Auto und rase zurück zum Heim. Direkt an der Schule in der 30er-Zone werde ich plötzlich von einem roten Licht geblendet. Als ich abbremse, ist es schon zu spät. Ich hab den mobilen Blitzer, der fast jede Woche dort aufgebaut wird und hinter einem silbernen Kombi versteckt ist, nicht gesehen. 15 Euro. Mindestens. Vielleicht 20. Für nix außer ein schlechtes Schwarzweißfoto. Ich könnte vor Wut ins Lenkrad beißen, hab aber keine Zeit, mich darüber zu ärgern. Wenn der Tag so läuft wie bisher, muss der Abend ein Knaller werden!
Die Übergabe hab ich verpasst, aber die ist in meinem Fall eh überflüssig, da ich ja die Frühschicht schon hinter mir habe. Cat klatscht mich auf dem Flur ab und begrüßt mich mit dem Satz: »Da ist ja unsere Double-Shift-Workerin' Sybille, hey ho!« Man merkt an ihrer Energie, dass sie das Glück hatte auszuschlafen und jetzt voller Tatendrang steckt.
Cat, die eigentlich Cathrin heißt, ist seit drei Jahren bei uns. 28, zuverlässig und immer einen Spruch auf den Lippen, in dem mindestens ein englisches Wort vorkommt, manchmal sind es auch mehrere. Deshalb haben die Senioren oft Probleme, sie zu verstehen.

»Nice, dass du eingesprungen bist, Sybille, unsere Pflägequeen! Das wär sonst echt tough geworden, allein mit Milena.«

»Gern!«, lüg ich. »Aber ich wollt euch noch was sagen, ich bin ja net so lange da heute!«

Ich winke Milena zu uns ran, die gerade Herrn Maurer ins Bad schieben will.

»Hallo, Sybille! Danke, dass du uns nicht lässt hängen. Ist viel los immer im Spät!«

»Ja, ich weiß. Deshalb mach ich es ja auch. Aber ich wollt euch beruhigen und mitteilen, dass einige Senioren heute Abend gar net da sind.«

»Was? Wieso?«, fragen beide interessiert nach.

Jetzt kommt es auf mein geschicktes schauspielerisches Talent an. Ich hoffe, dass sie nicht merken, dass ich flunkere.

»Also, der Ludwigsburger Bote macht doch diese Reihe in der Zeitung über Senioren.«

»Aha«, wirft Milena interessiert ein.

»Und da wurden drei Senioras und ein Senior aus dem Haus Sonnenuntergang eingeladen, um darüber zu berichten, wie es im Heim so ist, was man da Verrücktes macht, wie das Essen schmeckt und so weiter. Soll anderen Senioren bissle die Angscht nehmen vorm Heim.«

Beide nicken verständnisvoll. Okay, sie haben den Köder geschluckt.

»Und heute Abend isch des Interview mit Herrn Kämmerer, Frau Spielmann, Frau Häfele und Frau Bäuerle. Soll eine Überraschung sein für Herrn Otterle, weil er doch immer noch ›Heim des Jahres‹ werden will und so auf Außenwirkung und Marketing und des ganze Gedöns steht.«

»Ach, cool. He will LOVE it. Willst dich wohl bei ihm einschleimen, Sybille, was? Vielleicht gibt er dir ja was ab von dem dicken Bonus von 50.000 Euro.«

Cat boxt mich kameradschaftlich in die Seite. Mir entgleitet alles.

»Welche 50.000 Euro?«

»Ach, wusstest du nix von dem Money? Wer ›Heim des Jahres‹ wird, kriegt richtig fat Kohle!«

»Ach so, ja, klar, äh, die 50.000«, sage ich schnell, während ich noch überlege, wann er uns das mitteilen wollte, dass es nicht nur um den Titel, sondern auch um Geld geht. Umso wichtiger, dass keiner mitkriegt, dass wir zu einem Speed-Dating gehen. Otterle würde mich vierteilen!

»Nee, aber sorgt doch bestimmt bei ihm für gute Stimmung. Und für die Senioren isch es doch auch toll«, sage ich nebensächlich.

»Und die kommen hierher von die Zeitung?«, fragt Milena jetzt.

»Nee. Leider net. Dafür ham die zu wenig Personal. Mir müssen in die Redaktion fahren, nach Ludwigsburg. Um 18.30 Uhr geht's los.«

»Das heißt, du nimmst die vier Senioren mit? Im Fiesta?«

»Nee, der Sascha fährt uns netterweise mit dem VW-Bus. Aber denkt dran, es darf keiner wissen, weil es ja eine Überraschung sein soll. Bis der Nachtdienscht anfängt, sind mir ja wieder da!«

Milena und Cat sind sich einig, dass es zwar nicht optimal ist, dass sie so lange allein sind, aber dass vier Senioren weniger schon besser sind als nix. Und da ich eingesprungen bin, sehen sie mir das auch nach, dass ich mitfahre. Puh. Das war knapp.

Beim Nachmittagskaffee im Speisesaal verplappert sich dann fast Frau Spielmann. »Frau Bullatschek, alle wissen Bescheid und sind schon so aufgeregt!«, ruft sie mir über den Tisch zu, als ich die Donauwelle verteile.

Frau Fischer, die mit am Tisch sitzt, schaut irritiert. »Nein, ich weiß nicht Bescheid. Was gibt es denn Spannendes?« Ich reiße die Augen drohend auf und bedeute Frau Spielmann, dass sie nicht weiterreden soll. Sie hält sich die Hand vor den Mund wie eine Fünfjährige, die ein Geheimnis ausgeplaudert hat, und sagt zu Frau Fischer: »Der Kinderchor von der Kirche kommt nächste Woche wieder zum Singen!« Frau Fischer, die ohnehin an einer beginnenden Demenz leidet, freut sich sichtlich und gibt sich mit der Antwort zufrieden.

Dann flüstert Frau Spielmann: »Kommen Sie nachher bitte noch mal in mein Zimmer, ich brauche Ihren Rat!«

Eigentlich hab ich gar keine Zeit für Spirenzchen. Ich muss Frau Grube in Empfang nehmen, die aus dem Krankenhaus zurückgebracht wird, Herr Seifert hat in seinem Zimmer den Papierkorb angezündet, und zwei Senioren haben den flotten Otto, sodass wir ständig entweder mit ihnen zum Klo rennen oder das Bettzeug wechseln.

Um 16.30 Uhr schaffe ich es schließlich, kurz nach Frau Spielmann zu sehen. Sie steht stolz vor ihrem Kleiderschrank, als ich reinkomme.

»Also, ich hatte erst diese weiße Seidenbluse ausgesucht für heute Abend, wie finden Sie die, Frau Bullatschek?« Sie hält sich die schicke Bluse, die noch auf dem Bügel hängt, probehalber vor die Brust. »Ich meine, die wirkt vielleicht etwas zu steif. Die hatte ich bei der Hochzeit meiner Schwägerin an. Wissen Sie, die, die sich kurz darauf im Neckar ertränkt hat. Die Annemarie.«

Ich hab keine Ahnung, wer Annemarie ist, und auch die Neckar-Story höre ich zum ersten Mal.

»Nee, keine Ahnung, was isch denn die Alternative?«

»Das Abendkleid.«

Sie holt ein mit Pailletten besetztes schwarzes Samtkleid aus dem Schrank.

»Das ist es!«, sagt sie stolz.

Ich starre auf das pompöse Gewand. Das kann nicht ihr Ernst sein, denke ich. Wir gehen zu einem Speed-Dating in einer abgeranzten Kneipe und nicht zum Wiener Opernball. Aber wie soll ich einer 88-Jährigen das schonend beibringen?

»Isch vielleicht ä bissle zu aufwendig«, sage ich vorsichtig. »Was isch denn mit der blaukarierten Bluse und der dunkelblauen Baumwollhose? Da sahen Sie an Weihnachten so toll drin aus!«

Sie lächelt. »Ehrlich? Dann zieh ich die an. Ist wahrscheinlich auch bequemer und vor allem wärmer.«

Ich werde mir einen neuen Titel geben: Sybille Bullatschek: Pflägekraft und Modeberaterin.

4. Wer ist hier das Date?

Pünktlich um 18.30 Uhr verschanze ich mich mit meinen Klamotten und meinen Schminksachen in der Personaltoilette, um mich wenigstens ein bisschen schick zu machen für meinen großen Abend. Der Reißverschluss vom Jeansrock klemmt, und so muss ich den offenen Schlitz mit der Bluse kaschieren. Sieht blöd aus, weil sie hinten raushängt, aber es geht nicht anders. »Die Männer sehen mich ja eh bloß von vorne«, sage ich laut zu mir selbst. Dann mal ich mir noch schnell ein Gesicht, bissle Puder, Rouge, Wimperntusche und roten Lippenstift. Meine Haare sind eine Katastrophe. Der missratene Schnitt von motherfucking Chrissie ist eine Zumutung. Ich hatte sie heut Morgen nur leicht angeföhnt, und sie sahen einigermaßen gut aus. Aber dann kam der Schneesturm, als ich die Fahrradpanne hatte. Ich sehe aus wie eine Angora-Katze, die in einen Platzregen geraten ist. Zum Glück steht Utes Haarspray auf der Spiegelablage. Ich kauf ihr morgen ein neues, denk ich so bei mir und sprüh mir die halbe Flasche auf den Kopf, aber irgendwie wollen meine Haare keine Form annehmen. Als ich draufgucke, um rauszufinden, welche Stärke es hat, trifft mich fast der Schlag. Ich hab die Flasche mit dem Lavendel-Raumspray genommen. Die sieht fast genauso aus. Utes Haarspray steht im Regal an der Wand. Ich bin von Nebelschwaden umgeben, packe schnell meine Sachen zusammen und flüchte aus der Toilette. Vor der Tür wartet Milena, die mich erstaunt ansieht. »Sybille, was hast du gemacht?« Sie schaut argwöhnisch an mir vorbei in die total vernebelte

Toilette. »Ist das Feuer? Brennt es?« Ich höre die Angst in ihrer Stimme. Milena hat ja immer Angst. Da sie gleich weiterfragt, komme ich überhaupt nicht zum Antworten. »Was ist das für Rauch? Müssen wir Feuerwehr rufen? Warum bist du angemalt? Macht ihr auch ein Foto da für die Zeitung?« Irgendwie erinnert sie mich gerade an meine Mutter. Die stellt auch immer tausend Fragen, ohne eine Antwort abzuwarten.

»Nein, des isch kein Feuer, bloß Lavendelspray«, erwidere ich knapp und rausche an ihr vorbei. Dann flitze ich in den Personalraum und schmeiß meine Sachen in den Spind, schnappe mir meinen Rucksack mit der Einladung und meine Jacke und lauf zum Hinterausgang.

Die Senioren stehen im Windfang wie Schüler in der Raucherpause. Sie halten sich brav am Treppengeländer fest, denn Sascha ist gerade dabei, ihre Rollatoren im Bus zu verstauen. Als sie mich sehen, geht ein Raunen durch durch die Menge. »Oh, da ist sie ja, hallo, Frau Bullatschek!«, begrüßt mich Frau Spielmann und zwinkert mir wieder verschwörerisch zu. »Das ist ja eine hübsche Bluse, die Sie da anhaben. Erinnert mich an … Moment …«

Ich falle ihr ins Wort: »… ein Nachthemd, das Sie mal hatten?«

»Nein, um Gottes willen! Ein Kleid, das eine amerikanische Schauspielerin mal bei den Oscars anhatte. Heidi Kabel, glaub ich.«

»Heidi Kabel hat doch keinen Oscar gewonnen! Das ist eine deutsche Schauspielerin«, fällt ihr Frau Bäuerle ins Wort.

»Ach, ist doch egal!«, schnauzt Frau Spielmann ruppig zurück.

»Das kommt davon, weil Sie zu viele Klatschzeitschriften lesen, da bringen Sie alles durcheinander, im Alter wird das nicht einfacher.«

Frau Spielmann überlegt kurz, wie sie kontern kann, kommt aber nicht dazu, weil ich die kurze Pause nutze, um Frieden zu stiften.

Das Letzte, was ich jetzt gebrauchen kann, sind sich ankeifende Seniorinnen bei meinem Date.

»Isch doch egal, Sie sehen auf jeden Fall wundervoll aus! Alle vier, besser als jeder Hollywood-Schauspieler.«

Jetzt lächeln alle. Wenn ich was gelernt habe in den Jahren im Haus Sonnenuntergang, dann, dass Komplimente bei Senioren Wunder wirken können. Im Alter bekommt man eben nicht mehr so oft gesagt, dass man was gut gemacht hat oder hübsch aussieht. Das wird leider meistens vergessen. Kinder werden für alles gelobt – sogar wenn sie die Tür aufmachen. Und wenn sie nicht aufmachen, werden sie wie Luca oder Leon immerhin noch als süß bezeichnet. Wenn ein Senior die Tür nicht aufmacht, ist er einfach nur bockig.

Aber alle Menschen brauchen ab und zu mal ein paar nette Worte. Außer Herr Seifert vielleicht … Hinzu kommt, dass mein Kompliment absolut ernst gemeint war. Sie haben sich wirklich alle rausgeputzt: Herr Kämmerer trägt ein weißes Hemd mit Fliege, Frau Bäuerle hat ein Kostüm mit Pepita-Muster an und eine große rosafarbene Stoffblume im Haar, Frau Häfele trägt Lackschuhe zu ihrer beigen Bundfaltenhose, und Frau Spielmann … Ähm, ja. Also Frau Spielmann schießt natürlich wieder den Vogel ab. Sie hat weder die Bluse noch das schwarze Abendkleid an. Stattdessen blitzt durch den Schlitz ihres halb geöffneten Pelzmantels ein bodenlanges dunkelgrünes Samtkleid mit Goldborte. Sie ist behangen mit drei wuchtigen Ketten, und auch an beiden Händen funkeln diverse Ringe mit teuren Steinen. Sie würde jedem Weihnachtsbaum zur Ehre gereichen.

In dem Moment kommt Sascha vom Beladen des Busles zurück und wirft ein »Na, dann wollen wir mal für Sybille einen Mann suchen« in die Runde. Alle lachen und schauen aufmunternd zu mir. Ich komme mir irgendwie underdressed vor. Außerdem rieche ich extrem nach Lavendel.

Es ist 18.53 Uhr, als wir auf dem großen Parkplatz beim *Pinocchio* ankommen. Sascha hat Glück und findet in der Nähe vom Eingang noch eine Lücke. Ich helfe Frau Spielmann, die fast über ihr überlanges Kleid stolpert, und den anderen Senioras aus dem Bus. Sascha stellt die Rollatoren bereit, sodass Frau Häfele und Frau Bäuerle sie sich nur noch schnappen müssen. In enormem Tempo brettern sie Richtung Eingang. Frau Spielmann und Herr Kämmerer kommen zum Glück ohne Gehhilfe aus, haken sich aber sicherheitshalber bei Sascha und mir unter.

Wir sind jetzt schon der Hingucker. Vor dem *Pinocchio* steht eine Traube von Männern, die rauchen, Bier trinken und sich lautstark unterhalten. Ihr Gespräch bricht plötzlich ab, als sie uns kommen sehen. »Was ist das denn?«, fragt ein blonder, gegelter Typ mit Seitenscheitel und kariertem Holzfällerhemd. »Hat das Altenheim heute Ausgang?« Alle um ihn rum lachen albern. »Ich dachte, das ist ein Speed-Dating und kein Seniorentanztee.« Wieder lachen alle.

Ich bleib kurz vor der Gruppe stehen und sag bloß: »Ja, des isch meine Crew. Die gehören zu mir. Was dagegen? Immerhin sind sie besser angezogen als du!«

Der Typ bleibt mit offenem Mund stehen. Sascha zieht mich weiter, und mir wird bewusst, dass ich es mir wahrscheinlich gerade mit einem potenziellen Kandidaten verscherzt habe. Aber auf so einen kann ich gut verzichten.

Zwei junge Mädchen im Minirock halten die Eingangstür auf, und Sascha hilft erst Frau Bäuerle und dann Frau Häfele mit ihren Rollatoren die drei Stufen zum Eingang hoch. Er ist voll in seinem Element und schäkert, was das Zeug hält. Die Mädchen, wahrscheinlich noch Schülerinnen, sind einem Flirt offensichtlich nicht abgeneigt, weil die Männer, die zum Speed-Dating gekommen sind, sowieso nicht ihrer Altersklasse entsprechen.

»Uh, bist du der Seniorenflüsterer?«, fragt jetzt die größere von beiden mit den blonden kurzen Haaren und der Stupsnase.

»Ja, bin ich. Unwiderstehlich. Bei jeder Alterklasse. Hey, vielleicht wollt ihr ja auch bei uns anfangen«, sagt er jetzt. »Wir haben attraktive Typen bei uns im Heim. Also nicht nur mich …« Er macht eine präsentierende Geste und deutet auf Herrn Kämmerer, der sich allein am Geländer die Treppen hochzieht. »Knackige 94 Jahre alt!« Die Mädchen kichern belustigt. Herr Kämmerer, der den Witz mitgekriegt hat, verbeugt sich, als er oben angekommen ist, wie ein Gentleman vor den Mädchen und wirft dem Stupsnasenmädchen ein Luftküsschen zu. Er erntet ein anerkennendes »Ohhh« von beiden.

Als ich kurze Zeit später nach meinen Senioren durch die Tür trete, kommt mir ein Schwall warmer Luft entgegen. Drinnen läuft irgendein mir unbekanntes Lied, was man durch das Gläserklirren und das laute Stimmengewirr aber fast nicht wahrnimmt. Nur der Bass wummert durch die Boxen. Im Raum verteilt stehen sechs einzelne Holztische mit jeweils zwei Stühlen. Auf den Tischen liegen große weiße Zettel mit einer Zahl drauf.

Ich geh erst mal aufs Klo, weil ich das Gefühl hab, mein Styling könnte noch eine kleine Auffrischung vertragen. Sascha begleitet die Senioras zur Garderobe, denn so einen Pelzmantel wie den von Frau Spielmann kann man schlecht über eine Stuhllehne hängen. Außerdem ist er dort wahrscheinlich besser aufgehoben als zwischen all den Leuten, die keiner kennt. Ich bin zwar davon überzeugt, dass Frau Spielmann sowieso die ganze Zeit auf dem Stuhl sitzen bleibt, um ihren Mantel zu bewachen, aber sicher ist sicher. Als ich von der Toilette zurückkomme, hat Sascha am Fenster einen 6er-Tisch ergattern können, und ich komme gerade rechtzeitig, um Frau Bäuerle auf den Stuhl zu helfen. Frau Spielmann, ganz Diva, lässt sich von Herrn Kämmerer den Stuhl zurückschieben, was von Frau Häfele eifersüchtig beäugt wird.

»Trinken! Wir müssen was trinken!«, ruft Frau Spielmann euphorisch und blättert dann leicht angewidert in der klebrigen Karte. Sie fuchtelt wild mit den Armen, und ihr Blick gleitet durch den Raum auf der Suche nach irgendjemandem, der aussieht wie ein Kellner. Doch so was gibt es im *Pinocchio* nicht. »Hier isch Selbschtbedienung!«, brüll ich gegen den Lärm an, aber meine Worte gehen unter.

Sascha erklärt sich bereit, was zu trinken zu holen. Noch ehe ich sagen kann, dass ich gern eine Apfelschorle hätte, gibt Frau Spielmann ihm einen 50-Euro-Schein aus ihrem mit Perlen besetzten Geldbeutel und flüstert ihm irgendwas ins Ohr. Sascha nickt kurz und tigert los.

»Wann geht es denn los?«, fragt Frau Bäuerle aufgeregt.

»Keine Ahnung«, antworte ich ehrlich. »Ich muss mich da vorne erst noch anmelden.« Ich zeige auf einen kleinen Tisch in der Ecke bei der Garderobe, wo Jessica Schlägle sitzt, die Tochter von unserem örtlichen Elektriker. Sie studiert irgendwas mit Medien in Ludwigsburg, und wenn sie daheim ist, kellnert sie am Wochenende im *Pinocchio*. Zwei gut aussehende Blondinen stehen um den Tisch herum, Jessica macht Häkchen auf einem großen Blatt Papier und reicht den Frauen, die für meinen Geschmack viel zu viel Schminke drauf haben, ein Namensschild, was sie sich gleich an ihren schicken Blusen festmachen.

Ich fummele die mittlerweile total zerknitterte Einladung, die mir Evelyn gegeben hat, umständlich aus meiner Jacke. »Bin gleich wieder da!«, rufe ich in die Runde und drängle mich ans andere Ende des Raums durch, bis ich schließlich vor dem Tisch von Jessica stehe. Ich wedle stolz mit der Einladung. Jessica schaut von ihrem Zettel hoch und begrüßt mich mit dem Satz: »Ach, hallo! Grüß dich, Sybille!« Mist. Sie kennt mich noch.

»Ich hab dich auf der Liste gar nicht gesehen«, sagt sie jetzt und durchforstet noch mal ihren Zettel nach meinem Namen. »Des hier isch meine Einladung!« Ich reiche ihr den Umschlag, auf dem dick und fett »Evelyn« steht. Sie schaut mich kurz an und schüttelt dann energisch den Kopf. »Das tut mir jetzt total leid, aber das geht nicht!«, sagt sie dann mit herunterhängenden Mundwinkeln, die mich ein bisschen an einen traurigen Smiley erinnern. »Ich darf nur Leute abhaken, die auch eine Einladung haben.«

»Aber des isch meine Einladung, ich bin heut Evelyn!«

»Sorry«, sagt sie jetzt, »aber wir haben so viele Leute auf der Warteliste, das wäre unfair!«

Ich fühl mich wie in einem Traum. Wie in einem ganz schlechten Traum. »Aber ich hab heut extra meine Senioren mitgebracht, weil ich eigentlich Spätdienscht hätte! Ich hab mich soooo darauf gefreut! Bitteeee!«, bettele ich jetzt. Sie gibt mir die Einladung zurück, schüttelt noch mal mit dem Kopf.

»Tut mir so leid, aber das ist die Anweisung von oben. Da kann ich nix machen. Ich krieg echt Ärger!« Hinter mir steht ein gut aussehender Typ mit braunen Locken und wedelt mit seiner Einladung Richtung Jessica, die sie ihm gleich abnimmt. »Jochen, richtig?«

Sie schaut auf ihren Zettel, macht ein Häkchen hinter seinen Namen und gibt ihm sein Namensschild, auf dem, wie ich jetzt sehen kann, sein Name, zwei Herzchen und eine Uhr abgebildet sind. Mich würdigt sie keines Blickes mehr. Für sie ist der Fall erledigt. Für mich bricht eine Welt zusammen. Ich kämpfe zum zweiten Mal an diesem Tag mit den Tränen, obwohl ich sonst echt nicht nah am Wasser gebaut bin. Wie ein geprügelter Hund gehe ich zurück zum Tisch, wo Sascha gerade eine Sektflasche köpft und fünf Gläser befüllt. Herr Kämmerer verteilt die Gläser, hält sein eigenes hoch und ruft mit seiner lauten, sonoren Stimme: »Auf Frau Bullatschek und die Liebe!«

Die Senioras kleben an seinen Lippen. »Auf Frau Bullatschek!«, rufen alle.

»Des wird nix mit der Liebe«, zerstöre ich die gute Stimmung.

Vier Senioren und ein Hausmeister schauen mich verwundert an.

»Die sagen, ich darf net mitmachen, weil die Einladung eigentlich der Evelyn gehört!« Wieder muss ich schlucken.

»Och nein«, entfährt es Frau Häfele. Auch Frau Bäuerle und Herr Kämmerer werfen mir einen mitleidigen Blick zu. Nur Frau Spielmann, die ja schlecht hört, hat offensichtlich noch gar nicht mitgekriegt, dass ich wohl wieder als Single nach Hause fahren muss. Sie ext ihr Glas Sekt leer, schenkt sich gleich noch was nach und fragt mich gespannt: »So, wie geht das denn jetzt vonstatten mit den Männern?«

Ich brülle in ihr Ohr, was ich eben schon am Tisch verkündet habe.

Mit einem »Na, das wollen wir ja mal sehen!« steht sie energisch vom Tisch auf. Durch den zu schnell getrunkenen Sekt gerät sie kurz ins Wanken, und Sascha streckt instinktiv die Arme aus, um sie im Zweifel zu fangen. Sie schüttelt seinen Arm ab wie eine lästige Fliege, schnappt sich meinen Umschlag und marschiert schnellen Schrittes und erhobenen Hauptes wie eine Königin auf den Tisch von Jessica zu. Doch da, wo Jessica gerade noch saß, hat jetzt ein circa 25-jähriger blonder Junge, den ich noch nie vorher im *Pinocchio* gesehen habe, ihren Platz eingenommen.

Wir starren alle fünf gebannt in Frau Spielmanns Richtung. Ich sehe, wie sie meinen Umschlag hervorzieht und dem Jungen reicht. Er schaut sie leicht irritiert an, dann prüft er den Umschlag, guckt angestrengt auf seinen Zettel und macht schließlich ein Häkchen. Zum Abschluss reicht er ihr das Namensschild. Sie reißt es ihm aus der Hand, schenkt ihm einen vielsagenden Blick nach dem Motto »Geht doch!« und stolziert wieder davon. Jaaaa! Gott sei Dank! Sie hat es geschafft. Ich kann es kaum glauben. Es gibt doch noch Gerechtigkeit! Ich bereue keine Sekunde, dass ich meine Senioren mitgenommen habe.

Dann kommt sie strahlend zu unserem Tisch, nicht ohne rechts und links ein kleines Pläuschchen zu halten. Wir klatschen alle Beifall, als sie sich völlig außer Atem in ihren Stuhl plumpsen lässt.

Frau Spielmann grinst stolz und nimmt einen großen Schluck aus ihrem Sektglas. Herr Kämmerer tätschelt mir die Hand mit den Worten: »Siehste, Sybille, wird doch noch alles gut.« Herr Kämmerer ist der Einzige, der mich manchmal Sybille nennt und vor allem duzt. Ich lächle erleichtert und flippe innerlich aus vor Freude. Kurz zumindest. Denn im gleichen Augenblick schaut Frau Spielmann triumphierend in die Runde und verkündet: »Ich bin dabei! Ich darf mitmachen!« Dann befestigt sie das kleine Schildchen an ihrem Samtkleid.

Sascha, dem als Erstem dämmert, was hier läuft, schaut Frau Spielmann ungläubig an.

»Das ist doch jetzt ein Scherz! Das ist Sybilles Einladung!«

»Nein, das war die Einladung von Frau Neuberger«, erwidert Frau Spielmann schnippisch.

»Frau Bullatschek kann nicht mitmachen, sie ist doch gar nicht angemeldet!«

Jetzt schaltet sich auch Frau Häfele ein. »Eleonore, du weißt so gut wie ich, dass das nicht okay ist! Gib Frau Bullatschek das Namensschild!«

Als Frau Häfele nach dem Schild greifen will, hält Frau Spielmann schützend ihre Hand vor das kleine Schildchen, das sie mit der Sicherheitsnadel an ihrem Kleid befestigt hat.

Herr Kämmerer schüttelt den Kopf. »So was hab ich ja noch nie erlebt!«

Frau Bäuerles Blick schweift durch den Raum. »Also, wenn ich mich so umgucke, muss ich sagen, bisher ist sowieso nix Gescheites dabei!«

Ich starre abwesend in mein halb leeres Sektglas. Ich bin zu müde von meiner Doppelschicht, um mich über die Dreistigkeit einer 88-Jährigen aufzuregen, die mir mein Date wegschnappt. Wäre ich noch wacher, ich hätte ihr wahrscheinlich den Sekt über den Kopf geschüttet, wie damals dem Typen im *Starlight*. Aber mir fehlt einfach die Energie. Ich frag mich nur die ganze Zeit: War das ihr geheimer Plan? Hat sie sich deshalb so aufgebrezelt? Wollte sie mir von Anfang an die Show und die Einladung stehlen?

Ich werde durch ein lautes »Eins, zwo, eins, zwo« aus meinen Gedanken gerissen, was jetzt statt dem monotonen Basswummern aus der Box kommt, die fast direkt über unseren Köpfen hängt. In der Mitte des Raumes entdecke ich einen jungen Mann mit Vollbart, der an einem der reservierten Holztische lehnt, lässig in ein Mikrofon spricht und mit dem Daumen Zeichen in Richtung Theken-Timo macht, der konzentriert an der Anlage rumdreht. Daumen hoch steht wohl dafür, dass er lauter machen soll, Daumen runter für leiser. »Eins, zwo, eins, zwo.« Ein hoher Pfeifton folgt. Frau Bäuerle hält sich die Ohren zu. Irgendwie kommt mir der Typ bekannt vor, aber ich kann ihn noch nicht ganz einordnen. Als er direkt in unsere Richtung guckt, fällt es mir wieder ein.

Es ist dieser Marco, einer von den beiden Veranstaltern, die auf dem Foto im Pfleidelsheimer Tageblättle abgebildet waren. In natura kommt er mir viel jünger vor. »Ä Bubele«, wie man bei uns sagt. Könnte ja fast mein Sohn sein, denk ich, und beginne, im Kopf unser Alter zu überschlagen. Okay, kommt net ganz hin, aber wenn es mein Sohn wäre, würde ich ihm bestimmt das hellblaue T-Shirt verbieten, das er anhat. Darauf ist Kermit der Frosch zu sehen, in einer eindeutigen Pose mit Miss Piggy. Er hat keine Hose an – also Kermit, net der Marco. Vor seinem Mund ist eine Sprechblase, aber ich kann nicht erkennen, was drinsteht. Ehrlich gesagt, möchte ich es auch nicht wissen. Ich mag Kermit und finde solche Verunglimpfungen immer ä bissle geschmacklos. Vielleicht bin ich einfach zu alt für so was. Oder zu spießig. Egal. Solang ich meine Bücher im Regal nicht nach Farben ordne wie Beate, bin ich zumindest noch nicht scheintot.

Frau Spielmann, die jetzt ausgesprochen gute Laune hat, schickt Sascha los, um noch eine Flasche Sekt zu holen. »Gleich geht's los!«, ruft sie aufgeregt und rutscht nervös auf dem Stuhl hin und her. »Ich muss mir noch ein bisschen Mut antrinken, die sind ja alle so furchtbar jung!« Frau Bäuerle, Frau Häfele und ich werfen ihr einen bösen Blick zu, aber sie lässt sich davon überhaupt nicht beeindrucken. Herr Kämmerer sagt nur trocken: »Das ist ja auch gar nicht deine Zielgruppe, Elo!«

Sascha befüllt die Gläser erneut, aber keiner ist mehr in der Stimmung, anzustoßen. Schon gar nicht auf das geklaute Glück. Frau Spielmann stört das nicht weiter, sie hat sich jetzt hingestellt, um besser verstehen zu können, was der Veranstalter sagt, als er die Regeln des heutigen Abends erklärt. Mit ihren Händen stützt sie sich auf der Stuhllehne ab.

»Lauter! Ich höre schlecht!«, brüllt sie jetzt durch den Raum, und alle Blicke sind plötzlich auf uns gerichtet. Manche der Gäste tuscheln, manche schauen erstaunt, andere lächeln wohlwollend.

»So besser?«, ruft jetzt dieser Marco in Frau Spielmanns Richtung und spricht etwas lauter als vorher.

»Ja! Aber auch so lassen! Ich muss doch wissen, worum es geht!«

»Machen Sie etwa mit?« Er schaut verwundert. Es ist mucksmäuschenstill im *Pinocchio*.

»Na klar, ich bin noch eine sehr gute Partie!«

Der ganze Laden bricht in schallendes Gelächter aus und applaudiert. Der Veranstalter ist sichtlich amüsiert. So was hat er wahrscheinlich auch noch nicht erlebt.

»Also, noch mal zu den Regeln«, fährt er jetzt fort. »Alle Teilnehmerinnen und Teilnehmer möchte ich nun an die leeren Tische hier vorn bitten. An die Damen: Auf Ihren Namensschildchen steht eine Zahl. Setzen Sie sich bitte an den Tisch, auf dem Ihre Nummer steht. Die Herren kommen dann der Reihe nach zu Ihnen. Das Date beginnt, wenn ich diesen Gong schlage.« Er hält einen großen messingfarbenen Teller hoch, auf den er jetzt schwungvoll mit einem Klöppel schlägt. Ein lauter, dumpfer Gong ertönt, der lange nachhallt. »Ab dann haben Sie drei Minuten Zeit, um sich kennenzulernen, danach ertönt erneut der Gong. Am Ende schauen wir, wo es ein Match gegeben hat. Match heißt, beide Dating-Partner haben Interesse. Dann wechseln die Herren zum nächsten Tisch.« Es entsteht kurz Unruhe im Raum, die beiden überschminkten Blondinen sind schon aufgestanden, um zu ihren Tischen zu gehen.

Frau Spielmann schaut hilfesuchend in unsere Runde. »Frau Bullatschek, können Sie mir helfen, den richtigen Tisch zu finden?«, fragt sie jetzt in zuckersüßem Ton.

Einen Teufel werd ich tun, denk ich bei mir. Ich schüttele energisch den Kopf und erkläre ihr, dass ich auf die anderen Senioren aufpassen müsste, schließlich bin ich ja nicht nur mit ihr hier. Sie zieht eine Schnute.

»Ich helfe Ihnen!«, ruft Sascha jetzt, dem Frau Spielmann doch ein bisschen leidtut. Mir tut sie auch leid, und unter anderen Umständen wäre ich selbstverständlich mitgekommen. Aber so net. Net mit mir.

Ich beschließe, dass der Rest der Truppe auch ein bisschen Spaß haben soll, während Frau Spielmann sich amüsiert, und gehe los, um noch eine Flasche Sekt und ein Kartenspiel zu organisieren.

Als ich an der Theke drauf warte, dass mich jemand wahrnimmt, um zu bestellen, sehe ich, wie sich die Dating-Tische füllen. Es sind durchaus ein paar gut aussehende Männer dabei. An Tisch 1 hat ein blonder, fröhlicher Enddreißiger mit einem weißen Ringelshirt und einem äußerst attraktiven Lächeln Platz genommen. Der wär was für mich. Schade.

Die Typen am zweiten und dritten Tisch hingegen interessieren mich weniger. Den mit dem Schnäuzer kenne ich vom Sehen, der ist mir mal unangenehm auf dem Frühlingsfest aufgefallen. Da hat er am Autoscooter so ein Riesenfass aufgemacht, weil ein kleiner Bub – sein Sohn vermutlich – nicht gleich gespurt hat. Da hat er dem armen Kind vor versammelter Mannschaft eine Ohrfeige verpasst. Schrecklich. Der schlägt bestimmt auch Frauen. Nee, gut, dass ich mit dem net reden muss.

Der an Tisch drei hat kreisrunden Haarausfall. Das kenn ich von meinen Senioren. Da kannst du nichts mehr machen, der wird in ein paar Jahren gar keine Haare mehr haben. Da hilft dann bloß noch ein Toupet. Und ich hab keine Lust, neben einem Mann aufzuwachen, der jeden Abend seine Haare zum Kämmen abnimmt und sie dann auf einer Büste auf dem Nachttisch drapiert. Einer mit vollem Haupthaar muss es schon sein.

Sascha steht mit Frau Spielmann suchend im Raum, dann deutet er auf einen Tisch, wo schon ein südländisch aussehender Typ mit einem Schnauzbart und einer getönten Brille Platz genommen hat. Vielleicht ist es auch eine Sonnenbrille. Das würde allerdings überhaupt keinen Sinn machen, schließlich ist es draußen schon dunkel. Gut, vielleicht ist er ja blind, denke ich bei mir. Dann sieht er wenigstens nicht, dass Frau Spielmann schon 88 ist. Ich muss lachen bei dem Gedanken, was für ein Gesicht er macht, wenn sie ihm ihr echtes Alter verrät. Aber es kommt anders. Der Mann steht plötzlich auf. Ich vermute, er ist vielleicht doch nicht blind und will abhauen, weil er erkannt hat, dass sein erstes Date eine Omi ist. Aber weit gefehlt. Er geht auf die andere Seite des Tisches und gibt Frau Spielmann einen eleganten Handkuss. Die lächelt jetzt völlig verzückt und nimmt ihren Platz ein.

»Was darf es bei dir sein?«, höre ich plötzlich eine Stimme, und als ich mich zur Bar umdrehe, schaut mich Timo leicht ungeduldig an. Es ist viel los.

»Eine Flasche Sekt bitte!«, brülle ich zurück. »Keine Gläser!« Er reicht mir die eiskalte Flasche. Ich bezahle die 15 Euro, geb noch einen Euro Trinkgeld und steuere auf das Regal mit den Spielen zu, das hinten an der Wand direkt neben dem Kamin steht.

Evelyn und ich haben im *Pinocchio* früher sonntags gern mal bei einer heißen Schokolade Master Mind oder Vier gewinnt gespielt. Ist schon über 20 Jahre her, aber die Spiele stehen da immer noch. Im *Pinocchio* ändert sich halt nix.

Blöderweise ist der Zugang zum Regal versperrt. Ein Pärchen sitzt knutschend auf dem weißen Plüschsofa direkt davor. Ich frage mich, was die beim Speed-Dating zu suchen haben, wenn sie schon jemanden gefunden haben. Ich räuspere mich laut.

»Darf ich mal kurz?« Sie hören mich nicht. »Entschuldigung, ich müsste mal an die Mau-Mau-Karten!«

Die Köpfe gehen auseinander, und beide schauen mich total verdattert und leicht grimmig an mit einem Blick, der sagt: »Wie kannst du es wagen, wegen ein paar läppischen Mau-Mau-Karten bei unserem Liebesspiel zu stören!« Mir doch egal! Sollen sie halt zu Hause knutschen. Wir sind ja schließlich nicht im *Moulin Rouge*, sondern im Bistro. Ich schnapp mir die Karten, die ich zum Glück gleich im unteren Fach entdecke, und ein lustiges Brettspiel. Dann dampfe ich ab, ohne die beiden eines weiteren Blickes zu würdigen.

Als ich zu unserem Tisch zurückkomme, ist eine Diskussion über die einzelnen Teilnehmer im Gange. Frau Häfele und Frau Bäuerle haben sich beide schon ihre Favoriten ausgesucht.

»Also der Blonde da mit dem Ringelpullover, den würde ich sofort nehmen!«, ruft Frau Häfele und schaut verliebt in Richtung von Tisch 1. Das fehlte mir noch. Das ist doch mein Favorit. Jetzt muss ich nicht nur mit Frau Spielmann konkurrieren, sondern auch noch mit Frau Häfele.

»Der ist nix. Der hat garantiert zwei linke Hände«, fällt ihr Frau Bäuerle ins Wort. »Das ist bestimmt ein Künstler, das sieht man schon an seinem Pullover. Picasso hatte doch auch so einen. Der kann nicht mal eine Glühbirne reindrehen. Ein Mann muss doch anpacken können!«

Frau Bäuerle und ihr verstorbener Mann hatten früher eine Landwirtschaft daheim, und das Erste, auf das sie achtet, ist der Körperbau. »Schaffen muss er können!«, das ist ihre Devise.

»Der da«, sie deutet auf Tisch 5, »der hat Kraft!« Sie zeigt mit dem Finger auf einen extrem muskulösen Mann, der leichte Ähnlichkeit mit Popeye aufweist und ein enges T-Shirt trägt, was aussieht, als wäre es drei Nummern zu klein. Er hat kurz geschorene Haare und ein rotes, sehr ernstes Gesicht.

»Der ist doch den ganzen Tag im Fitnessstudio, so ein selbstverliebter Gockel«, ruft Frau Häfele jetzt empört.

Sascha kommt zurück und macht für mich die Flasche Sekt auf. Der Korken fliegt quer durch den Raum. Der Arme. Schon die dritte Flasche, und er darf selbst nichts trinken.

Meine Stimmung wird von Glas zu Glas besser. Beim Einschenken fällt mir auf, dass Herr Kämmerer gar nicht mehr da ist.

»Wo isch denn der Herr Kämmerer?«, frage ich die Senioras, die sich gerade überlegen, wo der Südländer bei Frau Spielmann am Tisch wohl herkommt. »Tunesier! 100 Prozent. Ich war mal in Tunesien. Die sehen alle so aus.«

»Ach Quatsch. Das kann man doch nicht so pauschal sagen. Das könnte auch ein Italiener sein!«

»Wo isch denn der Herr Kämmerer hin?«, versuche ich es erneut.

»Spanien!«, ruft jetzt Frau Häfele. Da ich nicht glaube, dass sie mich meint, weil es relativ unwahrscheinlich ist, dass Herr Kämmerer nach Spanien getürmt ist, richte ich die Frage an Sascha, der gerade in sein Handy vertieft ist. Ohne hochzugucken, entgegnet er mir:

»Der wollte nur kurz aufs Klo! Ist aber schon 'ne Weile her.«

»Guck doch mal bitte uff der Herrentoilette nach, Sascha, net dass er gestürzt isch.«

Vor meinem geistigen Auge sehe ich Herrn Kämmerer, wie er sich die steile Treppe zu den Toiletten runterhangelt, plötzlich stolpert und die Stufen runterfällt. Er bleibt unten regungslos liegen. Um seinen Kopf bildet sich eine dunkle Blutlache. Andere Gäste steigen einfach über ihn rüber. Keiner hilft. Das hab ich mal in einem Film gesehen.

Panik ergreift mich plötzlich. Ich bin doch verantwortlich, der Sekt hat mich leichtsinnig gemacht. »Sag mir bitte gleich, was los isch!«

»Jaja. Wird schon nix passiert sein.«

Sascha steckt sein Handy in die Hosentasche und läuft los. Ich folge ihm mit meinem Blick. Schließlich verschwindet er bei der Treppe in den Keller, wo die Toiletten sind. Kurze Zeit später kommt er allein wieder hoch und steuert grinsend auf unseren Tisch zu.

»Und?«, frage ich ängstlich. »Isch was passiert?«

»Passiert? Hahaha. Dem doch nicht, dem alten Casanova! Der sitzt vorne an der Garderobe bei Frau Wandler und trinkt Schnäpschen und schäkert, was das Zeug hält.«

»Waaaas?«

»Ja, da geht was!«

Sascha macht einen vielsagenden Gesichtsausdruck.

Frau Wandler, soso. Klar, dass er sich die schnappt! Die hatte ich gar nicht mehr auf dem Schirm. Die sieht ja auch für ihr Alter immer noch gut aus. Ist wahrscheinlich schon Ende 60, aber immer noch extrem attraktiv. Blonde gelockte Haare, immer eine leichte Solariumsbräune und roter Lippenstift. Gepflegte Erscheinung. Die macht oft die Garderobe im *Pinocchio*, weil sie das Geld gut gebrauchen kann. Ihr Mann ist 1995 bei einem Autounfall auf der Landstraße Richtung Ludwigsburg ums Leben gekommen. War schlimm damals. Er konnte nichts dafür. Auf der Gegenspur hat irgendein Idiot überholt, obwohl er nichts gesehen hat. Wandler war auf der Stelle tot. Die Frau Wandler hatte dann aber relativ schnell eine neue Liebschaft, was ihr viele in Pfleidelsheim übel genommen haben. Meine Mutter hat damals auch gesagt: »Schlimm, die Wandlerin. Die lässt nix anbrennen! Der Horst ist gerade mal zwei Jahre unter der Erde, und sie hat schon einen Neuen!« Zwei Jahre! Das ist ja nicht gerade kurz. Wie lange hätte sie denn die trauernde Witwe spielen sollen? Typisch meine Mutter. Ist doch schön, wenn man wieder jemanden kennenlernt. Aber so sind die Leute. Gönnen andern net die Butter auf dem Brot.

Immerhin ist Herr Kämmerer beschäftigt und bei seinem

Flirt gut aufgehoben. Um den muss ich mir keine Sorgen machen.

Ich lege die Karten auf den Tisch und frage in die Runde, ob jemand Lust auf Mau-Mau hat. Sascha macht eine abwehrende Handbewegung, und Frau Häfele und Frau Bäuerle hören mir überhaupt nicht zu. Sie zerreißen sich lautstark das Maul über die Frauen, die am Speed-Dating teilnehmen. »Was hat die denn an? Ist die Bluse nicht ein bisschen zu durchsichtig?«

»Ist das überhaupt eine Bluse? Das ist doch ein Negligee!«

»Unmöglich, die scheint es ja wirklich nötig zu haben.«

»Jetzt guckt er ihr die ganze Zeit wahrscheinlich nur auf den großen Busen.«

Ich schaue in die gleiche Richtung, um zu sehen, um wessen großen Busen es geht. Eine junge Frau mit dunkelbraunem gewelltem Haar und einer Art Tüllbluse sitzt jetzt gegenüber von unserem Ringelshirt-Favoriten. Ich glaube, zu erkennen, dass es die neue Apothekenhelferin ist, die kürzlich erst nach Pfleidelsheim gezogen ist. Als ich neulich mal wieder einen All-you-can-drink-Abend mit Evelyn im *Starlight* hinter mir hatte, musste ich mir neue Kopfschmerztabletten holen, und da hat sie mich bedient. Da hatte sie die aufreizende Bluse aber nicht an. Aber ich hab trotzdem gesehen, wie der Herr Richter, unser Apotheker, sie die ganze Zeit so komisch von der Seite angeguckt hat. So bissle verliebt. Vielleicht ist sie aber auch nur seine Tochter, die vorher woanders gewohnt hat. Kann ja alles sein. Gut, dass ich nicht mit der konkurrieren muss, die hat bestimmt gute Chancen. Aber das ist ja jetzt Frau Spielmanns Job.

Ich genehmige mir noch ein Glas Sekt, denn gleich soll es losgehen. Der Veranstalter hat schon den Gong in der Hand und schaut nervös auf seine Armbanduhr. Es ist inzwischen 20 Uhr. Warum wir um 19 Uhr da sein mussten, erschließt sich mir zwar nicht, aber hier gelten wohl andere Regeln als bei uns im Heim. Es scheint keinen zu stören, dass es bis zum eigentlichen Date eine Stunde gedauert hat. Ich bin trotzdem leicht nervös, denn zum Schichtbeginn vom Nachtdienst müssen alle meine Senioren in ihren Betten liegen. Könnte knapp werden.

5. Love is in the air

Frau Bäuerle und Frau Häfele, die beide schon mehr Alkohol getrunken haben, als sie vertragen, kichern wie kleine Mädchen und lästern in einer Lautstärke, dass ich sie zur Raison bringen muss.

»Psssscht! Net so laut! Des gehört sich net!«

»Des gehört sich net!«, äfft mich Frau Häfele nach, und beide lachen wieder.

Dann ertönt der Gong. Die Teilnehmer an den Holztischen beugen sich jetzt zu ihrem Gegenüber vor und reden relativ schnell aufeinander ein. Mein Blick wandert von Tisch zu Tisch. Tüllbluse und Ringelshirt-Mann flirten, was das Zeug hält. An anderen Tischen knistert es nicht ganz so doll. Die überschminkte Blondine an Tisch 4 scheint nicht ganz ins Beuteschema vom gelockten Jochen zu passen. Er lächelt gequält. Wahrscheinlich erzählt sie ihm gerade, dass ihr gestern ein Fingernagel abgebrochen ist. Er wirkt eher so, als würde er am Wochenende irgendwelche 5000er besteigen. Keine Blondinen.

Frau Spielmann sitzt hochkonzentriert, wie bei einer Schachpartie, an ihrem Tisch und schaut dem Sonnenbrillen-Mann tief in die Augen. Vielleicht spiegelt sie sich auch nur in den Gläsern der Brille und schaut, ob ihre Frisur noch sitzt. Eitel ist sie ja. Dann sagt sie irgendwas, dreht sich um und zeigt in unsere Richtung. Frau Bäuerle fängt hysterisch an, zu winken. »Hallo, Eleonore, wir sehen dich! Wie läuft es?«, ruft sie durch den Raum, aber Frau Spielmann hat sich schon wieder ihrem potenziellen Partner zugewandt.

Nach drei Minuten ertönt der Gong erneut, und es ist Wechsel. Zuvor jedoch bittet der Veranstalter die Teilnehmer, ein Schild hochzuhalten, auf dem entweder ein Herz oder ein trauriger Smiley abgebildet ist. Bei zwei Herzen heißt es Match, und die beiden Kandidaten möchten sich wiedersehen. Alle anderen Kombinationen heißen »Nein danke!«. Ich bin extrem erleichtert, dass ich nicht mitmache, als ich mitkriege, dass das Ergebnis laut durch das Mikrofon verkündet wird. Gar nicht auszudenken, wenn du bei sechs Dates kein einziges Herz bekommst.

Frau Spielmann hat ein Herz abgesahnt und auch eines vergeben. Sie scheint bei ihrem Gegenüber Eindruck gemacht zu haben, denn er verabschiedet sich von ihr, wie er sie begrüßt hat: mit einem Handkuss. Sie winkt ihm zum Abschied zu wie die Braut eines Matrosen, die am Ufer zurückbleibt. Dass sie kein Taschentuch rausholt und sich ein Tränchen abwischt, ist alles. Aber dafür hat sie gar keine Zeit, denn es geht ohne Pause weiter. Die Männer wechseln die Tische, und der Veranstalter spricht jetzt wie die Losverkäufer auf dem Canstatter Vasen. »Da heißt es dabei sein … Neue Runde, neues Glück!«

Auch die nächsten vier Dates meistert Frau Spielmann mit Bravour. Sie scheint zwar nicht mehr ganz so begeistert wie beim ersten Mal, aber sie erntet jedes Mal ein Herz am Ende der Runde. Ob es jetzt Respekt vor dem Alter ist oder die Männer sie wirklich so unwiderstehlich finden, kann ich net sagen. Locken-Jochen schreibt ihr sogar noch was auf einen Zettel. Ich hoff net, dass er mit ihr einen 5000er besteigen will. Selbst Ringelshirt tippt im Anschluss irgendwas in sein Handy, was sie ihm diktiert.

Herr Kämmerer kommt irgendwann zurück zu unserem Tisch gewankt. Oje. Frau Wandler scheint ihn abgefüllt zu haben. »Die is sooo nett!«, lallt er und lässt sich in Frau Spielmanns Stuhl fallen. »So nett wie duuuu, Sybille!« Er legt freundschaftlich den Arm um mich. Ich befreie mich aus der Umklammerung und teile ihm mit, dass er jetzt noch kurz Geduld haben muss, weil Frau Spielmann ihr letztes Date startet. »Ach, die blöde Kuh. Die hat dir den Abend versaut. Das ist nicht fair gewesen. Überhaupt nicht fair!«

»Egal!«, wiegele ich ab, weil seine Stimme immer lauter zu werden droht.

Frau Häfele und Frau Bäuerle haben sich noch mal ein großes Glas Sekt nachgeschenkt und prosten ihm jetzt zu. Ich befürchte, dass mindestens drei meiner Senioren morgen mit einem Brummschädel aufwachen. Ich möglicherweise auch, aber ich hab ja frei.

Der Gong ertönt zum sechsten und letzten Mal, und Frau Spielmann hat jetzt das Vergnügen mit dem Muskelmann, den Frau Bäuerle vorhin so toll fand. Ich schaue kurz auf mein Handy, um zu sehen, ob es schon eine Nachricht von Evelyn und ihrem Date gibt oder ob jemand aus dem Heim angerufen hat. Tatsächlich. Evelyn hat geschrieben: »Totaler Reinfall, megalangweiliger Typ. Geht gar nicht. Hätte ich dich mal lieber zu deinem Speed-Dating gehen lassen. Wäre bestimmt lustiger geworden. Erzähle dir morgen mehr, fahre jetzt heim. Bussi, Evelyn.« Ich will gerade zurückschreiben, als Frau Bäuerle einen spitzen Schrei ausstößt. »Um Gottes willen, was macht sie denn da? Will sie ihm den Blutdruck messen, oder was?« Ich schaue hoch, um zu gucken, wen sie meint, und sehe, wie Frau Spielmann am äußerst muskulösen Arm ihres Gegenübers rumtätschelt. Dann sagt sie irgendwas zu ihm, woraufhin er aufsteht und eine Pose macht, wie bei einem Bodybuilding-Wettbewerb. Ich persönlich finde zu viele Muskeln ja unerotisch, aber Frau Spielmann scheint es zu gefallen. Sie strahlt.

Die Paare an den anderen Tischen versuchen, sich auf ihre Gespräche zu konzentrieren, aber alle im Raum starren nur noch auf Frau Spielmann und ihren Flirtpartner. Was dann passiert, damit hat wohl keiner gerechnet.

Der Muskelmann, auch heimlich von mir »Popeye« genannt, bedeutet Frau Spielmann mit einer Geste, dass sie aufstehen soll. So ähnlich wie in »Dirty Dancing«, als Johnny Baby zum Tanzen auffordert. Es ist mucksmäuschenstill im *Pinocchio*. Es liegt vielleicht nicht ganz so viel Erotik in der

Luft wie bei »Dirty Dancing«, und Frau Spielmann ist auch nicht mehr ganz so schnell wie »Baby«, aber die Spannung ist kaum auszuhalten.

Ich brauche noch einen Schluck Sekt. Die Situation mit Frau Spielmann gerät langsam außer Kontrolle. Frau Bäuerle und Frau Häfele sitzen mit weit aufgerissenen Augen und offenem Mund da. »Was passiert jetzt?«, will Frau Bäuerle wissen.

»Psssscht!«, fährt Frau Häfele sie an. Popeye macht noch ein paar Posen für die Zuschauer und schnappt sich dann die völlig überraschte Frau Spielmann und hebt sie vorsichtig in die Luft wie bei einer Akrobatiknummer. Schließlich stemmt er sie direkt über seinen Kopf. Frau Spielmann, die zwei Meter über der Erde schwebt, streckt jetzt die Beine und Arme, als hätte sie in ihrem Leben noch nie was anderes gemacht. Keine Spur mehr von ihrer Arthrose oder ihrem Rheuma. Die Masse jubelt wie bei einer Zirkusvorstellung. Leute filmen mit ihren Handys, Fotos werden gemacht. Dass das Ganze nicht einstudiert ist, kann man kaum glauben.

Ich hab leicht einen im Tee, und mein Reaktionsvermögen ist etwas langsamer als gewohnt. Sascha, der eben auch noch geklatscht und gejubelt hat, stupst mich plötzlich an. »Sybille, du musst das jetzt abbrechen, bevor sie noch einen Flicflac macht. Nicht dass sie einen Herzkasper kriegt!«

Er hat recht. Schön, dass sich Frau Spielmann so gut amüsiert, aber wenn was schiefgeht, bin ich die Dumme. Dann klatscht keiner mehr. Ich stehe auf und winke erfolglos dem Veranstalter, der ebenfalls mit seinem Handy dasteht und filmt. Bestimmt ein toller Marketing-Gag, das Video.

Langsam lässt Popeye Frau Spielmann wieder runter. Sie landet zwar sicher, scheint aber doch etwas wackelig auf den Beinen zu sein, denn sie schlingt die Arme um seinen Hals, als wären sie ein frischverliebtes Pärchen. Applaus brandet auf. »Zugabe! Zugabe!«, rufen die Leute.

Nein. Keine Zugabe. Ich schlage mit dem Klöppel auf den Gong, der auf einem der Tische liegt. Die drei Minuten sind längst um. Dann renne ich zu Frau Spielmann, um zu schauen, wie es ihr nach dieser kleinen Turn-Einlage geht. Sie lässt sich erschöpft auf ihren Stuhl fallen. Popeye lächelt in die jubelnde Menge und deutet ehrfurchtsvoll auf Frau Spielmann. Erneut ertönt Applaus, der diesmal nur für sie bestimmt ist. Theken-Timo bringt ihr ein Glas Wasser. »Alles okay mit Frau Neuberger?«, fragt er mich.

»Ich heiße nicht Neuberger«, zickt ihn Frau Spielmann an.

»Ja, mit Frau NEUBERGER isch alles okay, danke, Timo!« Ich schaue Frau Spielmann mit dem gleichen drohenden Blick an, den ich ihr zugeworfen habe, als sie sich gestern bei Frau Fischer verplaudert hat.

»Alles tutti!«, flötet sie dann und lächelt künstlich. Tutti? Wo hat sie denn dieses Wort aufgeschnappt? Wahrscheinlich hier bei einem der Dates. Das hat sie noch nie vorher gesagt. Erinnert mich ein bisschen an Luca und Leon, die bringen auch immer neue Wörter aus der Kita mit. Dagegen ist *tutti* allerdings noch harmlos.

»Wir sind jetzt am Ende eines mehr als aufregenden Abends angelangt«, tönt es durch die Boxen. Der Veranstalter steht hinter der Bar bei Timo und hat ein Weizenbier in der einen Hand, das Mikrofon in der anderen. »Ich sag schon mal Danke an alle Beteiligten fürs Mitmachen, bitte stimmt jetzt ein letztes Mal ab, ob Top oder Flop – Herz oder Schmerz!«

Dann prostet er allen Versammelten zu.

Frau Spielmann zögert nicht lange und reißt ihren Arm in die Luft mit der Karte, auf der das Herzsymbol zu sehen ist. Auch sie wird selbstverständlich von Popeye mit der gleichen Karte belohnt. Er lächelt ihr noch mal freundlich zu und formt mit den Lippen ein »Danke«.

Dann ist er plötzlich umringt von einer Traube Frauen, die die ganze Zeit in einer Ecke saßen und vermutlich wie ich keine Einladung mehr ergattern konnten. Offensichtlich hat sein Senioren-Gewichtheben mächtig Eindruck gemacht.

Ich schnapp mir Frau Spielmann und steuere auf unseren

Tisch zu. Sascha hat schon die Jacken von der Garderobe geholt. Frau Häfele und Frau Bäuerle sind bereits angezogen, von Herrn Kämmerer fehlt jede Spur. Sascha bemerkt meinen suchenden Blick.

»Der ist noch an der Garderobe, Frau Wandler Tschüss sagen.«

Ich rolle die Augen. Frau Spielmann wird von den leicht beschwipsten Senioras in die Mangel genommen.

»Und, wie war der mit dem geringelten T-Shirt so?«, will Frau Häfele wissen.

»Ein interessanter junger Mann, ganz reizend. Bauingenieur.«

»Die Sache zum Schluss fand ich etwas übertrieben, Eleonore, du bist doch keine 20 mehr!«, meckert Frau Bäuerle, die hörbar eifersüchtig ist.

»Wer kann, der kann, liebe Gertrud!«, stichelt Frau Spielmann zurück, während ich ihr in ihren schweren Pelzmantel helfe.

Damit auf den letzten Metern jetzt nicht noch gezankt wird, schaue ich hektisch auf meine Uhr und verkünde dann laut: »So, das können Sie sich ja alles morgen erzählen. Wir müssen uns jetzt aber ganz arg beeilen! Es isch schon gleich 20 vor zehn. Der Nachtdienscht reißt mir sonscht den Kopf ab!«

Sascha holt die Rollatoren, die hinter der Tür am Eingang geparkt sind, und ich befreie Herrn Kämmerer aus den Klauen von Frau Wandler, die, während sie die Jacken der Gäste zurückgibt, immer noch seinen Geschichten lauscht. Er redet ja in nüchternem Zustand schon gerne, aber nach drei bis vier Schnäpsen, womöglich waren es sogar fünf, findet er kein Ende mehr.

»Herr Kämmerer, es tut mir leid, aber mir müssen los!« Ich packe ihn am Arm und komme mir vor, als würde ich mein Kind aus der Disco abholen. Nur dass mein Kind 94 ist.

»Und Sie rufen mich wirklich an?«, ruft er noch, als ich ihn widerwillig aus dem *Pinocchio* schiebe. Frau Wandler lächelt, als er sich noch mal umdreht, und nickt.

Es ist 21.59 Uhr, als wir endlich im Haus Sonnenuntergang ankommen. Sascha fährt extra wieder hinter das Gebäude, wo wir vor ein paar Stunden eingestiegen sind. Mit Glück fällt keinem auf, dass wir erst so spät wieder da sind.

Drinnen ist es mucksmäuschenstill. Das ändert sich schlagartig, als wir reinkommen.

Die angetrunkene Speed-Dating-Truppe ist kaum im Zaum zu halten.

»Psssschhht! LEISE!«, zische ich permanent und halte meinen Zeigefinger auf den Mund.

Es nutzt nix. Frau Häfele kriegt einen Lachanfall, als sie ihren Schuh verliert, und die anderen stimmen mit ein.

»War das ein Abend! Danke, Frau Bullatschek!«, ruft Frau Spielmann und strahlt über das ganze Gesicht. »Übrigens: Ich hab noch eine Überraschung für Sie!«

Sie reicht mir ein Blatt Papier. Darauf sind krakelige Notizen zu sehen und einige Nummern. »Das sind die Telefonnummern der Männer von heute Abend. Ich dachte, die wollen Sie vielleicht mal anrufen. Schließlich habe ich allen erzählt, was für ein tolle Frau Sie sind und was für eine Super-Partie!«

Mir fällt die Kinnlade runter. »Sie haben *was*?«, frage ich ungläubig. »Warum?«

Frau Spielmann schaut mich eindringlich an. »Wenn ich eins gelernt habe im Leben, dann ist es, dass man in der Masse nur hervorsticht, wenn man Aufmerksamkeit erregt. Ich wollte einfach nicht, dass Sie bei den ganzen aufgebrezelten Mitbewerberinnen untergehen. Und da dachte ich: Eine 88-Jährige als Liebesköder – das ist es! Ich muss zugeben, dass mir diese Idee erst gekommen ist, als ich das Schild abgeholt habe.«

»Und diese Akrobatik-Nummer zum Schluss?«, hake ich nach.

»Die war ungeplant. Aber sehr erfrischend!«

Mir fehlen die Worte. Alles, was ich rausbringe, ist ein genuscheltes »Wahnsinn!«.

»Frau Bullatschek, dachten Sie allen Ernstes, ich will Ihnen die Männer wegschnappen? Was soll ich denn mit den jungen Burschen! Sie suchen doch einen Mann, nicht ich. Und es schienen alle sehr interessiert an Ihnen!«

»Das is jetzt aber allerliebst!«, lallt Herr Kämmerer und kriegt prompt einen Schluckauf.

»Ein schöner Zug, Eleonore«, stimmt jetzt auch Frau Häfele mit ein. »Ich hätte dir vorhin fast den Hals umgedreht, als du Frau Bullatschek ausgebootet hast.« Wieder lacht sie laut.

Ich hab mit allem gerechnet, aber nicht damit. Frau Spielmann hat das Ganze nur für mich gemacht? Ich bin wirklich gerührt. Durch den vielen Sekt muss ich aufpassen, dass ich nicht sentimental werde und losheule. Ich umarme Frau Spielmann und drücke sie an mich. Sie streichelt mir kurz über den Kopf und flüstert: »Gern geschehen!«

Ob ich jetzt wirklich einen der Männer anrufen will, weiß ich zwar noch net, aber für mich zählt die Geste. »Danke. Des hätt ich jetzt wirklich net erwartet.«

Dann ermahne ich meine Senioren erneut, leise zu sein, wenn sie in ihre Zimmer gehen. Die wichtigste Warnung schiebe ich hinterher: »Denken Sie dran: Niemand darf erfahren, dass wir beim Speed-Dating waren! Falls jemand fragt: Offiziell waren wir bei der Zeitung, und Sie haben ein Interview gegeben. Das ist ganz wichtig. Aber besser, Sie erzählen gar nix. Kann ich mich auf Sie verlassen?« Ich schaue streng in die müden Augen meiner Senioren.

Alle nicken. Sascha nimmt Frau Häfele und Frau Bäuerle mit, die sichtlich froh sind, dass sie sich, so angetrunken, wie sie sind, auf ihren Rollatoren abstützen können. Herr Kämmerer ist schon alleine vorgewankt, und ich bringe Frau Spielmann noch in ihr Zimmer.

»Bis Montag«, verabschiede ich mich. Und dann sage ich einen Satz, den ich mal in einem Film gehört habe: »What happens in the *Pinocchio* stays in the *Pinocchio*!«

Frau Spielmann antwortet nur mit »Jaja!« und schließt die Tür. Offensichtlich kennt sie das Zitat nicht.

Ich lehne mich an die Wand und stoße einen lauten Seufzer aus. Puh. Was für ein Abend. Ich überlege, was ich der Nachtschicht jetzt erzähle. Wie viel wissen sie?

Was haben Cat und Milena gesagt? Oder haben sie gar nix gesagt, und es ist keinem aufgefallen, dass vier Senioren fehlen? Nachts ist so viel Rennerei, weil man immer unterbesetzt ist, dass es möglicherweise eh keiner gemerkt hat. Andererseits: Bei der Übergabe wird es schon Thema gewesen sein. Ich schleiche über den Flur im Wohnbereich Südcorega zum Aufenthaltsraum. Ich klopfe an, aber keiner antwortet. Dann gehe ich einfach rein. Wenn man keinen Dienst hat, kommt man sich auf der eigenen Station irgendwie fremd vor. Als würden alle ein Spiel spielen, und man selbst darf nicht mitmachen. Das grelle Neonlicht an der Decke blendet mich, und meine Augen müssen sich erst dran gewöhnen. Auf dem Flur ist nachts nur die Notbeleuchtung an, was deutlich angenehmer ist. Auf dem Tisch liegt eine Brille, daneben stehen eine offene Wasserflasche und ein Glas, das halb vollgeschenkt wurde. Da wollte wohl gerade jemand trinken, als es mal wieder geklingelt hat.

Ich beschließe, einen Zettel dazulassen und mich dann durch den Hinterausgang rauszuschleichen, bevor ich noch eine dritte Schicht dranhängen muss, weil ich ja »zufällig« gerade da bin und so viel los ist. Otterle würde mich erwürgen. Triple-Schicht ist wahrscheinlich ein Kündigungsgrund. Außerdem bin ich todmüde und angetrunken.

»Huhu, alle Senioren, die beim Interview waren, sind wieder da und schlafen schon. War alles sehr anstrengend. Sie sind halt auch keine 20 mehr. Euch eine ruhige Schicht! Liebe Grüße, Sybille«

Zum Glück erwische ich noch Sascha am Hinterausgang, der gerade eine Zigarette raucht und mir netterweise anbietet, mich heimzufahren. Nach drei Gläsern Sekt will ich mich ungern noch ans Steuer von meinem Fiesta setzen.

»Sybille, Sybille! Was für eine Show!«, sagt er kopfschüttelnd im Auto zu mir und stupst mich kumpelhaft. Dann lacht er schallend. »Das haben wir gut hingekriegt. Ich glaub, die hatten lange nicht mehr so viel Spaß!«

»Da sagscht du was! Aber Hauptsache, sie halten dicht. Sonst killt Otterle mich!«

Ich verabschiede mich mit dem Satz »Bis Montag, ich muss dringend ins Bett!« und schmeiß die Tür von seinem Fiat Panda zu.

6. Das dicke Ende kommt noch

Ich werde um neun vom Brummen meines Handys wach. So lang schlaf ich normalerweise nie, weil einem der ständige Schichtwechsel eh den Schlafrhythmus total kaputt macht. Aber da ich am Wochenende frei hatte, hab ich mich wohl relativ schnell ans Ausschlafen gewöhnt. Ich bin gestern erst um ein Uhr ins Bett, weil ich noch einen spannenden Film mit Robert Redford gesehen habe und unbedingt wissen wollte, wie er ausgeht. Als ich aufs Display schaue, sehe ich zwei WhatsApp-Nachrichten von Evelyn und zwei Anrufe in Abwesenheit.

Ich geh ins Bad, um Zähne zu putzen, und lese dabei die Nachrichten von Evelyn.

»Sybillllleeee! Warum hast du mir nichts davon gesagt? Das ist ja DER Hammer! *Herzchen* *Extrem lachender Smiley*. Ich hab es gerade gesehen. Das Bild von Frau Spielmann ist ja mega! *Daumen hoch* Du bist echt der Knaller! *Herzchen*«

Mir fällt vor Schreck die Zahnbürste aus dem Mund. Was meint sie? Ich tippe die zweite Nachricht an, die eine halbe Stunde später geschickt wurde.

»Sybille, mach dich lieber auf was gefasst, wenn du zum Spätdienst kommst. Otterle springt hier im Quadrat!« Dahinter ist ein Smiley mit weit aufgerissenen Augen zu sehen.

Tausend Gedanken schießen mir durch den Kopf. Woher weiß Evelyn von der Aktion mit Frau Spielmann beim

Speed-Dating? Hat jemand geplaudert? Hat Sascha ihr ein Foto gezeigt? Wer hat mich bei Otterle verpetzt?

Dann höre ich die Anrufe ab. Der erste ist Mama.

»Sybille, was macht ihr denn da für Sachen im Heim! Ganz Pfleidelsheim spricht über euch. Die Nachbarin von der Frau Wandler hat mir grad beim Bäcker erzählt, dass du mit deinen Senioren im *Pinocchio* warst. Sag mal, bist du verrückt? War das denn genehmigt? Ruf mich mal unbedingt zurück.«

Der zweite Anruf ist wieder von Mama.

»Sybille. Die Mama hat fast einen Herzinfarkt. Die eine Seniorin von euch ist in der Zeitung abgebildet, und man sieht, wie ein halb nackter Mann sie hochhebt! Hast du den Senioren Alkohol gegeben oder Drogen? Um Gottes willen! Ruf mich an. Nicht dass sie dich feuern. Dem Herrn Bechtle ist das so gegangen. Den hat sein Chef mit einer Stripperin in der Zeitung gesehen, bei der Weihnachtsfeier, und dann isch er … Na ja, ist ja auch egal. Ruf mich an!«

Wir sind *was*? In der Zeitung? Ich wusste ja, dass Fotos gemacht worden sind, aber doch nicht, dass jemand vom Pfleidelsheimer Tageblättle da war. Ich zieh mir meine Jogginghose und meinen Pullover an und renn runter zu Irene. Ich weiß, dass sie die Zeitung im Abo haben. Vielleicht leiht sie sie mir kurz. Ich klingle und bete, dass die Kinder in der Kita sind. Auf noch eine Grundsatzdiskussion zum Thema Tür aufmachen hab ich jetzt wirklich keine Lust. Ich klingle dreimal, aber nichts rührt sich.

Als ich schon wieder hochgehen will, fällt mir ein, dass die Kotterers ja heute in die Wilhelma nach Stuttgart fahren wollten, um das neue Elefantenbaby anzugucken. Ich renne runter zu den Briefkästen. Die Zeitung steckt noch drin. Ich zieh sie aus dem Schlitz und blättere sie hastig durch. Im Lokal-Teil springt mich die Überschrift sofort an:

88-Jährige verdreht Männern beim Speed-Dating den Kopf.

6 Herzen für Eleonore Spielmann und eine filmreife Akrobatik-Einlage! Altenheim-Ausflug wird zu vollem Erfolg.

Ich überfliege den Text: »Einen Ausflug der ganz besonderen Art haben vier Senioren des Haus Sonnenuntergang am Freitagabend unternommen. Zusammen mit ihrer Pflegekraft Sybille Bullatschek mischten sie das Speed-Dating im Bistro *Pinocchio* auf ...«

Darunter ist ein großes Bild von Frau Spielmann zu sehen, wie sie auf den Armen von Popeye durch die Luft gewirbelt wird. Dann wird Frau Spielmann zitiert: »›Ich hatte lange nicht mehr so viel Spaß‹!, sagte uns Eleonore Spielmann alias Evelyn Neuberger (Foto).«

Am Ende des Artikels steht noch der Satz: »Man kann nur hoffen, dass dieses Beispiel Schule macht und auch andere aktive Senioren in den Genuss solcher Aktionen kommen.«

Ich lasse die Zeitung fallen. Jetzt bin ich kurz vor einem Herzinfarkt. Otterle schmeißt mich raus. Hundertprozentig!!!

Als ich um 13.30 Uhr im Heim ankomme, stürmen Ute und Evelyn auf mich zu.

»Sybille, du Granate, du!«, ruft Ute und lacht.

Evelyn spielt ein bisschen die beleidigte Leberwurst. »Oh Mann, du hättest mich doch einweihen können! Ich wäre so gern dabei gewesen, wenn sich Frau Spielmann schon unter meinem Namen anmeldet und die Männerwelt unsicher macht!«

»Des war net so geplant! Des kannscht du mir glauben!«

»Nur Herr Otterle ist, glaub ich, äh ... Sagen wir mal ... Nicht so angetan ...«, sagt sie jetzt zaghaft. »Der ist heute Morgen hier fast Amok gelaufen.«

Und wie es bekanntlich so ist, wenn man vom Teufel spricht ...

Gerade als ich die Treppe hochgehe, höre ich seine Stimme direkt hinter mir.

»Frauuuu Bullatschek«, brüllt er. »In mein Büro! SOFORT!«

Ich geh mich erst noch schnell umziehen, denn dafür hab ich nach dem Gespräch wahrscheinlich keine Zeit mehr. Es sei denn, er schmeißt mich raus, dann wäre es natürlich überflüssig. Auf dem Flur winken mir ein paar Senioren zu und lächeln vielsagend. Herr Maurer ruft: »Frau Bullatschek, nächstes Mal will ich aber auch mit.«

Als ich in Otterles Büro komme, sitzt er ausnahmsweise nicht an seinem Schreibtisch, sondern steht am Fenster und starrt gedankenverloren nach draußen, wo Sascha gerade die Mülltonnen nach vorne ans Tor schiebt.

Er lässt mich eine halbe Ewigkeit warten, ohne sich umzudrehen oder ein Wort zu sagen.

Auf seinem Tisch liegen drei Tageszeitungen aus dem Umkreis, und alle sind auf der Seite aufgeschlagen, auf der sich ein Artikel über das Speed-Dating befindet. Es sind unterschiedliche Fotos darin zu sehen. Das aus dem Tageblättle kenne ich schon. Im Ludwigsburger Boten fasst Frau Spielmann Popeye gerade an die Muskeln. Im Kurier sieht man unsere Truppe mit Sekt anstoßen. Das ist das blödeste Bild, denn ich bin etwas unglücklich getroffen, meine Augen sind nur halb offen, sodass es aussieht, als hätte ich schon allein eine Flasche Sekt getrunken.

»Außenwirkung«, sagt Otterle plötzlich unvermittelt. »Was sagt Ihnen das Wort?«

»Na ja, das ist, wie andere über einen denken, glaub ich«, stammele ich unsicher. Jetzt dreht er sich zu mir um. »Und was glauben Sie bitte, was jetzt der ganze Ort, ach, was sage ich, der ganze Kreis von uns denkt?«

»Na ja, dass mir ein ziemlich cooles Heim sind, vielleicht? Hier wird eben nicht nur Dienscht nach Vorschrift gemacht. Isch doch gut fürs Image«, versuche ich, die Situation zu retten.

»Ach so!«, sagt er jetzt aufbrausend. »Dienst nach Vorschrift ist Ihnen wohl zu langweilig! Was um Himmels willen haben Sie sich denn bei DER Aktion gedacht?« Er hält mir das Pfleidelsheimer Tageblättle direkt vors Gesicht. »Falls Sie überhaupt was gedacht haben?«

Ich will antworten, aber er lässt mich gar nicht zu Wort kommen. »Eigentlich ist das ein Kündigungsgrund! Jaaahaaa. Schauen Sie nicht so bedröppelt! Sie haben Ihre Aufsichtspflicht verletzt. Überlegen Sie doch mal, wenn was passiert wäre? Und die Versicherung! Glauben Sie, die zahlen, wenn eine 88-Jährige beim Speed-Dating von einem 30-Jährigen aus zwei Metern Höhe fallen gelassen wird?«

»Aber die Senioren hatten so viel Spaß! Man muss doch auch mal was anderes anbieten als Bingo oder Stadt-Land-Fluss!«, wende ich ein.

»Das können Sie ja gerne tun, wenn Sie Ihr eigenes Heim eröffnen. Wir sind eine Business Company im Health-and-Care-Bereich und wollen ›Heim des Jahres‹ werden! Schon vergessen? Ich lasse mir von jemandem wie Ihnen den Bonus bestimmt nicht nehmen!«

Ich nicke schuldbewusst, wie ich es mir vorgenommen habe, und setze meinen reumütigen Blick auf. Schauspielerisch hätte ich einen Oscar verdient.

»So, Sie können jetzt gehen, Sie haben ja Spätdienst, wenn ich mich recht erinnere.« Er wedelt ungeduldig mit der Hand Richtung Tür, was so viel heißen soll wie »raus aus meinem Blickfeld«.

Auf dem Flur treffe ich zufällig Frau Spielmann. Sie hat das schwarze Paillettenkleid an, das ich ihr am Freitag erfolgreich ausgeredet habe. Warum sie das an einem ganz normalen Montag um die Mittagszeit trägt, ist mir ein Rätsel. Vielleicht ist ihr der Ruhm ja schon zu Kopf gestiegen.

»Oh la la, was haben Sie denn vor, Frau Spielmann, haben Sie schon wieder ein Date?«

»Kann man so sagen. Ich gebe doch heute Mittag ein Interview fürs Regionalfernsehen!«, trällert sie fröhlich. »Hat Ihnen Herr Otterle etwa nicht Bescheid gesagt? Die holen Sie doch bestimmt auch vor die Kamera!«

Ich bin sprachlos. Nix hat Otterle gesagt. Kein Wort. Entweder er hat es in der Aufregung vergessen, oder – was wahrscheinlicher ist – er will mich überhaupt nicht dabeihaben.

»Na, dann muss ich mich wohl auch noch ä bissle rausputzen!«, rufe ich ihr zu und gehe dann zur Übergabe.

Als ich um kurz nach drei einen kleinen Moment Pause habe, renn ich in die Personaltoilette, um mir schnell die Lippen anzumalen und mir diesmal mit dem echten Haarspray von Ute eine Frisur zu zaubern. Mein Styling ist noch unperfekter als am Freitag, aber ich bin ja auch im Dienst. Da muss ich ja ein bisschen mitgenommen aussehen. Fernsehen. Oh Gott! Wenn ich das gewusst hätte. Immerhin muss ich mir nicht überlegen, was ich anziehe, denn die wollen mich ja wahrscheinlich sowieso in Dienstkleidung filmen.

Gegen 16.30 Uhr sehe ich vom Fenster aus, wie ein weißer Kleinbus von Schwaben-TV vorfährt. Das Logo ist unverkennbar, denn der Fernseher, der neben dem Wort »Schwaben« abgebildet ist, gleicht einer riesigen Maultasche. Drei junge Leute steigen aus und tragen eine große Kamera, ein Mikrofon mit so einem Puschel und ein paar andere Aufbauten ins Heim. Das Team besteht aus zwei jungen Männern Mitte bis Ende 20 und einer jungen blonden Frau im pinkfarbenen Blazer. Das ist bestimmt die Redakteurin, die das Interview führt, denke ich. Plötzlich sehe ich, wie Otterle aus dem Haupteingang gelaufen kommt. Er wirkt weder überrascht noch böse, als er das TV-Team sieht. Im Gegenteil. Er hat sein künstliches London-Business-School-Lächeln aufgesetzt und schüttelt jedem Einzelnen die Hand.

Dann zeigt er stolz auf unser Heim, macht eine einladende Geste und bedeutet ihnen, dass sie reinkommen sollen. So unangenehm wie er mir den Presserummel verkauft hat, scheint ihm das Ganze also nicht zu sein. Ich frage mich nur, wann und ob er vorhatte, mir mitzuteilen, dass ich ein Interview gebe, schließlich hab ich viel um die Ohren, da muss das genau getimt sein. Ich überlege kurz, in sein Büro zu gehen und nachzufragen, wann ich dran bin. Aber er wird schon auf mich zukommen, schließlich will ER ja was von MIR.

Als Erstes verkünde ich Evelyn die frohe Botschaft. Ich finde sie vor dem Zimmer von Frau Grube, wo sie mit ihrem Tabletten-Wägele geparkt hat. »Evelyn! Die von Schwaben-TV sind da! Die machen ein Interview!«, brülle ich.

»Was? Oh, wie cool, Sybille, das freut mich für dich! Du wirst sehen, jetzt wirst du auch noch berühmt.«

Im Eingangsbereich steht alles voll mit Scheinwerfern, und mehrere Kabel liegen auf dem Boden. Einige Senioren haben es sich auf der Sitzfläche ihrer Rollatoren bequem gemacht und beobachten gebannt das Treiben. Das Fernsehen ist schließlich nicht alle Tage bei uns im Heim.

Frau Spielmann ist auch da. Sie sitzt auf einem Sessel am Fenster wie eine Prinzessin. Die blonde Frau mit dem Pferdeschwanz und dem einnehmenden Lächeln sitzt ihr gegenüber und stellt irgendwelche Fragen. Dabei wird sie mehrfach unterbrochen, weil irgendwas mit dem Licht, dem Ton oder der Schiebetür nicht stimmt, die ständig auf und zu geht. Frau Spielmann lässt alles geduldig über sich ergehen und nickt hin und wieder wie ein Profi. Von meinem Platz auf der Treppe kann ich leider nicht hören, was sie sagt, aber da das gesamte Team mehrmals laut lacht, nehme ich an, sie macht ihre Sache gut.

Mein Beeper geht. Ute braucht mich in Las Vegas bei Frau Bongartz. Ausgerechnet jetzt! Wie ungünstig. Andererseits, ewig kann ich hier auch nicht rumstehen, wahrscheinlich taucht gleich Otterle auf und fragt, warum ich nicht am Arbeiten bin, denn offiziell weiß ich ja nichts von meinem Interview.

In der nächsten halben Stunde komm ich zu nix mehr. Frau Bongartz hat Kammerflimmern, und der Rettungswagen wird gerufen, bei Frau Bäuerle nässt die Wunde am Fuß, weil wir es am Freitag wohl mit dem Laufen übertrieben haben, da muss ich den Verband wechseln. Seifert hat Ute in die Schulter gebissen, die ich auch noch verarzten muss. Es ist so viel los, irgendwann hab ich das Fernsehteam fast vergessen.

»Die filmen jetzt vor Otterles Büro!«, ruft Evelyn, als ich gerade im Aufenthaltsraum einen Schluck kalten Kaffee trinke.

»Wusste gar nicht, dass sie den auch was fragen, der war doch gar nicht dabei!«, wundere ich mich.

Evelyn und ich huschen, als keiner guckt, ins Putzkämmerle. Das ist schräg gegenüber von Otterles Büro, und von dort aus hat man einen super Blick – außerdem versteht man jedes Wort.

Die Film-Scheinwerfer machen den Flur noch heller, als er durch das Neonlicht ohnehin schon ist. Otterle steht vor der Tür von seinem Büro, die Kamera ist auf ihn gerichtet. Die blonde Frau steht direkt neben der Kamera, sodass Otterle, wenn er antwortet, sie anschaut und nicht direkt in die Kamera guckt, wie der Bundespräsident bei der Weihnachtsansprache. Der Junge mit der olivfarbenen Baseball-Mütze sagt jetzt: »Und bitte!«

Otterle räuspert sich kurz, bevor er die Frage »Wie sind Sie denn auf so eine verrückte Idee gekommen, Ihre Senioren zu einem Speed-Dating zu schicken?« beantwortet.

Er quittiert die Frage mit einem aufgesetzten Lächeln und sagt dann: »Wissen Sie, man muss den Leuten auch mal was anderes bieten, außer Bingo und Stadt-Land-Fluss. Viele Senioren sind ja noch so agil, die wollen was erleben.«

Die Redakteurin lächelt jetzt. »Das ist ja eine ganz fantastische Aktion, die Ihnen bestimmt viel Anerkennung einbringt!«

»Ja, wir sind eben ein Heim, wo nicht nur Dienst nach Vorschrift gemacht wird, das zeichnet uns aus, und das können die Menschen da draußen ruhig erfahren!«

Evelyn boxt mich in die Seite und flüstert: »Hat er das von dir?«

Ich bin fassungslos. Wie kommt er bloß auf die Idee, meine Antworten als seine zu verkaufen. Wie hinterhältig!

»Wie sind Sie denn auf die Idee gekommen?«, fragt die junge Frau jetzt neugierig.

»Ich hatte in der Zeitung davon gelesen und dann gefragt, wer Lust hätte, einen kleinen Ausflug zu unternehmen, ja und dann haben wir unsere vier Senioren losgeschickt. Natürlich nicht allein, eine Pflegekraft ist mitgefahren und hat dafür gesorgt, dass gut auf die Senioren aufgepasst wird.«

Ich traue meinen Ohren kaum. Aber es wird noch besser.

»Könnten wir vielleicht mit der Pflegekraft sprechen, die dabei war?«

»Oh, das war Frau, ähm, Bullatschek, ich weiß gar nicht, ob sie heute im Haus ist …« Otterle sieht sich suchend um. »Aber wenn, dann hat sie natürlich keine Zeit, Interviews zu geben. Wir sind ja eine Business Company im Health-and-Care-Sektor, wenn Sie verstehen, was ich meine, da ist immer viel zu tun.«

Die Redakteurin nickt verständnisvoll.

»Ja, natürlich. Aber schön, dass Sie uns kurz Rede und Antwort standen.«

»Aber gerne doch!« Otterle lächelt noch mal schief und nestelt dann nervös an seiner Krawatte rum. »Und cut«, ruft der Junge mit der Mütze und setzt dann die Kamera ab.

»Der hat sie doch nicht mehr alle!«, empört sich Evelyn. »Du bist nicht im Haus? Oder hast viel zu tun? Der wollte doch nur deine Lorbeeren einsacken!«

»Des brennt zurück! Na warte!«, sage ich mit zusammengekniffenen Augen.

Als Otterle fünf Minuten später in seinem Büro verschwunden ist, nachdem er sich großspurig verabschiedet hat, schleiche ich mich raus auf den Flur. Das Team ist gerade dabei, das ganze Equipment zusammenzupacken.

»Hallo!«, sage ich beiläufig, als ich mich von hinten nähere. »Ich bin Sybille Bullatschek, die Pflägekraft, die mit beim Speed-Dating war, Sie wollten mich auch noch sprechen?«

Die blonde junge Frau, die in der Hocke sitzt und irgendwas in ihrer Tasche sucht, schaut erstaunt hoch. »Oh, wie schön! Dann haben Sie doch einen Moment Zeit für uns?«

»Ja, klar.« Sie weist die beiden Jungs an, noch nicht zusammenzupacken.

»Wollen wir Ihr Interview vielleicht im Aufenthaltsraum machen?«

»Ja, gern, da isch jetzt sowieso grad keiner, mir sind ja eine Business Company im Health-and-Care-Sektor, und die anderen sind grad am Flitzen!«

»Na dann wird das ja doch noch eine runde Geschichte!«, freut sie sich.

»Oh ja, das verspreche ich Ihnen!«

Pünktlich um 19.30 Uhr sitze ich mit Evelyn auf der Couch in ihrer Drei-Zimmer-Wohnung. Wir haben uns einen Hugo gemixt und ein paar Knabbersachen bereitgestellt.

»Ich bin ja so gespannt, was du gesagt hast, Sybille!«, sagt sie aufgeregt.

»Lass dich überraschen!«

Die Redakteurin hatte mir versprochen, dass der Beitrag noch am selben Abend in den Regionalnachrichten ausgestrahlt wird.

»Mach lauter, Evelyn, es geht los!«

Eine überdimensionale Maultasche, die sich dreht, kommt ins Bild geflogen. »Hier ist Schwaben-TV mit den aktuellen Nachrichten aus Ihrer Umgebung«, sagt eine tiefe Männerstimme. Wir starren auf den Fernseher. Erst kommen ein paar belanglose Beiträge über einen Beschluss vom Gemeinderat wegen der Hundesteuer, einer über die diesjährige Kartoffelernte, die leider nicht so gut ausfällt wegen irgendeinem Schädling, dann ein Bericht über das Schlagloch vorne an der Kirche, wo sich ein Daimler-Fahrer die halbe Stoßstange abgerissen hat. Und dann ist es endlich so weit.

»Mit einer ungewöhnlichen Aktion hat diese Woche das Seniorenheim ›Haus Sonnenuntergang‹ auf sich aufmerksam gemacht.« Man sieht unser Heim von vorne. »Um den Senioren etwas Abwechslung zu bieten, durften vier von ihnen einen Ausflug zum Speed-Dating im Bistro *Pinocchio* machen. Für Eleonore Spielmann, mit 88 Jahren die älteste Teilnehmerin, war es ein ganz besonderes Erlebnis. ›Ich hab unglaublich nette Männer kennengelernt, es war so schön, ich fühlte mich wieder wie 20!‹«

Frau Spielmann ist jetzt im Bild und erzählt ausschweifend von ihrer Akrobatiknummer.

»Der Chef des Heims, Rüdiger Otterle, der das Ganze initiiert hatte, ist vom Erfolg der Aktion überrascht worden.« Jetzt sieht man Otterle vor der Kamera, wie er seinen von mir geklauten Satz mit dem Bingo und dem Stadt-Land-Fluss aufsagt.

»Wir konnten auch noch mit der Pflegekraft sprechen, die ihre Senioren bei dem für alle aufregenden Ausflug begleitet hat.«

Evelyn kreischt, als sie mich im Bild sieht. Meine Haare sitzen gar net, und ich glänze wie eine Speckschwarte, aber das ist mir egal. Ich hoffe, dass sie den wichtigsten Satz drin gelassen haben, und werde nicht enttäuscht.

»Was sind Ihre Pläne für kommende Ausflüge mit den Senioren?«, fragt mich die blonde Frau.

»Ich kann mir einiges vorstellen, da isch noch Luft nach oben«, sage ich jetzt. »Mir planen demnächscht ein Strippoker-Turnier, dann isch für die Senioras noch ein Ausflug zu den Chippendales nach Stuttgart angedacht und für die Senioren ein Besuch im *Moulin Rouge* in Ludwigsburg. Wie Herr Otterle schon gesagt hat: Man muss halt doch mehr bieten als Bingo. Da hat er natürlich völlig recht!«

RUMS! Das hat gesessen.

»Da dürfen wir uns also auf weitere spannende Abenteuer gefasst machen, und wer weiß, vielleicht können wir von Schwaben-TV die Senioren ja beim nächsten Ausflug begleiten! Das waren die Regionalnachrichten, und jetzt das Wetter …«

Evelyn prustet los. »Ahhhh! Ich kann nicht mehr! Ins *Moulin Rouge*!« Sie kriegt einen Lachanfall, und auch ich kann nicht mehr an mich halten.

»Leg dich nie mit Sybille Bullatschek an!«, ermahne ich sie lachend. Dass der scherzhaft gemeinte Ausflug ins *Moulin Rouge* schon bald Realität werden soll, ahne ich zu diesem Zeitpunkt noch net.

Wir schenken uns noch einen Hugo ein, und gerade als wir uns zuprosten wollen, klingelt mein Telefon. Eine Frauenstimme säuselt laut »Je t'aime«, und im Display steht »Otterle, geh nicht dran!« Ich drücke ihn weg.

Kapitel 3

Zehn WhatsApp und ein Todesfall

Heut hab ich Spätdienscht. Und wie das Wort schon sagt, bin ich wieder spät dran. Ich schnapp meine Tasche, zieh mir die Jeansjacke im Rausgehen an und stopf mir den Apfel, den ich eigentlich für die Pause mitnehmen wollte, in den Mund. Ich bin schon fast aus der Tür, da klingelt das Telefon im Wohnzimmer. Wer ruft denn jetzt an? Ich bleib kurz stehen und überlege. Das muss Mama sein. Die ruft immer auf dem Festnetz an, weil Handy ja so teuer ist. Sie hat vor Jahren mal einen Bericht im Fernsehen gesehen von einer Frau, die sich durch eine überteuerte Handyrechnung dermaßen verschuldet hatte, dass sie die Miete nicht mehr bezahlen konnte und dadurch obdachlos geworden ist. Deshalb ruft sie nur im äußersten Notfall auf dem Handy an. Dass die Zeiten, wo eine Handyminute 1,79 Euro kostete, lang vorbei sind, erklärt man ihr vergeblich.

Ich überlege kurz, ob ich die Tür einfach zuziehe und es klingeln lasse, aber die Neugier übermannt mich. Vielleicht ist es ja auch nicht Mama, sondern ein heimlicher Verehrer, der sich meine Telefonnummer erschlichen hat und jetzt auf ein Date spekuliert? Oder die Ruth Lemberger vom Edeka, um mir mitzuteilen, dass ich den Einkaufsgutschein beim Gewinnspiel letzte Woche gewonnen hab.

Ich stell die Tasche ab und renn ins Wohnzimmer. Im Display steht »Mama«. Also doch! Sicherheitshalber geh ich ran, weil meine Eltern jetzt in einem Alter sind, wo immer mal was sein kann. Unfall, Herzinfarkt, Schlaganfall oder halt nur ein verlorener Geldbeutel.

»Mama, ich hoff, es isch wichtig! Ich bin spät dran!«, brülle ich mit dem Apfel im Mund ins Telefon.

»Was?«

Ich nehm den Apfel raus und wiederhole den Satz.

»Sybille, hascht du es schon gehört?«

»Was?«

»Na, das mit dem Hauser.«

»Was soll ich denn gehört haben?«

»Der isch tot!«

Ich frag mich, woher meine Mutter das vor mir weiß, denn Herr Hauser ist bei uns im Heim. »Geschtern ging es ihm aber noch beschtens, ich war bei ihm im Zimmer!«

»Doch net der! Der junge!«

Ich versuche kurz, ein Gesicht zu dem Namen abzurufen. Dann seh ich ihn vor mir: Mitte 50, leicht ergraute Schläfen, sympathisches Lachen, immer freundlich, wenn er ins Heim kommt. Besucht seinen Vater fast jede Woche, geht sogar meistens mit ihm eine Runde spazieren, obwohl der alte Hauser schon sehr dement ist. Den hat es erwischt? Der war doch fit wie ein Turnschuh!

»Auf'm Dachboden ham sie ihn gefunden!«

»Warum?«, frag ich noch, aber eigentlich weiß ich die Antwort schon.

»Na, weil er sich dort erhängt hat!«

Stille.

»Wie?«

»Was weiß denn ich? Mit einem Gürtel oder einem Seil oder was man halt so nimmt!«

»Oh Gott!«

»Du musst es seinem Vater sagen!«

»Mama, der alte Hauser isch dement, der schnallt des sowieso net!«

»Ich dacht nur, es isch besser, du weißt, dass er nimmer zu Besuch kommt, isch schon ä blöde Sache.«

Typisch Mama. »Blöde Sache« ist wirklich harmlos ausgedrückt. Aber auf der Todesskala hat der Hauser durch seinen Suizid bei Mama nicht viele Punkte gesammelt. Selbstmord kriegt höchstens drei von zehn Mitleidspunkten bei ihr. Wenn aber jemand von einem Auto überfahren wird oder durch eine heimtückische Krankheit aus dem Leben gerissen wird, dann ist das für Mama ein Riesen-Drama, das sie tagelang fertigmacht. Dazu muss sie die Person noch nicht mal persönlich kennen. Wenn der Schwager dritten Grades einer entfernten Freundin von der Ursula (das ist die Blonde mit den vielen Falten und der quietschigen Stimme, die alle zwei Wochen samstags beim Bäcker aushilft – Originalzitat Mama) auf einer Bananenschale ausrutscht und sich das Genick bricht, treibt ihr das mehr Tränen in die Augen, als wenn sich ein verzweifelter, lebensmüder Mann auf dem Dachboden erhängt.

Ich befürchte, dass Hauser senior jetzt wahrscheinlich gar keinen Besuch mehr kriegt. Der junge Herr Hauser und seine Frau sind schon eine Weile getrennt. Lief nicht so gut, hat man gemunkelt. Im Ort wird ja viel getratscht. Aber dass es so schlecht lief, dass er sich gleich einen Strick nimmt, hätte ich net gedacht.

»Mama, ich muss los, ich komm sonscht zu spät!«

»Jaja. Aber komm bald mal wieder bei uns vorbei! Du siehscht ja, es kann so schnell gehen!«

»Was denn?«

»Na, dass man tot isch!«

»MAMA!« Ich lege auf.

Typisch Mama. Ich hab bestimmt nicht vor, mich auf dem Dachboden zu erhängen. Ginge auch gar nicht, denn ich hab bei den Kotterers bloß einen Kellerraum, und der ist völlig zugestellt mit meinen alten Sachen, die ich längst zum Flohmarkt oder Sperrmüll bringen wollte. Mama würde sich tierisch aufregen, wenn man mich da finden würde zwischen dem ganzen Krusch. Die Leute könnten ja schlecht über einen reden. »Habt ihr schon gehört, die Sybille isch tot.« – »Ja, ja, schlimm! Und wie es da aussah! Die war vielleicht unordentlich.«

Erhängen ist außerdem nicht so mein Ding. Dann lieber Tabletten. Aber halt! Ich will mich ja gar net umbringen. Ich wisch den Gedanken beiseite und setz mich auf mein Fahrrad. Immerhin scheint die Sonne. Da ist die Gefahr, depressiv zu werden, doch ä bissle geringer.

Während ich zum Heim radle, muss ich dann doch noch mal an den Hauser denken. Ich hab ihn erst letzte Woche beim Arzt im Wartezimmer getroffen. Es war recht voll, und ich hab einen der letzten Plätze ergattert. Er saß direkt neben mir, und wir haben uns kurz über seinen Vater unterhalten. Ab und zu ist so eine Welle von herbem Aftershave zu mir rübergeweht und hat mich ganz benebelt. So ein Aftershaveduft macht mich immer leicht wuschig. Da muss ich immer an die Werbung früher im Fernsehen denken, die mit dem Cliff-Mann, der mit seinem muskulösen Körper von den Klippen gesprungen ist. Uhhhh. Ich hab kurz überlegt, ob der Hauser unter seinem weißen Hemd auch so einen sexy Body hat, aber er hat mich dann mit dem Satz »Ja, es geht ja leider abwärts mit ihm« aus meinen verwegenen Gedanken gerissen. Im ersten Moment hab ich gedacht, er meint den Cliff-Mann, weil bei dem ging es ja auch abwärts, aber er hat natürlich von seinem Vater gesprochen. Dann ist er zu Dr. Brückele reingerufen worden, und kurz bevor er durch die Tür zum Behandlungsraum verschwunden ist, hat er mir unverbindlich gewunken und gesagt: »Grüßen Sie meinen Vater von mir, ich komm die Tage rein!« Ich frag mich, ob er da schon gewusst hat, dass er sich einen Strick nimmt, oder ob es eine Kurzschlusshandlung war. Egal wie. Es macht mich traurig, obwohl ich ihn gar nicht so gut gekannt hab.

Als ich im Haus Sonnenuntergang ankomme, hat die Neuigkeit natürlich schon die Runde gemacht. Evelyn fängt mich am Eingang ab und geht mit mir zusammen die Treppe hoch.

»Hast du schon gehört … der Hauser …«

»Ja, schlimm, oder!«

»Ja, ganz furchtbar!«

Bei der Übergabe ist er natürlich auch das Thema, denn wir überlegen, wie wir es seinem Vater beibringen sollen.

»Um 16 Uhr kommt ein Seelsorger, der übernimmt das!«, informiert uns Beate kurz und wechselt dann das Thema. Mit dem Thema Tod hat sie es nicht so. Das will sie am liebsten schnell abhaken und dann nicht mehr drüber sprechen.

Heute ist wahnsinnig viel Rennerei, ständig scheint jemand zu klingeln, und eigentlich sind es immer Lappalien. Frau Spielmann ist der Spiegel im Bad runtergefallen, und sie hat Angst, dass sie jetzt sieben Jahre Pech hat. Ich mach die Scherben weg und versuche, sie mit dem Gedanken zu trösten, dass dann mit 95 das Glück wieder auf ihrer Seite ist. Leider kann sie mein Witz net aufheitern. Aberglaube ist Aberglaube. Blöderweise platzt Milena auch noch ins Zimmer, bekreuzigt sich, als sie den Spiegel sieht, und erzählt eine wilde Geschichte von einer Frau in Polen, die auch einen Spiegel zerdeppert hat und dann angeblich von einem Wolf beim Beerenpflücken gefressen wurde. Wenig zuträglich! Als Frau Spielmann dann eine halbe Stunde später wieder klingelt, weil sie gestürzt ist und das Bein nicht mehr bewegen kann, ist sie zu 100 Prozent davon überzeugt, dass sie den heutigen Tag nicht überleben wird. Ich ruf trotzdem den Rettungswagen und bitte Steffi darum, mit Frau Spielmann zu warten.

Frau Bongartz sucht mal wieder ihre Zähne, die sie zuletzt im Speisesaal gehabt haben will und die wahrscheinlich auf dem Tablett lagen, das in die Küche gewandert ist. Mit Glück sind sie noch irgendwo in den Tiefen der Geschirrberge zu finden. Mit Pech im Müll. Frau Bertold nimmt die Küche auseinander, und Sascha muss die kompletten Müllbeutel durchforsten. Als ich ihn durchs Flurfenster draußen im Hof die blauen Säcken auskippen sehe, haut mich der Gedanke an den Geruch, den er gerade in der Nase haben muss, schon fast aus den Birkenstocksandalen. Der ganze Müll liegt auf dem Parkplatz, als hätte es einen Angriff von einer Horde Killerratten gegeben. Als mich Sascha nach einer Weile erblickt, hebt er hilflos die Arme, was so viel heißen soll wie »Nix gefunden!«.

Ich beschließe, noch mal Frau Bongartz' Zimmer zu durchsuchen, professionell. Schließlich hat bisher nur Steffi gesucht, und die ist ja nicht gerade für ihre Gründlichkeit bekannt. Ich stelle mir vor, ich wäre bei der Spurensicherung – CSI Pfleidelsheim – und müsste die Mordwaffe finden. Ich ziehe mir Gummihandschuhe über und checke mit einem kurzen fachmännischen Blick und zusammengekniffenen Augen das Zimmer. Das ist völlig unnötig, aber im Krimi machen sie das auch so. Ich nehm das komplette Zimmer auseinander, krieche unter ihr Bett, räum die Schränke aus und durchsuche den letzten Winkel des 20 Quadratmeter großen Zimmers. Dabei find ich 15 Serotalin, die garantiert net ihr gehören, einen Flachmann mit irgendeinem Fusel drin, drei Bibeln und ein Foto von Herrn Kämmerer. Ich lass alles an seinem Platz und beschließe, ihr kleines Geheimnis keinem zu erzählen. Als ich die Toilette inspiziere und gucke, ob die Beißerle vielleicht da reingefallen sind, öffnet Frau Bongartz die quietschende Badtür. Lässig auf ihren Rollator gelehnt, schaut sie mich misstrauisch an.

»Was machen Sie denn da?«, sagt sie schließlich erstaunlich deutlich.

»Ich such Ihre Zähne!«

»Da können Sie lange suchen! Die sind doch hier!« Sie deutet auf ihren leicht geöffneten Mund. Meiner steht jetzt auch offen, weil ich nicht glauben kann, was ich da sehe.

»Aber wo war Ihr Gebiss denn?«

»Ach, das hatte ich vorne im Eingangsbereich auf die Heizung gelegt, heute Morgen!«

»Na, super! Wir suchen uns hier gerade tot. Warum sagen Sie denn nix?«

»Hab ich doch! Ich hab dem jungen blonden Mädchen Bescheid gesagt. Schon vor zwei Stunden. Sie hat gesagt, sie gibt es weiter.«

Steffi!!! Verdammte Axt! Das ist wieder typisch. Ein Gedächtnis wie ein Sieb. Wahrscheinlich ist eine WhatsApp-Nachricht reingekommen, und sie hat es dann einfach vergessen.

Ich beschließe, Sascha und der Küche Bescheid zu sagen, aber nichts vom Zeitpunkt des Leichenfunds, äh, Gebissfunds zu erzählen. Die würden Steffi wahrscheinlich vierteilen. Das übernehme ich dann in einer Privataudienz mit der Mademoiselle.

Als hätten wir nicht schon genug Drama heute, hat Ute auch noch Bobo dabei. Der Hundesitter ist wohl krank, und sie wusste nicht, wohin mit dem kleinen Kläffer. Die Begeisterung hält sich bei allen in Grenzen. Ich mag Hunde, aber Bobo ist eine Nervensäge. Er ist ja kaum größer als ein Hamster, rennt die ganze Zeit rum wie ein aufgescheuchtes Huhn und kläfft dabei alles und jeden an. Seit er mich letztes Jahr in die Hose gebissen hat, als ich mit einem Rollstuhl zu nah an ihm vorbeigefahren bin, sind meine Sympathien extrem begrenzt.

»Du musst dir vorstellen, für ihn ist das alles riesig groß, da wirkst du wie ein Elefant, Sybille, und da hat er sich wohl angegriffen gefühlt!« Angegriffen! Von einem Elefanten!

Ein Glück, dass Otterle nicht da ist. Otterle hasst Bobo, und das beruht auf Gegenseitigkeit. Der hat ihn beim letzten Mal in seinen Schrank gesperrt, weil er das Gekläffe einfach nicht mehr ausgehalten hat. Dann war kurz Ruhe. Aber wie sich rausgestellt hat, hat Bobo irgendwelche teuren italienischen Lederschuhe von Otterle angeknabbert – aus Rache vermutlich. Wir haben ihm nicht gesagt, dass er kurz vorher auch noch an seinen Schreibtisch gepinkelt hat. Wahrscheinlich hätte er ihn eigenhändig erwürgt. Aber seither hat Bobo Hausverbot.

Wir mögen Hunde im Haus Sonnenuntergang. So ist es gar nicht. Wir haben ja bei uns zwei Therapiehunde, die die Saskia von der Betreuung manchmal mitbringt. Zwei übergewichtige Labradore, Lucy und Lola. Lucy ist weiß und Lola braun. Trotzdem kriegen die Senioren die Namen ständig durcheinander. Der Einfachheit halber heißen sie deshalb nur »Der Weiße« und »Der Braune«. Das stört die Hunde aber nicht, die freunden sich mit jedem an, egal, wie man sie ruft. Denen brauchst du nur ein Leckerli geben, und schon sind sie dein Freund fürs Leben. Na ja, okay, vielleicht nicht fürs Leben, aber zumindest für die nächsten fünf Minuten. Die Senioren lieben es, wenn die Hunde ihren Kopf in ihren Schoß legen und sie dann mit großen Augen anschmachten. Das macht die Verwandtschaft ja relativ selten. Und sie hören zu, egal ob man ihnen die gleiche Geschichte zum x-ten Mal erzählt. Und das Schönste: Sie bellen im Gegensatz zu Bobo nie. Ich glaub, die können gar nicht bellen.

Zu schön, um da zu sein

Um 16 Uhr steht plötzlich ein blonder, hübscher Mann mit Lederjacke und enger Jeans auf dem Flur und schaut sich suchend um. Ich hab ihn noch nie vorher gesehen. Der wär mir aufgefallen! Da wir im Heim selten auf attraktive Männer im mittleren Alter treffen, tippe ich auf einen entfernten Verwandten einer unserer Senioren. Vielleicht ein Enkel aus Amerika oder Australien, denke ich bei seinem Anblick. Wahrscheinlich arbeitet er auf einer Ranch irgendwo in South Carolina oder Texas oder im Outback und muss sonst wilde Pferde oder eine Kuhherde einfangen und ist jetzt nach Germany gekommen, um die betagte Oma oder den Opa noch mal zu besuchen. Ein Cowboyhut würde ihm gut stehen. Ich bin so in den Gedanken verliebt, dass ich instinktiv sage: »Can I help you?«

»Yes, äh, ja«, entgegnet er und schenkt mir ein schüchternes Lächeln, was den Blick auf seine makellosen Zähne freigibt.

»Ich bin der Seelsorger aus Ludwigsburg, ich möchte zu Herrn Hauser!«

»Ach so«, entfährt es mir enttäuscht.

»Tut mir leid, haben Sie jemand anderen erwartet?«

»Nein, äh, ich war bloß … Ach, egal! Ich bin die Sybille!« Ich strecke ihm meine Hand entgegen. Vielleicht ist es ja sogar besser, wenn er Deutsch spricht, das macht das Ganze nicht so kompliziert. Mein Englisch ist ja nicht gerade das beste. Eigentlich erwarte ich jetzt einen festen, trockenen Händedruck, wie von einem Pferderanger, aber als er mir seine Hand gibt, ist sie relativ weich und leicht feucht.

»Sebastian«, sagt er kurz.

Ich muss dem Drang widerstehen, mir die Hand an meiner Hose abzuwischen. Ich hasse Menschen mit feuchtem Händedruck. Aber dafür kann er ja nix, wahrscheinlich ist er nervös.

»Wo finde ich den Herrn denn?«

»Der ist in Budapest!«

Sebastian schaut mich fragend an.

»Ich dachte, der sei hier im Heim, ich muss ihm doch …«

»Ja, sorry, bei uns haben die Zimmer Städtenamen, ich vergesse immer, dass Außenstehende das ja nicht wissen. Einfach mir nach.«

Ich drücke den Knopf vom Fahrstuhl. Wir warten. Und warten. Betretenes Schweigen.

»Schön hier«, sagt Sebastian irgendwann verlegen. Neben dem Fahrstuhl stehen ein Wagen mit schmutzigen Bettlaken und ein Küchenwagen mit dreckigem Geschirr. Ich weiß genau, dass er seinen Satz garantiert net so gemeint hat. Ich wechsle das Thema.

»Und du musst dem Herrn Hauser jetzt beibringen, dass sein Sohn sich umgebracht hat?«

Okay, Sybille, das war auch nicht gerade eine charmante Überleitung.

»Ja. Das ist mein Job. Nicht so schön.«

»Da möcht ich net tauschen. Weißt du, dass Herr Hauser dement isch?«

»Ja, aber genau das ist doch die Herausforderung. Ich bin Profi!«

»Aha.« Mehr fällt mir nicht ein. Eigentlich will ich »Na, dann viel Glück!« sagen, verkneife es mir aber.

Als der Fahrstuhl endlich ankommt – das dauert immer ewig, weil ALLE ihn benutzen – und sich die Tür öffnet, schauen mich Evelyn, Milena und Frau Bäuerle, die gerade aussteigen wollen, interessiert an. Evelyn macht hinter Sebastians Rücken ein »OMG«-Gesicht. OMG ist die Abkürzung für »Oh mein Gott« und bedeutet so viel wie »Wow, wer ist das denn?«. Ich grinse nur vielsagend.

Oben angekommen, klopfe ich energisch an Herrn Hausers Zimmertür. Als er beim dritten Mal immer noch nicht aufmacht, öffne ich die Tür vorsichtig und rufe laut: »Die Sybille isch hier!« Sebastian folgt mir schleichend. Das Zimmer ist einfach, aber liebevoll eingerichtet. Neben dem alten Holzschrank hängt eine Kuckucksuhr, die ihm sein Sohn aus einem Urlaub im Schwarzwald mitgebracht hat. Dass sie tatsächlich funktioniert, beweist uns der kreischende Vogel, der just in dem Moment, als wir das Zimmer betreten, aus seinem Versteck kommt und laut »kuuuuckuck« brüllt. Wir zucken beide zusammen.

Herr Hauser scheint an den Vogel gewöhnt zu sein, denn er liegt auf der Couch und döst. Im Fernsehen läuft eine Reality-Soap.

»Herr Hauser? Herr Hauser! Sie haben Besuch, Herr Hauser!«, flüstere ich.

Er öffnet schlagartig die Augen und schaut uns erschrocken an.

»Wer sind Sie? Was wollen Sie? Ich hab kein Geld, zum letzten Mal!«

»Ich bin es doch, die Sybille!« Ich leg ihm beruhigend die Hand auf den Arm.

Jetzt lächelt er. »Gerlinde! Du hast mich aber erschreckt. Ich dachte, du bist im Garten!«

Ich werfe Sebastian einen vielsagenden Blick zu.

»Ich hab jemanden mitgebracht, der muss Ihnen was sagen!«

»Ich hab kein Geld.« Herr Hauser verschränkt seine Arme vor dem Körper wie ein bockiges Kind.

»Ja, ich weiß, die Bank ist schuld, gell!«

»Ja, die von der Bank haben es genommen, die Scharlatane.«

Ich kenne die Geschichte von der Bank und Herrn Hauser nicht im Detail, aber es muss ein einschneidendes Erlebnis gewesen sein, denn er erzählt immer, dass die Bank ihn betrogen hat.

Ich winke Sebastian zu mir heran und flüstere:

»Versuch es, aber ich mach dir wenig Hoffnung!«

»Ist der von der Bank?«, fragt Herr Hauser jetzt, und sein Blick verfinstert sich.

»Nein, alles okay, des isch der Sebastian.«

Sebastian zieht seine Lederjacke aus und setzt sich in den Sessel neben Herrn Hauser. In seinem engen weißen T-Shirt sieht er wirklich umwerfend aus. Ich verlasse das Zimmer mit den Worten »Falls was isch, einfach klingeln oder runterkommen!«. Und ein bisschen hoffe ich, dass er noch meine Hilfe braucht.

Als ich mir einen Kaffee im Aufenthaltsraum einschenke, belagern mich Milena und Evelyn.

»Uh, Sybille, wer war das denn? Ein Verehrer? Der sah aber gut aus!«

»Ja, nein, also, des war der Seelsorger wegen dem Herrn Hauser!«

»Nicht dein Ernst!« Evelyn lässt fast ihre Kaffeetasse fallen. »So geil sehen die heute aus? Hast du seine Telefonnummer? Ich bräuchte auch Seelsorge!«

Evelyn grinst vielsagend.

Evelyn ist zwar meine Freundin, aber ich bin schon froh, dass ich als Erste auf ihn getroffen bin. Evelyn hätte sich garantiert schon mit ihm in der Putzkammer eingeschlossen, die lässt nix anbrennen. Aber jetzt bin ich mal an der Reihe. Mich hat er schließlich zuerst gesehen.

Bei einem Seelsorger stellt man sich so einen weißhaarigen Pfarrer vor mit Brille, der ganz leise spricht und immer bedächtig nickt, aber doch keinen Typen, der aussieht wie ein Model.

Gerade als ich meinen Kaffee leer getrunken hab, gibt es Geschrei auf dem Flur.

Bobo hat vor die Tür von Herrn Seifert gepinkelt. Blöderweise, als der gerade rausgekommen ist. Daraufhin hat er ihm mit seinem Wanderstock eins übergezogen.

Ute hält den jaulenden Bobo auf dem Arm und brüllt: »Sie sind ein böser Mensch! Ganz böse!«

»Drecksvieh! Ich werde mich beschweren. Der gehört eingeschläfert!«

»Sie gehören ...«

Ich pack Ute am Arm und will sie wegziehen, bevor sie sich noch zu wüsteren Beschimpfungen hinreißen lässt. Bobo scheint das allerdings als Angriff zu werten und beißt mir reflexartig in die Hand. Jetzt schreie ich vor Schmerzen.

Ute schreit Bobo an. Seifert schreit Ute an. Die hält Bobo jetzt wie ein Baby mit beiden Armen in die Luft über ihren Kopf.

»Du böser Hund! Des isch doch die Sybille, die tut uns doch nix!«

Bobo macht ein bedröppeltes Gesicht, aber ich bezweifle, dass er versteht, was Ute sagt.

»Bissiges Drecksvieh!«, legt Seifert nach, der noch in der offenen Tür steht. Ich geb ihm ungern recht, aber meine Hand tut echt weh, und zwischen Daumen und Zeigefinger sieht man den Zahn-Abdruck von Bobos Yorkshire-Chihuahua-Gebiss – und sogar ein paar Blutstropfen.

»Das tut mir so leid, Sybille.«

»Schon gut, ich hab ja eine Tetanus-Impfung.«

Als ich bei Sascha im Hausmeister-Kämmerle sitze und er mir einen Verband anlegt, überlegen wir scherzhaft, wie wir Bobo um die Ecke bringen könnten.

»Soll ich vielleicht auch mal einen großen Gummiball mitbringen? Vielleicht schluckt er ihn ja diesmal?«

»Oder wir bereiten ihn als Suppe zu?«, schlägt Sascha vor.

»Nee, der gibt keine gute Brühe, an dem isch doch nix dran!«

Wir lachen beide, und als ich wieder in Südcorega bin, tut es schon gar nicht mehr so weh. Auf dem Flur rennt mir plötzlich Steffi in die Arme. Weil sie nur auf ihr Handy guckt, sieht sie mich gar nicht. Eine Sekunde, bevor wir zusammenstoßen, schaut sie plötzlich hoch.

»Huch, hast du mich erschreckt!«

»Ab und zu muss man halt mal vom Handy hochgucken«, rat ich ihr.

»Ähm, Sybille, übrigens, Frau Spielmann ist zur Untersuchung im Krankenhaus, die wird nachher wieder gebracht, also wahrscheinlich!«

Ich will ihr einen »Daumen hoch« zeigen, kann aber nicht wegen dem Verband an meiner Hand.

»Was hast du denn gemacht?«, fragt sie neugierig und deutet auf meinen Finger.

»Ach, net so schlimm. Frau Bongartz hat mich gebissen. Die hat ja ganz schön scharfe Zähne.«

Steffi schaut mich entgeistert an. »Oh Gott, die beißt?«

»Ja, JETZT, wo sie ihre Zähne wiederhat!!!«

21, 22, es rattert im Azubi-Hirn. Nichts. Ich wiederhole mit großer Geste:

»IHRE ZÄHNE!«

»Oh, Shit!«

Steffi greift sich an den Kopf.

»Soooorrryyy, Sybille.«

»Entschuldige dich lieber beim Sascha. Der hat ’ne Stunde die Müllsäcke durchwühlt und stinkt wie ein Biber!«

»Och menno. Ich wollt es gerade weitergeben, da hat Herr Kämmerer mich gefragt, ob heute Dienstag oder Mittwoch ist. Und dann musste ich aufs Handy gucken und hab es vergessen.«

Bevor ich mich vergesse, geh ich weiter.

»In der Pfläge isch halt Multitasking gefragt«, rufe ich und dreh mich noch mal zu ihr um.

»Multi… Was?«

»Vitaminsaft!«

»Ach so, ja, witzig! Hahaha, du bist immer so lustig!«

Ich geb auf.

Vorm Personalzimmer steht ein geknickter Sebastian. Als er mich sieht, huscht ein Lächeln über sein Gesicht.

»Silke, da bist du ja.«

Silke? Welche Silke? Ich drehe mich irritiert um, aber außer mir ist nur Herr Maurer auf dem Flur, und der heißt, glaub ich, Fritz mit Vornamen und nicht Silke.

»Wer ist Silke?«

»Na, du?!«

»Sybille!«

»Sorry!«

»Net schlimm. Wenn man zu lange mit Dementen zusammen isch, kann des anstecken.«

»Echt?«

»Nein. Natürlich net. Wie lief es denn?«

»Deshalb bin ich hier. Das ist nicht Herr Hauser.«

»Doch. Des isch er.«

»Nein, das muss eine Verwechslung sein, der Mann behauptet steif und fest, er hätte keinen Sohn. Ich hab es hundertmal probiert.«

»Ich sag doch, er isch dement. Hascht du ihm ein Foto von seinem Sohn gezeigt?«

»Ja, das steht ja in der Schrankwand, aber er sagt, das wäre irgendein Herr Krüger von der Bank. Dann hab ich dreimal den Namen von seinem Sohn gesagt und versucht, ihm beizubringen, dass er sich das Leben genommen hat.«

»Und?«

»Er hat gesagt, das geschieht dem Krüger ganz recht, das hätte er schon früher machen sollen.«

»Dann hab ich gesagt: Nein, Ihr Sohn ist nicht mehr am Leben. Dann hat er wieder behauptet, er hätte gar keinen Sohn, das muss eine Verwechslung sein. Zum Schluss hat er das Bild nach mir geworfen und laut rumgeschrien. Und dann hat er mich angegriffen!«

Sebastian zeigt mir zwei rote Flecken am Hals.

»Was?! Oh Gott.« Ich mache mir Vorwürfe, dass ich nicht dabeigeblieben bin, aber ich hatte einfach keine Zeit.

»Zum Glück ist dann deine Kollegin ins Zimmer gekommen und hat ihn wieder beruhigt.«

»Ich dachte, du bischt Profi«, sag ich augenzwinkernd, aber den Witz kriegt er irgendwie in den falschen Hals.

»Ich bin auch Profi. Da kannst du jeden fragen!« Sein Lächeln ist jetzt verschwunden, und seine Stimme wird brüchig. »Ich kann nur einfach nicht mehr, Silke. Das war einfach alles zu viel!«

Ich verzichte diesmal darauf, ihn zu verbessern, auch wenn es mich ä bissle fuchst, dass er schon wieder meinen Namen vergessen hat. Wahrscheinlich hieß seine Ex-Freundin Silke, und wegen der ist er jetzt so aus der Fassung. Blöde Silke.

Ich nehm ihn mit in den Aufenthaltsraum und biete ihm einen Kaffee an. Während ich ihm die Tasse mit dem Spruch »Es gibt für jede Lösung ein Problem« fülle, lässt er sich auf die blaue Couch fallen und legt automatisch die Füße hoch. Süß, wie er da liegt, denk ich so bei mir. Ich hab daheim selten einen Mann auf der Couch liegen. Gut, er könnte ein bissle glücklicher aussehen, für meinen Geschmack, aber das liegt bestimmt an dieser Silke.

Eigentlich muss ich zur Tablettenausgabe, aber ich kann ihn jetzt unmöglich sich selbst überlassen. Dafür ist er einfach seelisch zu instabil, und ich bin zu neugierig.

So fangen im Film doch immer die guten Lovestorys an. Ich, die aufopfernde Pflegerin, helfe ihm quasi aus der traumatischen Situation mit seiner Ex. Er ist mir wahnsinnig dankbar und verliebt sich Hals über Kopf in mich. Und später, wenn uns irgendjemand fragt, wie wir uns kennengelernt haben, werden wir gemeinsam diese Geschichte erzählen. Und dann lachen wir beide und ergänzen uns gegenseitig die Sätze. Im Film ist das so.

Ich zieh den Drehstuhl ran und setz mich daneben, wie eine Psychologin. Und dann bricht es aus ihm raus …

Seine Mutter ist früh gestorben, da war er fünf. Der Vater ist dann zwei Jahre später beim Jagen vom Hochsitz gedonnert. Genickbruch. Na ja, immerhin hat des Reh überlebt. Er selber hatte früher immer Probleme, Kontakte zu knüpfen, weil er so gestottert hat. Aber die Therapie hat geholfen. Er hat dann bei seiner Tante gewohnt, aber die ist bei einem Autounfall ums Leben gekommen. Dann kam er ins Heim. Das ist dann blöderweise abgebrannt. Ich glaube, das war die Reihenfolge. Jetzt hat er jedenfalls niemanden mehr. Keinen. Auch keine Silke. Nur noch eine Katze. Die Minki. Die ist sein Ein und Alles, wie er mir gesteht.

Eine Katze. Das ist das Aus. Ich hab eine schlimme Katzenhaarallergie. Wenn ich eine Stunde mit einer Katze im Zimmer bin, sehe ich aus wie nach einem Boxkampf mit Henry Maske. Meine Augen schwellen an, mein ganzes Gesicht juckt, und ich krieg kaum noch Luft. Und mir ist klar, dass, wenn man ihn vor die Wahl stellen würde, mit mir oder der Katze zusammen zu sein, hätte ich keine Chance.

»Der Job macht mir schwer zu schaffen, weil jetzt alles wieder hochkommt. Dabei wollte ich das doch nur verarbeiten. Deshalb bin ich Seelsorger geworden. Aber nicht mal das kann ich!«

Ich muss zugeben, selbst im Film sind die Geschichten nicht ganz so dramatisch. Eine Story über ein einsames Farmleben in South Carolina wäre mir jetzt doch lieber gewesen. Das wäre wenigstens nicht so anstrengend. Er schluchzt. Ich nehme eine Serviette vom Tisch, weil ich kein Taschentuch zur Hand habe.

Als ich mich zu ihm runterbeugen will, um sie ihm zu geben, fällt er mir völlig unvermittelt um den Hals und fängt hemmungslos an, zu heulen. Ich verlier das Gleichgewicht und lande bei ihm auf dem Schoß. Eigentlich will ich wieder aufstehen, aber er hängt an mir wie ein kleines Orang-Utan-Baby an seiner Mutter. Ich bin überfordert. Als er mich nach einer gefühlten Ewigkeit wieder loslässt, wische ich ihm mit der Serviette die Tränen ab.

»Das hat gutgetan!«, sagt er mit einem Lächeln. »Danke.«

Irgendwann höre ich ein lautes Räuspern. Als ich mich umdrehe, sehe ich, dass Beate und Evelyn im Zimmer stehen und uns verdutzt anstarren. Ich hab keine Ahnung, wie lange sie uns schon beobachten.

»Ich störe ja nur ungern, Sybille, aber wir haben hier jede Menge Arbeit, und es wäre schön, wenn du dein kleines Tête-à-Tête auf den Feierabend verlegen könntest und dich jetzt genauso intensiv um unsere Senioren kümmerst. Vielleicht nicht unbedingt auf dem Schoß.« Dabei verzieht Beate abschätzig das Gesicht und macht auf dem Absatz kehrt.

Sebastian schnäuzt sich die Nase und rückt dann betreten von mir ab. Evelyn sagt gar nix. Ihr Blick ist schwer zu deuten. Irgendwas sagt ihr, dass das hier kein romantisches In-flagranti-Szenario ist, aber die Tatsache, dass ich auf dem Schoß eines gut aussehenden jungen Mannes sitze, den ich eben noch im Arm gehalten habe, irritiert sie doch erheblich.

»Es isch anders, als ihr jetzt denkt!«, murmle ich und stürme aus dem Zimmer. Evelyn rennt mir hinterher. Als wir außer Hörweite sind, packt sie mich am Arm.

»Sybille, was war das denn?«

»Ach, nix. Er hat bloß Probleme und wollt sich ausheulen.«

»Wer hat die nicht! Aber der wär doch was, Mann ey, der ist doch echt knuffig!«

»Ja, schon. Aber er hat …«

»Eine Freundin?«

»Nee, schlimmer!«

»Eine Frau?«

»Noch schlimmer!«

»Einen Mann?«

»Nee, eine Katze!«

»Oh Gott, nein! Das ist ja kacke!«

Evelyn kennt meine Allergie, sie hat mich mal vor ein paar Jahren ins Krankenhaus gefahren, als ich fast erstickt wäre, wegen der Perserkatze von einem Bewohner.

Der Empfang ruft an, ich soll Frau Spielmann unten abholen, der Rettungsdienst sei da.

Als ich Frau Spielmann mit ihrem verbundenen Bein mit Hilfe des Sanitäters in einen Rollstuhl verfrachte, steht plötzlich Sebastian hinter mir.

»Ich muss dann los. Ich schick morgen noch mal einen erfahrenen Kollegen, vielleicht hat der mehr Glück bei Herrn Hauser.«

»Ja, mach's gut! Und Kopf hoch!«

Eigentlich bin ich froh, dass er geht. Das war mir doch alles ä bissle zu viel Drama.

Er bleibt kurz in der automatischen Tür stehen und fragt dann allen Ernstes nach meiner Telefonnummer.

Frau Spielmann beobachtet uns neugierig. Ich überlege kurz, ob ich ihm eine falsche Nummer geben soll, aber mir fallen keine anderen Zahlen ein. Ich hab meine Nummer so verinnerlicht, dass ich nur schlecht improvisieren kann, und lügen ist auch nicht meine Stärke. Ich ruf sie ihm also entgegen und hoffe, dass er sich vielleicht vertippt. Dann rauscht er ab Richtung Parkplatz. Vorher winkt er noch mal kurz in meine Richtung.

»Frau Bullatschek! Na, bitte! Es geht doch!«, sagt Frau Spielmann und zwinkert mir zu. »Sie brauchen gar kein Speed-Dating für Ihr Glück! Das war ja mal ein adretter junger Mann, da müssen Sie zugreifen!«

»Ja, aber mit Problemen und einer Katze.«

Bei dem Wort »Katze« verzieht sie das Gesicht.

»Oje! Dann vergessen Sie ihn!«, rät sie mir.

»Männer mit Katze haben meist einen an der Klatsche!« Dann lacht sie laut, weil sie sich freut, dass sich der Satz reimt. Das Schlimme ist: Sie soll recht behalten.

Bis 23 Uhr hat mir Sebastian insgesamt 27 Nachrichten auf WhatsApp geschickt.

19.45 Uhr:	Können wir uns noch mal treffen?
19.55 Uhr:	Ich würde so gern mit dir reden!
19.58 Uhr:	Wollen wir mal einen Kaffee trinken, ich muss dir noch so viel erzählen!
20.10 Uhr:	Das Gespräch hat echt gutgetan *zufriedener Smiley*!
20.12 Uhr:	Minki freut sich auch schon auf dich *Herzchen*!
20.15 Uhr:	*Foto von Minki auf der Couch*
20.17 Uhr:	*Foto von Sebastian und Minki auf der Couch* *Smiley mit Herzchen auf den Augen*
20.35 Uhr:	Als ich eben nach Hause gekommen bin, hat Minki sofort gemerkt, dass es mir besser geht. *Smiley mit Kussmund*
20.42 Uhr:	Muss Minki jetzt Happa happa machen *Katzensmiley*
20.47 Uhr:	Foto von Minki beim Fressen
20.55 Uhr:	Leerer Napf von Minki *Daumen hoch*
21.02 Uhr:	Minki ist jetzt zufrieden. Müde und satt. *Smiley*
21.06 Uhr:	Foto von Minki in ihrem Korb.
21.23 Uhr:	Jetzt muss Papi mal was essen! *Pizza* (PAPI!!!! Ahhhhh!)
21.45 Uhr:	*Foto von einer halben Pizza*
21.53 Uhr:	*Foto von einem Stück Pizza*
21.54 Uhr:	Puh, nicht geschafft. Vielleicht magst du ja noch? *Zwinkersmiley*

21.58 Uhr: Wahrscheinlich bist du noch busy. Hast du Nachtdienst? *nachdenklicher Smiley*

22.10 Uhr: Du kannst ja gar keinen Nachtdienst haben, weil du ja Spätdienst hattest! *sich vor Lachen ausschüttender Smiley*

22.22 Uhr: Wo steckst du? *Angstsmiley*

22.30 Uhr: Warum meldest du dich nicht??????

22.39 Uhr: Schreib doch mal zurück *trauriger Smiley*

22.50 Uhr: Du hast dich immer noch nicht gemeldet! Ich bin noch ’ne Weile wach!

22.55 Uhr: Keine Nachricht von dir! *drei traurige Smileys*

23.00 Uhr: Find ich aber nicht schön von dir, dass du mich jetzt hängen lässt, wo ich dir so viel über mich erzählt habe! *Wutsmiley*

23.10 Uhr: Minki ist auch schon ganz traurig! *Katzenkopf* *trauriger Smiley*

23.15 Uhr: Alles mach ich falsch *heulender Smiley*

23.30 Uhr: Ich schreibe einen Satz zurück, den ich mir lange überlegt habe. »Ich hasse Katzen und Pizza.« *kotzender Smiley*

23.31 Uhr: Sebastian hat den Gesprächsverlauf gelöscht.

Puh. Mein Trick hat funktioniert. In Wirklichkeit hab ich natürlich nix gegen ä süßes Kätzle oder ein Stück Pizza. Aber manchmal öffnet einem eine Katzenhaarallergie die Augen, statt sie zuschwellen zu lassen.

Kapitel 4

Hände hoch, ich bin Pflägekraft!

»Lernen Sie Ihren zukünftigen Partner im Supermarkt kennen!«, steht in großen Buchstaben auf Seite drei der *Silvie*, einer Frauenzeitschrift, die ich mir aus dem Lesezirkel in Luigis Eisdiele rausgepickt habe. Drunter ist eine hübsche Blondine mit einem schicken Typen mit Zahnpastalächeln zu sehen. Ich überfliege kurz den Text: »Unverhofft kommt oft! Haben Sie schon mal darüber nachgedacht, dass das große Glück Sie vielleicht an einem völlig banalen Ort treffen könnte?«

Da ich mich nur an banalen Orten aufhalte und nicht zur Oscar-Verleihung oder zum Dalai Lama eingeladen werde, hätte mich das Glück schon zigmal treffen müssen!

Weiter steht da: »Im Supermarkt bietet sich eine gute Gelegenheit, auf Mr. Right zu treffen.« Hahaha, der war gut. Ich hab beim Edeka letzte Woche net mal den Geschenkgutschein gewonnen, obwohl nur acht Leute beim Gewinnspiel mitgemacht haben. Wie soll mich da ausgerechnet zwischen Ravioli und Klopapier das Liebesglück treffen?

Frauenzeitschriften schreiben immer davon, »Mr. Right« zu treffen. Mir wäre es lieber, die würden mir sagen, wie man Mr. Wrong auf den ersten Blick erkennt. Die Wahrscheinlichkeit, auf einen Psychopathen zu treffen, ist doch deutlich höher als die, dem Traummann zu begegnen. Und das sag ich, Sybille Bullatschek, die fast nie ein Date hat. Aber seit der Stalker-Erfahrung neulich mit diesem Sebastian bin ich vorsichtig geworden. »Was der wohl macht?«, geht es mir kurz durch den Kopf. Wahrscheinlich hat er zwischenzeitlich seine Katze geheiratet oder ein neues Opfer für seine WhatsApp-Massennachrichten gefunden. Vielleicht ist er auch in der Psychiatrie gelandet.

Ich lese weiter. Unter dem Artikel ist eine kurze Liste aufgeführt, woran man einen potenziellen Singlemann anhand seines Einkaufswagens erkennt: »Er kauft nur kleine Mengen von allem«, steht da.

»Ach!«, denk ich verwundert. Also meinen Single-Status würde man an so was net erkennen. Ich kauf immer den Dreierpack Pizza – weil er günstiger ist –, die XL-Packung Pommes und die Familienpackung Schokoriegel. Wahrscheinlich klappt es deshalb nicht. Die Männer denken, wenn sie in meinen Einkaufswagen gucken, ich hätte acht Kinder daheim und einen verfressenen Mann. Oder eine Essstörung. Da gehen die natürlich gleich auf Abstand.

Bei den Verhaltenstipps bin ich dann völlig raus: »Tun Sie so, als würden Sie etwas suchen, und bitten Sie unschuldig um Hilfe. Beispiel: ›Ich kann die Cornflakes nirgends finden, könnten Sie mir bei der Suche helfen?‹«

Cornflakes! Wie unrealistisch. Ich esse nie Cornflakes. Die brauch ich nur, wenn Evelyn und ich Choco Crossies machen. Und da uns beim letzten Mal so schlecht war danach – okay, acht Tafeln Schokolade war vielleicht auch ä bissle zu viel –, herrscht momentan Cornflakes-Einkaufstopp. Außerdem bin ich definitiv nicht zu blöd, im Supermarkt selbst was zu suchen. Die weltfremden Tipps der kreativen Redakteurinnen bei der *Silvie* gehen noch weiter: »Gehen Sie in eine erotische Pose, wenn Sie sich über die Gefriertruhe beugen!«

Wenn ich im Supermarkt tief gebeugt über der Tiefkühltruhe mit den Hähnchenschenkeln hänge, bin ich froh, wenn mir die arktische Kälte nicht das Gesicht wegätzt. Von stundenlangem erotischem Posen bin ich da weit entfernt. Apropos Kälte: Mein Eis kommt. Ich leg die Zeitschrift zur Seite. Luigi stellt mir den monströsen Becher, der an einen Pokal erinnert, direkt vor die Nase. Dabei zwinkert er mir neckisch zu.

»Einmal Erdebeerebombe mit doppelt Sahne, lasse dire schmecken … Mmmmh, lecker.« Ich mag Luigis Akzent. Da fühlt man sich gleich, als würde man in einem Straßencafé in

Neapel sitzen und nicht auf dem öden Marktplatz bei uns in Pfleidelsheim. Ich hab das Gefühl, die Leute an den Nachbartischen starren alle zu mir rüber. Entweder, weil sie sich ärgern, dass sie nur ein läppisches Spaghetti-Eis bestellt haben (das ist wirklich mickrig für den Preis), oder weil sie eifersüchtig sind, dass Luigi ausgerechnet mir zugezwinkert hat. Vielleicht denken sie auch bloß: »Was muss die so einen riesigen Eisbecher essen? Die hat doch schon genug Speck auf den Rippen.« Egal. Schließlich bin ich beruflich hier, aber das können die ja net wissen.

Ich muss heute Schulden begleichen.

Luigi stand letzte Woche mal wieder mit seinem Eiswagen bei uns im Hof, und einige der Senioren haben ihr Eis nicht bezahlt. Ob absichtlich oder net, sei dahingestellt. Fakt ist, dass ein Früchtebecher, der Amarena-Traum und ein gemischtes Eis offen waren. Leider konnten wir nicht rausfinden, wer es war.

»Es ware eine Mann mit Rollatore und zwei Senioras mit graue Haare«, hat Luigi mir am Telefon berichtet. Da die Personenbeschreibung auf 99 Prozent der Senioren zutrifft, war der Hinweis net besonders hilfreich.

Nach ewiger ergebnisloser Befragung haben wir schließlich aufgegeben. Die Senioren wissen ja oft net mal mehr, was es vor einer Stunde zu Mittag gab, wie sollen sie sich da an einen Eisbecher von letzter Woche erinnern? Schließlich hat Otterle mir zähneknirschend 50 Euro in die Hand gedrückt und mich gebeten, die Schulden zu begleichen (Mit Quittung natürlich!!). Ich glaub, er hatte einfach Angst, dass sonst die Mafia vor der Tür steht und das Geld eintreibt. Mit Italienern scherzt man schließlich net, und man darf ihnen schon gar kein Eis-Geld schuldig bleiben, sonst treibt man ganz schnell mit Betonschuhen im Neckar. Ich glaub, Otterle kann gar net schwimmen. Der würd wahrscheinlich auch ohne Betonschuhe untergehen.

Das Gute war, dass die Eisrechnung nur 23,20 Euro betragen hat, und da hab ich mir die Erdbeerbombe einfach mit draufschreiben lassen. Merkt doch keiner. Und verdient hab ich es allemal, schließlich hab ich diese ehrenvolle Aufgabe in meiner Freizeit übernommen. Okay, die doppelte Portion Sahne hätte wahrscheinlich net sein müssen, weder finanziell noch kalorientechnisch. Ich bin heute Morgen kaum in meine Pflägehose gekommen. Evelyn und ich haben einen Running Gag, wenn die Hose enger wird. Wenn einer von uns beiden sagt: »Uhhh, die Hose spannt!«, dann sagt die andere immer: »Egal, besser als der Nachbar!« Und dann lachen wir meistens ziemlich albern. Utes Hose spannt eigentlich immer – die käm aber nie auf die Idee, dass es an ihrem Essverhalten liegt. Sie schiebt es immer auf ihren Mann, den Markus, der angeblich die Hose zu heiß gewaschen hat. Auch ein guter Trick. Aber da ich (noch) keinen Mann habe, der meine Hosen wäscht, funktioniert der leider bei mir net.

Ich überspringe die Abnehmtipps (Gurke, der neue hippe Schlankmacher), schieb mir noch einen großen Löffel Eis in den Mund und schenk mir den Rest der sinnlosen Supermarkt-Single-Tipps. Viel wichtiger ist doch mein Horoskop: »Ihre körperliche Fitness lässt leider zu wünschen übrig, muten Sie sich nicht zu viel zu!«

Die haben gut reden: Drei Schichten Nachtdienscht liegen vor mir. Das ist Zumutung genug. Ich schau auf die Uhr: 16.30 Uhr – ich muss heim. Ich muss noch die Wäsche aufhängen und den Kotterer-Zwillingen ihr Geburtstagsgeschenk vorbeibringen.

Irene hatte mich für heute zum Kindergeburtstag eingeladen: »Der Luca und der Leon würden sich so freuen, wenn du kommscht, Sybille!« Aber ich hab dankend abgelehnt. Hab gesagt, ich hätte noch »beruflich in der Stadt zu tun«, was natürlich hochtrabender klang, als es tatsächlich war. »Eisschulden beim Luigi bezahlen« hätte sich einfach net so gut angehört. Ich war letztes Jahr schon auf der Geburtstagsfeier und hab mich zu Tode gelangweilt. Irenes Mutter ist wahnsinnig anstrengend und kommandiert die Kinder in einer Tour rum.

»Mal doch mal ein Bild von der Oma!« – »Was, so große Ohren hat die Oma?« – »So dick ist die Oma doch gar net, mal des noch mal!« – »Guck mal, was die liebe Oma euch mitgebracht hat!« – »Nein, der Bagger fährt der Oma net an den Fuß!« – »Gib der Oma jetzt mal das Feuerwehrauto, die Oma zeigt dir, wie des geht!«

Und dann die ganzen Mütter aus dem Kindergarten. Anstrengend! Ich kann einfach nix dazu beitragen, wenn mir jemand erzählt, dass ihr dreijähriger Sohn Durchfall wegen einer Laktoseintoleranz hat oder die Laura-Sophie letzte Woche am Elektrozaun eine gewischt gekriegt hat, als sie ein Pony streicheln wollte. Was soll ich darauf antworten? Ich hab dann aus Versehen »Und, lebt sie noch?« gesagt. Laura-Sophies Mutter wäre mir fast ins Gesicht gesprungen. Ich geb zu, es war vielleicht net ganz so passend, aber mich gleich als »empathielose Hexe« zu bezeichnen, fand ich echt übertrieben. Ich bin halt den täglichen Umgang mit Senioren gewohnt. Da kann ein kleiner Sturz schon tödlich enden. Bevor sie mich vierteilen konnte, bin ich dann in die Küche geflüchtet, wo mich eine blondgelockte, hagere Mittdreißigerin mit einem dicken Baby auf dem Arm, das ihr gerade auf die Schulter gekotzt hat, in Beschlag genommen hat. »Kinder sind so was Schönes! Hascht du auch Kinder?«, hat sie mich gefragt und dem sabbernden Säugling mit einer Stoffwindel den Mund abgewischt.

»Nein, die Sybille hat doch keine Kinder, Sabine, die schafft doch in der Pfläge!«, hat Irene dann schnell gesagt und ein Tablett Muffins zwischen uns geschoben.

Als ob man in der Pfläge keine Kinder haben könnte! Eigentlich wollt sie wahrscheinlich sagen: »Die Sybille hat net mal einen Mann, wo soll sie denn dann ein Kind herhaben?«

Ich hab mir dann schnell zwei Blaubeer-Muffins geschnappt und bin hoch in meine Wohnung gegangen. Aber das Getöse von sechs Kindern, die im Garten Fangen spielen, und dem dicken schreienden Baby hat bis in mein Wohnzimmer getönt.

Auch ein Grund, warum ich noch nicht daheim bin. An

Schlaf ist eh net zu denken, während unten der Mob tobt. Um 18 Uhr ist der Spaß hoffentlich vorbei, und ich kann mich noch zwei Stündle hinlegen vor dem Nachtdienscht.

Ab, ab and away!

Als ich kurz vor halb zehn zur Übergabe für den Nachtdienst ins Besprechungszimmer komme, herrscht helle Aufregung. Alle reden wild durcheinander, und keiner nimmt von mir Notiz. An der Wand klebt ein Stadtplan von Pfleidelsheim und der Umgebung, und es sind rote Punkte darauf markiert. Ute hängt am Telefon und brüllt gegen den Lärm im Zimmer an: »Beige Strickjacke, braune oder graue Hose, ja, grau, 1,75 groß, Halbglatze, Brille. Ja, vielen Dank.«

Ich schaue Evelyn fragend an, die mit mir Nachtdienscht hat.

»Bellis«, sagt sie nur knapp und rollt die Augen. »Mal wieder!«

»Och nee!«

»Wird eine aufregende Schicht!«

Herr Bellis ist unser Vagabund. Er ist net wirklich dement, manchmal aber durchaus orientierungslos, und er ist generell gerne unterwegs – charmant ausgedrückt. Es gefällt ihm bei uns im Heim einfach net, und er macht auch keinen Hehl daraus. »Ich fühle mich wie ein Tiger im Zoo, der in einem viel zu engen Gehege gehalten wird«, hat er mir mal erklärt.

Heute ist der Tiger mal wieder ausgebüxt, und keiner weiß, wo er steckt. Offiziell wollte er seine Schwester besuchen, ist dort aber nie aufgekreuzt.

Wenn ein Senior oder eine Seniora verloren geht, ist das der »Worst Case«, wie uns Herr Otterle neulich noch mal mitgeteilt hat. »Sie haben eine Aufsichtspflicht, die Sie nicht verletzen dürfen. Überlegen Sie mal, was da alles passieren kann! Und wenn etwas passiert, kann uns die Familie verklagen.

In Grund und Boden können die uns verklagen. Das dürfte kaum in Ihrem Sinne sein!«

Ute zeigt mit dem Finger auf einen Punkt auf dem Stadtplan, wo er angeblich zuletzt gesehen wurde. »Dann kann er in den Bus gestiegen sein oder in ein Auto …«

Ich überlege kurz, ob vielleicht irgendein Fremder Herrn Bellis ins Auto gelockt hat. Vielleicht mit einem Hundewelpen oder einem Bonbon. Das hört man ja immer wieder. Allerdings glaube ich kaum, dass so was bei Bellis zieht. Vielleicht eine hübsche junge Frau, da würde er schon eher anbeißen. Er ist schließlich dafür bekannt, dass er nix anbrennen lässt.

»Ich muss jetzt los, der Bobo muss raus!«, sagt Ute schließlich und steht umständlich von ihrem Stuhl auf. »Wir haben Herrn Otterle noch nicht informiert, vielleicht taucht Bellis ja in den nächsten Stunden auf. Wer weiß. Wir wollen ja nicht die Pferde scheu machen.«

»Und wenn ihm was Schlimmes passiert ist und er hilflos irgendwo im Graben liegt?«, ruft Milena mit weit aufgerissenen Augen. Ich stupse Evelyn an, und wir wissen beide, wie der Satz von Milena weitergeht: »In Polen ist einmal …«

Und sie enttäuscht uns nicht. Es folgt eine Horrorgeschichte von einer alten Dame, die in Krakau oder Warschau nur kurz Zigaretten holen wollte, nie mehr gesehen wurde und deren blutverschmierte Leiche am nächsten Tag in einem Tümpel gefunden wurde.

»Milena! Es gibt bestimmt eine ganz harmlose Erklärung, der Herr Bellis ist sicher putzmunter«, versuche ich, sie zu beruhigen. Milena bekreuzigt sich. »Möge der Herr ihm den Weg zurückzeigen.« Ich bezweifle, dass es nur mit der Hilfe des Herrn geht, und frage Ute, ob sie schon die Polizei und den Radiosender informiert hat.

»Die Polizei hat die Suchmeldung schon und ruft an, wenn sie was weiß, Radio müsstet du machen, Sybille, ich muss jetzt echt los.« Sie zieht sich ihre rote Strickjacke über und nimmt ihren Schlüsselbund vom Tisch. »Ich drück euch die Daumen!

Und schick mir eine WhatsApp-Nachricht, wenn ihr ihn habt. Otterle nur im Notfall anrufen! Und denkt dran: Da sind auch noch 32 andere Senioren, die euch brauchen!«

Evelyn sagt nur knapp: »Aber ich dachte, das IST ein Notfall! Ihr könnt doch jetzt nicht alle gehen!« Das scheint der Spätdienst nach acht Stunden Arbeit etwas anders zu sehen und zieht von dannen.

»Die sind echt lustig. Was für ein Mist! Na gut, ich mach dann mal die Nacht-Runde, ich fang hinten bei Frau Bäuerle in New York an, okay? Rufst du schnell beim Radio an und kommst dann gleich?« Evelyn rauscht ab, und ich suche in meinem Handy nach der Telefonnummer von 89.9, dem Hitradio. Die haben uns schon öfter geholfen. Leider hat man um die Uhrzeit oft die Praktikantin dran. Den Typus kenn ich schon: Die sind entweder total schwer von Begriff oder kommen sich wahnsinnig wichtig vor, weil sie beim Radio arbeiten, und lassen einen dann spüren, dass eine Suchmeldung für verloren gegangene Senioren so gar nicht in ihren Aufgabenbereich fällt.

Es tutet mehrere Male. Plötzlich ertönt die sonore Stimme von Moderator Steffen Riedlinger: »Nachtflug mit Steffen! Wer ist in der Leitung, und was ist die richtige Lösung?«

Oh nein! Ich hab in der Aufregung die Direkt-Nummer ins Studio gewählt. Die hab ich in meinem Handy gespeichert, weil es bei 89.9 immer so tolle Kaffeetassen zu gewinnen gibt, wenn man eine meist sehr einfache Gewinnfrage beantworten kann.

Ich fange an, zu stottern.

»Äh, hallo? Isch da Hitradio 89.9?«

»Ja, klar, hier ist der Steffen, mit wem spreche ich denn zu so später Stunde?«

»Hier isch die Sybille!«

»Schön, Sybille, was ist die richtige Lösung?«, fragt Steffen ungeduldig.

»Herr Bellis!«, sage ich verwirrt.

»Bitte was?«

»Wir suchen Herrn Bellis!«

»Sybille, wir suchen hier aber die Band, von der dieser Song ist.« Ohrenbetäubender Lärm dringt durch den Hörer.

»So, jetzt noch mal: Black Sabbath, AC/DC oder Metallica?«

»Keine Ahnung, ich hab hier grad ganz andere Probleme! Ich bin beim Nachtdienscht, und uns isch ein Senior abgehauen.«

»Sybille, das ist hier aber nicht Aktenzeichen XY, das weißt du schon?« Jetzt lacht er über seinen eigenen blöden Witz. Ich merke, dass er mich gleich aus der Leitung werfen wird, und diktiere schnell die Infos in den Hörer.

»1,75 groß, Halbglatze, beige Jacke. BELLIS. Wurde zuletzt an der Tankstelle am Ortsausgang von Pfleidelsheim gesehen. Sachdienliche Hinweise an die Polizei oder ans Haus Sonnenuntergang. Ach ja, und die Lösung isch Metallica!« Das Letzte war geraten, aber ich wollte einfach kein Spielverderber sein, wenn ich schon jemand anderem den Platz in der Leitung weggeschnappt habe.

Steffen sagt jetzt gar nix mehr. Ich bin mir nicht sicher, ob ich noch »on Air« bin.

»Hallo? Steffen?«, flüstere ich zaghaft.

»Sybille! Metallica ist richtig!«, brüllt er plötzlich euphorisch.

»Du hast zwei Tickets für ihr Konzert in Stuttgart gewonnen!«

»Kann ich net lieber zwei Tickets für PUR haben?«, entfährt es mir.

Steffen lacht amüsiert.

»Das ist hier kein Wunschkonzert! Alles Gute für dich und deinen Opa.« Klick. Aufgelegt.

Dann tutet es kurz in der Leitung, und eine Stimme vom Band sagt roboterartig: »Glückwunsch. Sie haben gewonnen. Bitte geben Sie uns nun Ihre Adresse und Telefonnummer durch.«

Ich wiederhole die Suchanfrage nach Herrn Bellis und lege auf. Metallica. Um Gottes willen. Dann ärgere ich mich einen Moment, weil ich die Tickets natürlich hätte verschenken oder verkaufen können. Egal.

Evelyn und ich sind in den weiteren Stunden nur noch am Rennen. Tabletten verteilen, umlagern, trösten, Fernseher umschalten, Fernseher ausschalten, Tee anreichen, zudecken, auf Toilette helfen, Fenster auf, Fenster zu, Bettwäsche wechseln, Verband wechseln. Zu zweit ist der Nachtdienscht eigentlich net machbar. Hinzu kommt, dass neben dem Klingeln der Senioren jetzt auch noch ständig das Telefon schellt und irgendwelche Idioten fragen, ob sie die Tickets für Metallica haben könnten. Nach dem fünften Anruf in Folge brülle ich ins Telefon, als es wieder klingelt: »Ich habe keine Metallica-Tickets!«

Eine mädchenhafte Stimme mit russischem Akzent säuselt in den Hörer: »Challlooooo!«

»Ja, hallo!«

»Iech habe, was Sie suchen!«

»Zwei PUR-Tickets?«, frage ich erwartungsvoll.

»Niet, aber einen älteren Mann, auf den Ihre Beschreibung aus Radio passt.«

»Waaaaas?«

»Sitzt hier.«

»Wo?«

»Bei uns im Etablissement«

»Im was?«

»Im *Moulin Rouge* in Ludwigsburg.«

Ich bespreche mit der ominösen Russin die Details der Übergabe und rase dann in Gang B, um Evelyn zu informieren. Die hebt gerade Frau Bäuerle wieder ins Bett, die nach einem Albtraum etwas desorientiert auf dem Boden gelandet ist.

»Sie ham ihn!«

»Wer? Die Polizei?«

»Nee, die Prostituierten!«

Evelyn lässt vor Schreck fast Frau Bäuerle fallen.

»Er isch im *Moulin Rouge*!«

»Was??? Wie ist er denn bis nach Ludwigsburg gekommen?«

»Wahrscheinlich hingetrampt! Die sagen, ich soll mich beeilen, sie können ihn nimmer lang dabehalten, die Strip-Show fängt gleich an, und alle müssen uff die Bühne. Und Bellis kann ja schlecht mittanzen an der Stange. Der kennt die Choreo ja gar net.« Evelyn nickt erst automatisch, und es dauert einen Moment, bis der Gag bei ihr ankommt. Dann bricht sie in schallendes Gelächter aus. Der Gedanke, dass sich Herr Bellis in einem Stripclub, umgeben von leicht bekleideten Damen, aus seiner beigen Strickjacke schält, ist einfach zu absurd.

»Na ja, scheint dort jedenfalls viel los zu sein. Wie bei uns.«

»Nur, dass unsere Stange waagerecht befestigt ist und nicht senkrecht!« Wieder werden wir von einer Lachwelle erschüttert. Evelyn muss sich kurz auf den Rollator von Frau Bäuerle stützen, damit sie nicht das Gleichgewicht verliert. Als sie sich beruhigt hat, wischt sie sich die Lachtränen aus dem Gesicht und schaut mich besorgt an.

»Willst du da wirklich allein hinfahren, Sybille?«

»Wer soll es denn sonscht machen?«

»Na, die Polizei, die können ihn doch da rausholen.«

»Uff keinen Fall. Des hat Olga betont: keine Polizei. Wahrscheinlich alles net ganz koscher da in dem Laden. Ich will keinen Ärger, bloß den Herrn Bellis zurück.«

Wir treten auf den Flur, und Evelyn schließt kaum hörbar die Tür von New York.

»Uhhh, das ist ja wie im Krimi! Hast du eine Waffe?«

»Nee, ich hoffe, sie rücken ihn auch so raus. Die klang aber, als wären sie froh, wenn sie ihn los sind!«

»Kann ich mir vorstellen!«

»Kann ich dein Auto nehmen? Ich bin heut mit dem Rad da, und zehn Kilometer sind mir dann doch ä bissle zu weit. Vor allem beim Rückweg mit dem Herrn Bellis uff dem Gepäckträger!«

Jetzt lacht Evelyn noch lauter als eben und hält sich dann schnell die Hand vor den Mund, weil ihr einfällt, dass die meisten Bewohner schon schlafen. Ein Sprichwort sagt ja, man soll keine schlafenden Hunde wecken, Gleiches gilt für Senioren.

»Schlüssel ist im Spind in meiner rechten Jackentasche!«, flüstert sie jetzt.

Ich werfe ihr einen Luftkuss zu und renn in die Umkleide.

Willkommen im Rotlicht-Viertele

In Evelyns Auto riecht es extrem nach Duftbäumle. Drei Stück hängen ineinander verwickelt am Innenspiegel. Bevor ich ohnmächtig werde, stecke ich sie vorsichtshalber ins Handschuhfach. Als ich es aufmache, kommt mir eine Maxipackung mit kleinen Kirschlikörfläschchen entgegen. Oh Mann, Evelyn! Doch net im Auto! Wahrscheinlich hat sie deshalb die Duftbäume am Spiegel. Damit die Polizei bei einer Kontrolle ihre Alkoholfahne net riecht. Eine Männerjacke liegt auf dem Beifahrersitz. Hat wahrscheinlich irgendein Date vergessen oder ihr geliehen, als ihr kalt war.

Als ich den Motor anmache, startet automatisch der CD-Player. Bob Marley dudelt »No Woman No Cry« in die ruhige Nacht, und ich sing lautstark mit.

Das Scheibenwischwasser ist fast leer, und ich hab Mühe, überhaupt was zu sehen, weil die Frontscheibe so dermaßen verschmiert ist. Als der Regen einsetzt, wird es net unbedingt besser. Ich muss angestrengt die Augen zusammenkneifen. »Jetzt bloß keinen überfahren!« Am besten keinen Rentner. Aber ein Reh wäre auch schon blöd.

Um kurz nach elf komm ich endlich am *Moulin Rouge* an. Vorher verfahr ich mich noch dreimal und muss an einer Bushaltestelle ein paar junge Buben, die dort Bier trinken, nach dem Weg fragen. Als ich die Scheibe im strömenden Regen wieder hochkurble, hör ich, wie sie lachen und einer sagt: »Was will DIE denn im *Moulin Rouge*?« – »Wahrscheinlich sucht sie ihren Alten!«, ruft ein Junge mit blauer Baseballkappe. Ich mach die Scheibe noch mal runter und brüll raus: »Genau so isch es!«

Frechheit! Aber im Grunde such ich ja meinen Alten. Also meinen »sehr Alten«. Die Buben gucken verdattert, und ich bretter mit Vollgas davon.

Das *Moulin Rouge* liegt in einer Seitenstraße. Man erkennt es gleich: Es ist zwar ein unscheinbares Haus, aber oben im ersten Stock brennen rote Lampen in den Fenstern. Reingucken kann man nicht, weil alles mit Vorhängen verdunkelt ist. Unheimlich.

Vor dem Haus stehen dunkle Limousinen mit fremden Kennzeichen. Durch die verspiegelten Scheiben kann man net erkennen, ob jemand drinsitzt oder net. Und das Schlimmste: kein Parkplatz mehr frei weit und breit. Na bravo. Da ich kein Geld fürs Parkhaus dabeihab und außerdem nicht mit Herrn Bellis bei dem Regen durch die halbe Stadt rennen will, park ich einfach quer davor und mach die Warnblinkanlage an.

Dann renn ich zum Haus und suche den Eingang. Aber eine Tür wie bei uns im Heim, die automatisch aufgeht, wenn einer davorsteht, gibt's net. Stattdessen steh ich nach langer Suche vor einer Metalltür. Kein Klingelschild, wo *Moulin Rouge* draufsteht, oder wenigstens eine Fußmatte mit einem witzigen Aufdruck wie »Hier knutschen, vögeln und streiten Olga, Irina und Tanja«. Die Kotterers ham so eine Matte vor ihrer Wohnungstür. Da steht natürlich was anderes drauf. Ich glaub, »wohnen und lachen« statt »knutschen und vögeln«. Aber witzig wär es ja, denk ich so bei mir.

Im Türrahmen oben rechts ist eine Kamera befestigt. Das kleine rote Licht blinkt aufmerksam. Ich starre eine Weile in die Linse und fang an, zu winken, in der Hoffnung, dass mich jemand sieht. Nix. Dann klopf ich an die Tür. Erst zaghaft, aber da ich nicht die ganze Nacht Zeit hab, boller ich irgendwann mit beiden Fäusten dagegen. Ich klopf mich richtig in Rage und erschreck mich fast zu Tode, als plötzlich tatsächlich jemand aufmacht. Vor mir steht ein zwei Meter großer, glatzköpfiger Mann im schwarzen Anzug und guckt mich grimmig an. »Bullatschek, Kripo Ludwigsburg«, würde ich jetzt im Film sagen und dann meine Dienstmarke vor sein verdattertes Gesicht halten.

Dann würde er plötzlich rennen, ich zieh meine Waffe und feuere ein paar Warnschüsse ab. Dann renn ich ihm im Affenzahn hinterher (des würd natürlich ein Double übernehmen), Stühle fallen um, Gläser klirren, bevor ich ihn zu Fall bringe. Alle anderen dubiosen Gestalten versuchen, zu flüchten, haben aber keine Chance, weil meine Kollegen, die schon auf der Lauer lagen und die Eingänge versperrt haben, sie abfangen. Ich dreh ihm die Arme auf den Rücken, während er jault wie ein Robbenbaby, mach die Handschellen fest und sag im strengen Ton: »Igor Kasniewski, ich verhafte Sie wegen Frauenhandel oder Mord an … bla, bla.«

Ganz so dramatisch spielt es sich dann aber doch net ab, weil ich heute Abend einen anderen Text und eine andere Rolle habe.

»Ich bin die Sybille Bullatschek aus dem Haus Sonnenuntergang und möchte gern unseren Herrn Bellis abholen!«, sag ich freundlich und versuch, zu lächeln.

Er schaut irritiert. Ich glaub, das hat ihn mehr verwirrt, als wenn ich ihn angeschossen hätte. »Moment!« Er macht ein abwartendes Zeichen mit der Hand. Dann zückt er sein Handy und drückt einen Knopf. Er lauscht kurz, und dann folgen ein paar Sätze auf Russisch. Er mustert mich währenddessen argwöhnisch und wiederholt ständig: »Da, da, da.«

Ich muss an den 80er-Hit von Trio denken und bin kurz davor, mit einzustimmen. Aber wenn er so humorlos ist, wie er aussieht, wird er mich eventuell gleich erschießen.

Als er aufgelegt hat, sagt er nur knapp: »Mitkommen!«

Ich folge ihm rein. Jetzt hört man seichte Saxophonmusik.

Wie sich rausstellt, kommt die gar nicht vom Band, sondern ein Mann, der vom Alter her auch schon bei uns im Heim sein könnte, steht auf einer kleinen Bühne in gedimmtem Scheinwerferlicht und bläst wild in sein Instrument.

Schick gekleidete Männer lümmeln sich in roten, plüschigen Sitzecken mit Mädchen, die halb so alt sind wie ich. Ich muss zugeben, neben den ganzen Glitzerkleidchen und Anzügen komm ich mir mit meinem Anorak und meiner Pflägehose ä bissle »underdressed« vor. Es riecht nach teurem Parfum und Zigarren. Der Russe lenkt mich quer durch den Raum. Ab und zu dreht er sich um, um zu sehen, ob ich noch da bin. Am liebsten würde ich ihn an die Hand nehmen, damit er mich net verliert, oder noch besser gleich auf seinen Arm. Aber das wäre wohl ein albernes Bild. Vor einer Bar mit einer langen Theke bleibt er plötzlich stehen.

»Warten!«, befiehlt er mir streng. Wahrscheinlich spricht er so auch mit seinem Kampfhund, denk ich bei mir. Kein Bitte, kein Danke, kein gar nix. Ich bleib brav stehen und schau mich neugierig um. An der Bar sitzen auf weißen Lederhockern mehrere Männer. Das eine scheint eine Gruppe zu sein, irgendein Firmenausflug oder Junggesellenabschied. Jedenfalls haben sie alle die gleichen T-Shirts an, auf denen steht: »Stefans letzte Chance!«

Also entweder wird er am Montag gefeuert, oder er muss heiraten. Egal wie. Vorher muss er sich noch hier zum Affen machen. Ich überlege, welcher von den acht Männern wohl Stefan ist, und entscheide mich dann für den, der mit dem Kopf auf der Theke liegt.

Plötzlich stellt mir die Bardame ein Glas mit einem Cocktail vor die Nase. Sie lächelt mir aufmunternd zu. »Sex on the Beach! Für dich!«

»Danke, des isch nett, aber ich hab gar nix bestellt!« Ich schieb das Glas wieder in ihre Richtung. Sie zeigt ans andere Ende der Bar, wo mir ein circa 70-jähriger, braungebrannter Mann mit weißem Haar und weißem Anzug zuprostet. Sein

Hemd ist zur Hälfte aufgeknöpft, und die ebenfalls weißen Brusthaare wuchern wie die Rosenhecke im Haus Sonnenuntergang aus dem Hemd heraus. Er hat ein dickes Goldkettchen um den Hals, das man aber vor lauter Haaren kaum sehen kann.

Mich schüttelt es innerlich. Das ist das Letzte, was ich jetzt brauche. Rentner hab ich jeden Tag genug um mich. Und bei Getränken von Fremden muss man ja eh vorsichtig sein. Das hat mir meine Mutter schon als Teenager eingebläut: »Sybille, in der Disco mischen die dir was ins Cola nei! Pass bloß uff!«

Und wer weiß, was Goldkettchen-Opa im Schilde führt. Außerdem hab ich ja noch Nachtdienscht.

Ich brülle zu ihm rüber, als würde ich mit einem schwerhörigen Bewohner sprechen: »Des isch nett, aber ich muss noch fahren!« Und dann mach ich eine pantomimische Geste eines Lenkrads, so wie ich es mit den Senioren im Heim immer mache, damit sie kapieren, was ich will. Irgendwie muss er das falsch gedeutet haben, denn jetzt steht er auf und kommt zu mir rübergewankt.

»Oh nein!« Wo bleibt der Russe, wenn man ihn braucht?

Er legt mir freundschaftlich seine faltige, braungebrannte Hand auf die Schulter, als würden wir uns schon 100 Jahre kennen. Ich rücke instinktiv ä Stückle zur Seite. Trotzdem erwischt mich ein Hauch von seinem alkoholgeschwängerten Atem.

»Bischt du neu hier, Süße? Di kenn ich ja noch gar nette!«, sagt er im breitesten Schwäbisch, und ich hör, dass er aus einer anderen Ecke kommt als ich. Wahrscheinlich irgendwo Richtung Alb.

»Nee, sorry, ich bin bloß zu Besuch, muss gleich wieder los!« Ich lächle gekünstelt. So ein Lächeln, das gleich wieder erstirbt, sobald der Gesprächspartner kurz wegguckt. Das hab ich schon öfter im Fernsehen gesehen, und das verfehlt eigentlich nie seine Wirkung.

Jetzt legt er seinen kompletten Arm um mich. »Aber, aber! Net so schnell!«

Ich befreie mich aus seiner Umklammerung und mach ihm klar, dass ich nicht zum Cocktail-Schlürfen da bin: »Ich muss arbeiten! Verstehen Sie? Arbeit!«, sag ich überdeutlich. Jetzt grinst er amüsiert.

»Ach so, ja klar.«

Ich bin erleichtert. Er hat's endlich kapiert, dass ich net zum Spaß hier bin.

»Frage: Was koschtet's, und was krieg ich dafür?«

»Des kommt uff die Pflägestufe an …«

»Ah, verstehe! Pflägestufe!« Er zwinkert mir verschwörerisch zu.

Mich beschleicht das Gefühl, dass wir irgendwie aneinander vorbeireden.

Gerade als ich überlege, wie ich mich aus der unangenehmen Situation mit meinem aufdringlichen Verehrer rauswinden kann, steht plötzlich der Russe vor mir.

»Mitkommen! Mann ist oben.«

Mit »Mann« meint er hoffentlich Herrn Bellis und nicht noch so einen lüsternen Sugardaddy. Ich schau auf mein Handy. Eigentlich müsste ich schon längst im Heim zurück sein, Evelyn dreht bestimmt am Rad. Und tatsächlich, ich hab fünf WhatsApp-Nachrichten von ihr.

23.22 Uhr:	Hat alles geklappt?
23.28 Uhr:	Bist du schon da?
23.40 Uhr:	Meld dich doch mal, ich mach mir langsam Sorgen!
23.45 Uhr:	Soll ich doch die Polizei anrufen?
23.50 Uhr:	Ich ruf gleich die Polizei an!

Ich will hastig eine Nachricht ins Handy tippen, dass alles okay ist, aber der Russe klopft nervös mit den Fingern auf den Bartresen. »Was ieeest denn jetzt? Los!«

Ich steck das Handy ein und beschließe, Evelyn gleich anzurufen, wenn ich Bellis in meiner Obhut habe. Sugardaddy, der alles mitgekriegt hat, schaut mich beleidigt an. »Hätteschst du doch gleich sagen können, dass oben schon einer auf dich wartet. Sag Bescheid, wenn du danach noch Luscht hascht!«

»Nee, danke, es warten noch ganz viele Männer in ihren Betten heut Nacht uff mich!«

Jetzt schaut er mich mit großen Augen an. Rums. Das hat gesessen. Soll er doch denken, was er will. »Vladi« (so hab ich ihn jetzt mal genannt, weil viele Russen Vladi heißen) führt mich eine schmale, sehr steile Treppe hoch.

Oben angekommen, muss ich erst mal tief Luft holen. Ähnlich muss sich Reinhold Messner fühlen, wenn er einen 8000er besteigt. Nur, dass ihn da oben keine Prostituierten erwarten. Also glaub ich zumindest.

Eine Flasche Wodka bitte!

Der Flur ist nur spärlich beleuchtet, und ich stolpere fast über einen großen weißen Plüschpanther, den irgendjemand ungünstig als Deko platziert hat. Die Türen der Zimmer sind alle verschlossen. Drinnen scheinen die Damen aber ihrer Tätigkeit nachzugehen, denn hin und wieder hört man ein lautes Stöhnen.

Mein russischer Begleiter führt mich durch ein verrauchtes, extrem unaufgeräumtes Büro, in dem es aussieht, als hätte vor Kurzem eine Bombe eingeschlagen oder eine Hausdurchsuchung stattgefunden (Letzteres ist wahrscheinlicher). Zerknitterte Blätter Papier liegen wild verstreut auf dem versifften hellblauen Teppichboden. Man kann erahnen, wie schön er mal ausgesehen haben muss, denn irgendjemand scheint in letzter Zeit ein paar Möbel verschoben zu haben. An den Stellen, wo jahrelang keiner hinaschen konnte oder irgendwelche Getränke ausgekippt wurden, zeigt der Teppich sein wahres, flauschiges, himmelblaues Gesicht. Genau aus dem Grund haben wir im Heim keinen Teppich in den Gemeinschaftsräumen. Bei uns würde zwar niemand mit der Zigarette ein Loch reinbrennen oder seinen Bacardi auskippen, aber auch ein verschütteter Hagebutten-Tee hinterlässt Spuren. Vielleicht sollte ich »Vladi« das Verlegen von Parkett oder Laminat nahelegen, wegen der vielen Flecken. Das haben wir im Haus Sonnenuntergang gemacht und es nicht bereut. »Oder PVC«, denk ich, als ich plötzlich den riesengroßen dunkelroten Fleck unter dem Schreibtisch erblicke, der hoffentlich nur vom Rotwein ist.

Vor dem Fenster steht ein völlig zugemüllter Tisch. Leere Schnapsflaschen, Cola-Dosen, ein Aschenbecher, der vor lauter Zigarettenstummeln überquillt, und mehrere benutzte Kaffeetassen stehen vor dem vergilbten 90er-Jahre-Monitor eines Computers. Daneben liegen zwei Handys, von denen eins klingelt, was aber scheinbar keinen interessiert. An den Wänden hängen Schwarz-Weiß-Bilder von Frauen in eindeutigen Posen, die betörend in die Kamera schauen. Keine kommt mir bekannt vor. Ich muss bei der Unordnung an Seiferts Zimmer denken und werde wehmütig. Ach, wie gern wäre ich jetzt dort. Alles besser als das hier.

Dann kommen wir in eine kleine Kaffeeküche, sie ist nur durch einen gammeligen rosafarbenen Plastik-Vorhang mit kitschigen Blumen drauf vom Büro getrennt. Hier sieht es nicht viel einladender aus als im vorderen Teil. Im hellen Neonlicht sitzen an einem Campingtisch zwei (sehr!) leicht bekleidete Frauen, die scheinbar schon Schichtende haben, im Gegensatz zu mir (Mit dem Unterschied, dass ich selbst nach der Nachtschicht noch ä bissle frischer aussehe und vor allem ä bissle mehr anhab. Hahaha ...). Sie tragen schwarze Miniröcke aus glänzendem Stoff, der mich an die abwaschbare Tischdecke meiner Mutter erinnert, die sie im Sommer auf den Terrassentisch legt. Als ich sie so mustere, fällt mir auf, dass die Netzstrumpfhose der Blondine ein riesiges Loch am Oberschenkel hat. Ich überlege kurz, ob ein rabiater Kunde den Schaden verursacht hat oder sie vielleicht nur mit einem ihrer fünf Ringe dran hängen geblieben ist. Das ist mir mal passiert: Ich will die Tür von Otterles Büro aufmachen und bleib beim Rausgehen mit dem Ärmel am Türgriff hängen. Dabei reiß ich mir ein riesiges Loch in den Kittel. Alle haben mich gefragt, ob Otterle handgreiflich geworden wär, weil ich auch noch einen blauen Fleck an der Stelle gekriegt hab. Da hätte ich ihn schön reinreiten können – aber so was mach ich natürlich net. Meine Eltern ham mir vielleicht net viel beigebracht, aber Anstand und Ehrlichkeit gehörten dazu. Lügen haben kurze Beine. Und meine sind ja relativ lang.

Aber zurück ins *Moulin Rouge*: Obenrum tragen beide nur einen roten, durchsichtigen BH. Ihre Pumps liegen unter dem Tisch verstreut. Ich tippe auf Osteuropäerinnen, denn sie trinken Wodka in großen Schlucken aus einer Flasche, die auf dem Tisch steht. Wenn sie gerade mal nicht trinken, ziehen sie hektisch an einer Zigarette. Außerdem sprechen sie mit »Vladi« in einer Sprache, die ich net versteh, die für mich aber wie Russisch klingt.

»Hallo, ich bin die Sybille, ich möchte gern unseren Senior abholen, den Herrn Bellis!«

Die Dunkelhaarige mit der verlaufenen Schminke und den Augenringen, die Derrick zur Ehre gereichen würden, nickt jetzt in meine Richtung.

»Ah, ja. Wir haben gesprochen an Telefon.«

»Olga, richtig?«, frage ich vorsichtig.

»Da. Äh, ja. Warten Sie, ich hole ihn. Er schläft.«

»Er schläft?«

»Ja, war müde. Liegt drüben auf Sofa.«

Sie macht die Zigarette aus und schlurft in ein weiteres Zimmer, dessen Tür ich eben erst entdecke. Ich stehe etwas unbeholfen im Raum rum. Niemand sagt was. Um die unangenehme Stimmung etwas aufzulockern, versuche ich es mit Small Talk: »Und, wie läuft's so? Viel zu tun?«

Der Russe und die Blondine schauen mich mit eisigen Blicken an. Okay, war wohl die falsche Frage. Ich hab mal gehört, wenn das Gegenüber net reagiert, soll mein einfach was von sich erzählen.

»Also bei uns isch heut die Hölle los. Mir sind ja nur zu zweit, also die Evelyn und ich. Und mir ham 33 Senioren, uff die mir bei der Nachtschicht uffpassen müssen, und ständig wird geklingelt … Hier sind's ja net ganz so viele …« Ich lache albern.

Keiner lacht mit. Vielleicht haben sie mich auch gar net verstanden. Ich lass es bei dem einen Versuch bewenden, denn wenn Blicke töten könnten, wäre ich schon doppelt, ach was, dreifach tot.

Die Tür vom Nebenzimmer geht mit einem lauten Schlag auf. Herein taumeln ein vom Schlaf benommener Herr Bellis (angezogen!) und die betrunkene Olga, die wahrscheinlich schon eine halbe Flasche Wodka intus hat. Sie hat seinen Arm um ihren Hals geschwungen, damit sie ihn besser stützen kann. Ich eile ihr sofort zu Hilfe und übernehme.

»Herr Bellis, was machen Sie denn für Sachen? Mir gehen jetzt zusammen zum Auto! Okay?« Ich versuche, einen ruhigen Ton anzuschlagen, denn die Erfahrung hat gezeigt, dass er nur dann mitgeht und nicht völlig ausrastet, wenn man selbst cool bleibt. »So, kommen Sie. Ich bring Sie jetzt wieder ins Haus Sonnenuntergang!« Herr Bellis sieht das offensichtlich anders. Er schüttelt energisch den Kopf und befreit sich aus meinem Griff. Dann steuert er wieder auf die Tür zu, aus der er kam.

Aber nicht mit »Vladi«! Der hat von der nächtlichen Seniorenbetreuung offensichtlich die Nase voll und schnappt sich kurzerhand Herrn Bellis mit dem Satz: »Ich bringe runter!«

Bellis, überrascht, aber nicht wehrlos, kämpft wie der besagte Tiger im Gehege, in dem er nicht sein möchte. Er tritt und boxt und beißt den Russen schließlich in den Arm. Der hat seine liebe Not, den zappelnden Senior im Zaum zu halten. In einem kurzen Moment der Unaufmerksamkeit schnappt sich Bellis dann die Wodkaflasche und haut sie ihm mit Schwung über den Kopf. Ich kann net glauben, was ich grad seh. »Vladi« lässt

Bellis daraufhin los und geht zu Boden. Blut läuft über seinen haarlosen Schädel. Ach du liebe Zeit! Mein erster Gedanke ist nur: »Hoffentlich isch er net tot!« Ich gucke, ob ich irgendwo in dem Chaos einen Erste-Hilfe-Kasten erblicken kann, muss aber erst Bellis beruhigen, bevor er noch mehr randaliert. Wahrscheinlich hat er seine Tabletten wieder net genommen.

Die beiden leicht bekleideten Damen sind leider auch keine große Hilfe. Sie schreien wie am Spieß und flüchten aus dem Zimmer.

Ich lege dem lädierten Russen ein Geschirrhandtuch über den Kopf, was ich neben der Spüle finde. Es ist zwar nicht ganz sauber, erfüllt aber für den Moment seinen Zweck. Herrn Bellis binde ich mit einem Seil fest, das ich neben rosa Plüschhandschellen und diversen Peitschen im Wandschrank finde.

Einmal abführen bitte!

Als die Polizei eintrifft, bin ich grad auf dem Klo. Ich höre durch die geschlossene Tür lautes Stimmengewirr und Gepolter und überlege kurz, ob ich mich einfach in der Toilette verschanze, bis sie wieder weg sind. Aber dann fällt mir der gefesselte Bellis ein, den ich unmöglich in seinem Zustand allein lassen kann. Wahrscheinlich hat Olga Hilfe gerufen, weil mein gemeingefährlicher Senior und ich randaliert haben. Das könnte jetzt richtig Ärger geben.

Körperverletzung, Hausfriedensbruch, und ich krieg noch eine Anzeige wegen Verletzung der Fürsorgepflicht. Na bravo! Danke, Herr Bellis.

Als ich zurück in die Kaffeeküche komme, in der eben noch Olga und ihre Kollegin saßen, erblicke ich als Erstes Peter Spielmann. Er ist der Sohn von unserer Frau Spielmann und schon ewig bei der Polizei in Ludwigsburg. Immer wenn er seine Mutter besucht, halten wir ein kurzes Pläuschchen. Peter ist nur ein paar Jahre älter als ich, und Frau Spielmann ist wahnsinnig stolz auf »ihren Peter«, der immer Verbrecher jagen muss, wie sie sagt.

»Sybille, du liebe Zeit, wo bist du denn hier reingeraten? Die Evelyn hat uns verständigt, weil du dich nicht zurückgemeldet hast!« Er schaut mich vorwurfsvoll an.

»Ach so, die Evelyn hat angerufen!«, entfährt es mir.

Herr Bellis, der von der Polizei losgebunden wurde, sitzt jetzt mit gesenktem Kopf auf dem Stuhl, auf dem eben noch die Blondine saß, und gibt irgendwas zu Protokoll, was eine junge Polizistin auf ihrem Notizblock aufschreibt.

Zwei weitere Polizisten führen »Vladi«, der eine riesige Platzwunde am Kopf hat, in Handschellen ab. Er brüllt abwechselnd was auf Russisch und Deutsch, und ich verstehe nur ein paar Wortfetzen, aber die sind nicht besonders freundlich: »Opa ist schuld! Er ist gefährlich, nehmen Sie ihn fest!«, und dann zeigt er mit dem Kopf in Richtung von Herrn Bellis. Die Polizisten schieben ihn lachend mit einem »Jaja, natürlich, der Opa ist der Gefährliche hier, ist klar!« aus dem Raum. Er tut mir fast ein bisschen leid.

»Wir müssen jetzt wirklich zurück ins Heim, Peter, ich hab doch Nachtdienscht, und die Evelyn isch ganz allein!« Ich bete, dass Bellis keinen Quatsch erzählt hat, aber er ist ja zum Glück nicht ganz zurechnungsfähig.

»Na klar, Sybille«, sagt Peter jetzt und lächelt mich an. »Wir haben den Laden schon länger im Auge, war ganz gut, dass wir auf diese Weise mal Zugang gekriegt haben. Hier läuft einiges nicht ganz so legal. Ihr hattet echt wahnsinniges Glück, mit der Russenmafia ist nicht zu spaßen! Nächstes Mal rufst du bitte vorher an.« Russenmafia! Er hat Russenmafia gesagt. Du liebe Zeit. Das erzähl ich am besten net meiner Mutter – die kriegt einen Herzinfarkt. Ich schlucke und nicke dann schuldbewusst.

Peter und die junge Kollegin helfen Bellis die steile Treppe runter. Ich trotte hinterher. Unten ist es totenstill. Keine Spur mehr von der Partystimmung und den betrunkenen Gästen, die dem Raum eben noch Leben eingehaucht haben. Die Bar ist wie leergefegt. Halb volle Gläser stehen auf der Theke, und zwei Barhocker liegen quer im Raum. Kein Sex on the Beach, kein Stefan, kein Sugardaddy. Die Gäste haben wohl fluchtartig das *Moulin Rouge* verlassen, als die Polizei kam. Der Einzige, der noch da ist, ist der Musiker mit dem Saxophon, der beim Anblick der Beamten hektisch sein Instrument einpackt.

Als wir rauskommen, blinkt immer noch die Warnblinkanlage an Evelyns Toyota. Dahinter stehen jetzt zwei silberblaue Polizeiautos mit eingeschaltetem Blaulicht, das die ganze Straße erhellt. Die beiden Limousinen, die ich eingeparkt habe, stehen noch als einzige auf dem Parkplatz. Ihre Besitzer lauern bestimmt irgendwo um die Ecke und warten, bis die Luft rein ist.

Herr Bellis, der auf dem Weg zum Auto von Peter gestützt wird, stammelt nur: »Der Russe hat es so gewollt!« Peter wirft mir einen vielsagenden Blick zu, nach dem Motto »Der ist aber ganz schön verwirrt« und tätschelt Bellis dann väterlich den Arm. »Sie können gar nix dafür, Herr Bellis. Das sind böse Leute!«

Bei dem Satz muss ich mich extrem zusammenreißen, dass ich net laut loslache. Wenn DER wüsste! Bellis, genannt »die fliegende Wodkaflasche«, hat schließlich dem Russen eins übergebraten und net umgekehrt. Mein Mitleid hält sich trotzdem in Grenzen, der Typ schien auch net gerade ein Unschuldslamm zu sein. Was für ein Abend! Ich bin froh, wenn wir heil aus der Sache rauskommen und endlich zurück im Heim sind. Peter verfrachtet Herrn Bellis ins Auto und winkt uns noch hinterher.

Es ist inzwischen 0.20 Uhr. An der Bushaltstelle stehen immer noch die Buben, die ich vorhin nach dem Weg gefragt habe. Sie nehmen keinerlei Notiz von mir.

Als ich auf die Landstraße Richtung Pfleidelsheim abbiege, schnarcht ein müder Herr Bellis neben mir auf dem Beifahrersitz. Aus Evelyns CD-Player tönt wieder Bob Marley mit »No Woman No Cry«. Wie passend, denk ich mir, und sing wieder lautstark mit.

Kapitel 5

Der Maulwurf

Zwei Tage später ereilt uns schon die nächste Hiobsbotschaft:

Unsere WhatsApp-Gruppe hat einen Maulwurf! Es ist jetzt zum dritten Mal passiert, dass Otterle an geheime Informationen gekommen ist, die er gar nicht wissen konnte und sollte (Dienstplan-Gemeckere etc.). Und Otterle ist definitiv nicht Teil der Gruppe!

Evelyn, Ute und ich haben uns heut früh um zehn im *Café Schnäbele* verabredet, um zu überlegen, wie man am besten vorgeht.

In einem Thriller mit Al Pacino hatten sie neulich das gleiche Problem. Der Maulwurf war im Team vom Los Angeles Police Department, und sie mussten ihn dringend finden. Okay, es gibt ein paar kleine Unterschiede.

Sie haben sich net bei Latte Macchiato und Apfelkuchen getroffen.

Al Pacino hatte keinen kläffenden Bobo dabei, der die Kellnerin in den Schuh gebissen hat, und wir haben (bisher) net vor, den Maulwurf mit einem Schnellfeuergewehr zu »eliminieren«.

»Ich will einfach nur wissen, wer es ist!«, sagt Evelyn und scrollt noch mal den Gesprächsverlauf der letzten Gruppen-Nachricht durch.

»Milena vielleicht?« Ute guckt uns fragend an.

»Einerseits würd ich sagen Ja, weil sie ja totalen Respekt vorm Otterle hat, was ich absolut net verstehen kann …« Wir lachen kurz. »Andererseits …«, fahre ich nach einer kurzen Pause fort, »würde sie des nie machen. Dazu hat sie viel zu viel Angst vor den Konsequenzen. Die will doch auch ein gutes Arbeitsklima!« Evelyn und Ute nicken zustimmend. Wir gehen chronologisch alle Gruppenmitglieder durch:

»Cat? Nee, oder? Die redet zwar supergern, aber die ist auch extrem kameradschaftlich.«

»Nee, Cat im Leben nicht!«

»Und Steffi?«, hake ich nach.

»Die ist zu faul, um als Whistleblower in Frage zu kommen, das ist doch zusätzliche Arbeit. Der ist es doch schon zu viel, an zwei Tischen Tee einzuschenken. Alle, aber nicht Steffi!«

»Für Claudia lege ich meine Hand ins Feuer!«, sagt Ute jetzt. »Die weiß Sachen von mir, die wollt ihr gar nicht wissen. Und die schweigt wie ein Grab!« Sie lacht jetzt schallend laut, sodass sogar die Leute am Nebentisch irritiert zu uns rübergucken. Ute und Claudia kennen sich schon seit der Kindheit und unternehmen auch privat gern was zusammen.

Claudia ist auch die Einzige, die »Bobo, die Kampfmaschine« anfassen kann, ohne dass ihr gleich der halbe Arm abgebissen wird. Liegt wahrscheinlich daran, dass sie immer irgendein Leckerli in der Tasche hat. Vielleicht sollte ich das auch mal probieren – andererseits lässt er einen dann nicht mehr in Frieden, weil er bei jeder Bewegung, die man macht, denkt, man zückt was aus seiner Jacke. Hinzu kommt, ich hab null Erfahrung mit Hunden, ich wüsste gar nicht, was man da so kauft. Bobo ist ja superwählerisch. Ute hat erzählt, dass er sogar die Fleischwurst von der Metzgerei Bollinger verschmäht, und die schmeckt sensationell lecker. Wird also schwierig.

Übrigens: Schokolade dürfen Hunde auf keinen Fall fressen. Das kam neulich in einer Doku. Da hatte ein Hund eine ganze Tafel verschlungen und musste dann in die Tierklinik. Da ist irgendwas drin, was Hunde net vertragen. Hab vergessen, was es war. Ich muss aber zugeben, nach einer Tafel Schokolade ist mir auch immer ganz schlecht.

Nachdem wir die restlichen Mitarbeiter inklusive Sascha, Küchenpersonal und einigen Pflegekräften aus Nordcorega durchgegangen sind, ruft Evelyn plötzlich »BEATE« und erinnert mich mit ihren zusammengekniffenen Augen ein bisschen an Miss Marple. »Die will doch immer alles haarklein wissen. Und der trau ich auch zu, dass sie der Wachhund vom Otterle ist!«

»Na klar!«, sag ich jetzt überzeugt. »Dass wir da net gleich draufgekommen sind!«

Ich bin mir net sicher, ob ich Beate wirklich so was zutraue oder ob ich einfach nur WILL, dass sie es ist, weil sie mich immer auf dem Kieker hat.

»Aber Beate hatte mit Otterle auch schon Beef, als sie die falschen Spritzen bestellt hat …«, gibt Ute zu bedenken.

»Die hatte was?«, hake ich nach.

»Na, Beef!«, wiederholt sie jetzt und guckt mich dabei an, als wäre es das Normalste von der Welt, dass man mitten in einem Satz einfach das Wort »Rindfleisch« sagt.

Evelyn merkt, dass ich auf dem Schlauch stehe, und klärt mich auf: »Das ist so ein Modewort, was die Jugendlichen sagen: BEEF. Heißt so was wie Ärger, Stress.«

»Aha«, entgegne ich kurz und beschließe, mir das Wort zu merken, damit ich auch etwas jugendlicher wirke, wenn ich mal wieder mit Leuten zusammen bin, die halb so alt sind wie ich.

Ute hat das Wort wahrscheinlich von einem ihrer Söhne, dem Marvin oder dem Tobias, die sind jetzt 13 und 15 und pubertieren, was das Zeug hält. Da beneide ich sie übrigens net. Teenager sind anstrengender als Babys und Senioren zusammen. Entweder sie reden gar net, oder wenn sie reden, haben sie so einen pampigen Tonfall. Soll wohl cool wirken. Manchmal kommen die Buben kurz im Heim vorbei, um den Schlüssel von Ute zu holen oder sich Geld zu leihen, dann kriegen sie nicht mal den Mund für ein »Hallo« auf.

Den Jüngeren von beiden, den Marvin, hab ich mir neulich vorgeknöpft. »Des heißt, ›Hallo, Sybille, sag mal, kannst du mir netterweise sagen, wo meine Mama isch?‹ und net ›Ey, wo ist meine Mutter‹.« Da hat er ganz schön dumm aus der Wäsche geguckt. Hat aber nix genutzt. Beim nächsten Mal ist er einfach stumpf an mir vorbeimarschiert und hat Steffi gefragt. Die hat genauso pampig geantwortet: »Ey, das weiß ich doch nicht, du Honk.«

»Ich würde aber trotzdem auf Beate tippen!«, fahre ich fort. »Die hat uns schon öfter reingerissen im Meeting.«

Wir schweigen für ein paar Sekunden. Evelyn starrt gedankenversunken an die Wand. Nur das laute Abräumen der Kellnerin am Nebentisch unterbricht die Stille.

»Wisst ihr was?«, sagt Ute nach einer gefühlten Ewigkeit. »Wir stellen dem Maulwurf eine Falle und gucken, was passiert.«

»Aber wie?«, frag ich.

»Die Sache mit dem vermissten Bellis und der Randale im *Moulin Rouge* vorgestern, wer weiß alles davon?«

»Na, du, Evelyn, Milena und ich!«, zähle ich mit meinen Fingern auf.

»Und halb Pfleidelsheim, weil du in die Live-Sendung vom Steffen Riedlinger geplatzt bist«, fällt mir Evelyn ins Wort und rollt albern die Augen.

»Oh, nein, stimmt. Das hatte ich schon verdrängt. Aber dafür hätte es zwei Metallica-Tickets gegeben, wenn ich gewollt hätte!« Evelyn zeigt mir einen Daumen hoch und lacht. Ute beißt nervös auf ihrem Fingernagel rum.

»Gut, das fällt also schon mal aus, das kann Otterle tatsächlich auch von jemandem anderen erfahren haben. Da wird er dich übrigens garantiert heute beim Spätdienst drauf ansprechen, falls ihm das zu Ohren gekommen ist. Das ist dir schon klar, Sybille?« Ute schaut mich mahnend an.

»Du, ich hatte meinen Skandal! Schon vergessen? Ich bin Senioren-Speed-Dating-erprobt, was soll er schon sagen? Da hat er mich auch net vor die Tür gesetzt, und das wäre eher ein Grund gewesen. Andererseits – ich könnte auch nackt mit den Senioren durch Pfleidelsheim laufen, solange uns Pflägekräfte fehlen, schmeißt der keinen raus.«

Evelyn nickt zustimmend. Im Fall Bellis bin ich nun wirklich unschuldig. Konnte ja keiner wissen, dass der so austickt. Und außer Bellis, dem Russen und mir weiß auch keiner, wie es wirklich war. Alle denken, dieser »Vladi« ist auf Bellis losgegangen und nicht umgekehrt. Das ist die offizielle Version, die ich allen erzählt habe und die ich gern selbst glauben will.

Ute nickt und schiebt sich zufrieden das letzte Stückchen Apfelkuchen, das noch auf ihrem Teller liegt, in den Mund. »Und wenn wir was völlig Banales nehmen? Schwangerschaft ist doch immer gut. Irgendjemand ist schwanger.«

»Aber wer?«, wirft Evelyn ein.

Ich mache eine abwehrende Handbewegung. »Bitte net ich. Des glaubt mir kein Mensch!«

Wir überlegen eine Weile und entscheiden uns dann für Cat. Die hat schon ewig ihren Marco, und es klingt plausibel, wenn die plötzlich mit einer solchen Nachricht überrascht.

»Müssen wir es ihr nicht sagen, dass sie als Köder für den Maulwurf dient?«, fragt Evelyn unsicher.

»Nee, keiner darf davon wissen!«, flüstert Ute jetzt, als würde uns im *Café Schnäbele* irgendjemand belauschen.

»Dann ist es aber nicht so schlau, es in die WhatsApp-Gruppe zu schreiben!«, gebe ich zu bedenken. »Da lesen es ja alle. Auch Cat.«

»Nee, natürlich nicht, Sybille. Noch wissen wir ja auch gar nicht, ob es Beate ist. Das ist ja nur ein Test. Lass mich das mal machen. Ich hab morgen Frühdienst mit Beate und werd das Gerücht ganz beiläufig streuen und sie um absolute Geheimhaltung bitten!«

»Perfekt!«, sagen Evelyn und ich fast gleichzeitig.

Wir freuen uns wie die Schneekönige über unsere Maulwurf-Falle, klatschen uns noch ab wie Gangster-Rapper und zahlen dann unseren Kaffee und Kuchen (echte Gangster-Rapper wären wahrscheinlich einfach gegangen, ohne zu zahlen).

Bevor wir uns vor der Tür vom *Café Schnäbele* verabschieden und jeder seiner Wege geht, will ich noch eine Sache wissen: »Angenommen, es isch Beate, was machen wir dann mit ihr?«

Ich muss an den Maulwurf denken, der am Ende des Films mit Al Pacino in einer einsamen Seitengasse in einer riesigen Blutlache lag.

»Das überlegen wir uns dann«, sagt Ute, hebt Bobo auf den Arm, winkt kurz und rennt dann durch den einsetzenden Regen zu ihrem Auto.

Blumen für den Russen

Als ich zum Spätdienst im Heim eintrudele, steht Otterle gerade im Eingangsbereich vor dem großen Prospektständer und sortiert akribisch ein paar Flyer, die jemand unbedacht rausgerissen und nicht ordnungsgemäß wieder in das dafür vorgesehene Fach gelegt hat. Mich wundert, dass er es überhaupt macht, denn es sind die Werbeprospekte, auf denen fett »HAUS SONNENUNTERGANG« statt »Haus Sonnenschein« steht. DIE Flyer, die die hochgelobte Werbeagentur aus Stuttgart vor ein paar Monaten so verhunzt hat. »Die kann ich alle in die Tonne kloppen«, hat er damals ins Telefon gebrüllt. Schien ihm dann bei 2000 Stück doch zu verschwenderisch. Seither stehen sie in einem Metallständer plakativ am Eingang. Sogar die große Leuchtschrift an der Außenfassade hat er nicht mehr entfernen lassen wie angedroht. Ich find, die sieht ganz hübsch aus. Das »O« von Sonnenuntergang ist als einziger Buchstabe in Gelb gehalten und stellt eine untergehende Sonne dar. Er würde es nie zugeben, aber ich glaub, mittlerweile hat er sich ganz gut mit dem von mir erfundenen Namen arrangiert.

Abgelenkt wird Otterle ständig von den Senioren, die ihm abwechselnd irgendwelche absurden Fragen stellen oder von ihren neuesten Wehwehchen erzählen. Der Platz vorne an der Eingangstür ist sehr beliebt, weil man von da aus gut beobachten kann, wer alles rein- und rausgeht. Wir haben vor Jahren zwei gepolsterte große Bänke hingestellt, und seitdem ist das der Treffpunkt für die Senioren zwischen Mittagsschläfchen und Kaffeetrinken. Hier gibt es immer den neuesten Klatsch und Tratsch.

»Jetzt weiß ich natürlich nicht, ob die Kasse das wohl zahlt, Herr Otterle«, fährt Frau Bäuerle in ihrer Geschichte fort, die sie angefangen hat, bevor ich dazukam.

»Was meinen Sie?« Otterle, der sich so überhaupt nicht für das offene Bein von Frau Bäuerle interessiert, das sie ihm zu Demonstrationszwecken sogar freigelegt hat, dreht sich nicht mal zu ihr um, als er antwortet. Er starrt konzentriert auf den Prospektständer.

»Tja, das kann ich Ihnen leider auch nicht sagen, Frau, äh ... Baumann! Da müssten Sie schon in der Verwaltung fragen. Oder den Arzt. Oder Frau Bullatschek«, sagt er schnell, als er mich kommen sieht.

»Äh, Frau Bullatschek, Frau Baumann möchte wissen ...«

Ich unterbreche ihn: »Sie meinen Frau Bäuerle?«

»Oder so!«

Dass er net sagt: »Ist doch alles das Gleiche!«, wundert mich fast ä bissle.

In diesem Moment kommt Herr Junghans von hinten mit seinem Rollator direkt auf Otterle zugesteuert und fährt ihm fast in die Hacken.

»Frage: Herr Dingens ...«, sagt er jetzt forsch, als er circa zwei Zentimeter vor Otterle abbremst.

»Otterle!«, sagt dieser leicht empört, offensichtlich pikiert darüber, dass sich jemand seinen Namen net merken kann. Ausgerechnet Otterle! Er dreht sich um und macht einen eleganten Schritt zur Seite, sodass er aus der Schusslinie ist, falls der resolute Rentner doch noch mal Gas gibt. »Otterle, richtig!«, wiederholt Herr Junghans und atmet schwer dabei. Scheinbar hat er sich richtig verausgabt, um Otterle noch zu erwischen, denn den kriegen die Senioren relativ selten zu

Gesicht. Meistens verbarrikadiert er sich in seinem Büro. Man merkt Herrn Junghans an, dass ihm eine wichtige Frage unter den Nägeln brennt. Das Lustige ist, dass er selten in ganzen Sätzen spricht, sondern immer nur einzelne Schlagwörter raushaut. Trotzdem versteht man genau, was er will. Er war früher bei der Bundeswehr, und da hat man wohl nicht so viel Zeit für langes Blabla. Kurz, knapp und auf den Punkt.

»Frage: *Moulin Rouge*. Wann findet das wieder statt?«

Ich sehe an Otterles Gesicht, dass ihn an diesem Satz etwas stutzig macht – und das ist das Wort »WIEDER«.

Er mustert Herrn Junghans argwöhnisch, weil er nicht sicher ist, ob der ihn veräppeln will oder ob er sich nur verhört hat.

»Wie meinen Sie das?«

»Na, Ausflug. Sie wissen schon. Oder muss ich auch erst abhauen?«

Jetzt schaut Otterle noch irritierter als vorher.

Mir dämmert, auf was der Senior hinauswill. Wahrscheinlich hat Herr Bellis mit seinem Russen-Abenteuer geprahlt. An der Reaktion von Otterle merke ich aber, dass der offensichtlich nix davon weiß. Zum Glück!

»Der Herr Otterle hat grad gar keine Zeit für so was, wissen Sie! Aber vielleicht kann ich Ihnen ja helfen. Kommen Sie! Ich wollte eh grad nach oben, mein Dienscht fängt jetzt an.« Ich dirigiere den verdutzten Herrn Junghans geschickt Richtung Aufzug und werfe Otterle noch ein gespielt freundliches »Ich kümmere mich drum!« zu.

Als wir im Aufzug stehen, fragt der Senior noch mal: »Also, was ist jetzt? Ausflug. *Moulin Rouge*? Im Fernsehen haben Sie doch neulich gesagt, das findet statt. Und dann höre ich, dass der alte Bellis längst da war. Warum sagt einem keiner Bescheid? Hier funktioniert die Befehlskette aber überhaupt nicht.«

Befehlskette, soso. Das Wort hat er wohl noch aus seinem alten Beruf zurückbehalten. Eigentlich fehlt jetzt nur noch, dass er sagt: »Gefreite Bullatschek! ABTRETEN«, und ich müsste sagen »Aye, aye, Sir« und salutieren. Aber wir sind ja zum Glück nicht beim Bund (obwohl man beim Bund bestimmt nicht Aye, aye, Sir sagt). Und so lege ich ihm beruhigend die Hand auf die Schulter mit den Worten: »Mal gucken. Des mit Herrn Bellis war so net abgesprochen. Des war noch gar net der offizielle Ausflug. Sie kriegen rechtzeitig Bescheid!«, schwindele ich und hoffe, dass er es bald vergessen hat. Scheinbar reicht ihm diese Antwort. Als der Aufzug im ersten Stock hält, steigen wir beide aus. Er biegt mit seinem Rollator nach rechts auf den Flur ab in Richtung seines Zimmers, und ich renne in die Umkleide. Es ist Übergabe, und ich bin wie immer die Letzte.

Kurz vor sechs gibt es dann noch eine Überraschung, mit der ich so gar net gerechnet hab. Ich sitze grad im Speisesaal und schneide Frau Grube ihr Brot klein. Noch kleiner, als es die Küche eh schon vorbereitet hat. »Frau Bullatschek, ich hab doch kein Maul wie ein Nilpferd! Was denken die sich? Wer soll diese großen Brocken denn essen?« Dann schiebt sie mir bockig den Teller rüber. Ich finde, die Stückchen sind genau richtig. Aber ich hab auch keine dritten Zähne, die mir ständig rausfallen. Mit 100 ist eben alles nicht mehr ganz so leicht. Nachdem ich die kleinen Stückle in noch kleinere geschnitten hab, stell ich ihr den Teller neben ihren Früchtetee. »So gut?«

Sie lächelt zufrieden und streichelt mir über den Handrücken. »Danke!«

Das sind die Momente, die einen erfüllen.

Evelyn, sagt in einem solchen Moment immer, wenn jemand sein Brot so winzig geschnitten haben will: »Barbie hat angerufen, sie will ihr Brot zurück!« Und dann lachen wir blöd. Ist ein Insider-Witz. Natürlich hat Barbie net angerufen. Barbie kann erstens gar net anrufen, und zweitens muss Barbie so sehr auf ihre Wespentaille achten, die isst doch kein Wurstbrot.

Als ich von Frau Grubes Tisch aufstehe, lehnt plötzlich Peter Spielmann mit einem riesigen Blumenstrauß in der Tür. Ich denk zuerst: »Oh nein, seine Mutter hat bestimmt Geburtstag, und wir haben es vergessen!«

Das passiert in letzter Zeit leider häufig, weil Steffi am Computer an der Tabelle mit den Geburtstagen rumgespielt hat, und jetzt ist alles verschoben. Bei jedem Geburtstag musst du jetzt zwei Monate und elf Tage dazurechnen, dann hast du das richtige Datum. Ist für einen Computerfachmann wahrscheinlich nur ein einfacher Knopfdruck, das zurückzustellen, aber da wir keine Ahnung davon haben, stürzt es uns ins totale Chaos. Deshalb geht momentan geburtstagstechnisch einiges schief. Für Frau Richard haben wir neulich gesungen und Fotos gemacht, sogar einen Diabetiker-Schokoladen-Kuchen hat sie von der Küche gekriegt. Was für ein schönes Fest! Alle haben gratuliert. Dann sagt sie ein paar Wochen später, sie hätte wieder Geburtstag. Ich dachte erst an eine beginnende Demenz. Ich hab ihr dann die Fotos auf meinem Handy gezeigt, wie sie so schön die Kerzen auf dem Kuchen ausbläst.

»Ja, das war ganz toll, aber ich hatte gar nicht Geburtstag. Ich dachte, das ist ein Scherz, so was haben sie neulich bei der Versteckten Kamera im Fernsehen auch gemacht. Ich wollte Ihnen den Spaß nicht verderben, deshalb hab ich mitgemacht.«

Ute und Claudia sind mittlerweile auch schon Profis im »Natürlich-wusste-ich-dass-Ihre-Mutter-heute-Geburtstag-hat«-Vorgaukeln, wenn unvermittelt die Familie und der halbe Ort zum Gratulieren vor der Tür stehen.

Der Einzige, der neulich ins Fettnäpfchen getreten ist, ist Otterle. Natürlich!

Der Männergesangsverein stand im Hof, um Herrn Maurer zum 80. ein Ständchen zu trällern. Okay, eine halbe Stunde war vielleicht bissle lang. Otterle wusste aber nicht, wo die Musik herkommt, ist irgendwann rausgerannt und hat gerufen: »Können Sie nicht mit diesem Gejaule aufhören? Ich versuche hier zu arbeiten!« Sein Gesicht war unbezahlbar, als er gehört hat, dass es ein Geburtstagsständchen war. Von den verdatterten Gesichtern der Männer vom Gesangsverein, als des Wort »Gejaule« fiel, mal ganz zu schweigen. Tja, Herr Otterle, so wird des nix mit dem ›Heim des Jahres‹. Hahaha.

Aber zurück in den Speisesaal zu Peter Spielmann und den Blumen.

Ich weiß, dass seine Mutter heute garantiert net Geburtstag hat, sonst hätte sie nämlich den rosa Kaschmir-Pullover an. »Das ist mein Geburtstagspullover«, hat sie mir mal erklärt. »Den hat mir mein Mann 1986 in Florenz gekauft.« Und der Geburtstagspullover kommt auch nur einmal im Jahr aus dem Schrank. Da ich sie heute aber in einer lindgrünen Bluse beim Nachmittagskaffee gesehen hab, ahne ich, dass die Blumen nicht für sie sind.

»Die sind für dich, Sybille!«, sagt Peter jetzt und streckt mir den riesigen, bunten Blumenstrauß entgegen.

»Für mich?«, frage ich verdattert.

Frau Grube ruft ganz entzückt mit halb vollem Mund: »Die sind aber schön. Sind Sie ein Verehrer?«

»Nein, ich bin von der Polizei. Frau Bullatschek hat uns geholfen, ein paar ganz üble Verbrecher zu fangen!«, erklärt er ihr jetzt, als wäre sie fünf und nicht 100.

»Ja! Die kann das, die Frau Bullatschek. Das glaub ich. Die kann das«, murmelt sie in sich hinein. »Mein Brot hat sie auch geschnitten.«

»Ja, noch einen guten Appetit!«, sagt Peter überdeutlich und lächelt Frau Grube an, ein ehrliches, nett gemeintes Lächeln. Nicht so ein Fake-Otterle-Lächeln. Dann bedeutet er mir, mit auf den Flur zu kommen.

»Du, ohne deine Aktion im *Moulin Rouge* hätten wir den Clan niemals schnappen können, Sybille. Auch noch mal ein herzliches Dankeschön an deinen mutigen Senior!«

Ich hoffe, dass er gleich noch sagt, dass ich zur Belohnung nicht nur die Blumen, sondern auch Immunität für Strafzettel auf Lebenszeit kriege. Das könnte ich gut gebrauchen. Schon drei Knöllchen diesen Monat. Aber es bleibt bei den Blumen. Na ja. Immerhin.

»Ach so, noch was, was du vielleicht in dem Zusammenhang wissen solltest: Wir können noch nicht sagen, wie lange wir den russischen Verdächtigen und seine Kumpels vorerst in U-Haft behalten können. Ich dachte nur, ich sag es dir. Nicht dass du dich wunderst, falls du diesen Piotr Malinkowski irgendwo in der Stadt siehst.« Peter lacht jetzt, als hätte er einen guten Witz gemacht. Mir ist gar nicht zum Lachen. »Vladi« heißt also in Wirklichkeit Piotr und könnte in Kürze vor meiner Haustür stehen. Ich brauche eine Waffe. Oder zumindest eine Wodkaflasche, die ich ihm überziehen kann.

Kapitel 6

Senior Assistent Manager on Duty!

Piotr Malinkowski stand letzte Nacht an meinem Fenster und hat ständig mit seinem russischen Akzent gerufen: »Iech kriege dich, du verlogene Pflegetussi! Iech kriege dich!« Und dann hat er mit einem riesigen Messer in der Hand so eine Bewegung gemacht, als würde er mir die Kehle aufschlitzen. Ich hab versucht, zu flüchten, und wollte runter zu den Kotterers rennen, um Hilfe zu holen, hab geschrien wie verrückt, aber irgendwie kam kein Geräusch aus meinem Mund. Leon und Luca haben mir dann mal wieder net aufgemacht, und ich hab wie in einem Horrorfilm an die Tür gebollert und immer geschrien: »Macht endlich auf, ihr kleinen Scheißer! Der bringt mich um!«

Als die Tür dann endlich aufgegangen ist, standen da aber net die Zwillinge, sondern der komische Sugardaddy aus dem *Moulin Rouge* in seinem weißen Bademantel. Er hat mich ganz lüstern angeguckt und gesagt: »Endlich weißscht du, dass ich unter dir wohne, ich hab schon auf dich gewartet!« Ich hab ihn dann kurzerhand die Treppe runtergeschubst (ging net andersch), und er lag bäuchlings im Treppenhaus neben den Fahrrädern. Dann hat plötzlich mein Handy geklingelt. Ich wusste, es war der Peter Spielmann, der mich retten wollte, aber ich konnte das Telefon partout nirgends finden. Ich hab die ganze Wohnung abgesucht. Es hat geklingelt und geklingelt.

Irgendwann bin ich dann schweißgebadet aufgewacht.

Natürlich war es nur ein Traum, aber es zeigt, wie sehr mich das Ganze verfolgt. Es ist natürlich total unrealistisch, dass Piotr Malinkowski am Fenster steht, denn ich wohn ja im zweiten Stock.

Das Telefon hat aber tatsächlich geklingelt. Mama. Um 7.30 Uhr! Nur, um mir wieder zu sagen, wer gestorben ist. Meine Mutter liebt die Todesanzeigen im Pfleidelsheimer Tageblättle, das ist immer das Erste, was sie beim Frühstück liest. Die meisten Leute kenn ich gar net, und ehrlich gesagt interessiert es mich auch net.

»Der Günter Weidemann! Stell dir vor! Der war jünger als der Papa.«

»Na ja, vielleicht war er ja krank!«

»Nee, der hat immer samstags sein Auto gewaschen. Immer.«

Gut, die Logik erschließt sich mir zwar net, aber ich hab um die Uhrzeit keine Lust auf Grundsatzdiskussionen mit meiner Mutter.

»Die Kinder sind übrigens gar net erwähnt in der Anzeige! Ganz komisch, Sybille! Der eine Sohn isch ja in Australien. Vielleicht hatten die kein gutes Verhältnis? Er, also der Günter, war ja immer nett, hat immer gegrüßt. Aber seine Frau! Die isch eine wahnsinnig anstrengende Person.«

»Wie bei uns«, denk ich so bei mir, sag aber nix.

»Wenn es den Papa und mich mal erwischt, dann will ich aber, dass du und dein Bruder eure Namen in die Anzeige setzt. Die Leute sollen net denken, dass mir Streit gehabt hätten oder so. Und vielleicht hascht du ja bis dahin auch eine Familie. Des würd sich schon gut machen in so einer Anzeige.«

Das meint sie jetzt nicht ernst! Ich soll eine Familie gründen, nur damit ganz Pfleidelsheim einen guten Eindruck von uns hat? Die ist ja schlimmer als der Herr Otterle. Der redet auch den ganzen Tag von »Außenwirkung«.

Vor allem, wer sagt, dass es sie vor mir erwischt? Ich bin schließlich diejenige, die einen gefährlichen Russen auf den Fersen hat. Aber das erzähl ich ihr lieber net. Mama würde auf der Stelle einen Herzinfarkt kriegen. Ich weiß genau, was sie sagen würde: »Sybille, wie konntescht du dich nur mit Verbrechern einlassen. Bischt du wahnsinnig! Und was, wenn der dich uff der Straße erschießt, oder noch schlimmer – entführt!

Mir können kein Lösegeld zahlen, du weißscht, der Papa hat nur seine kleine Rente. Und solche Leute fordern ja immer Millionen, oh Gott, wo sollen mir nur des ganze Geld hernehmen?«

Also schweige ich wie ein Grab (um beim Thema zu bleiben). Ich hör mir an, wer noch alles das Zeitliche gesegnet hat, und lege dann unter dem Vorwand, dass ich noch was Wichtiges erledigen muss, schnell auf. Heute ist tatsächlich was Wichtiges. Um 13.30 Uhr ist mal wieder Meeting. Herr Otterle möchte etwas bekannt geben, zumindest stand es so auf dem Zettel am Schwarzen Brett.

Als ich meine E-Mails checke, trifft mich fast der Schlag. Ich hab eine Nachricht von Pflegeliebe.de: »Momo hat dir eine Nachricht geschickt – logg dich jetzt ein!« Das ist ja der Hammer. Endlich hat mal einer angebissen! Momo! Was für ein schöner Name! Ich mach mir noch einen Kaffee, setz mich ins Wohnzimmer und öffne feierlich die Seite von Pflegeliebe.de.

Blöderweise hab ich mein Passwort vergessen, weil ich so lange nicht mehr online war. Ich probier eins meiner üblichen Passwörter aus. Ich bin ehrlich, ich denk mir nicht für jede Seite, wo ich angemeldet bin, ein neues aus, sondern nehm auch öfter mal des gleiche. Kann sich doch alles kein Mensch merken. Ich tippe ein: Username: Sybille1111. Passwort: Schokoliebe.

»Der Benutzername oder das Passwort ist falsch« erscheint in roten Buchstaben auf dem Monitor. Mist. Ist *Sybille1111* jetzt mein Nutzername oder *Schokoliebe*? Oder hab ich mich doch für *Pflägefeger1988* entschieden? Aber was ist dann das Passwort? (Das mit 1988 ist übrigens ein Trick. Es weiß ja keiner, dass ich net 1988 geboren bin, aber jeder denkt sofort, des wär mein Geburtsjahr.) Nachdem ich es mit Pflägefee2022, Pflägelove123 und SexyStrawberrygirl erfolglos probiert habe, sperrt mich Pflegeliebe.de. »Du hast zu oft einen falschen Namen oder ein falsches Passwort eingegeben. Bitte versuche es in 24 Stunden erneut.«

Neeeeeeeiiiiiiin! Das gibt's doch net! Da krieg ich endlich mal eine Nachricht und kann sie net beantworten. Ich schmeiß den Laptop wütend auf die Couch, sodass er um ein Haar auf den Boden knallt.

Bis morgen muss mir unbedingt einfallen, wie mein Name und mein Passwort sind. Ich überlege fieberhaft. Hatte ich mir das Passwort vielleicht aufgeschrieben? Man soll das ja nicht machen, aber manchmal mach ich es trotzdem. Dann versteck ich den Zettel und weiß hinterher nimmer, wo er ist.

Aber damit bin ich net allein. Meine Senioren haben auch überall Zettel liegen mit irgendwelchen Zahlenkombinationen. Die wissen dann oft nicht mehr, ob es die PIN ihrer Bankkarte, eine Telefonnummer oder ein Geburtstag ist. Keine Ahnung, was schlimmer ist: den Zettel net zu finden oder nimmer zu wissen, wofür die Zahlen stehen.

Um 13 Uhr steh ich wie verabredet mit meinem Auto vor Evelyns Haus und hupe dreimal, damit sie runterkommt. Da wir eh zusammen Spätdienscht haben, passt es ganz gut, dass ich sie schon zum Meeting abhole. Ich warte und warte. Das ist immer das Problem mit der Evelyn: Du sagst eine Uhrzeit, aber sie ist NIE fertig. Anfangs bin ich immer hochgerannt in den dritten Stock, nur um dann im Wohnzimmer zu sitzen, weil sie sich noch ewig schminken muss. Gut, da ist viel zu machen in dem Gesicht, aber es ist auch meine kostbare Lebenszeit. Um 13.10 Uhr kommt sie endlich völlig außer Atem angerannt und steigt mit einem »Sooooorryyyy« in mein Auto. Natürlich weiß sie net, dass ich die zehn Minuten, die sie zu spät kommt, schon einkalkuliert hatte.

»Oh Mann, Evelyn, wir kommen noch zu spät. Der Otterle springt im Quadrat.«

»Jaja, ich weiß, die Uhr ist der beste Freund einer jeden Pflegekraft!« Wir lachen beide über den Satz, denn das ist Otterles Standardspruch, wenn man net rechtzeitig kommt.

Ich hab mich mal erdreistet, zu sagen: »Tja, Herr Otterle, ich hab leider keine Freunde!«

Fand er überhaupt net komisch. Vor allem stimmt es ja womöglich bald nicht mehr, denn schließlich hat mir heute Momo geschrieben. Vielleicht hab ich ja bald einen Freund!

»Ich hab eine neue Nachricht bei Pflegeliebe.de gekriegt!«, platze ich während der Fahrt heraus. »Neue Nachricht« ist leicht übertrieben, denn es ist meine ERSTE Nachricht.

Eigentlich wollte ich das Geheimnis noch net lüften, bis ich diesen Momo wenigstens einmal getroffen hab, aber ich kann so was einfach net für mich behalten. Als Geheimagentin wäre ich völlig unbrauchbar.

»Waaaas! Wie cool ist das denn?« Evelyn fängt sofort an, mich mit Fragen zu löchern: »Wie alt ist er? Wie heißt er? Was macht er? Haarfarbe, Augenfarbe, Größe? Wo kommt er her? Und vor allem: Was hat er denn geschrieben?«

»Ähm. Tja. Leider noch nix. Ich hab mein Passwort vergessen, und jetzt hab ich zu oft das falsche eingegeben, und sie haben mich gesperrt!«

»Nicht dein Ernst?!«

»Doch!«

Nach einer kurzen Pause sagt Evelyn plötzlich: »Aber du nimmst doch eh immer das gleiche. Also, als wir vor ein paar Monaten die Kinokarten online bestellt haben, hast du gesagt, es wäre ›Sybille_mit_der_Brille2000‹.«

Ich bremse vor Schreck abrupt ab. Etwas zu abrupt für den Geschmack meines Hintermanns, denn ich kann im Rückspiegel sehen, wie er mir einen Vogel zeigt und wild gestikuliert.

NATÜRLICH! Das ist mein Nutzername!

Ich erinnere mich, dass ich noch überlegt hab, ob es so schlau ist, im Nutzernamen zu erwähnen, dass man eine Brille trägt, weil manche Männer so was ja net so attraktiv finden. Aber dann hab ich gedacht, man sieht es ja eh auf dem Bild. Und *Sybille_mit_der_Brille2000* klingt irgendwie dynamisch.

»Evelyn!!! Du Granate! Mein Tag isch gerettet!«

Ich beschließe, gleich morgen früh einen neuen Login-Versuch bei Pflegeliebe.de zu starten. Am liebsten würde ich Evelyn auch noch meine schlimmen Piotr-Malinkowski-verfolgt-mich-und-vielleicht-bin-ich-schon-bald-tot-News erzählen, aber erstens kennt sie die wahre Bellis-Geschichte ja net, und zweitens ist es schon zwei Minuten vor halb, als wir am Haus Sonnenuntergang ankommen, und wir müssen rennen, damit wir es noch pünktlich zum Meeting schaffen.

Otterle, der heute zu seinem Anzug eine gelbe Krawatte trägt mit einem Logo, was aussieht wie ein umgekehrter Katheder, steht schon ungeduldig an der Tür vom Aufenthaltsraum und dirigiert uns rein. »Na, hopp, hopp!«, ruft er uns zu und klatscht dabei in die Hände, als wäre er der Trainer beim Kinderturnen.

Ute hat uns am Fenster zwei Stühle freigehalten und winkt uns jetzt hektisch zu. Dabei wirft sie ihr Wasserglas um und haut Elias, dem Schülerpraktikanten, ihren Ellenbogen ins Gesicht. Typisch Ute!

Elias schaut nur verdattert, hält sich kurz die Nase vor Schmerzen und rückt dann brav zur Seite, damit wir durchkommen. Ute merkt überhaupt nicht, dass sie jemanden mit ihrer ausladenden Geste verletzt hat. Sie ist viel zu beschäftigt damit, mit Taschentüchern die Wasser-Lache auf dem Tisch zu beseitigen. Wahrscheinlich kriegen ihre beiden Buben zu Hause auch ständig irgendwas an den Kopf und sind deshalb so pampig, wenn sie ins Heim kommen.

Um 13.35 Uhr sind endlich alle vollzählig, und Otterle begibt sich an sein Flipchart, auf dem mit schwarzem Edding Begriffe wie »Erfolg«, »Ordnung«, »Pünktlichkeit«, »Innovation«, »Professionalität« und »Heim des Jahres« stehen. Nach einer kurzen Begrüßung kommt er relativ schnell zum Punkt.

Er zeigt mit seinem Finger auf die Worte »Heim des Jahres«.

»Das ist unser Ziel. Da müssen wir hin. Wir müssen die Besten sein. Wir WERDEN die Besten sein.« Seine Augen leuchten. »Und das schaffen wir nur mit neuen Maßnahmen, die Sie alle betreffen.« Er schaut triumphierend in die Runde. Unsere Begeisterung hält sich allerdings in Grenzen.

Ute, die sich offensichtlich für die Neuigkeiten von Otterle so gar nicht interessiert, flüstert Evelyn und mir irgendwas zu, was ich aber nicht verstehen kann. Ich zucke mit den Schultern und sage etwas zu laut: »Versteh ich net!«

Otterle, der meint, ich hätte mit ihm gesprochen, schaut mich jetzt herausfordernd an, dabei stützt er seine Hände auf den Tisch und fragt leicht belustigt: »Frau Bullatschek, was ist denn daran so kompliziert, dass Sie es nicht kapieren? Sie sind doch sonst immer so schlau.«

»Äh, nix, ähm. Ich hab nur laut gedacht.«

Evelyn kichert albern. Ute startet einen neuen Versuch: »Aktion Maulwurf läuft!« Sie zeigt mir einen Daumen hoch. Ich nicke und forme mit den Lippen ein lautloses »Super«. Beate ist also in die Falle getappt und hat den Köder mit Cats Schwangerschaft geschluckt. Jetzt bleibt abzuwarten, wann und ob die News zu Otterle vordringen.

»Innovation!«, fährt der unbeirrt fort. »Nur mit Innovation lässt sich die Außenwirkung steuern. Deshalb hab ich mir überlegt, dass wir neue Berufsbezeichnungen brauchen.«

Schweigen im Raum. »Altenpflege!« Otterle verzieht das Gesicht, als hätte er in eine Zitrone gebissen. »Wie das schon klingt. Mit ›alt‹ verbindet man etwas, das den Zenit schon überschritten hat. Etwas, was nicht up to date ist. Das ist nicht gut für unser Image!«

Da von den anderen keiner was sagt, grätsche ich in seinen Marketing-Vortrag: »Aber wir machen nun mal Altenpflege und keine Zahnpastawerbung, Herr Otterle. Wir pflegen alte Menschen!«

»Natürlich tun wir – äh – Sie das. Aber das kann man doch auch schöner, moderner formulieren. Ich dachte an einen englischen Ausdruck.« Otterle zieht ein DIN-A4-Blatt aus seiner mitgebrachten Ledermappe.

»Senior-Care-Management« steht in fetten Buchstaben auf dem Zettel.

»Und Sie sind ab sofort keine Pflegefachkräfte mehr oder AltenpflegerInnen, sondern: ›Senior Assistant Manager‹!« Otterle sagt das, als wäre es das Selbstverständlichste von der Welt. Evelyn verschluckt sich an ihrem Kaffee. Ute rollt genervt die Augen. Ich überlege fieberhaft, ob Otterle sich das selbst ausgedacht oder bei einem seiner wichtigen Seminare aufgeschnappt hat. Wenn ich meiner Mutter sage, dass ich jetzt »Senior Assistant Manager« bin, wird sie wahrscheinlich denken, ich wär befördert worden und würde das Heim leiten.

»Ein normaler Hausmeister heißt heute schließlich auch Facility Manager«, fährt Otterle begeistert fort.

»Und was ist mit den Pflegehelfern? Wie sollen wir heißen?«, fragt Nadine aus Nordcorega interessiert. »Na, Sie nennen sich jetzt ›Senior Assistant Manager Assistant‹!« Unruhe entsteht im Raum. Offensichtlich kommt sein Vorschlag nicht so gut an, wie Otterle sich das erhofft hatte. Einige Pflegekräfte, pardon – Senior Assistent Manager, schütteln den Kopf. Otterle klopft mahnend mit dem Kugelschreiber auf den Tisch.

»Ruhe, bitte. Ich bin noch nicht fertig! Wie Sie ja alle wissen, sind wir nominiert als ›Heim des Jahres‹. Also, möglicherweise. Aber wenn, dann kämpfen auch noch 25 andere Einrichtungen um diesen Titel, der nicht nur jede Menge Ansehen bringt, sondern auch eine kleine Finanzspritze.«

Cat hatte also recht. Es geht um Geld. Und wahrscheinlich nur darum.

»Der Preis ist mit 50.000 Euro dotiert!«, verkündet Otterle feierlich. »Vorausgesetzt, wir können die Jury überzeugen. Aber das werden wir!«

»Und was passiert mit dem Geld?«, will Sascha wissen. »Kriegt dann wenigstens jeder einen Bonus?« Otterles Miene verfinstert sich. Zwischenfragen dieser Art sind unerwünscht, und auf die ist er offensichtlich nicht vorbereitet.

»Wahrscheinlich kriegt jeder ä Gewürzmühle mit Pfeffer aus Madagaskar«, flüstere ich Evelyn zu, die daraufhin wieder zu kichern beginnt.

»Das sehen wir dann, noch ist es ja nicht so weit!«, sagt Otterle schnell. »Erst mal müssen wir ja investieren, damit wir überhaupt in die engere Auswahl kommen! Ich hab schon mal eine kleine Überraschung für Sie alle vorbereitet.« Er nickt Beate zu, die jetzt eine bunte Tüte hervorholt und jedem ein neues Namensschild in die Hand drückt.

»S. Bullatschek. Senior Assistant Manager on Duty« steht auf meinem.

»Was heißt des denn, ON DATY?«, will ich wissen.

»Daty!« Beate lacht extralaut und wiederholt noch dreimal das von mir offensichtlich falsch ausgesprochene Wort, damit es ja jeder mitkriegt. Ich hasse es, wenn sie mich vor den anderen vorführt. »Daty!!! Oh Mann, das weiß man doch, Sybille, das heißt DUUUUUTY! Mit uuuuuu. Senior Assistant Manager on Duty heißt Altenpflegerin im Dienst. Hattest du nie Englisch in der Schule?«

»Ach so«, stelle ich mich betont dumm und fasse mir an den Kopf. »Gut, dass du so schlau bischt, Beate. Und wenn ich frei hab, bin ich dann Duty free?« Heute ist Tag der Schlagfertigkeit. Ute, Sascha und Evelyn lachen über meinen spontanen Witz. Immerhin.

Steffi ist total begeistert von den Schildchen: »Ich war ja mal ein Jahr in den USA, und da hat das JEDER, der irgendwo arbeitet. Ich find das sooo cool. Ich bin ja jetzt Senior Assistant Manager Apprentice on Duty! Ich glaub, ich trag das auch privat!«

Beate ist auf die andere Seite des Raumes gestürmt, um den Küchenhelfern ihr Schild mit dem Titel »Kitchenaid on Duty« zu überreichen. Küchenhilfe im Dienst.

Kitchenaid erinnert mich irgendwie an die teure Küchenmaschine, die sich die Irene Kotterer, meine Nachbarin, letztes Jahr zu Weihnachten gewünscht hat. Sieht toll aus. So eine hätte ich auch gern, aber ich back ja fast nie. Nicht, dass ich backen net mag. Ich mach es sogar total gern, aber ich kann ja schlecht einen ganzen Kuchen allein essen. Deshalb hol ich mir meistens ein Stück Torte beim Brotkörble, wenn mir nach was Süßem ist. Aber vielleicht ändert sich des schon bald, jetzt wo der Momo von Pflegeliebe.de in mein Leben tritt. Vielleicht mag er ja gern Kuchen. Dann würd ich natürlich jedes Wochenende für ihn einen backen! Schwarzwälder-Kirsch, Käsesahne, Maulwurfkuchen, Erdbeer-Torte, Muffins …

Hoffentlich ist er kein Diabetiker. Mit Ersatzzucker kenn ich mich gar net aus. Und am Ende verlässt er mich dann, nur weil der Kuchen ein Flop war.

Bei Irenes Kitchenaid haben die Zwillinge zu oft an irgendwelchen Knöpfen rumgedrückt, sodass sie schon kurze Zeit später in Reparatur musste. Anders als unsere Kitchenaids im Haus Sonnenuntergang. Die sind nie kaputt, höchstens mal krank. Wir haben unseren Koch, den Thomas Neschle, Frau Berthold und Frau Neumann und eine Spülhilfe. Spülen ist nicht so gut bezahlt, aber trotzdem sehr begehrt als Job. Das machen abwechselnd junge Leute von der Initiative »Sozialstützpunkt«, um sich ein paar Euro dazuzuverdienen. Besonders am Wochenende, wenn man eh dünn besetzt ist, ist die Küche um jede Hand froh. Dann räumen die Spülhilfen auch mal die Tische ab oder geben den Nachtisch raus.

Otterle schaut auf seine Uhr und schiebt das Flipchart zur Seite. »So, das war es erst mal für heute. Schon morgen gibt es eine neue Überraschung, die etwas frischen Wind hier reinbringen wird. Wir sind auf einem sehr guten Weg zum Heim des Jahres!« Dann versucht er, verschwörerisch zu blinzeln, was allerdings schiefgeht. Er sieht eher aus, als wäre ihm eine Mücke ins Auge geflogen.

»Auf zur Übergabe!«, ruft jetzt Beate, die mit ihrer Tüte mit den restlichen Namensschildern ungeduldig im Türrahmen steht. »Und macht eure neuen Schilder ruhig schon mal am T-Shirt oder am Kittel fest!« Ute, Evelyn und ich erheben uns gackernd von unseren Stühlen und tun so, als hätten wir Beate überhaupt nicht gehört. »Also, wie gesagt, ich glaub, sie hat es geschluckt!«, nuschelt Ute verschwörerisch und guckt unauffällig in Richtung Beate. Dann deutet sie pantomimisch irgendein Tier an, was wohl ein Maulwurf sein soll, aber eher an eine Ratte erinnert. »Mal sehen, wann Otterle uns die frohe Nachricht überbringt!«

Wir verabschieden uns vor dem Dienstzimmer, denn Ute bleibt ausnahmsweise nicht zur Übergabe. Sie muss wohl dringend zu einem Termin in der Schule. Einer ihrer Söhne hat angeblich auf dem Schulhof mit Haschisch gedealt, und der Lehrer will sie sprechen. Ute ist gewohnt entspannt: »Da lässt der Marvin sich erwischen, der Trottel! Na ja, vielleicht gibt er mir ja auch mal was davon ab, dann können wir hier mal einen durchziehen und hätten auch ein bisschen Spaß!« Bei dem Gedanken daran, bekifft zu arbeiten, fängt sie schallend laut an, zu lachen, als hätte sie schon einen halben Joint intus. Ute ist schon ein Original. »Bis morgen! Haltet mich auf dem Laufenden!« Sie zieht sich ihre Jacke über und verschwindet über den Flur von Südcorega.

Es gibt Eis, Baby, schüttel dein Haar

Bei der Übergabe verdonnert Beate Steffi heute in unseren Demenzbereich.

»Das kann man als Auszubildende ruhig auch mal machen, nach einem halben Jahr!« Evelyn schaut mich entsetzt an. Wir denken gerade das Gleiche: »Das schafft Steffi nie!« Aber wahrscheinlich ist es genau das, was Beate möchte. Sie möchte Steffi scheitern sehen. Otterle ist von Steffi eine Spur zu begeistert (keine Ahnung, warum, vielleicht weil sie so schnell auf ihrem Handy tippen kann), und das erträgt Beate nicht. Schließlich ist sie Otterles Liebling, und niemand soll und darf ihr diese Position streitig machen.

Unser Demenz-Bereich »Vergiss-mein-nicht« ist zwar nicht besonders groß, wir haben da nur zehn Senioren, aber er hat es in sich. Da fliegt schon mal die eine oder andere Schnabeltasse, oder es wird randaliert. Menschen, die unter Demenz leiden, sind halt deutlich anstrengender als Senioras wie Frau Spielmann oder Frau Häfele, mit denen man noch Sekt beim Speed-Dating im *Pinocchio* trinken kann. Sie sind unkontrolliert und schreien oft rum. Man braucht also starke Nerven.

Als die Übergabe fertig ist, flüstert mir Evelyn zu: »Ich geb ihr 'ne Stunde!«

»Höchschtens!«

Steffi, die mir jetzt fast ein bisschen leidtut, hat den gleichen Weg zur Treppe wie ich.

Ich beschließe, ihr Unterstützung zuzusichern, denn sie kann ja nix für Beates Boshaftigkeit. »Ruf mich an, wenn was isch, ich komm dann hoch und helf dir. Kann aber einen Moment dauern!«

Steffi wirft ihren blonden Pferdeschwanz arrogant nach hinten, zieht sich beim Gehen ihr Lipgloss nach und meint völlig empört zu mir: »Hallllloooo? Ich bin doch auch nicht von gestern. Mach dir mal keine Sorgen, liebe Sybille, das krieg ich gerade noch alleine hin. Ich war schließlich ein Jahr lang allein als Au-pair in den USA!« Sie rennt mit Schwung in den dritten Stock hoch, nimmt zwei Treppenstufen auf einmal und lässt mich verdattert zurück.

Vielleicht bin ich doch zu »overprotecting«, wie Cat immer sagt. Helikopter-Pflägekraft! Ich muss mein Helfersyndrom in den Griff kriegen. Ab jetzt ist Schluss mit nett. Liest man ja auch überall, dass man mit Freundlichkeit net weiterkommt.

Frau Spielmann ist die Erste, die mich auf mein neues Namensschild anspricht. Sie sitzt in ihrem Zimmer in ihrem großen Ohrensessel, und gerade als ich ihr ihre Tabletten aufs Tischle stellen will, kommt sie ganz nah an mich ran und kneift angestrengt die Augen zusammen. »Senior … Was?«, fragt sie und deutet auf mein Schild, was ich über der rechten Brust angebracht hab.

»Assistant Manager on Duty«, sag ich wie selbstverständlich. Muss sie ja net wissen, dass ich den Satz gerade dreimal auf dem Klo geübt hab.

»Was soll das sein?«

»Das sind die neuen Berufsbezeichnungen vom Herrn Otterle. Heißt aber auch nix anderes als Altenpflegerin.« Sie runzelt die Stirn und schüttelt den Kopf.

»Warum denn auf Englisch? Und warum so kompliziert?«

»Keine Ahnung.« Ich zucke die Schultern und schenk ihr ein halbes Glas Wasser ein.

»Was für ein Quatsch!« Sie steckt sich ihre Tabletten in den Mund und nimmt einen Schluck. »Das wird ja immer verrückter.«

Recht hat sie, denk ich bei mir. Und da ahne ich noch gar nicht, zu welchen Maßnahmen Otterle noch greifen wird, nur um »Heim des Jahres« zu werden.

Mein Telefon klingelt. Eine aufgelöste Steffi ist am Apparat. »Der will raus, ich weiß nicht mehr, was ich machen soll. Bitte komm schnell, Sybille.« Eigentlich könnte ihr Beate ja wenigstens JETZT beistehen, wenn sie sie schon allein lässt, aber die ist wahrscheinlich gerade bei Otterle im Büro, um sich einzuschleimen oder ihm die Schwangerschaftsgerüchte mitzuteilen.

Als ich zehn Minuten später im »Vergiss-mein-nicht« ankomme, erwartet mich eine heulende Steffi schon sehnsüchtig. Sie zeigt auf Herrn Hauser, der schreiend an die Wand im Flur hämmert. Und damit er nicht so alleine schreit, schreien zwei andere Senioras einfach mit. Wahrscheinlich wissen sie gar net, warum. Der Lärmpegel ist schlimmer als auf dem Jahrmarkt.

Schuld ist ein Gemälde, was seit kurzer Zeit dort zu sehen ist. Wieder mal eine von Otterles undurchdachten Ideen, um unser Heim »attraktiver« zu gestalten.

Vor ein paar Wochen war eine Hobbymalgruppe aus Ingersheim da. Die »Pinselschwingerle«, so nennen sie sich. Im Grunde sind es vier Hausfrauen, die in ihrer Freizeit normalerweise Blumenvasen abmalen. Also mit Blumen drin. Die Bilder verkaufen sie dann auf dem Kirchen-Bazar oder versteigern sie für einen guten Zweck. Ich versteh den Sinn dahinter net ganz, weil wenn ich Blumen in einer Vase sehen will, dann kauf ich mir halt welche und stell sie auf den Tisch. Aber gut. Geschmackssache.

Otterle hatte vor ein paar Wochen die Idee, dass sie unseren Demenzbereich verschönern könnten. Kostenlos natürlich. »So ein Bild macht doch alles gleich viel wohnlicher!«, waren seine Worte. Und da man für ein Bild einen Rahmen braucht, der auch wieder Geld kostet, sollten die Pinselschwingerle einfach direkt auf die Wand malen. Die Frauen waren Feuer und Flamme von der Idee und haben nach einem zweistündigen Brainstorming direkt losgelegt. Leider ohne uns vorher zu sagen, was sie vorhaben. »Lasset Sie sich überraschen! Des wird subber!«

Großer Fehler! Auf der Wand prangt jetzt ein täuschend echtes großes Holz-Fenster mit einem zugegebenermaßen tollen Ausblick. Wenn man rausguckt, sieht man einen Strand und das Meer mit der untergehenden Sonne. Wahrscheinlich wollten sie einfach »Haus Sonnenuntergang« darstellen.

Problem ist, dass seither einige der dementen Bewohner glauben, dass da draußen tatsächlich das Meer ist. Herr Hauser ist leider nicht der Erste, der auf die optische Täuschung reingefallen ist.

Seine Fäuste sind schon blutunterlaufen von der harten Betonwand, an die er unaufhörlich schlägt und dabei immer wieder ruft: »Ich will jetzt an den Strand! Ich will schwimmen gehen! Meine Gerlinde wartet schon auf mich! Da! Sehen Sie?« Er deutet auf eine Frau, die winzig klein auf ein gestreiftes Handtuch gemalt wurde.

»Ich hab ihm hundertmal gesagt, dass es fake ist!«, schluchzt Steffi.

»Des versteht er net, damit machst du ihn nur wütender.« Ich geh auf den tobenden Senior zu und leg ihm vorsichtig die Hand auf die Schulter.

»Herr Hauser, Herr Hauser! Ja, da isch der Strand, gell. So schön!«

Er poltert weiter gegen das Gemälde. »Ich will JETZT zum Strand!«

»Wissen Sie was, mir gehen später, wenn es bissle kühler isch. Es isch grad zu heiß, da verbrennen mir uns ja die Füße im Sand!«

Herr Hauser hört auf, zu klopfen, und schaut mich jetzt ungläubig an. Ich weiß net, ob er vielleicht denkt, dass ICH verrückt bin. Aber mein Trick funktioniert.

»Und die Gerlinde? Die wartet doch!«

»Die Gerlinde isch ein Eis essen gegangen. Des isch gar net die Gerlinde uff dem Handtuch. Sollen mir auch ein Eis essen?«

Ich wink Steffi hektisch zu mir ran und flüstere ihr ins Ohr, sie soll zwei Kugeln Eis aus der Küche holen. Doch Steffi macht ihrem Ruf als Intelligenzbestie alle Ehre.

»Eis essen? Jetzt? Müssen wir nicht erst mal die Bewohner beruhigen?«

»Mach ich doch grad. Los jetzt! Lauf.« Steffi stürmt davon.

Ich führe den immer noch aufgebrachten Herrn Hauser in sein Zimmer. Die beiden dementen Senioras, die eben noch laut mitgeschrien haben und jetzt auf den Stühlen neben dem Strandgemälde sitzen, rufen mir empört zu: »Wir wollen auch ein Eis! Es ist doch so heiß!«

Und um das zu demonstrieren, zieht Frau Lindemann jetzt ihre Weste aus und knöpft sich die Bluse auf.

Es ist Mitte März, draußen sind 16 Grad.

»Ja, Sie kriegen natürlich auch ein Eis. Aber bitte, ziehen Sie die Jacke wieder an! In der Eisdiele isch doch die Klimaanlage an.«

Ich schnapp mir mein Telefon und ruf in der Küche an, dass ich ingesamt drei Eis brauche und dass Steffi bissle Gas geben soll, bevor noch mehr Senioren dazukommen und ich Luigis Eiswagen rufen muss.

Nach zehn Minuten kommt Frau Bertold aus der Küche mit einem großen Tablett, auf dem sich vier Glasschüsselchen mit gemischtem Eis und einer Waffel obendrauf befinden.

Als ich ihr das Tablett abnehme und ihr sage, dass es eins zu viel ist, zwinkert sie mir aufmunternd zu. »Dann musst du wohl oder übel auch eins essen!«

Gerade als ich mit Herrn Hauser und den beiden Senioras die Eispause im »kleinen Wohnzimmer« einlege, kommt Beate angeschossen. »Na, du hast ja Nerven, Sybille! Unten in deinem Wohnbereich ist die Hölle los, und du hockst hier rum und löffelst Eis!«

Sie hat die Hände in die Hüften gestemmt und einen extrem empörten Gesichtsausdruck aufgelegt. »Steffi hat netterweise für dich unten übernommen!«, sagt sie jetzt vorwurfsvoll.

»Ja, Beate, aber Steffi isch unten, weil sie hier ein kleines Problem hatte, was sie net lösen konnte, und DU warscht ja schließlich net erreichbar!«

»Ich hatte was Wichtiges mit dem Chef zu besprechen!«, sagt sie schnippisch.

Gespräch mit dem Chef, soso. Ich freu mich innerlich, weil ich hoffe, dass es die Sache mit Cat und ihrer Schwangerschaft war, und bin schon auf Beates dummes Maulwurfgesicht gespannt, wenn in den nächsten Tagen rauskommt, dass es gar net stimmt.

Ich strecke Beate, die sich jetzt dem Schrank zugewandt hat, die Zunge raus. Die beiden Senioras, die das gesehen haben, machen das Gleiche, und ich muss plötzlich laut lachen. Ich sehe in dem Moment keine 85-jährigen Omis vor mir, sondern kleine Mädchen, die einfach Spaß daran haben, jemanden nachzuäffen. Beate dreht sich wieder zu uns um und macht eine wedelnde Handbewegung in meine Richtung, was so viel heißt wie: »Weg da, aber dalli!«

»Ich übernehm jetzt wieder hier, Sybille. Ähm, aber eine Frage hätte ich schon: Warum kriegen die Senioren denn um 16 Uhr Eis? Es gab doch vorhin erst Kuchen. Du weißt genau, dass sie nicht so viel Zucker essen sollen. Das macht sie nur unruhig!«

Ich schalte meine Ohren auf Durchzug, esse genüsslich den Rest von meinem Eis und tätschle Herrn Hauser aufmunternd die vom Klopfen immer noch rote Hand.

»Des hat gutgetan bei der Hitze, ne!«

»Ja, Gerlinde, du hast immer die besten Ideen!« Er strahlt mich an.

Auch wenn ich net seine Gerlinde bin, muss ich ihm doch zustimmen:

Ich hab immer die besten Ideen!

Kapitel 7

Rockerbanden duften nicht

Mittwoch, 8.02 Uhr. Ich starre auf den Sekundenzeiger meiner Küchenuhr. Noch drei Minuten, dann hab ich fünf neue Login-Versuche bei Pflegeliebe.de. Heut muss es klappen. Unbedingt. Sonst denkt Momo am Ende, ich hätte kein Interesse. Ich hab vorher extra noch schnell geduscht und mir die Haare geföhnt, damit ich gut aussehe. Klar weiß ich, dass es totaler Schwachsinn ist, weil mich ja keiner sieht, aber es gibt mir irgendwie ein gutes Gefühl. Ich hab sogar meine »Hollywood-Bluse« angezogen, die ich beim Speed-Dating getragen hab (die angeblich aussieht wie das Nachthemd von Beates Oma – nur zur Erinnerung!).

Das ist jetzt meine Dating-Bluse, hab ich beschlossen. Von Frau Spielmann gelernt. Sie hat einen Geburtstags-Pullover, ich hab eine Dating-Bluse. Die wird mir jetzt Glück bringen.

Auf einen Zettel hab ich verschiedene Passwort-Varianten geschrieben. Die wahrscheinlichste Kombination steht ganz oben: Nutzername: Sybille_mit_der_Brille2000, Passwort: *Schokoliebe.* Da Schokoliebe eigentlich immer mein Passwort ist, gehe ich davon aus, dass gestern nur der Nutzername net stimmte.

Meine Hand zittert vor Aufregung. Mein Herz klopft bis zum Hals. Was hat mir mein Zukünftiger (???) wohl geschrieben?

Ich mach mir noch schnell einen Milchkaffee und setz mich dann mit meinem Laptop an den Küchentisch. Ich kann mich jetzt net auf die Couch lümmeln, ich brauch volle Konzentration. Der kleinste Tippfehler entscheidet schließlich über mein Liebesglück. Ich komm mir vor wie in einem dieser Filme, wo jemand (meistens Bruce Willis) ein Kabel durchschneiden muss, sonst geht die Bombe hoch, und er weiß net, ob es das blaue oder das rote ist. Im Film entscheidet er sich am Ende immer für das richtige. Schade, dass Bruce Willis net hier ist.

Ich geb die Adresse von Pflegeliebe.de in den Browser ein. Die Seite öffnet sich, und ein glückliches Pärchen strahlt mich an. Angeblich haben sie sich auf Pflegeliebe.de kennengelernt, das steht zumindest drunter. Nina und Patrick – gesehen und gefunden auf Pflegeliebe.de – Herzchen, Herzchen, Herzchen. Hm. So ganz kann ich des net glauben. Er ist so ein Schönling mit braunem, kurzem, gewelltem Haar und Zahnpastalächeln, und sie sieht aus wie ein Model für Shampoo-Werbung. Die Profile, die ich bisher durchgescrollt hab, waren optisch meilenweit davon entfernt. Aber egal. Wer weiß, vielleicht ist Momo ja auch so ein Hingucker.

Drunter steht: »Registriere dich jetzt, und finde auch du dein Glück!«

Sehr witzig. Ich brauch erst mal Glück, damit ich mich überhaupt anmelden kann. Ich klick auf das Feld »hier anmelden« und geb ohne Zögern meine Zugangsdaten ein.

Wenige Sekunden später erscheint auf meinem Monitor: »Willkommen zurück, Sybille_mit_der_Brille2000! Du hast 1 neue Nachricht. Klicke hier, um die Nachricht zu sehen.«

Jaaaa! Ich springe vor Freude hoch und schmeiß aus Versehen den Milchkaffee um. Die braune, warme Brühe läuft über meine Tastatur. Ich will zum Spülbecken hechten, um einen Lappen zu holen, dabei verheddere ich mich im Kabel vom Laptop, was ich zum Laden an die Steckdose angeschlossen hatte. Mit einem lauten »Rums« fliegt mein Laptop auf die Fliesen. Ich heb ihn schnell auf und wische notdürftig die nasse Tastatur ab. Erst jetzt sehe ich, dass das Display einen Sprung hat, der von links oben nach rechts unten geht. Der Bildschirm ist schwarz. Rabenschwarz. Ich drücke circa eine Minute lang mit dem Finger auf den ON-Button. Dann noch mal. Kürzer, länger. Kabel raus, Kabel rein. Nix.

Ich starre fassungslos auf das Gerät wie ein Arzt, der gerade einen Patienten verloren hat. Aber nicht einmal ein langes monotones Piepen ist zu hören, wie man es aus Arztserien im Fernsehen kennt. Mein »Patient« ist tot. Mausetot.

Ich sitze für einen Moment regungslos wie in Schockstarre da. Und dann kommen mir die Tränen. Scheiße! Scheiße! Scheiße! (Beate und meine Mutter würden bei dem Wort jetzt die Augen rollen, aber in so einem Fall darf man das sagen.) Man darf es sogar brüllen. SCHEIßEEEEEEE!!!! Ich haue mit der Faust auf den Küchentisch, so wie Herr Hauser gestern an die Wand. Evelyn! Ich muss Evelyn anrufen.

Zum Glück komm ich gleich durch bei ihr. Sie hat Frühdienst, und ich erwische sie gerade bei ihrer kurzen Kaffeepause. Ich schildere ihr mein Pflegeliebe.de-Drama.

»Sybille, das ist jetzt nicht wirklich wahr, oder?«

»Doch!!!«, stammele ich verzweifelt. »Ich hatte grad mein Passwort eingegeben!«

»Den Laptop hast du doch erst seit Weihnachten, oder? Das tut mir so leid!«

»Ja, aber scheiß auf den Laptop!!! Ich hab die Nachricht immer noch net gelesen, obwohl ich endlich drin war, und ich muss doch reagieren! Was mach ich denn jetzt?«

Stille in der Leitung.

»Evelyn, bischt du noch da?«

»Ja, klar. Aber wie meinst du das? Wenn der Laptop nicht das Problem ist, was ist es dann?«

Rede ich Chinesisch? Oder will Evelyn mich net verstehen?

»Ich komm doch jetzt net rein!«

»Ähm … Sybille. Jetzt mal langsam. Ich versteh das Problem nicht. Du hast doch ein Smartphone. Lad dir doch einfach die App runter, und logg dich da ein. Ist doch eh viel einfacher.«

PAUSE. 21, 22 … Der Groschen fällt langsam. Aber er fällt.

»EVELYN! DAAAAANKE! Mein Tag isch gerettet!«

»Gern, aber ich muss jetzt Schluss machen.«

Ich hör im Hintergrund Beate rufen, und Evelyn bricht schnell das Gespräch ab.

Während ich die App runterlade, überlege ich, wie Momo wohl aussieht. Eher so ein blonder, großer Typ wie Ryan Gosling oder Brad Pitt oder mehr südländisch wie der Elyas M'Barek? Den find ich ja auch toll. Ich bin eingeloggt. Die Aufregung steigt. Ich mach kurz die Augen zu vor Spannung und klicke dann sein Profil an.

Auf Momos Profilbild ist ein Totenkopf zu sehen. Ein Totenkopf? Da ich net davon ausgeh, dass er schon verwest ist und nur noch sein Schädel über ist, durchsuche ich sein Profil nach einem brauchbaren Foto von ihm. Es sind leider nur zwei weitere Bilder zu sehen, das eine zeigt eine kaputte Gitarre, die irgendjemand an die Wand geschmissen hat – oh Gott, hoffentlich ist er net aggressiv –, und auf dem anderen ist ein schwarzes Motorrad auf einer Felsklippe zu sehen. Er fährt also Motorrad. Uh, schwierig. So romantisch es sein mag, an einen Typen in Lederjacke gekuschelt mit 180 km/h in den Sonnenuntergang zu rasen – für mich ist das nix. Ich bin vor Jahren mal mit meinem Bruder auf dem Roller mitgefahren und hatte Todesangst. Außerdem war hinterher meine ganze Frisur im Eimer von dem blöden Helm.

Nee, Momo. Mit deinem Feuerstuhl musst du allein fahren.

Bestimmt hat er noch andere tolle Hobbys. Wir werden schon was Gemeinsames finden. Immerhin ist er mobil. Das ist doch schon mal schön.

Ich klicke die Textnachricht an. Sie ist relativ nüchtern und kurz gehalten. »Hallo, Sibylle! Schön, dass ich dich endlich hier gefunden hab! Hatte schon zwei andere Sibylles angeschrieben. Freitag schon was vor, oder Spätdienst? Lust auf ein Treffen im *Slaughterhouse* in Ludwigsburg? Da spielen die Zombie Slasher. Würd mich freuen! LG Momo«

Kein lachender Smiley, kein Herzchen. Nix. »LG« statt Liebe Grüße zu schreiben, find ich schon doof, aber die Oberfrechheit ist, dass er es net mal hinkriegt, meinen Namen richtig zu schreiben! SYBILLE, net SIBYLLE! Und was zur Hölle meint er damit, dass er schon zwei andere »Sibylles« angeschrieben hat?

Ein Date im *Slaughterhouse* klingt auch net wirklich vielversprechend. Ich kenn den Laden nur vom Namen her. Das ist so ein Rockerschuppen, in dem es vor ein paar Jahren fast jedes Wochenende Schlägereien zwischen verfeindeten Gangs gab. Das war damals ständig im Pfleidelsheimer Tageblättle zu lesen. Ich weiß noch, wie Mama sich immer aufgeregt hat: »Wegen den Schwachköpfen muss jedes Mal die Polizei ausrücken. Dabei ham die doch wahrlich Besseres zu tun. Sybille, lass dich nie mit einem Rocker ein!«

Na ja, vielleicht hat er sich ja vertippt, red ich mir ein, und er meint das *Starlight*. Aber da treten keine Bands auf. Da legt am Wochenende immer DJ Ingo auf und spielt die besten Hits der 70er und 80er. Ich muss zugeben, die ganze Nachricht dämpft meine Euphorie ä bissle. Ich beschließe, noch net zu antworten, sondern erst mal Evelyn um Rat zu bitten. Sie ist schließlich extrem Dating-erfahren und hat eher ein Gefühl dafür, ob es sich um einen potenziellen Lover oder eher ein verrücktes Rockerbanden-Mitglied handelt.

Um zwölf ruft Anke vom Empfang an. Otterle hätte drum gebeten, dass alle, die heut Spätdienst haben, eine halbe Stunde früher kommen, es wäre jemand da, der was vorführen will. Auf meine Frage, worum es geht, sagt sie nur: »Herr Seiler ist da, das ist ein Vertreter von *Dufty*. Bring dir lieber eine FFP2-Maske mit, oder hol vorher noch mal tief Luft. Mich bringt der Gestank jetzt schon fast um.«

Ach du liebe Zeit. *Dufty*. Das hat uns im Heim noch gefehlt. Zugegebenermaßen riecht es net unbedingt immer wie auf einer Blumenwiese bei uns, aber dass Otterle jetzt diese neumodischen Duftspender anschleppt, um uns alle einzudieseln, geht zu weit.

Ich kenn *Dufty* bisher nur aus der Werbung. Plakate von *Dufty* hängen überall an den Bushaltestellen, und auch im

Fernsehen wird ständig für die Dinger geworben. In einem Werbespot wickelt eine Frau gerade ihr Baby. Als sie die Windel aufmacht, kommen ihr beißende Dämpfe entgegen. Sie wird ohnmächtig und bricht unter dem Wickeltisch zusammen. Dann klingelt es an der Tür, der Besuch kommt. Die Frau wacht wieder auf, wird panisch. Sie wedelt wie eine Verrückte mit einem Handtuch rum und öffnet schließlich die Tür. Der Besuch verzieht das Gesicht, und alle halten sich die Nase zu. Dann sagt eine Männerstimme: »Gerüche können ein Stimmungskiller sein! Besorgen Sie sich jetzt *Dufty*. Neu auch in der Duftrichtung ›frisch gewaschenes Baby‹.«

In der Schlusssequenz sieht man die Frau glücklich strahlend. Sie steht vor dem Duftspender und streichelt erst ihn und dann ihr Baby.

Ich hab selten so einen Quatsch gesehen. Vor allem hab ich noch nie gehört, dass jemand beim Windelwechseln zusammengebrochen ist.

Als ich um 13 Uhr ankomme, steht Otterle mit Beate, Evelyn, Sascha und einem Mann im Nadelstreifenanzug an einem kleinen weißen Kästchen, das an der Wand im Flur befestigt wurde. Um sie herum tummeln sich in größerem Abstand auffällig unauffällig ein paar neugierige Senioren mit ihren Rollatoren und versuchen, ein paar von den Sätzen aufzuschnappen, die der Vertreter von sich gibt. Wenn jemand Fremdes im Heim ist, ist das für die Senioren immer wie ein Magnet – sie fühlen sich magisch angezogen. Neugierde legt sich net im Alter, sie wird schlimmer. Frau Bäuerle ruft interessiert von ihrem Platz neben der Standuhr: »Was machen Sie denn da? Was ist das?« Und dann reckt sie den Hals wie ein Truthahn. Aber keiner nimmt Notiz von ihr. Alle schauen gebannt auf das *Dufty*.

»Und dann drücken Sie einfach auf den Spender, und schon verwandeln sich die unangenehmen Gerüche in ein duftendes Aroma«, schwärmt Herr Seiler. Er nickt Ute aufmunternd zu. »Nur zu! Drücken Sie mal.«

Vorsichtig drückt Ute den Hebel nach unten. Eine riesige weiße Wolke schießt aus dem Spender und nebelt uns alle ein. Ein strenger süßlicher Geruch verbreitet sich auf dem Flur. »Das ist jetzt *Young Girl* – ein Duft aus Vanille-Mango! Toll, oder?«, sagt Herr Seiler stolz.

Otterle nickt zustimmend. Also ich glaube, dass er nickt. Ich kann durch den Nebel die anderen nur noch schemenhaft erkennen. Evelyn und Sascha fangen an, zu husten. Frau Häfele ruft aus fünf Meter Entfernung: »Das stinkt ja fürchterlich!«

Seifert brüllt: »Ist das ein Giftgas-Anschlag? Wo sind denn die Gasmasken?«

Als hätte er es gar nicht gehört, fährt der Vertreter unbeirrt fort: »*Dufty* neutralisiert jeden Geruch in Windeseile!«

»Schade, dass des net bei der dicken Luft in Otterles Büro funktioniert«, raune ich Evelyn zu.

Sie lacht und nickt. »Da ist selbst *Dufty* machtlos!«

Als sich der Nebel gelichtet hat, erklärt uns Herr Seiler, dass im Haus Sonnenuntergang insgesamt acht verschiedene *Dufties* angebracht wurden. Evelyn schaut geschockt zu mir und zeigt mit den Fingern noch mal die Zahl Acht.

Dann zählt Seiler die Duft-Namen auf. Ich kann mir gerade mal drei merken – vielleicht weil alles auf Englisch ist. *A Walk in the Park* ist irgendwas mit Minze und Eukalyptus und hängt im hinteren Flur vor der Notausgangstür, *Hello and goodbye* verpestet den Eingangsbereich und hängt direkt neben der Empfangstheke. *Euphoric moments* heißt der Spender im Aufenthaltsraum.

»Vier *Duftys* haben wir heute schon für Sie aktiviert. Die anderen folgen dann in den kommenden Tagen – seien Sie gespannt!«

Dann wendet er sich an Otterle: »Wir freuen uns sehr, dass Sie sich als unser Test-Heim beworben haben. Wenn *Dufty* bei Ihnen gut ankommt, werden bald in ganz Deutschland lästige Gerüche in Seniorenheimen der Vergangenheit angehören und die älteren Herrschaften dank unserer einzigartigen Duftkombination richtig aufblühen!«

»Das Vergnügen ist ganz auf unserer Seite, so eine Chance hat man doch nicht alle Tage – und ein bisschen frischer Wind schadet schließlich nicht!« Otterle lacht albern über sein Wortspiel mit dem frischen Wind.

Seiler steht ihm in nichts nach und verabschiedet sich von uns mit dem Satz: »Na, dann – eine dufte Zeit!«

Beide verschwinden plaudernd und scherzend in Richtung Otterles Büro, wir bleiben verdutzt zurück.

»Und wie lange hängen die Stinke-Dinger jetzt da?«, will Ute von Sascha wissen.

»Soweit ich weiß, 14 Tage, und dann gibt es eine Befragung, was am besten angekommen ist.«

»Ja, wenn mir bis dahin noch net erstickt sind!«, wende ich ein. Alle lachen.

Sascha drückt spaßeshalber noch mal auf den Spender, und als uns die Vanille-Mango-Wolke erreicht, ruft er: »Young Girl! Wo bist du denn? Ich kann dich nicht sehen, aber ich kann dich riechen!«

Ich würd gern aus voller Brust lachen, aber der Geruch beißt so sehr im Hals, dass ich lieber zusehe, dass ich schnell mit der Evelyn in die Umkleide komme.

Beim Spätdienst riecht der ganze Flur in Südcorega nach einer Mischung aus Himbeermarmelade mit einem Schuss Domestos. *Fruit Fun* steht auf unserem Spender. Dagegen war *Young Girl* im Erdgeschoss noch eine Wohltat. Der meistgesagte Satz von den Senioren ist, glaub ich: »Was zur Hölle stinkt denn hier so?«

Ich bin den ganzen Nachmittag damit beschäftigt, entweder zu erklären, was das *Dufty* ist, oder die Senioren davon abzuhalten, ständig draufzudrücken, weil sie denken, es sei ein Desinfektionsspender.

Gegen 17 Uhr reicht es mir. Der *Dufty*-Geruch ist unerträglich! Mein Kratzen im Hals wird immer schlimmer, und ich reiß alle Fenster auf und mach in ganz Südcorega Durchzug. Tschüssikowsky, *Fruit Fun*. Es wird zugegebenermaßen ä bissle frisch, und einige Senioren beschweren sich über die Kälte und verschwinden dann maulend in ihren Zimmern, weil ich sie auf dem Flur ja mit den angeblichen Minustemperaturen umbringen wollte. Das ist typisch. Senioren beschweren sich immer wegen irgendwas.

»Der Kaffee ist zu stark! Wollen Sie mich umbringen?« Am nächsten Tag machst du ihn schwächer. Dann kommt garantiert der Satz: »Was ist das denn für eine Brühe? Da schlafen einem ja die Füße ein!« Egal was man also macht, man befindet sich immer in einer Lose-lose-Situation!

Out now!

Dann passieren merkwürdige Dinge. Als Erstes die Sache mit dem Alarm.

Fünfmal geht am Nachmittag der Alarm los, immer ist es die Tür direkt am Gang C, wo der *Dufty A walk in the park* hängt.

Milena ist fast am Durchdrehen. »Sybille, ich hab keine Zeit für so was! Es kann doch nicht möglich sein, dass Senioren ständig versuchen, die Tür aufzumachen, der Alarm anspringt und ich ihn ausmachen muss! So werde ich nie fertig mit meiner Runde!«, beschwert sie sich mit ihrem typisch polnischen Akzent, als ich sie auf dem Flur treffe. Ich kann mir auch net erklären, warum alle plötzlich an der Tür rütteln, die ja bekanntermaßen nur im Notfall geöffnet werden soll.

»Des is wirklich komisch mit der Tür!«, pflichte ich ihr bei.

»Vielleicht haben wir eine Geist, der mit ihnen spricht und sie zur Tür lockt! In Polen hat es gespukt in eine Haus. Das war in die gleiche Ort, wo meine Tante Lena wohnt. Die Frau ist einfach aus die Fenster gesprungen, weil sie Stimmen gehört hat, und war sofort tot!« Ihre Augen sind jetzt weit aufgerissen. Natürlich. In Polen passieren immer die schlimmsten Sachen, laut Milena.

»Na ja, hier isch es ja Erdgeschoss, da brechen sie sich net mal ein Bein!«, beruhige ich sie. »Egal, Sybille, kannst du was machen? Finde bitte heraus, warum sie alle raus wollen zur Tür!«

Es ist ja net so, dass die Senioren bei uns eingesperrt wären. Jeder kann in den Garten. Nur müssen sie halt vorne zur automatischen Tür raus, damit sie gesehen werden können und die Kamera sie auch erfasst. Kameras haben wir übrigens auch erst seit Otterle junior. Otterle senior hat das Ganze immer relativ pragmatisch gesehen: »Frau Bullatschek, so einen neumodischen Quatsch brauchen wir nicht. Ich sag immer den altbekannten Spruch: Was wichtig ist, kommt wieder!«

War vielleicht ä bissle locker, die Einstellung, aber er sollte recht behalten. Es ist zwar öfter vorgekommen, dass jemand kurzzeitig vermisst wurde, aber entweder hat die Polizei oder die Familie die Vermissten wieder zurückgebracht. Lag aber auch an Otterle seniors guter Vernetzung. Der kannte halb Pfleidelsheim. Der hat zehn Minuten rumtelefoniert, und schwups – war der oder die Vermisste wieder da. Unser neuer Otterle hat null Kontakte und muss sich deshalb auf technische Hilfsmittel wie Kameras verlassen. Big Brother is watching you.

Zwei hängen im Eingangsbereich, eine auf jedem Flur und eine am Hinterausgang. »So wissen wir immer, wo sich die Senioren befinden!«, hat er gesagt. Komisch. Als Herr Bellis neulich abgehauen ist, hat uns das Kamerabild relativ wenig genutzt, außer dass wir wussten, wann er getürmt ist und was er anhatte. Aber zurückgebracht hat ihn wer noch mal?! Die Kameras etwa? Nein, die mutige *Sybille_mit_der_Brille2000*!

Die Senioren halten ja kein Schild in die Linse, bevor sie gehen: »Bin kurz weg. Bitte holen Sie mich im *Moulin Rouge* ab!«

Ich bin mir auch net ganz sicher, ob die Kameras wirklich

dazu gedacht sind, die Senioren zu beobachten, oder doch eher uns. Otterle will wahrscheinlich sehen, ob wir alle pünktlich sind. Schließlich gibt es bei uns keine Stechuhren. – Wäre ja auch noch schöner!

»Ich versuch, was rauszufinden«, ruf ich Milena zu, die mit einer Seniora ins Bad verschwindet.

»Daaaanke, Sybille!« Sie winkt noch kurz und macht dann die Tür von innen mit dem Fuß zu. Die ganze Zeit während des Spätdienstes überleg ich, wie ich rausfinden kann, was da vor sich geht. Warum rennen die Senioren an die Tür und wollen raus in den Garten? Und warum heute? Ein Eichhörnchen? Ein seltener Vogel? Wer oder was macht sie so neugierig? Leider war ich net vor Ort, und blöderweise kann ich ja schlecht die Zeit zurückdreh… Doch!, fällt es mir plötzlich ein. Ich kann! Ich brauch bloß das Videoband von der Kamera in Gang C! Natürlich! Dass ich da net früher drauf gekommen bin.

Sherlock Bullatschek ist mal wieder im Einsatz!

Ich ruf Sascha an und verabrede mich mit ihm nach dem Spätdienst gegen 22 Uhr vor dem Kameraraum. Er ist, außer Otterle, der Einzige, der einen Schlüssel hat. Da die Aufnahmen nur 24 Stunden gespeichert werden, muss es heute sein. Er ist net wirklich begeistert, denn eigentlich ist er mit einem Kumpel zum Zocken am Computer verabredet, aber für mich verschiebt er seinen Termin auf morgen. »Ich muss dringend was checken!«, flüstere ich geheimnisvoll, bevor ich das Diensttelefon auflege.

Als die Nachtschicht zur Übergabe eintrudelt, ist Cat, die mit Claudia heute Dienst hat, ganz begeistert vom neuen Geruch im Heim.

»Hey, Leute! Was für ein crazy shit, diese Dufty-Dinger, oder? Young Girl! Das müsste dann ja fast nach mir riechen.«

Sie reckt den Hals, in Erwartung, dass wir an ihr schnuppern. Aber nach acht Stunden *Dufty* ist keinem von uns noch nach *Young Girl* zumute.

»Endlich mal ein bisschen fresh air hier in dem Laden! Diesen Muff konnte ja keiner ertragen!«

»Wart mal ab, bis deine Schicht vorbei isch!«, rat ich ihr.

Aber so lange müssen wir gar nicht warten. Cat würgt es plötzlich, und sie rennt wie von der Tarantel gestochen los und kommt erst fünf Minuten später vom Klo zurück. »Hui, vielleicht doch a little bit too extreme für meine Nase, das Ganze! Na, das wird ein Spaß!«

»War sonst noch was Auffälliges in eurer Schicht?« Claudia guckt fragend in die Runde. Ute betet zwei, drei Seniorenakten runter und erwähnt dann ganz beiläufig, dass Saskia von der Betreuung heute Mittag so verwundert gewesen wäre, weil die Senioren beim Gedächtnistraining im Aufenthaltsraum so aufgekratzt waren.

»Sag mal, sind die Medikamente neu eingestellt worden? Frau Häfele und Frau Bäuerle waren wohl kaum zu bremsen, sogar Herr Maurer hat beim Ratespiel mitgemacht, und alle haben die ganze Zeit gelacht.«

»Nicht dass ich wüsste … Also ich hatte ja gestern ›Spät‹, da war noch alles beim Alten«, versichert Claudia.

Um 22 Uhr ist Schichtwechsel. Claudia und Cat sind in den Gängen verschwunden, und der restliche Spätdienst verabschiedet sich. Ich hol auch meine Jacke und Tasche und tu so, als müsste ich noch mal aufs Klo, damit es net so auffällt, dass ich in Richtung Kameraraum steuere.

Sascha wartet schon auf mich. Er sitzt auf dem Bürostuhl vor den Monitoren und klickt hektisch auf einer Maus rum. Ich bin überrascht. Es gibt mehr Kameras, als ich dachte.

»Im Speisesaal isch auch eine?«, frag ich verwundert und zeig auf den Monitor, auf dem man jetzt ein schlechtes Schwarz-Weiß-Bild von den Tischen sieht, die schon fürs Frühstück eingedeckt sind.

»Ja, klar. Wusstest du das nicht? Es gibt insgesamt 24 Stück.«

»Waaaaas? Das hat Otterle uns nie erzählt! Isch des überhaupt legal?«

»Na ja, solange er die Einwilligung der Senioren beziehungsweise der Familien hat und überall darauf hingewiesen wird, kannst du im Prinzip nix machen. Und wir haben ja auch unterschrieben, dass wir es wissen.«

Klar haben wir unterschrieben, was hätten wir auch machen sollen. Otterle hat uns schließlich psychologisch erpresst. Er hat irgendwelche Horrorstorys von stürzenden Senioren erzählt, die abgehauen waren und dann nachts irgendwo lagen, wo sie keiner finden konnte. »Mit Kameras könnten diese Menschen noch leben!«, hat er gespielt betroffen erklärt. Bei Milena hat das natürlich sofort funktioniert. »Um Gottes willen! Wie furchtbar!«, hat sie gerufen. »Gut, dass es jetzt Kameras gibt!« Wahrscheinlich erzählt sie die Geschichten irgendwann ihrer Verwandtschaft in Polen. So wie sie uns jetzt immer mit schlimmen »In Polen hat einmal eine Frau …«-Geschichten verrückt macht. »In Deutschland hat einmal ein Mann …«

»Im Klo und in der Umkleide gibt es aber keine, oder?«, frage ich vorsichtshalber.

»Nee, so weit ist er dann doch nicht gegangen. Aber sonst ist eigentlich fast alles einsehbar. Welche Kamera darf es denn sein, Frau Bullatschek, und was gibt es Spannendes zu entdecken?«

»Ich brauch den Nachmittag in Gang C beim Notausgang am Garten«, sag ich jetzt abgeklärt wie eine FBI-Ermittlerin.

»Okayyyy …«

Sascha schaltet zwischen mehreren Kameras hin und her. Irgendwann ist Gang C zu sehen. »14.07 Uhr« steht oben rechts im Bild.

»Spul mal vor … Ich glaub, so ab 15 Uhr!«

Das Kamerabild läuft im Schnelldurchlauf. Sieht lustig aus, wie Milena ständig hin und her rennt. Leider ist es in echt nicht ganz so lustig. Wir bräuchten dringend mehr Personal für alle Schichten. Jetzt sieht man Senioren, die über den Gang laufen und dank der Fast-Forward-Funktion richtig rennen.

Ich muss lachen. »Na, Frau Bongartz isch aber heut flott unterwegs!«

»Ja, die hat den Turbo eingelegt«, sagt Sascha jetzt lachend.

Wägelchen werden vorbeigeschoben, die Enkel von Herrn Strauß hüpfen über den Flur, es ist jede Menge Betrieb bei uns.

Plötzlich brülle ich »STOOOOOPP!«.

Die Uhrzeit auf dem Monitor zeigt 15.17 Uhr.

Herr Kämmerer ist der Erste, der sich der Tür nähert. Er schaut durch die Glastür raus in den Garten und zieht plötzlich am Griff, und erstaunlicherweise lässt sich die Tür öffnen.

Was man natürlich nicht sieht, ist der ohrenbetäubende Lärm, den diese Aktion auslöst. Das Video ist stumm, aber ich hab trotzdem den nervigen Alarmton sofort im Kopf. Herr Kämmerer, erschrocken vom Geräusch, schaut sich panisch um und will dann durch die Tür entkommen. Milena, die angerannt kommt, ist jedoch schneller, packt ihn am Pullover, redet kurz mit Händen und Füßen auf ihn ein, zeigt auf das Alarmschild und führt ihn dann aus dem Blickwinkel der Kamera. Wahrscheinlich empfiehlt sie ihm, einfach durch die Pforte am Eingang zu gehen. Aber das ist nicht mehr zu sehen.

Das Band läuft weiter. Um 15.46 Uhr das gleiche Bild, nur eine andere Person. Frau Moldenhauer reißt wie von Sinnen an der Tür herum, sie kommt jedoch gar nicht so weit, sie zu öffnen. Milena ist schon zur Stelle. Frau Moldenhauer deutet hektisch nach draußen. Auch sie wird von Milena beruhigt und dann außer Sichtweite der Kamera geführt.

»Was war denn da los?«, will Sascha wissen, der jetzt auch neugierig geworden ist.

»Bin mir noch net ganz sicher, aber ich hab einen Verdacht! Spul noch mal zum Kämmerer zurück, aber bissle weiter, so um 15 Uhr.« Sascha drückt mit der Maus auf den Rewind-Button. Jetzt laufen alle rückwärts, was noch alberner aussieht.

»Da!!«, brülle ich plötzlich. »Daaaa, siehscht du?«

Die Zeitangabe am unteren Bildrand steht auf 15.14 Uhr. Herr Kämmerer steht vor dem *Dufty* und drückt zweimal hintereinander drauf. Eine dicke Nebelwolke hüllt ihn ein. Wenige Sekunden später ist der Nebel verschwunden und Herr Kämmerer läuft wie ferngesteuert zur Tür.

»Das gibt's doch nicht!«, ruft jetzt auch Sascha, der allmählich kapiert, worauf ich hinauswill.

Wir schauen uns die Stelle mit Frau Moldenhauer noch mal genauer an. Auch sie hat nur wenige Minuten vorher auf das *Dufty* gedrückt.

»Hab ich mir doch gedacht, dass es da einen Zusammenhang gibt!«, sag ich triumphierend.

Sascha ist sprachlos, was relativ selten vorkommt. Er checkt weiter das Band nach potenziellen *Dufty*-Opfern, und tatsächlich! Wir können noch weitere drei Senioren ausmachen, die, nachdem sie auf das *Dufty* gedrückt haben, zur Notausgangstür rennen.

»Das heißt also, in den Teilen ist irgendwas drin, was die so verrückt macht. Ich werd bekloppt. Wie ausgebufft!«, sagt Sascha fasziniert.

»Genau! Und deshalb sind wir auch ein TEST-Heim, wie der Vertreter gesagt hat!«

»Der Duft heißt *A Walk in the park* und soll wohl die Senioren zum Rausgehen animieren. Aber entweder isch die Dosis zu hoch, oder sie ham zu oft draufgedrückt!«

»Wenn das rauskommt, ist Otterle geliefert!« Sascha reibt sich freudig die Hände.

»Ja, aber noch haben mir keine Beweise … Außer …«

»Ja?«

Ich berichte Sascha von den Vorkommnissen beim Gedächtnistraining und den plötzlich hochmotivierten Senioren, die völlig aufgekratzt waren.

»Was hängt denn im Aufenthaltsraum für ein *Dufty*?«, will er wissen.

»*Euphoric Moments*, also euphorische Momente!«

»Oh Mann! Das macht natürlich Sinn. Aber das Blöde ist wirklich, dass es niemand nachweisen kann. Und, sind wir ehrlich, Sybille, es ist ja jetzt auch nicht wirklich gesundheitsgefährdend, oder? Im Grunde ist es ein bisschen wie Kiffen, und das hat auch noch keinem geschadet. Wenn die Senioren ein bisschen wacher sind als sonst, ist das doch super.« Typisch Sascha.

»Aber mir können die Leute doch net manipulieren. Wir ham auch eine Verantwortung. Des isch ja wirklich fascht wie eine Droge. Wenn des rauskommt, sind mir alle geliefert, net nur Otterle!« Ich zieh mir meine Jacke an, während Sascha noch eine Sicherheitskopie von der Aufnahme erstellt. »Ich mach hier noch ein bisschen weiter und gucke, ob ich woanders was Interessantes entdecke. Geil! Das *Dufty*-Komplott! Das bieten wir Netflix als Serien-Idee an!«

Meine *Euphoric Moments* sind für den heutigen Tag aufgebraucht. Ich bin todmüde, hab Hunger und will nur noch schnell heim, aber ich bin froh, dass ich in Sascha einen Verbündeten habe.

»Du, des muss aber vorerscht unter uns bleiben, bis mir weitere Beweise haben. Kein Wort zu niemandem!«, sage ich mahnend. Sascha reißt die Arme abwehrend in die Luft und schaut mich verschwörerisch an.

»Von mir erfährt keiner was! Ich schweige wie ein Grab!«

Ich zeig ihm einen Daumen hoch.

»Super! Ich geh jetzt, ich hab morgen Frühdienst und morgen Abend ein Date, ich brauch meinen Schönheitsschlaf!«

»Ja, klar! Mach du nur! Gute Naaacht, wir ermitteln morgen weiter!«, ruft er mir zu, während er sich eine Zigarette dreht und den Filter zwischen die Lippen geklemmt hat.

Ich zieh die Tür zu und wundere mich, dass er gar net fragt, mit wem ich ein Date hab, aber ich glaub, die *Dufty*-Geheimakte ist gerade einfach spannender als mein langweiliges Liebesleben. NOCH! Das kann sich schon morgen Abend schlagartig ändern, wenn *Sybille_mit_der_Brille2000* ihren Momo trifft und das *Slaughterhouse* aufmischt!

Kapitel 8

Baby-Cake

Freitag Frühdienscht. Als ich zur ersten Pause mit Evelyn im Aufenthaltsraum sitz, besprechen wir die Klamottenfrage für mein Date heute Abend. Ich bin ganz froh, dass wir so ein unverfängliches Thema haben, denn so muss ich ihr vorerst nix von meinem *Dufty*-Verdacht erzählen. Es kostet mich sehr viel Disziplin, denn am liebsten würde ich direkt damit rausplatzen.

Aber zum Glück geht es jetzt erst mal um Momo. Nachdem Evelyn die merkwürdige Nachricht von Momo gelesen hat und mein zweifelndes Gesicht sieht, sagt sie nur: »Klar gehst du hin! Lass es doch einfach auf dich zukommen, Sybille, abhauen kannst du immer noch, wenn er ein Idiot ist. Aber auf Nachrichten geb ich nix mehr. Ich hab schon so viel erlebt. Manche Typen schreiben super und sind dann der totale Reinfall und umgekehrt. Immerhin hast du ein Date!«

Das stimmt. Nach Stalking-Seelsorger-Sebastian kam ja eigentlich nix mehr. Vielleicht muss ich auch einfach ä bissle lockerer werden und mich von meinen Wunschvorstellungen verabschieden. Dann ist er halt ein Rocker. So what! Man muss in einer Beziehung auch Zugeständnisse machen, stand neulich in der *Silvie*.

Okay, Mama wäre mäßig begeistert, wenn so ein zotteliger Bär auf einem Motorrad sonntags mit mir bei ihnen zum Kaffeetrinken vorbeikäme und mit seinem Bike erst mal den ganzen Vorgarten ruinieren würde.

»Sybille, wie kannscht du uns so was antun?«, würde sie mir leise in der Küche zuflüstern. »Des hat die Mama net verdient.«

Währenddessen würde Momo sich im Wohnzimmer mit meinem Vater über das neue Fahrverbot im Herrmannsgäßle aufregen. »Erst 30er-Zone, dann Spielstraße und jetzt ganz für den Verkehr gesperrt. Spinnen die denn von der Stadt?«

Mama würde Momo im Anschluss wahrscheinlich mit einem Tee vergiften. »Es war ein Unfall, Sybille, ich hab des Arsen mit dem Süßstoff verwechselt. Steht halt beides nebeneinander im Küchenschrank.«

Das war natürlich ein Scherz, aber ich weiß, dass ein Rocker das Letzte ist, was sie sich als potenziellen Schwiegersohn wünscht. Trotzdem hab ich gestern nach dem Dienst noch schnell zurückgeschrieben: »Hallo, Momo! Wie schön, von dir zu lesen. Würde mich total freuen, dich kennenzulernen. Komme morgen selbstverständlich. Die Zombie Slasher wollt ich schon immer mal live sehen! (*LÜGE!! Ich kenn sie net mal!*) Da ich net weiß, wie du aussiehst (*ich ahne Schlimmes*), erkennst du mich hoffentlich. Ich hab eine Jeans an und meine PUR-Jacke. Falls noch was isch, ruf an. Phone Number in meinem Profil. LG SYYYbille«

»Du willst eine PUR-Jacke ins *Slaughterhouse* anziehen?« Evelyn schaut mich entsetzt an. »Sybille, im schlimmsten Fall verhauen sie dich, oder du kommst gar nicht erst rein! Das ist ein Rockerschuppen. Rocker hören kein PUR!«

»Ich mach Zugeständnisse, dann muss er halt auch welche machen! Ich mag die blöden Zombie Slasher schließlich auch net«, sag ich bockig und steh vom Tisch auf.

Da es schon wieder halb ist, müssen wir weitermachen. Während wir ins Dienstzimmer gehen, wo Ute gerade die Tabletten vorbereitet, rät sie mir: »Ach, zieh doch irgendwas Schwarzes an, da stehen die drauf. Schwarz wirkt doch immer ganz rockig! Hattest du nicht mal so eine schwarze Jeans?«

»Da pass ich im Leben nimmer rein, die hatte ich zuletzt 2015 an, des isch einige Tafeln Schokolade her!«

Evelyn lacht, schnappt sich das Tablett mit den Pillenbechern und verschwindet in Paris.

Der Frühdienst verläuft relativ ruhig, weil wir heute nicht voll besetzt sind. Ein paar Senioren wurden mit dem Bus abgeholt und machen einen Ausflug zu irgendeiner Gartencenter-Eröffnung, bei der ein Musikduo auftritt. Die Spätzles Schwinger oder Swinger oder so. Ich hab noch nie von denen gehört, aber ihr Erfolg muss irgendwann vor meiner Geburt gewesen sein, denn Frau Bäuerle zeigt mir voller Stolz die vergilbte Hülle einer Langspielplatte, die sie in ihrer Kommode gefunden hat. Eine Langspielplatte!!! Auf der Rückseite der Hülle steht: *Die Spätzle Schwinger* – mit ihren Top-Hits *»Maultaschen-Mädle«* und *»Schwaben-Gigolo«*. Vorne drauf sind zwei Männer mit Gitarre, geschmacklosen Hemden und Oberlippenbärten zu sehen, die albern in die Kamera lächeln. Ich bin ehrlich: Eigentlich begleite ich die Senioren gern zu ihren Ausflügen, aber heut bin ich fast ä bissle froh, dass ich keine Zeit hab.

Gerade als ich ein paar Senioren in den Speisesaal begleite, läuft mir Otterle über den Weg. »Ach, Frau Bullatschek, gut, dass ich Sie treffe! Gibt es denn schon irgendwelche Rückmeldungen zu den neuen *Duftys*?«

Am liebsten würde ich sagen: »Oh ja, die gibt es! Sie manipulieren die Leute, das hab ich herausgefunden. Ich hab Sie durchschaut, denn ich bin Sherlock Bullatschek oder Sybille Columbo oder wie Sie mich nennen wollen. Und bald gibt es eine Anzeige deshalb.« Aber das sag ich natürlich nicht. Stattdessen lächle ich unschuldig und mime die Ahnungslose. »Nee, bisher leider net.« Die Vorfälle im Aufenthaltsraum und an der Notausgangstür erwähne ich mit keiner Silbe. »Aber der Geruch ist ja schon sehr streng und kratzt ganz schön im Hals.«

Otterle runzelt die Stirn, denn das war offensichtlich nicht das, was er gern hören wollte.

»Bei den Besuchern kommt der Duft sehr gut an!«, erwidert er eingeschnappt. »Der Postbote wollte heute Morgen gar nicht mehr gehen.«

Kein Wunder, der war ja auch nur fünf Minuten da und keine acht Stunden, denk ich bei mir.

»Vielleicht kommt ja heute mehr Freude auf, wir haben gerade die anderen vier Spender aktiviert«.

Mich würgt es fast. »Wie schön!«, lüge ich.

»Ach, und noch was: Überlegen Sie sich doch alle schon mal, wie wir das machen sollen mit dem baldigen Ausfall von Frau Baumeister. Es ist ja noch ein paar Monate hin, aber so geht es schließlich nicht. Wenn hier jeder plötzlich ein Kind kriegt, kann ich hier bald alleine arbeiten!«

Ich starre ihn fassungslos an. Oh mein Gott! Hat er gerade gesagt, dass Cat schwanger ist? Er hat es gesagt! Der Maulwurf-Trick hat funktioniert! Hahaha. Beate, du bist überführt.

»Das ist ja der Oberhammer!«, rutscht es mir raus.

»Wieso Oberhammer? Für uns ist es eine Katastrophe, eine Pflegekraft, die schwanger ist, muss sofort aus dem Dienst genommen werden!«

»Ja, ähm, klar. Aber ist doch schön, dass sie ein Baby bekommt!«

»Eins? Zwillinge, hab ich gehört. Das heißt, sie fällt doppelt so lange aus!« Otterle rollt die Augen und atmet schwer.

Ich überlege kurz, ob er das jetzt ernst meint oder einen Scherz macht. Oder ist man bei Zwillingen länger im Mutterschutz? Da ich keine Kinder hab, weiß ich so was net, aber es ist mir im Moment auch egal. Ich kann es kaum erwarten, Evelyn und Ute die frohe Botschaft zu überbringen, dass unsere Falle zugeschnappt hat.

Im Speisesaal riecht es heute merkwürdig. Irgendwie nach einem Mix aus Gummibärchen und Sekundenkleber. Der Geruch erfüllt den ganzen Raum, aber ich scheine die Einzige zu sein, die die ungewöhnliche Duftnote wahrnimmt. Vielleicht hat Sascha noch was repariert, geht es mir durch den Kopf.

Frau Bäuerle, die ich begleitet hab, stürmt mit ihrem Rollator schnell zur Essensausgabe, wo sich schon eine lange Schlange gebildet hat. Das ist mehr als ungewöhnlich, denn normalerweise bringt unsere Kitchenaid Frau Berthold das

Essen an den Tisch, weil die Senioren es nicht mehr vor zur Theke schaffen. Dann stochern sie lustlos auf dem Teller rum, essen drei, vier oder im besten Fall fünf Löffel und lassen den Rest stehen. Heute ist alles anders. Die Senioren schaufeln die Gemüsepfannkuchen in sich rein, als hätten sie seit drei Wochen nix gegessen.

Dann seh ich den *Dufty*-Spender, der wohl heute direkt neben der Glastür am Eingang angebracht wurde. *Yummy Yummy* steht drauf. Spaßeshalber drücke ich einmal drauf. Es zischt laut, und dann nebelt die Wolke mich und die beiden Senioren, die gerade durch die Tür kommen, völlig ein. Wir husten alle drei. Als ich wieder klar sehen kann, überkommt mich plötzlich ein enormes Hungergefühl. Ich könnte ein halbes Schwein essen, dabei hab ich vorhin in der Pause erst mein dickes Salami-Käse-Brot vertilgt. Ich KANN also gar keinen Hunger haben. Es dauert einen Moment, bis ich den Zusammenhang erfasse. Es ist das *Dufty*! Es beinhaltet wahrscheinlich irgendeinen Appetit-Anreger.

Wie bei *A walk in the park* scheint er ä bissle überdosiert zu sein.

Ich glaube net, dass es in Otterles Sinn ist, dass ihm die Senioren die Haare vom Kopf fressen. Schließlich sind wir eine Business Company im Health-and-Care-Sektor, und wir müssen wirtschaftlich arbeiten. Das betont er alle fünf Minuten. Ständig guckt er, wo man noch was einsparen kann. »Sie trinken zu viel Kaffee!«, war sein letzter Vorwurf an uns. Wir sollten doch abwechselnd mal ein Pfund Kaffee auf eigene Rechnung mitbringen, »schließlich sind wir hier ein Seniorenheim und nicht bei Starbucks, wo es so was in Massen gibt!«. Wir haben seine Anweisung einfach ignoriert. Wäre ja noch schöner. Arbeiten für einen Appel und ein Ei, und dann noch den eigenen Kaffee mitbringen. Wir haben beschlossen, wenn wir die Maschine im Mitarbeiterraum anschmeißen, jetzt extra einen Löffel mehr zu nehmen. So net, Herr Otterle, so net! Sie Geizkragen!

Frau Berthold hat alle Hände voll zu tun, die hungrigen Mäuler zu stopfen. Irgendwann zuckt sie mit den Schultern, zeigt den Senioren die große leere Metall-Wanne und ruft verzweifelt: »Ich hab aber nix mehr!« Dann rennt sie panisch zum Telefon, wahrscheinlich um in der Küche anzurufen, dass noch Nachschub gebraucht wird. Die Szene erinnert mich irgendwie an die Zombie-Serie, die Evelyn immer auf Netflix guckt: The Walking Dead. Ich hab ja kein Netflix, aber Evelyn hat mich neulich mal gezwungen, zwei Folgen mit ihr anzugucken.

»Das ist total spannend, Sybille. Warte, warte, gleich kommen die Beißer!«, hat sie immer hysterisch gebrüllt. Und wenn sich die Halbtoten dann röchelnd aus dem Gebüsch geschleppt haben, hat sie sich vor Angst an meinem Arm festgekrallt. Ich musste danach noch mit dem Fahrrad heimfahren und hab ich mich fast zu Tode erschrocken, als der Martin, der Mann von der Irene Kotterer, plötzlich im Dunkeln hinter der Garage vorkam. Gut, dass ich keine Machete hab. Des wär net gut für ihn ausgegangen. Ich konnt die ganze Nacht net schlafen.

Aber daran muss ich grad denken, als Frau Grube mit weit aufgerissenen Augen mehr Gemüsepfannkuchen fordert. Es wirkt ä bissle so, als würde sie Frau Berthold gleich den Arm abbeißen.

Gegen 13 Uhr erwisch ich endlich Evelyn und Ute zusammen in der Wäschekammer.

»Leute! Ihr glaub gar net, was passiert isch«, fall ich mit der Tür ins Haus.

Beide gucken mich gespannt an. »BEATE!!!«, ruf ich nur. »Beate isch der Maulwurf!«

»Was?«, fragt Evelyn ungläubig, und Ute lässt vor Schreck die drei Laken fallen, die sie auf dem Arm hält. »Erzähl!«, ruft sie aufgeregt. Ich setz mich auf einen Hocker neben der Waschmaschine und berichte detailliert von dem Gespräch mit Otterle.

»Das ist ja unglaublich. Wusste ich es doch!«, entfährt es

Ute jetzt. »Na warte, der werden wir was erzählen, wenn sie zum Spätdienst nachher kommt!«

Wir amüsieren uns noch über die Tatsache, dass Beate das mit der Zwillingsgeburt offensichtlich selbst dazugedichtet hat, damit es noch dramatischer für Otterle klingt.

»Aber was sollen wir sagen?«, frag ich unschlüssig. »Es isch ja bisher nix Schlimmes passiert. Wäre es net besser, mir sagen erschtmal gar nix und stellen sie zur Rede, wenn sie was wirklich Wichtiges ausplaudert?«

Beide schauen mich nachdenklich an. Evelyn pflichtet mir schließlich bei: »Ja, das seh ich ehrlich gesagt genauso. Wir behalten sie erst mal im Auge!«

»Also ich würd am liebsten den Bobo auf sie hetzen!«, sagt Ute jetzt und lacht laut.

Wir beschließen, erst mal die Füße still zu halten, aber wenigstens Cat einzuweihen, damit sie von dem Gerücht nicht völlig überrumpelt wird.

»Ich passe sie nachher am Eingang ab und erzähl ihr, dass sie nur unser Köder war. Sie versteht des bestimmt. Beate ist ja jetzt auch net grad ihre beschte Freundin!«

Wir klatschen uns ab und loben uns noch mal selbst für unser detektivisches Gespür.

Am liebsten würd ich in dem Zusammenhang jetzt auch endlich mein *Dufty*-Geheimnis ausplaudern, aber das wäre jetzt wahrscheinlich zu viel auf einmal.

Sie isch es, sie isch es net …

Als ich kurz vor Schichtwechsel zum Ausgang komme, um Cat abzupassen, höre ich schon von Weitem, dass am Eingang relativ viel Trubel ist.

Cat steht mit einem riesigen Paket inmitten der Senioren und wird ständig gefragt, was sich in dem ominösen Karton wohl verbirgt.

»Ein Hundewelpen!«, ruft Frau Bäuerle. Die anderen, die nur die Hälfte mitkriegen, fragen interessiert nach: »Was ist es denn für ein Hund?«

»Wie kann man denn einen Hund in einen Karton packen, das geht doch nicht«, regt sich Herr Junghans auf.

»Tierquälerei!«, brüllt eine Seniora von hinten.

Cat hat alle Mühe, sich durchzusetzen.

»Nein, beruhigen Sie sich mal – no animals were harmed!«

Verdutzte Gesichter. Keiner versteht, was der englische Satz bedeuten soll.

»Da ist doch kein Hundewelpen drin, come on! Für wie crazy halten Sie mich?«

Sie spaziert durch die neugierigen Senioren hindurch. Ich mach ihr ein pantomimisches Zeichen, dass ich ihr dringend was sagen muss, aber sie winkt nur ab und stürmt an mir vorbei.

»Nicht jetzt, Sybille, wir sehen uns doch gleich bei der Übergabe! Ich bin jetzt echt noch kurz busy.«

»Mist«, denk ich bei mir, aber bin mir relativ sicher, dass sowieso keiner was erwähnen wird. Außer Otterle scheint bisher niemand von dem Schwangerschafts-Gerücht zu wissen. Und Beate »the Maulwurf« natürlich.

Ich beschließe, wenn ich schon mal unten im Eingangsbereich bin, mir wenigstens noch ein Zitronenbonbon aus der Schüssel am Empfang mitzunehmen. Bis zu meinem Mittagessen daheim dauert es noch eine Stunde, und mein Blutzuckerspiegel ist im Keller. Die »Guzele« sind zwar eigentlich nur für Kinder gedacht, die ihre Oma besuchen, aber ab und zu schnapp ich mir auch eins, wenn Anke vom Empfang grade net guckt.

Heute hält sie mir allerdings gleich von sich aus die ganze Schüssel hin.

»Oh, des isch aber nett!«, lob ich sie und greif in die Glasschale.

Ich kann net sehen, ob sie lacht oder weint oder bockig

guckt, denn sie hat das halbe Gesicht in ihrem roten Rollkragenpullover vergraben.

»Bischt du krank?«, frag ich besorgt. Sie schüttelt den Kopf und zeigt dann auf das *Dufty* am Eingangsbereich. Ich nicke vielsagend.

»Schlimm, oder?«

»Ganz schlimm. Vor allem, weil wirklich jeder Idiot draufdrückt! Der einzige Vorteil ist, dass hier ständig die automatische Tür auf und zu geht.«

»Du Glückspilz. Oben haben wir drei Stück, die schon aktiviert sind, die anderen folgen heut. Wir ersticken fast!«, jammere ich.

»Ich wusste ja, dass Otterle uns alle töten will, aber ich dachte, es ginge wenigstens schnell!«, sagt sie jetzt, und an ihren Augen kann ich sehen, dass sie offensichtlich lacht.

Zum Glück ist ihre Stimme durch den Pullover gedämpft, sodass die Senioren nicht mitkriegen, was sie gesagt hat. Ironie versteht leider net jeder, und im Alter lässt das Verständnis dafür extrem nach. Da hat man keine Zeit mehr für missverständliche Witze.

Ich schieb mir das Zitronenbonbon in den Mund, werfe das Papierle in den Mülleimer unter ihrem Schreibtisch und nuschle: »Ich muth wieder.«

Bei der Übergabe gibt es dann eine dicke Überraschung. Wir haben gerade angefangen, als Cat mit ihrem riesigen Karton hektisch ins Zimmer stürmt.

»Sorry, I'm late!« Sie schaut mit ihren großen braunen Rehaugen schuldbewusst in die Runde und grinst dann geheimnisvoll.

Beate, die jetzt streng auf ihre Armbanduhr schaut, ist »not amused«, um es im »Cat-Slang« zu sagen. Wenn sie eins nicht leiden kann, dann ist es Unpünktlichkeit.

»Wird aber auch Zeit, dass du endlich kommst, stell deinen Karton doch bitte auf den Boden, wir möchten jetzt echt gern

Übergabe machen!«, sagt sie leicht gereizt und zieht die linke Augenbraue hoch.

Evelyn schaut vielsagend zu mir und rollt die Augen. Von Ute ist ein leiser Seufzer zu hören, der allerdings nicht Cat gilt, sondern definitiv Beate.

»Moment! Ich hab erst eine Überraschung for you!« Cat fasst mit beiden Händen in den Karton und holt vorsichtig etwas heraus. Es scheint schwer zu sein, denn sie muss mehrfach nachfassen.

Gebannt starren wir auf das riesige Paket. »Kann mal jemand an der Schachtel ziehen?«

Ich bin die Erste, die reagiert, und halte den wackelnden Karton fest, während Cat etwas Großes, Buntes heraushievt.

Es dauert einen Moment, bis wir alle erkennen, was es ist: Eine riesige rosafarbene Torte kommt zum Vorschein, die mit zwei kleinen, hellblauen Schnürschuhen verziert ist und auf deren Spitze ein echter Schnuller prangt.

Mir bleibt – wie den anderen auch – der Mund offen stehen.

»Was isch des?«, entfährt es mir.

»Na, wonach sieht es denn aus, Sybille? Es ist ein Baby-Cake!«, sagt sie jetzt strahlend. Ich starre Ute und Evelyn an, die beide gucken, als wäre ihnen gerade ein Geist erschienen.

»Ich bin schwanger!« Beate ist die Einzige, die nicht überrascht wirkt.

»Ja, aber das wissen wir doch schon! Ute hat es mir erzählt. Da musst du jetzt nicht so ein großes Tamtam drum machen!«

Cats Mundwinkel gehen nach unten, und dann schaut sie skeptisch in Utes Richtung. »Hä? Aber ich weiß es doch auch erst seit gestern!«

Ute, die sich sichtlich unwohl fühlt, nuschelt nur: »Weibliche Intuition halt …«

Ich weiß nicht, wer jetzt irritierter guckt. Cat, Beate oder Ute.

Evelyn flüstert nur: »Das glaub ich jetzt nicht!«

»Wann isch es denn so weit?«, frag ich schnell, damit der Fokus ein bisschen von Ute weggenommen wird.

»Ach, ich bin erst ganz am Anfang, glaub ich. Zehnte Woche oder so. Ich war noch gar nicht beim Arzt, aber der Test war positiv! Freut ihr euch denn gar nicht mit mir?«

»Doch, besonders uff die Torte!«, versuche ich, sie jetzt wieder aufzuheitern.

»Ich hol uns schnell mal Teller.« Cat will schon loslaufen, als sie von Beate gestoppt wird.

»Nix da. Wir sind hier zum Arbeiten und nicht zum Torteessen. Der Frühdienst kann ja gleich nach der Übergabe ein paar Kalorien in sich reinschaufeln, wenn sie so scharf darauf sind, aber wer Spät hat, muss warten, bis die Schicht zu Ende ist, Otterle steigt uns aufs Dach, wir sind eine Business Company im Health-and-Care-Sektor!«

Typisch Beate. Gönnt uns net mal ein Stück vom Babykuchen, wahrscheinlich nur, weil sie selbst keinen isst. Beate ist unglaublich diszipliniert, und seit ich sie kenne, isst sie keinen Zucker. Sie backt zwar gern, würde aber nie ein Stück davon essen.

»Von Zucker wird man krank und fett, Sybille!«, hat sie mir mal erklärt, als ich von Frau Spielmann eine Schachtel Nuss-Nougat-Pralinen geschenkt gekriegt hab, die ich mir vor ihren Augen in den Mund gesteckt hab.

»Und Karies kriegt man auch!«, hab ich kauend entgegnet. »Uhhhh, meine Zähne fallen, glaub ich, gleich raus!« Dann hab ich blöd gelacht und meine Hand vor den Mund gehalten und so getan, als wären mir meine Beißerle gerade entgegengekommen.

»Mach du dich nur lustig, Sybille, die Quittung kriegst du früh genug.«

»Dafür macht Schokolade glücklich! Manchmal merkt man schon, dass du keine isst!«, hab ich zurückgeschossen. Alles muss man sich ja net gefallen lassen. Da hat sie mich ganz verächtlich von oben bis unten angeschaut.

»Wie meinst du das denn jetzt?«, hat sie schmallippig gefragt.

»Ach, schon gut!«

Ganz ehrlich. Ich bin lieber zahnlos, übergewichtig (also leicht) und happy als so ein verhärmter Mensch wie Beate.

Es werden kurz die wichtigsten Themen abgehakt, und dann scheucht Beate Cat und Claudia ungeduldig von den Stühlen hoch und dirigiert sie auf den Flur.

»Nehmt euch Baby-Cake!«, ruft uns Cat noch zu, bevor Beate sie sanft aus dem Raum schiebt und die Tür zufällt. Mein Daumen-hoch-Zeichen sieht sie schon gar nicht mehr. Es hat ein bisschen was von einer Verbrecherin, die im Gerichtssaal abgeführt wird und noch schnell den Geschworenen zuruft: »Ich bin unschuldig!«

Ute, Evelyn und ich bleiben zurück. Wir schweigen uns erst mal eine Runde an. Die Geschichte ist zu unglaublich, um wahr zu sein. Wir streuen ein Gerücht, was wir uns ausgedacht haben, um den Maulwurf zu enttarnen, und dann ist es gar kein Gerücht. Aber immerhin gibt es Kuchen. Ich hol das große Messer aus der Schublade in der Küchenzeile und drei Teller aus dem Schrank.

Ute findet als Erste die Sprache wieder.

»Wie kann das sein?« Sie schüttelt ungläubig den Kopf. »Da denkt man sich so eine ausgeklügelte Falle aus, und dann DAS!«

»Na ja, so ganz unwahrscheinlich war es ja nicht«, wirft Evelyn ein. »Schließlich ist sie im gebärfähigen Alter und hat ja schon länger davon gesprochen, dass sie nicht abgeneigt ist, Mutter zu werden.«

»Aber warum ausgerechnet jetzt?«

»Zufall?«, frage ich und entferne den nicht essbaren Schnuller von der Spitze des Baby-Cakes. Dann schneide die rosafarbene Cremetorte an, die köstlich nach Himbeer-Sahne riecht. Ich balanciere jeweils ein großes Stück mit dem Messer auf die bereitgestellten Teller. Evelyn und Ute muss ich gar nicht fragen, ob sie Torte wollen, die naschen genauso gern wie ich und folgen jeder Handbewegung von mir mit gierigem Blick.

Der Kuchen schmeckt wahnsinnig lecker. Vielleicht liegt es auch am *Dufty*, dass ich so einen Appetit hab, aber ich esse gleich zwei dicke Stücke. Zu spät fällt mir ein, dass ich ja mein Momo-Date heute Abend hab, bei dem ich mich eigentlich doch versuchshalber in die schwarze Jeans von 2015 pressen wollte. Fällt wohl aus. Leggins heißt die Lösung.

»Aber woher wusste Otterle dann, dass Cat schwanger ist?«, fragt Ute nachdenklich.

»Na ja, ganz einfach: Sie hat es ihm vor uns gesagt!«, sage ich kauend.

»Macht ja auch Sinn, als Erstes den Chef einzuweihen, bevor er es von jemand anderem erfährt«, pflichtet Evelyn mir bei. »Würde ich zwar nicht machen, aber ich bin halt auch nicht so ein Streber.«

Wir lachen.

Ute schaut auf ihre Uhr und springt plötzlich wie von der Tarantel gestochen auf.

»Mist, schon halb drei, ich muss heim, Markus hat heut kein Homeoffice, und Bobo muss dringend mal raus! Den hab ich total vergessen vor lauter Baby-Cake!« Beim Wort »Baby-Cake« formt sie mit den Händen Anführungszeichen, was zeigen soll, dass sie den Kuchen zwar gut, aber die Aktion ein bisschen albern fand. Ute ist Mitte 40 und steht mit beiden Beinen im Leben. Sie hat wenig Verständnis für Leute, die den ganzen Tag nur von ihrem Nachwuchs reden oder einem ständig Fotos aufs Handy schicken von putzig guckenden Kleinkindern. Ich glaub, sie ist heilfroh, dass ihre beiden Buben aus dem Windel-Alter raus sind. Mit drogendealenden Teenagern kann sie irgendwie besser umgehen. Ihr einziges Baby ist jetzt ihr kleiner Kläffer. Ich bin nur froh, dass sie uns damals keinen Bobo-Cake mitgebracht hat, als er geboren wurde. So einen Hundekuchen stell ich mir net ganz so schmackhaft vor wie die Himbeer-Sahne-Torte von Cat.

Evelyn und ich spülen noch schnell die Teller ab, ziehen uns um und verabschieden uns am Ausgang. Sie wünscht mir viel Glück für mein Date.

»Schick mir unbedingt 'ne WhatsApp. Auch wenn es schlimm ist. Ich kann dich ja sonst Alibi-mäßig anrufen, dann hast du einen Grund, zu gehen.« Sie zwinkert mir verschwörerisch zu.

»Ja, äh, super Sache, sie hat bloß einen Haken, Evelyn. Es isch kein Candle-Light-Dinner, sondern des Konzert von den Zombie Slashern. Ich hab die vage Vermutung, dass ich bei dem Lärm net mal mein Telefon hören könnte.«

»Oh Gott, ja. Das hatte ich verdrängt. Ich drück dir trotzdem die Daumen, auch wenn es ... na ja ... nicht wirklich vielversprechend klingt!«

»Ich ruf dich morgen mal an, wenn ich net taub bin.« Wir lachen, dann umarmt sie mich kurz, aber herzlich und läuft rüber zum Parkplatz.

Ich such in meiner Jackentasche vergeblich nach meinem Autoschlüssel, den ich offensichtlich im Spind vergessen hab. Ich renn noch mal hoch nach Südcorega und treffe prompt auf die werdende Mutter und edle Kuchenspenderin.

»Und, hat er geschmeckt?«, will Cat erwartungsvoll von mir wissen, während sie den Teewagen an mir vorbeischiebt. Ich forme mit dem Daumen und Zeigefinger ein »o«.

»Der war mega-lecker, dein Baby-Cake!«

Sie strahlt. Dann mache ich noch einen Spruch, der eigentlich ein Witz sein soll: »Aber eigentlich hättescht du ja zwei Kuchen mitbringen müssen!«

»Was? Warum? Meinst du, der reicht nicht für alle?«

»Doch, schon, aber bei Zwillingen müssten es doch auch zwei Torten sein!«

Sie schaut irritiert. »Zwillinge? What? Wie kommst du denn darauf?« Sie lacht. »Ich weiß doch noch gar nicht, was es wird, dazu ist es doch viel zu früh. Wie gesagt, ich war ja noch nicht mal beim Arzt.«

»Ach so, na klar … War auch nur so ein Spruch, wäre doch toll, wenn es zwei wären!«, sage ich schnell und beiß mir auf die Lippe.

»Goodness me! Das fehlte mir noch! Dann kann ich ja nie wieder arbeiten!«

»Ach, Otterle hält dir bestimmt den Arbeitsplatz frei!«

»I don't know! Bin gespannt, wie er reagiert, wenn er es erfährt. Wahrscheinlich ist er nur mäßig begeistert.«

Mir entgleiten sämtliche Gesichtszüge. OTTERLE WEIß ES OFFIZIELL NICHT???

»Ich muss wieder, sonst killt mich Beate, die hat ja heute wieder ihre Sonntags-Laune!«

Sie schiebt ihren Wagen ruckelnd weiter und zeigt mir mit zwei Fingern das Victory-Zeichen. »See you!«

Ich winke zurück. »Tschüss, bis morgen!«

Otterle weiß es also nicht von Cat. Das lässt nur einen Schluss zu: Maulwürfchen, ick hör dir trapsen! Also doch BEATE!!!

Als ich im Auto heimfahre, überlege ich, wie ich vorgehen soll. Ich beschließe, Ute und Evelyn erst mal net zu sagen, dass wir richtiglagen. Es wird noch eine bessere Gelegenheit kommen, um dem Maulwurf das Handwerk zu legen.

Kapitel 9

Au Backe, ein Date!

Daheim angekommen, such in den Tiefen meiner Umhängetasche erst mal meinen Haustürschlüssel. Ich finde ihn schließlich nach einer halben Ewigkeit zwischen alten Tempotaschentüchern, Kaugummipapier, einem Parfumpröble, meiner Bürste und einem Haargummi. Ich puste ihn von den Krümeln frei und schließe auf. Ich bin leicht irritiert, als ich im Treppenhaus lautes Stimmengewirr und Lachen vernehme. Noch kann ich keinen sehen, erkenne aber die Stimme von Mama.

»Ja, des hat unsre Sybille früher auch immer gemacht, des isch typisch in dem Alter!«

Sie steht mit Irene Kotterer und den Zwillingen auf der Treppe. Beide sind so sehr in ihr Gespräch vertieft, dass sie mich gar nicht reinkommen hören.

»Und dann hat sie einmal sogar ihre Tante Erika in den Arm gebissen, weil die zu zudringlich geworden isch!«

»Ja, des mögen unsre Buben auch gar net«, stimmt ihr jetzt Irene zu. Oje, Mama wärmt wieder die alten Geschichten auf. Die Sache mit Tante Erika – Gott hab sie selig – ist 100 Jahre her. Tante Erika, Mamas Schwester, war früher oft bei uns zu Besuch und hat immer eine Tafel Schokolade für meinen Bruder und mich mitgebracht.

Der Trick war: Man hat sie nur gekriegt, nachdem sie einem zwei dicke Schmatzer rechts und links auf die Backe gedrückt hat. Dabei hat sie mein Gesicht in ihre fleischigen Hände genommen und zusammengedrückt, als wäre ich so eine Knautsch-Puppe. Das hab ich damals gehasst. »Ja, da isch ja mein Schätzele!«, hat sie mit ihrer extrem schrillen, nervigen Stimme gerufen. Und dann kam ihr großes Gesicht auf mich zu, als wollte sie mich gleich mit Haut und Haar verschlingen. Ahhh! Davon hab ich heute manchmal noch Albträume. Aber das Schlimmste an Tante Erika war ihr Geruch: ein Mix aus Fliederparfum und Schweiß. Letzterer kam wohl von dem Polyesterpullover, den sie damals immer getragen hat. Dagegen sind die *Duftys* im Haus Sonnenuntergang der reinste Sommerwind. Ich war vier oder fünf und wollte nur an die Schokolade, ohne der müffelnden Tante blöde Küsschen zu geben. Einmal hab ich sie dann wohl, so geht die Legende, einfach in den Arm gebissen, mir die Schokolade geschnappt und bin in den Garten gerannt.

Ich gehe noch mal zurück und lasse die Haustür extralaut ins Schloss fallen, damit die beiden merken, dass ich sie jetzt hören kann, bevor sie noch mehr unangenehme Geschichten aus meinem Leben auspacken. Nichts ist schlimmer, als wenn andere über einen reden und net merken, dass die Person, über die sie sprechen, längst im Raum ist. Das will ich uns allen ersparen.

»Ach, da isch se ja! Wenn man vom Teufel spricht!«, ruft Mama jetzt und deutet in meine Richtung.

»Mama!«, tue ich überrascht. »Was machscht du denn hier?«

»Ich muss doch mal gucken, wie es dir geht! Die Irene hat auch grad gesagt, dass sie dich lang nimmer gesehen hat.« Beide gucken sich jetzt bestätigend an. Irene nickt, als wäre ich ein halbes Jahr in Amerika gewesen, dabei bin ich mir ziemlich sicher, dass ich sie erst vor zwei Tagen an den Mülltonnen getroffen hab. Sie hat mir lang und breit einen Vortrag über die Gelbe Tonne gehalten und gemeint, dass ich meine Joghurtbecher doch bitte richtig ausspülen soll, weil es sonst wieder »so muffelt«.

»So, ich muss dann auch, euch einen schönen Nachmittag!«, sagt sie jetzt unvermittelt. »Lucaaaa, Leeeon, auf jetzt! Mir wollen doch einkaufen.« Sie scheucht die Zwillinge, die es sich im Laufe des – wahrscheinlich langen – Gesprächs auf der Treppe gemütlich gemacht haben, hoch und verschwindet an mir vorbei Richtung Haustür.

Die Buben bummeln hinterher, sind aber so mit ihrem Spielzeug beschäftigt, dass sie net zurückgrüßen, als ich ihnen ein »Hallo, ihr zwei!« entgegenschmettere.

»Ich hab Windbeutel dabei!«, strahlt Mama mich an und wedelt mit einer weißen Bäckertüte, während sie vor mir die Treppe hochgeht.

»Schön! Aber du, mit dir hab ich heut gar net gerechnet! Ich hab net viel Zeit!«

»Was? Aber es isch doch Freitag, und du warscht doch grad schaffen.«

Jetzt muss mir schnell was einfallen, wenn ich ihr nicht von dem Date heute Abend und den Vorbereitungen dafür erzählen will.

»Na ja, ein Windbeutel geht immer!«, beruhige ich sie und verschweige, dass ich schon zwei Riesenstücke Torte gegessen hab. Ich hoffe insgeheim, dass sie nach unserem kleinen Kaffeetrinken möglicherweise auch noch was vorhat.

»Also, ich hab Zeit!«, sagt sie jetzt, als könnte sie meine Gedanken lesen.

Ich schließ die Wohnungstür auf und dirigiere sie ins Wohnzimmer. Natürlich hab ich nicht aufgeräumt – wann auch! –, was Mama natürlich net entgeht.

»Och Mensch, Sybille! Wie sieht's hier denn schon wieder aus?« Sie legt die Tüte mit den Windbeuteln auf den kleinen Sofatisch, schnappt sich die Decke von der Schlafcouch, faltet sie akribisch und trägt dann meine Kaffeetasse von heut früh in die Küche.

Dabei schüttelt sie den Kopf. »So wird des nie was mit einem Mann!«

Am liebsten würde ich rufen: »Doch, vielleicht ja heut Abend! Mit einem zotteligen Rocker!«, aber ich verkneife es mir. Ich schmeiß die Kaffeemaschine an, und gerade als ich den Kühlschrank aufmachen will, um die Milch rauszuholen, springt mich der Zettel an, den ich vor ein paar Wochen dort mit einem Magnet befestigt hab: Freitag 19.3., Zahnarzt 16.30 Uhr. Ach du liebe Zeit! Den hatte ich total vergessen. Ich hab mich noch nie so sehr über einen Zahnarzttermin gefreut wie jetzt.

»Du, ich kann nur bis um vier! Ich muss heut zum Dr. Meder, Mama«, ruf ich ins Wohnzimmer, wo sie gerade die Krümel von meinem Croissant zusammenfegt.

»Zum Meder? Heut? Ach, des kann man doch verschieben!«

»Nee, des isch wichtig. Sonscht krieg ich erscht wieder einen Termin in vier Wochen, und ich hab doch des Loch im Backenzahn.«

»Warum bischt du dann net früher mal gegangen, Sybille?«

»Bin ich doch! Und er hat gesagt, dass er des heut behandelt.«

»Ja, dann gibt's aber keinen Windbeutel.« Sie schnappt sich die Tüte und presst sie vor ihre Brust.

»Mama!«

»Zucker isch jetzt gar net gut für den Zahn!«

»Mama, ich lauf seit vier Wochen mit dem Loch rum und ess ständig Süßes, da kommt's jetzt auch net drauf an.«

»Und wenn er rausfällt? Dann huscht du da eine Lücke und brauchscht eine Krone oder ein Implanat! Des zahlt die Kasse net, Sybille, des wird teuer.«

»Implantat! Aber der fällt net raus, guck!« Ich öffne meinen Mund sperrangelweit und streck ihn Mama entgegen. Sie weicht zurück.

»Na gut. Aber sag dem Meder net, dass ich dir in deiner Lage einen Windbeutel gegeben hab!«

»Kein Wort! Ich schwöre!«

In meiner Lage! Sie klingt, als wäre ich im neunten Monat schwanger und würde mit ihr Stiefelsaufen machen. Als ob es einen Zahnarzt interessiert, ob man vor der Behandlung noch einen Windbeutel gegessen hat. Schließlich putz ich mir gleich eh noch eine halbe Stunde die Zähne.

Sie legt die mit Puderzucker bestäubten riesigen Windbeutel auf einen großen Teller und trägt sie ins Wohnzimmer.

»Und heut Abend? Hascht du was vor?«

»Nee, ich bleib wohl daheim und gucke einen schönen Film«, schwindele ich, ohne mit der Wimper zu zucken.

Jetzt legt sie mir ihre Hand besorgt auf die Schulter und schaut mich bedauernd an.

»Du musscht mal wieder raus, Sybille, unter Leut! Vergrab dich net immer daheim. Sonscht wirscht du irgendwann komisch. Eine alte schrullige Jungfer.«

»So, die schrullige alte Jungfer muss sich jetzt fertig machen!«, sag ich nach einer halben Stunde Plausch, in der es eigentlich nur um Krankheiten, Todesfälle und das neue Auto meiner Eltern ging. Elektro oder lieber Verbrenner? Mein Vater hätte gern ein Elektroauto, weil die so sparsam sind. Schwabe halt. Meine Mutter ist für einen Benziner, weil sie Angst hat, dass mein Vater sie aus Versehen überfährt, weil die Elektroautos so leise sind und sie es nicht rechtzeitig hört, wenn er rückwärts aus der Garage schießt. Dass mein Vater auch noch zwei relativ gute Augen hat, blendet sie völlig aus.

Ich bring Mama ihre Jacke. Widerwillig zieht sie sich an.

»Oder soll ich mit zum Zahnarzt?«

»Mama! Ich bin keine fünf mehr! Ich beiß ihn schon net in den Arm, keine Sorge!«, rutscht es mir raus, in Anspielung auf ihr Gespräch mit Irene. Mama bemerkt meinen Witz aber zum Glück net.

»Wenn du was brauchscht, ruf an, ich komm sofort!«

»Es wird bloß ä bissle gebohrt!«, spiel ich die Situation runter, vor der ich eigentlich das totale Muffensausen hab. Zahnarztbesuche stehen auf meiner Beliebtheitsskala von Freizeitbeschäftigungen ganz unten.

Nachdem ich Mama endlich aus der Tür komplimentiert hab, renn ich ins Bad und putz mir dreimal die Zähne. Dann gurgle ich noch mit dem Mundwasser, was ich mir extra für Zahnarztbesuche besorgt hab. »Fresh Mint« steht auf der Flasche mit dem blau-grünen Atemerfrischer. Morgens kann ich es leider nie benutzen. Mich hat es einmal so gewürgt, dass ich zehn Minuten über der Kloschüssel hing.

Im Wartezimmer beim Dr. Meder ist die Hölle los. Die Sprechstundenhilfe warnt mich schon vor, dass es heut ä bissle länger dauern könnte, sie hätten so viele Notfälle. Oje. Und dann bin ich auch noch Kassenpatientin, was für meinen Rang in der Reihenfolge net gerade zuträglich ist.

Um kurz vor halb sechs bin ich endlich dran. Die Auszubildende mit den Rastalocken führt mich in den Behandlungsraum. Schon allein der Geruch beim Zahnarzt löst in mir einen Fluchtinstinkt aus. Bissle wie bei Tante Erika. Nur dass Dr. Meder mich noch nie abgeknutscht hat, wenn er mich sieht. Ich liege angespannt auf dem Stuhl und warte.

»Der Herr Doktor kommt gleich!«, hat das Mädle gesagt, bevor sie die Glastür geschlossen hat.

Ich starre an die Wand, an der ein Bild von einem schönen Strand hängt, wahrscheinlich wurde es irgendwo in der Karibik oder auf den Kanarischen Inseln gemacht. Oder halt da, wo Dr. Meder sein Ferienhaus hat. Daneben hängen einige Urkunden und Zertifikate. »Zahnarzt des Jahres« steht auf einem in goldener Schrift. Ich muss ans Haus Sonnenuntergang denken und frag mich, ob wir dann auch so eine Urkunde kriegen, falls wir »Heim des Jahres« werden.

Irgendwann, ungefähr eine Viertelstunde später, geht die Tür auf, und Dr. Meder kommt in seinem weißen Kittel hektisch hereingestürmt.

»Tut mir leid, Frau Bullatschek, heute ist irgendwie der Wurm drin.« Er nickt mir kurz zu, desinfiziert sich dann die Hände und setzt sich auf sein kleines drehbares Hockerle.

»Wenn's net passt, ich kann auch wann anders wiederkommen!«, sag ich schnell, in der Hoffnung, dass er einwilligt und mich heimschickt. Aber wir sind beim Zahnarzt und net bei der Behörde, und Termin ist Termin.

»Nein, nein, das machen wir heute schon noch!«

Widerwillig mache ich den Mund auf, als er mich auffordert.

»Und, wie läuft es so im Heim? Da ist bestimmt auch viel los!« Warum Zahnärzte einem Fragen stellen, auf die man eh net antworten kann, während sie einem im Mund rumstochern, ist mir ein Rätsel. »Ja, ede Enge«, nuschle ich. Das Mädle mit den Rastalocken kommt jetzt zum Assistieren rein.

»Oh, da müssen wir heute ein bisschen bohren, aber das wussten Sie ja schon. Da haben Sie wohl zu viel Zucker gegessen! Sieht nicht so gut aus, Ihr Vier-Fünfer.«

Ich schaue verwirrt.

»Ihr Backenzahn!«

Ich nicke zustimmend.

»Spritze, oder sind Sie tapfer?«

»Spritze«, rufe ich flehend und hoffe, dass er mich verstanden hat.

Eigentlich müsste es heißen: »Spritze, oder sind Sie verrückt?« Natürlich nehm ich eine Spritze. Gibt es irgendjemanden auf der Welt, der so masochistisch veranlagt ist, dass er keine Spritze will?

Es pikst kurz, und dann wird binnen Minuten meine gesamte rechte Gesichtshälfte taub. Ich will noch mal kurz spülen, aber die Spucke läuft mir aus dem Mundwinkel wie bei einem Schlaganfall-Patienten. Ich kann mich gerade richtig gut in meine Senioren reinversetzen, die oft nach einer Lähmung Probleme haben, zu trinken. Leider gibt es das Wasser beim Zahnarzt net in der Schnabeltasse. Dann fuhrwerkt Dr. Meder in meinem Mund rum, als wäre es eine Baustelle für Playmobilfiguren. Zwischendurch ruft er immer wieder mahnend: »Mund auflassen!«

Nach einer halben Stunde ist der Spuk vorbei. Ich fühle mich, als hätte mir jemand beim Boxkampf eine gedonnert und dabei meinen Kiefer ausgerenkt.

»Lassen Sie sich noch Paracetamol geben, kann sein, dass es nachher noch ein bisschen wehtut. Ist momentan noch geschwollen, aber bis morgen ist das weg, keine Sorge!« So schnell, wie er vorhin reingekommen ist, verschwindet er auch wieder.

Bis morgen? Hat er gerade gesagt … bis morgen?

»Ich hab aber HEUTE ein Date«, will ich noch rufen, aber da fällt schon die Glastür ins Schloss. Wahrscheinlich muss er seinen Flieger zu seinem Strandhaus noch kriegen.

Als ich heimkomme und zufällig in den Spiegel im Flur gucke, erschreck ich mich fast zu Tode. Ich sehe aus wie ein Hamster. Also wie ein einseitiger Hamster. Meine rechte Backe ist geschwollen, als hätte ich darin acht Walnüsse gebunkert. Von den Schmerzen mal ganz zu schweigen. Ich schmeiß mir zwei Paracetamol rein und hoffe, dass ich mich gleich besser fühle.

Irgendwie will sich net wirklich Vorfreude auf mein Date einstellen, und ich kann mich null darauf konzentrieren, was ich eigentlich anziehen wollte. Wollte ich überhaupt was anziehen? Ach ja. Wenn ich nackt und mit Hamsterbacke im *Slaughterhouse* auftauche, rufen sie wahrscheinlich gleich die Polizei oder weisen mich ein.

Am liebsten würde ich absagen, aber ich hab gar keine Telefonnummer von Momo, und wer weiß, wann die nächste Chance kommt, den Traummann zu treffen. Außerdem bin ich verdammt neugierig, wie er wohl aussieht. Ich mach mir einen Kamillentee und google auf meinem Handy den Standort vom *Slaughterhouse*, damit ich diesmal wenigstens auf Anhieb den Weg finde und nicht wieder irgendwelche Buben an der Bushaltestelle fragen muss.

Als ich aus der Dusche komme und den beschlagenen Spiegel freiwische, bin ich schockiert, dass ich immer noch so schlimm aussehe wie vor einer Stunde. Der Tennisball in meinem Gesicht ist eine optische Zumutung. Blöder Dr. Meder. Das hat er bestimmt mit Absicht gemacht. Wahrscheinlich hat er geahnt, dass ich ein Date hab, und er gönnt mir mein plötzliches Liebesglück net, nur weil es in seiner Ehe net so rundläuft. Wahrscheinlich hat seine Frau eine Affäre mit dem Reitlehrer, und er hat es herausgefunden und versucht jetzt, bei der Zahnarzthelferin mit den Rastalocken zu landen, aber die hat ihm eine Abfuhr erteilt. Tja, und jetzt ist er sauer auf alle Frauen dieser Welt. Ist natürlich nur eine Theorie. Noch dazu eine ziemlich unrealistische. Aber möglich.

Hilft mir nur jetzt im Moment leider net weiter.

Vielleicht kann man's ja wegschminken, überlege ich, während ich vor dem Spiegel stehe. Aber wie? Leider bin ich keine große Schminkexpertin und hab in meinem Freundeskreis auch keinen Make-up-Artist, wie vielleicht Madonna oder diese Kim Kardashian. Ich kenne nur Pflegekräfte, eine Köchin, einen Schreiner und ein paar Büromäusle. Die haben alle keine Ahnung.

Dann fällt mir plötzlich Steffi ein, unsere Auszubildende, die ja immer aussieht wie aus dem Ei gepellt. Die kennt bestimmt irgendein YouTube-Video mit dem Titel »Hamsterbacke professionell überschminken« oder so. Ich probier es auf ihrem Handy, aber es geht nur die Mailbox dran. Als ich draufsprechen will, merke ich, dass die Narkose immer noch wirkt, und ich stakse rum wie eine Dreijährige, die einen Schnuller im Mund hat. »Hao Teffi, hier ich Sybille, ich ha ein Rolem.« Nach dem ersten Satz, den ich selbst kaum verstanden hab, leg ich einfach auf. Wahrscheinlich denkt sie, ich sei verrückt geworden.

In so einer Lifestyle-Sendung im Fernsehen haben sie vor Kurzem mal gesagt, man muss von dem Makel, wenn man einen hat, geschickt ablenken. Das bedeutet, ich muss die linke Seite betonen. Ich schmiere mir eine Tonne Rouge auf die linke Backe. Jetzt sehe ich aus wie einseitiger Hamster, dem jemand eine heftige Ohrfeige gegeben hat. Nee, so geht's auch net. Ich mach das Rouge wieder weg und versuche mit einem Tuch, das ich mir vom Kinn über den Kopf binde, die Schwellung zu verbergen. Das sieht richtig bescheuert aus. Ich beschließe, es bei Wimperntusche und Lippenstift zu belassen. Rocker haben ja auch öfter mal Rangeleien, bestimmt hat Momo auch schon mal eine gescheppert gekriegt und weiß, was ich durchmache. Ich hoff einfach mal auf sein Verständnis. Und wenn er mich nur wegen einer dicken Backe net will, dann ist er es sowieso net wert.

Ein umwerfender Typ

Um 21.30 Uhr steige ich in schwarzen Leggins, Turnschuhen und mit meiner PUR-Fanjacke in meinen Fiesta. Ich bemüh mich, während der ganzen Fahrt net in den Rückspiegel zu gucken, damit ich net aus Versehen in den Graben fahre, wenn der Hamster im Spiegel mich unvermittelt anstarrt.

Vor dem *Slaughterhouse* kann man nirgends parken, weil Unmengen von Motorrädern die Parkplätze blockieren. Sogar der Behindertenparkplatz ist zugestellt. Ich bezweifle, dass es Motorradfahrer gibt, die tagsüber Rollstuhl fahren und abends auf eine Harley umsteigen, und reg mich maßlos über die Dreistigkeit auf. Aber wehe, wenn ich mal eine Minute beim Aldi auf so einem Parkplatz stehe! Da kommt garantiert immer einer, der sich beschwert. Neulich hatte ich den Fall, ich hatte sogar den Motor an (!), die Evelyn ist nur kurz reingesprungen. Ich wäre sofort weggefahren, wenn jemand mit Berechtigungsausweis gekommen wär. Da keift mich eine 80-jährige aggressive Seniora an und haut mit dem Stock auf meine Motorhaube. »Eh, Sie! Da dürfen Sie net parken, des isch ein Behindertenparkplatz!«

Da hab ich die Scheibe runtergelassen und gerufen: »So wie ich einparke, isch es eine Behinderung!« Dann war Ruhe.

Ich beschließe, ein Selfie für die Evelyn zu machen. Ich könnte ein bissle Mitleid gut gebrauchen. Ich schicke ihr ein Foto von meinem Gesicht, im Hintergrund ist das leuchtende

Logo vom *Slaughterhouse* zu sehen, und schreibe nur drunter: »Hoffentlich erkennt er mich!«

Es dauert keine 30 Sekunden, da kommt die Antwort von Evelyn:

»OMG!!!! Shit, Sybille, was um Himmels willen ist passiert? *Empörter Smiley*«

Ich texte zurück: »Des war ein böser Mann! *Orangefarbener bockiger Smiley*«

Innerlich muss ich lachen, weil Evelyn jetzt bestimmt denkt, Momo hätte mich verhauen. »Waaaas? Du musst zur Polizei, Sybille! *Blaulicht-Zeichen*«

Okay, ich muss auflösen, bevor sie wieder Peter Spielmann anruft, so wie neulich im *Moulin Rouge*.

»Spaaaaß! *sich vor Lachen ausschüttender Smiley* Es war Dr. Meder, der Sadist! Hatte vorhin einen Zahnarzttermin.«

Evelyn schickt mir einen lachenden Smiley zurück und schreibt drunter: »Na, hoffentlich hat dein Date auch so viel Humor! Ich drück dir alle Daumen!!!«

Das *Slaughterhouse* liegt auf einem weitläufigen Gelände und war früher ein Schlachthof. Ich hatte mir über den Namen noch gar keine Gedanken gemacht, aber »Schlachthof« heißt wohl auf Englisch »Slaughterhouse«. Und genau so komm ich mir auch vor. Wie ein kleines Schweinle mit Hamsterbacke, das gleich dem Vollstrecker vorgeführt wird. Ich bin nervös. Eigentlich weiß ich ja gar nix über diesen Momo. Ich hab nicht mal seine Telefonnummer. Schon verrückt. Ich treff mich mit einem Unbekannten auf einem abgelegenen Schlachthof am späten Freitagabend.

Woher weiß ich, dass er kein Massenmörder ist, der jede Woche Frauen in den Laden lockt und von seinen Kumpels vielleicht schon »Der Slaughter-Momo« genannt wird? Sind irgendwelche Frauen in der letzten Zeit in unserer Gegend spurlos verschwunden? Mir geht plötzlich so ziemlich jedes Horrorszenario durch den Kopf. Ich höre die hysterische

Stimme meiner Mutter: »Sybille, um Gottes willen! Geh nie in so einen Rockerladen. Da betäuben sie dich, und dann bringen sie dich um die Ecke und verscharren dich irgendwo im Wald!« Aber dann fällt mir mein Besuch im *Moulin Rouge* wieder ein. Hey, ich hab mich sogar mit der Russenmafia angelegt, da werd ich es ja wohl mit einem Vorstadt-Rocker schon zweimal aufnehmen können. Außerdem bin ich die gefürchtete Sybille Hamsterbacke Bullatschek. Ich beschließe, reinzugehen.

Am Eingang stehen ein paar in Leder gekleidete Männer mit Vollbärten, die allerdings keine Notiz von mir nehmen, sondern auf eins der schweren Motorräder auf dem Parkplatz starren und fachsimpeln: »Ha, da isch wahrscheinlich der Drosselkappenkörper verdreckt, des hatt ich au mal, war ä Riesensauerei!« *Was zur Hölle ist denn ein Drosselkappenkörper?*, überlege ich kurz. Da mich mein eigener Körper momentan aber mehr interessiert als der von einer Drosselkappe, steuere ich schnurstracks auf den Eingang zu. Ich schubse mit Schwung die schwere Flügeltür auf und stehe in einer Art Flur. Es ist relativ voll. Im Hintergrund ist dezent Rockmusik zu hören. Die Band hat scheinbar noch gar net angefangen, zu spielen. Ich schau mich um und mustere das Publikum. Evelyn hatte recht: Schwarz ist die Farbe der Rocker. Ich kann keinen in einem bunten Hemd oder einer gemusterten Hose erkennen. Selbst die Frauen, die alle ein bisschen wie Kim Wilde in den 80ern aussehen, tragen enge Lederhosen und dunkle T-Shirts, auf denen irgendwelche Bandnamen stehen oder Totenköpfe abgebildet sind. Zwei Männer mit Vollbärten gucken mich kurz irritiert an und drehen sich dann schnell weg. Ob es jetzt an meiner Backe oder meiner PUR-Jacke liegt oder einfach nur Zufall ist, ist schwer zu sagen.

Vor dem eigentlichen Veranstaltungsraum, in dem die Band auftritt, ist ein Tisch aufgebaut mit einer Kasse. Dahinter sitzt eine circa 30-jährige wasserstoffblonde Frau mit großer

Zahnlücke und toupierten Haaren. Die Haare erinnern mich irgendwie an die Zuckerwatte, die es beim Frühlingsfest immer gibt. Ich liebe Zuckerwatte! Da ich aber net vorhab, Dauergast auf Dr. Meders Zahnarztstuhl zu werden und ihm noch ein zweites Strandhaus zu finanzieren, sollte ich in Zukunft lieber drauf verzichten.

Die Augen und Lippen der Zuckerwattefrau sind schwarz geschminkt, was ihr einen düsteren, verruchten Touch gibt. Sie plaudert in lockerem Ton mit einem langhaarigen Mann mit Oberlippenbart, der mich optisch ä bissle an Wolfgang Petry erinnert und lässig an der Tischkante lehnt. Ab und zu macht sie mit ihrem rosa Kaugummi eine riesige Blase, die sie dann ganz beiläufig platzen lässt. Beim näheren Hingucken sehe ich einen Zettel, der auf dem Tisch liegt und auf dem in handgeschriebenen Buchstaben steht: Zombie Slasher, Abendkasse 35 Euro.

Waaaas? 35 Euro für eine Band, die ich gar net kenn? *Die spinnen wohl!*, geht es mir durch den Kopf. Ich gucke kurz in meinen Geldbeutel, ob ich überhaupt so viel dabeihab. Ich zieh einen 50-Euro-Schein raus. Das ist eigentlich mein Tankgeld für den restlichen Monat. Mist. Die Narkose lässt langsam nach, und ich spür einen pochenden Schmerz an der Stelle, wo Dr. Meder sich heute ausgetobt hat. So halte ich keine zehn Minuten mehr durch. Ich renn aufs Klo und schmeiß mir zwei Ibu 600er ein, die ich von daheim mitgenommen hab. Als ich mein Gesicht erneut im Spiegel seh, kommen mir fast die Tränen. Ich seh aus, als wäre ich einer Geisterbahn entsprungen. Die anderen Frauen, die sich den Kajalstift nachziehen, schauen mich mitleidig an.

Okay. Das war's. 35 Euro, eine Hamsterbacke und Zahnweh sind einfach keine guten Voraussetzungen für ein Date, das wahrscheinlich eh eine Katastrophe wird.

Ich beschließe, wieder zu fahren. Gerade als ich die Flügeltüren nach draußen öffnen will, ruft plötzlich eine freundliche Männerstimme hinter mir: »Sybille?«

Ich dreh mich um und gucke in die schönsten blauen Augen der Welt. Ich bin total verdattert. Vor mir steht ein großer, blonder, extrem gut aussehender Typ in blauer Jeans und schwarzer Lederjacke. Ich muss sofort an den jungen Robert Redford denken.

»Was, wer? Ich? Ja!«, stottere ich, weil ich es net glauben kann, dass er mich meint.

Jetzt grinst er und sagt nur einen Satz: »Ich bin's, Momo!«

Ich bin kurz vor einem Ohnmachtsanfall. Ich hab ja mit allem gerechnet, aber doch net mit so was! Er isch gar kein Rocker mit Bart, Motorrad und schlechten Manieren. Er sieht umwerfend aus! OMG! Mama wäre begeistert!

Er mustert mich im Neonlicht, und sein Blick bleibt an meiner Backe kleben. »Ähm, siehst du immer so aus, oder hattest du gerade vor der Tür eine Schlägerei?«, fragt er jetzt schelmisch und zeigt auf mein Gesicht.

»Nee, Zahnarzt heute Mittag. Total blöd.«

»Das tut mir leid. Das hatte ich auch mal. Ich bin drei Tage nicht vor die Tür gegangen. Ich dachte, das geht nie wieder weg. Tut's denn arg weh?«

»Geht schon!«, lüge ich. Es muss einfach gehen, denn ich fahr jetzt auf keinen Fall heim.

»Kennst du die Slasher schon?«, wechselt er geschickt das Thema.

»Nee, ehrlich gesagt, hab ich noch nie was von denen gehört, des war ä bissle geschwindelt in meiner Nachricht.«

»Ach, nicht schlimm. Machen wir das nicht alle manchmal?« Jetzt zwinkert er mir freundschaftlich zu. Welche entscheidende Bedeutung dieser Satz später kriegen soll, ahne ich zu diesem Zeitpunkt noch net.

»Und du arbeitest also im Haus Sonnenuntergang?«

»Ja, ich bin Altenpflägerin. Macht total Spaß, außer, dass mir einen nervigen Chef haben und total unterbesetzt sind.« Ich rolle die Augen.

»Ach, das ist überall das Gleiche«, sagt er jetzt und stöhnt.

»Bischt du etwa auch in der Pfläge?« Blöde Frage. Da wir uns auf Pflegeliebe.de kennengelernt haben, war ich eigentlich sowieso davon ausgegangen, dass er aus einem sozialen Beruf kommt.

»Rettungssani, du weißt schon, tatütata!«, sagt er jetzt und lacht. Dabei strahlen seine blauen Augen.

»Oh, bestimmt auch stressig, oder?«

»Das kann man wohl sagen, deshalb ist es ganz gut, wenn man mal ein bisschen runterkommen kann, so wie heute.«

Ich nicke und versuche, ihn anzulächeln, was mit meiner geschwollenen Backe wahrscheinlich komisch aussieht.

»Möchtest du was trinken?«

»Ähm, ja, ich nehm ein Tonic Water, bitte.«

»Okay, ich hol uns was. Bin gleich wieder da!«

Er geht Richtung Bar, und ich schmachte ihm hinterher. Ich tippe schnell eine Nachricht an Evelyn: »Evelyyyyn! Der Typ isch der Hammer!!! Ich glaub, ich bin schockverliebt! *Smiley mit Herzchen auf den Augen*«

Die Antwort kommt prompt: »Sybille, gib alles! Und tu nix, was ich nicht auch tun würde! *Zwinkersmiley*«

Er kommt mit zwei großen Gläsern zurück. Wir prosten uns kurz zu.

»Auf die Pfläge!«, rufe ich.

»Und auf die Zombie Slasher!« Wir lachen.

Ich nehme einen kräftigen Schluck und merke gleich, dass das, was er mir mitgebracht hat, kein Tonic Water ist.

»Ähm, isch des Tonic?«, frage ich deshalb noch mal gespielt unbedarft.

»Ja, Gin Tonic, das wolltest du doch, oder?«

»Äh, ja klar! Schmeckt super! Danke!«

Jetzt bloß nix anmerken lassen. Da ist er schon so nett und bringt mir extra was mit, jetzt muss ich es auch trinken. Alles andere wäre unhöflich. Wir stoßen noch ein paarmal an, und mir wird jetzt schon leicht schummerig.

»Hast du schon eine Eintrittskarte?«

»Nee, ich wusst ja net, ob du kommscht, und 35 Euro sind dann doch ein ganz schöner Batzen Geld. Da wollt ich noch warten.«

»Aber jetzt bin ich ja da. Lohnt sich echt! Ich war schon drin.« Er zeigt mir den Stempel auf seinem Handrücken.

»Ich würd schon mal vorgehen, wir sehen uns dann gleich drin, okay?«

»Ja, klar, ich komm gleich nach!«

Vielleicht bilde ich es mir nur ein, aber ich sehe ein bisschen verschwommen. Paracetamol und zwei IBU 600 plus ein halbes Glas starker Gin Tonic sind vielleicht nicht unbedingt die beste Mischung. Egal.

Man lebt nur einmal. Und man trifft nur einmal den Traummann. Ich nehme noch einen kräftigen Schluck aus dem Glas und hol mir dann bei der Zuckerwattefrau mein Ticket.

Im Saal ist es jetzt stockfinster und mucksmäuschenstill. Es ist wahnsinnig voll, und die Luft ist warm und stickig. Auf der Bühne zischen zwei große Nebelmaschinen und pusten Unmengen weißen Rauch auf die Bühne und in die Menge. Ein bisschen so, wie wenn man im Haus Sonnenuntergang auf das *Dufty* drückt. Dann geht es los. Die Menge grölt, als die Band auf die Bühne kommt.

Grelles Licht fällt auf die vier zotteligen Musiker, die jetzt, eingehüllt in Nebelschwaden, extrem laut zu spielen anfangen. Na ja – spielen ist vielleicht das falsche Wort. Ich würde es wohl eher als Lärm bezeichnen. Sie schrubben wild auf ihren Instrumenten rum, als wären sie vom Teufel besessen.

Du liebe Zeit. Das ist Musik, mit der ich überhaupt nix anfangen kann. 35 Euro Schmerzensgeld. Zum Glück ist ja Momo da. Aber wo ist der überhaupt?

Mein Blick gleitet durch den Raum. Vor der Bühne ist die Hölle los. Die Zuschauer hüpfen wie eine Horde wild gewordener Schimpansen auf und ab und schütteln dabei ihre Köpfe rhythmisch im Takt der Musik. Ich drängele mich durch die Menge, um mir einen Überblick zu verschaffen.

Kein Momo weit und breit. *Na ja, vielleicht isch er ja grad auf'm Klo*, denk ich noch so bei mir, als ich ihn plötzlich in circa 20 Metern Entfernung mit einem jungen hübschen Mädle mit geflochtenen Zöpfen vor der Box stehen sehe. Sie schreit ihm irgendwas ins Ohr, und er nickt nur und lacht. Dann zeigt er ihr einen Daumen hoch und kommt in meine Richtung. Ich schaue zur Seite, damit er net merkt, dass ich ihn beobachtet hab.

»Hey, da bist du ja! Und, wie findste das Konzert?«, brüllt er mir ins Ohr.

»Net unbedingt mein Musikgeschmack, aber interessant!«

»Was? Ich versteh dich so schlecht!«

Ich beug mich näher an sein Ohr, und ein Hauch von einem herben Männerparfum steigt mir in die Nase. Wahnsinn. Gut riechen tut er auch noch.

»Super Show!«

Jetzt zeigt er mir auch einen Daumen hoch, wie vorher dem Mädle.

»Ich hol uns noch zwei Gin Tonic!«

»Ich hab aber noch!« Ich zeige auf mein halb volles Glas.

»Ach, das ist doch gleich leer!«

Ich will kein Spielverderber sein und nicke.

Dann exe ich meinen Gin Tonic. Eigentlich wollte ich ja gar nix trinken, aber zur Not muss ich halt mit dem Taxi heimfahren. Vielleicht können Momo und ich uns ja eins teilen. Dann fällt mir ein, dass ich erstens gar nicht weiß, wo er wohnt, und zweitens fast mein ganzes Geld für den Eintritt ausgegeben hab. Mist. Na, dann halt der Bus. Der fährt ja wieder ab sieben Uhr. Vielleicht wird es ja eh eine lange Nacht, und wir gucken uns morgen früh noch ganz romantisch den Sonnenaufgang zusammen an. Im Film ist das jedenfalls immer so. Ich sehe uns schon händchenhaltend auf irgendeiner Parkbank sitzen.

Ich werde unsanft aus meinen Gedanken gerissen, als sich ein Typ im Lederoutfit rüpelhaft an mir vorbeidrückt. Ich schwanke leicht zur Seite, kann mich aber wieder fangen und halte mich am Stehtisch fest. Dabei schmeiß ich mein leeres Glas runter. Das Scheppern geht in der lauten Geräuschkulisse unter. Ich bücke mich, um die Scherben aufzuheben, und mir wird kurz schwarz vor Augen. Hui. Der IBU-Alkohol-Cocktail haut ganz schön rein.

»Was machst du denn da unten?«, ruft mir Momo plötzlich zu, den ich jetzt erstaunlicherweise gut verstehen kann, weil es eine kurze Pause zwischen den Songs gibt.

»Ach nix!« Ich winke ab und rapple mich wieder auf. Dann versuche ich, zu lächeln. Mit Hamsterbacke allerdings schwierig. Zwei weitere große Gläser Gin Tonic stehen auf dem Tisch. Er schiebt eins zu mir rüber und prostet mir zu. Ich nehm einen Schluck.

»Mach langsam«, ruft eine Stimme aus meinem Inneren mir zu. Ich tue so, als würde ich sie net hören, und nippe noch mal. Die Zombie Slasher haben jetzt ihre Oberkörper frei gemacht und die Menge kreischt.

»This next Song is for all Slashers out there! This is ›Countdown to Elimination‹!«

Die Leute schreien hysterisch und fangen wieder an, zu den Beats auf und ab zu hüpfen. Dann wird es laut. Noch lauter als vorher. Der ganze Saal rastet aus. Momo inklusive. Er stellt sein Glas ab und rennt wie von der Tarantel gestochen vor die Bühne und hüpft mit den anderen zu dem Geschrubbe auf und ab. Ich versuche, mir einzureden, dass ich mich mit der Musik anfreunden könnte. Vielleicht wenn man die Songs öfter hört? Im Auto vielleicht. Oder leiser? Schwierig. Aber vielleicht kann ich ihn ja für PUR begeistern. Bei deren Konzerten ist immer mega Stimmung, auch wenn der Hartmut Engler net sein Hemd auszieht und röhrt wie ein Hirsch. Des hat der gar net nötig.

Nachdem immer mehr Leute um meinen Tisch rumtanzen, wird es mir irgendwann zu viel. Ich nehm noch zwei Schlucke von meinem Gin Tonic und such mir im hinteren Bereich in einer dunklen Ecke einen Barhocker. Momo wird mich bestimmt gleich suchen. Mir ist plötzlich ganz schwindelig, und ich freu mich, dass ich mich endlich mal kurz hinsetzen kann. Alles verschwimmt vor meinen Augen, und ich hör nur noch aus weiter Entfernung das Gegröle der Zombie Slasher.

»Eliminaaaaation«, brüllt der Sänger jetzt laut ins Mikrofon, zieht dann seine Hose aus und schleudert sie ins Publikum. Anschließend nimmt er Anlauf und springt vom Bühnenrand in die Menge. Jetzt sind sie endgültig verrückt geworden. Schweißperlen bilden sich auf meiner Stirn, und es scheint sich alles zu drehen. Atmen, Sybille, atmen. Ich beschließe, Momo zu suchen und ihm zu sagen, dass es mir leider gar net gut geht und ich heim muss. Sicher hat er Verständnis.

Ich taumele durch den Raum und muss mich immer wieder an irgendwelchen Pfosten und Tischen festhalten, damit ich das Gleichgewicht net verlier. Lang kann ich mich nimmer auf den Beinen halten. Meine Knie sind ganz weich. Wie ärgerlich! Da treffe ich EINMAL den perfekten Mann, und dann so was!

Ich schlepp mich raus auf den Flur. Die kühle Luft tut mir gut. Gerade als ich überleg, ob ich kurz auf die Toilette geh, um mir mit nassem Papier ä bissle die Stirn abzutupfen, seh ich das Unfassbare! Momo lehnt mit dem Mädle mit den dicken Heidi-Zöpfen, das er vorhin auf der Tanzfläche bequatscht hat, im Türrahmen der Eingangstür und küsst es leidenschaftlich!! Er küsst sie! Dabei hat sie ihre Arme um seinen Hals geschlungen, und er tatscht mit seinen auf ihrem Rücken rum. Das ist doch jetzt alles net wahr! Mein Momo! Mit diesem Mäusle! Tausend Gedanken schießen mir durch den sowieso schon schwirrenden Schädel.

Möglichkeit eins: Es ist eine Verwechslung. Aber außer ihm hatte heute keiner eine Jeans und eine Lederjacke an. Außerdem erkenn ich ihn an seinen schönen blonden Haaren und an der Statur, auch wenn ich ihn nur von hinten sehe. Möglichkeit zwei verwerfe ich gleich wieder: Es ist seine Schwester. Wenn er seine Schwester so küsst, dann möchte ich lieber nix mit ihm zu tun haben.

Ich starre minutenlang fassungslos in ihre Richtung. Sie bemerken mich aber gar net, weil sie so sehr mit sich beschäftigt sind. Mir ist mittlerweile net nur schwindelig, sondern auch kotzschlecht, und ich weiß net, ob es am Medikamenten-Getränke-Mix oder an der Gesamtsituation liegt.

Ich überleg kurz, ob ich einfach wieder reingehen soll und so tu, als wär nix gewesen. Vielleicht klärt sich die Sache ja auf. Aber ich hab ehrlich gesagt null Komma null Bock auf diese dämlichen schreienden Zombie Slasher und ihre Lärmbelästigung. Außerdem bin ich psychisch und physisch am Ende. Mir kommt Frau Spielmann in den Sinn. Was würde sie jetzt machen in meiner Situation? Ich weiß genau, was sie sagen würde: »Schnappen Sie sich den Burschen, und blasen Sie ihm gehörig den Marsch!«

Ich nehm all meine Kräfte und Courage zusammen und stürme, wenn auch auf wackeligen Beinen, auf die beiden zu.

Als ich direkt hinter Momo stehe, räuspere ich mich laut hörbar. Nix. Keine Reaktion. Stattdessen wird das Schmatzen der beiden Turteltäubchen auch noch lauter! Was für eine Unverschämtheit!

»Entschuldigung!«, sag ich jetzt in empörtem Ton. »Entschuldigung, falls ich störe!«

Momo wirbelt mit dem Kopf herum, und ihm entgleiten alle Gesichtszüge. Das Mädle guckt erst überrascht, mustert mich dann kritisch und schenkt mir ein gequältes Lächeln.

»Was wird des, wenn ich fragen darf?«

Momo, der völlig überrumpelt scheint, stammelt unbeholfen rum. Seine brünette Begleitung springt für ihn ein.

»Wie? Was das wird? Das wird nicht, das IST. Ein Mann küsst seine Freundin. Was dagegen?«, fragt sie jetzt schnippisch.

»Ach, Freundin! Des isch ja interessant!«

Jetzt mischt sich Momo ein, der anscheinend seine Sprache wiedergefunden hat. Er hebt beschwichtigend beide Arme.

»Ich kann das alles erklären!«

»Was?«, fragen das Mädle und ich gleichzeitig und schauen ihn neugierig an.

»Also, es war so …«

»Jetzt sag der Alten doch, dass ich deine Freundin bin, Mann!«, unterbricht sie ihn fahrig und beißt sich dann auf ihren langen bunten Fingernagel.

»Looos!«

Das mit »der Alten« hab ich überhört. Ich mag zwar älter sein als dieses totgeschminkte Mäusle und eine Hamsterbacke haben, aber alt bin ich noch lange net.

»Ja, also …«, druckst Momo herum.

»Freundin, soso. Und warum bischt du dann auf Pflegeliebe.de?« Ich schau ihn prüfend an.

»Du bist *wo*?« Die Augen vom Zopfmädle fangen gefährlich an zu funkeln.

Sie schubst ihn rabiat zur Seite.

»Du bist woooooo?«, brüllt sie jetzt.

»Es ist alles ganz anders, als ihr denkt!«

»Schöne Augen hat er mir gemacht!«, sag ich jetzt triumphierend, um noch ä bissle mehr Öl ins Feuer zu gießen, obwohl des natürlich leicht übertrieben ist. Seine Mail war äußerst unverfänglich.

»Sag mal, hast du noch alle Latten am Zaun? Du machst im Internet mit irgendwelchen Trullas rum?«, ruft sie jetzt hysterisch in einer Lautstärke, dass ich Angst habe, sie könnte die Zombie Slasher übertönen.

Dann geht es rasend schnell. Sie schnappt sich, ehe ich mich vergucke, Momos Glas mit dem Gin Tonic und kippt es ihm ins Gesicht. Dann gibt sie ihm eine schallende Ohrfeige und dampft wutentbrannt ab.

Aua. Das hat bestimmt wehgetan. Aber mein Mitleid hält sich in Grenzen.

»Scheiße!«, ruft Momo ihr jetzt nach. »Warte, Angelique, ich kann das erklären!«

»Na, dann erklär es doch mir!«, biete ich leicht gereizt an. Ich muss mich sehr auf meinen Text konzentrieren, denn in meinem Kopf dreht sich jetzt alles noch schlimmer als vorher. Das Adrenalin hat mich für einen Augenblick vergessen lassen, dass ich eigentlich kurz vorm Umkippen war.

»Es tut mir leid, Sybille. Das war mies von mir.«

»Allerdings!«, stimme ich ihm zu.

»Also, ich hab mich nur bei Pflegeliebe.de angemeldet, um an dich ranzukommen.«

»Aber hat doch geklappt.«

»Ja, aber nicht so, wie du jetzt vielleicht denkst. Ich bin schon seit drei Jahren mit Angelique zusammen. Ich suche keine Frau. Ich wollte doch nur die Karten.«

»Welche Karten?«, frage ich verdattert.

»Na, die Metallica-Tickets, die du neulich bei Steffen Riedlinger gewonnen hast.«

Ach du liebe Zeit! Die hatte ich total vergessen. Die Karten, die ich bei der Such-Aktion mit Bellis aus Versehen im Radio abgestaubt hab. Daher der Satz in seiner Mail: »Ich hab schon drei Sibylles angeschrieben«, jetzt dämmert es mir.

»Und deshalb der ganze Zirkus?«

»Ja, ich wollte Angelique damit überraschen, sie ist großer Metallica-Fan. Aber ich hab keine Tickets mehr für ihren Geburtstag gekriegt.«

»Aber warum huscht du mich dann net einfach angerufen?«

»Hab ich doch. Ich hab an dem Abend zigmal im Heim angerufen, aber jedes Mal wurde aufgelegt.«

Stimmt, ich kann mich an die nervigen Anrufe erinnern. »Eigentlich wollte ich dich nur fragen, ob du mir die vielleicht verkaufen könntest.«

Jetzt tut er mir fast ä bissle leid. Die Aktion war zwar reichlich bescheuert, aber er scheint ein gutes Herz zu haben.

»Du, des isch jetzt echt blöd gelaufen. Ich hab die Tickets gar net, weil ich Metallica net mag. Ich hab meine Adresse gar net durchgegeben.«

Seine Mundwinkel gehen nach unten, und er sieht aus wie ein geprügelter Hund. Ein nasser, gut aussehender geprügelter Hund.

»Auch das noch! Jetzt kann ich Angelique nicht mal beweisen, dass es so war …«

»Ruf doch einfach noch mal beim Ra…«

Weiter komme ich net. Mir wird plötzlich schwarz vor Augen. Ich höre von Weitem nur noch Momos Stimme: »Sybille, ist alles okay mit dir? Sybille. Oh Gott, was ist denn los?«

Alles dreht sich wie im Karussell. Ich krall mich noch am Tisch fest, kann mich aber net halten. Dann knicken mir die Beine weg. Ich sacke in mich zusammen und lande auf dem kalten Steinboden.

Das Nächste, woran ich mich erinnere, ist der Krankenwagen. Ich hab einen Tropf am Arm, und zwei Sanitäter schauen mich erwartungsvoll an.

»Wir haben sie wieder!«, ruft der eine plötzlich. »Wie geht es Ihnen? Wissen Sie, wo Sie sind?«

»Im Krankenwagen?«

»Ja, wir bringen Sie jetzt ins Krankenhaus. Sie hatten einen Kreislaufkollaps.«

»Nehmen Sie irgendwelche Medikamente?«

»Nur Ibuprofen und Gin Tonic.«

Dann wird es wieder dunkel.

Kapitel 10

Dornröschenschlaf

»Na, Sie machen ja Sachen«, sagt der junge Arzt mit dem osteuropäischen Akzent, der um elf Uhr kurz zur Visite vorbeischaut. »War es wenigstens gut bei diesem Konzert?«

»Welches Konzert?«, antworte ich, weil ich gar net weiß, was er meint.

Bei »Konzert« denk ich im ersten Moment an Mozart oder Beethoven, aber bestimmt net an die Zombie Slasher.

Sein Blick wechselt von interessiert zu besorgt. »Wie? Wissen Sie das nicht mehr? Gestern Abend?«

»Ach so, des Rockkonzert! Ähm, ja. Kann ich nur empfehlen. Also, zumindescht, wenn man uff Männer steht, die sich schwitzend die Kleider vom Leib reißen und ihre Instrumente auf dem Boden zerdeppern!«

Jetzt lacht er unsicher. Ich weiß net, ob er alles verstanden hat, was ich gerade gesagt hab. Deshalb wechsle ich schnell das Thema.

»Darf ich heim?« Ich schau ihn bettelnd an. Normalerweise behalten sie einen am Wochenende ja gern da, weil es dem Krankenhaus noch ä bissle Kohle bringt.

»Wenn Ihnen nicht mehr schwindelig ist, kann ich Sie entlassen. Ihre Werte sind okay.« Er schaut prüfend auf einen Zettel.

»Oh danke! Des wär super. Ich muss am Montag wieder arbeiten, ich bin nämlich auch in der Pfläge.«

Sein Gesicht hellt sich auf. »Wie schön, eine Gleichsehende, oder wie sagt man?«

»Gleichgesinnte!«, verbessere ich ihn. Er wiederholt das Wort mit seinem rumänischen oder polnischen Akzent. Süß. Der wär was für mich! Ich könnt ihm noch so viel beibringen!

Ich seh uns im Geiste schon Vokabeln pauken. Er Deutsch oder halt Schwäbisch, ich Rumänisch. Bedauerlicherweise scheint er aber schon verheiratet zu sein, zumindest verrät das der Ring an seiner rechten Hand. Und ehrlich gesagt, hab ich erst mal genug von irgendwelchen Dates. Erst Sebastian, der Stalker, und dann Momo mit seiner durchgeknallten Freundin. Ich bezweifle, dass es da draußen noch irgendwelche normalen Männer gibt.

Der Arzt ist schon fast aus der Tür, da kommt er noch mal zurück.

»Eine Frage noch: Hat Sie jemand geschlagen, dort auf dem Konzert?«

Ich zucke zusammen. Ich kann mich kaum noch an den kompletten Abend erinnern. Hat mich jemand vermöbelt? Momo? Momos Freundin vielleicht? Hab ich ein blaues Auge? Er gibt mir einen Handspiegel und zeigt auf meine Backe. »Deshalb!« Ich schaue in den Spiegel und atme dann erleichtert auf. Kein Veilchen, keine blutige Nase. Nur meine Backe ist immer noch leicht geschwollen.

»Nee, des war der Dr. Meder. Mein Zahnarzt. Böser Mann. Ganz böser Mann.« Dann lache ich. Er schaut irritiert, aber scheint beruhigt. Vielleicht will er auch einfach nur weitermachen mit seiner Visite, denn in der Krankenpflege sind sie genauso unterbesetzt wie wir in der Altenpflege, und er ist bestimmt im Stress.

»Danke für alles!« Ich lächle ihm noch mal zu, bevor er die Tür schließt. Ich würd ihm auch noch eine Packung Mon Chéri schenken, wenn ich eine zur Hand hätte, aber bestimmt ist der Schrank im Mitarbeiterraum voll davon. Patienten oder auch Angehörige bei uns im Heim schenken einem IMMER Schokolade, um sich zu bedanken. Dass wir irgendwann nicht mehr in unsere Pflegehose passen und dann durch die Gänge rollen müssen, daran denkt keiner. Ein Goldbarren wäre auch mal eine Alternative.

Eine Stunde später sitze ich unten in der Lobby und überlege, wer mich abholen könnte. Mein Auto steht immer noch vor dem *Slaughterhouse*, und Google sagt, es sind 3,4 Kilometer bis dorthin. Das trau ich mir zu Fuß ehrlich gesagt noch net zu. Mama kommt net in Frage. Die fällt aus allen Wolken, wenn sie hört, dass ich die Nacht im Krankenhaus verbracht hab. Das ist noch schlimmer, als wenn ich aus der Ausnüchterungszelle anrufen würde.

Evelyn! Die muss mir helfen. Zum Glück hat sie Frühdienst, soweit ich weiß. Ich schick ihr eine WhatsApp-Nachricht. »Hallo, Evelyn, der Abend isch anders verlaufen als gedacht, kannscht du mich nach deiner Schicht in Ludwigsburg im Krankenhaus abholen und zum Slaughterhouse fahren?«

Zehn Minuten später: »Guter Witz, Sybille, aber darauf falle ich nicht schon wieder rein! Wie war es mit dem Traumprinzen? *neugierig guckender Smiley* *Herzchen*«

»Leider kein Witz! Ich erzähl dir später mehr, aber hol mich bitte ab!«

»Was? *Smiley mit aufgerissenen Augen* Geht es dir gut? Ich kann leider nicht. Jan-Niklas hat doch heute Geburtstag, und wir sind nach dem Dienst gleich bei meinen Eltern. *trauriger Smiley*.«

Das hatte ich ganz vergessen. Evelyn hat schon seit Wochen überlegt, was sie ihm schenken soll.

»Ja, alles okay! Drück den Jan-Niklas von mir. *Torten-Zeichen*«

»Frag doch mal Sascha, der hat heute frei.«

»Gute Idee! *Daumen hoch* Und viel Spaß beim Feiern.«

Ich rufe Sascha an, der nach kurzem Klingeln auch gleich an sein Handy geht. Ich schildere ihm die Situation, ohne ins Detail zu gehen, und obwohl er gerade an seinem Roller rumschraubt, verspricht er, mich abzuholen. Sascha ist ein Schätzle!

»Sybille, ich bin eigentlich nur gekommen, weil ich wahnsinnig gespannt bin auf deine Story und weil ich dir auch dringend was sagen muss«, begrüßt er mich eine Dreiviertelstunde später vor dem Krankenhaus.

»Gott, was ist denn mit deinem Gesicht passiert?«

Ich winke ab. »Lange Geschichte! Gehen mir noch einen Kaffee trinken? Dann erzähl ich dir alles. Der Kaffee hier war leider … na ja …«, sag ich.

»Krankenhaus halt. Die wollen einen so schnell wie möglich wieder loswerden, da darf man sich nicht zu wohlfühlen. Das ist ein bisschen anders als bei uns.« Wir lachen.

Auf dem Weg zum *Café Schnäbele* kommt mir eine Idee.

»Sag mal, kannscht du einen Umweg fahren und mich kurz bei 89.9, dem Hitradio, rauslassen? Ich muss schnell noch was erledigen.«

Sascha fragt net nach, was in aller Welt ich beim Radio zu suchen hab, sondern fährt einfach hin. Das schätze ich so an ihm. Er kennt mich und weiß, dass ich es ihm früher oder später eh erzähl, weil ich ja nix für mich behalten kann.

Es ist Samstag. Das heißt, auch beim Radio schafft man in der Notbesetzung.

Umso besser für mich. Ich geh durch die automatische Drehtür direkt auf den Empfang zu, der aus einem schicken Tresen aus Chrom und hellem Holz besteht und auf dessen Vorderseite in pinkfarbenen Buchstaben das Logo vom Sender prangt. Dahinter sitzt ein circa 25-jähriger Bub mit Bart-Simpson-T-Shirt und einer Hornbrille und spielt auf seinem Handy rum. Ich vermute, ein Praktikant oder irgendeine Aushilfskraft. Auf dem Papieraufsteller neben dem Telefon steht in großen Buchstaben: *Justin Weigle* ist für Sie da! Der Name wurde nachträglich mit einer fast unlesbaren Handschrift eingetragen.

Als er mich sieht, legt er schnell das Telefon weg und fragt durch die dicke Glasscheibe, die wichtige von unwichtigen Menschen trennt, wie und ob er mir helfen kann. Ich merke gleich, dass samstags wohl nicht besonders viel los ist und dass er froh ist, dass er endlich mal was zu tun hat. Ich könnte ihm einen Job anbieten, wo er mehr Trubel hat, aber Pfläge ist natürlich nur halb so sexy, wie beim Radiosender an der Rezeption rumzugammeln. Immerhin kann er seinen Freunden stolz erzählen: »Ich bin Radio-Account-Sales-Dingsbums«, was besser klingt als Aushilfskraft an der Rezeption. Otterle hat net ganz unrecht mit seinem Marketing-Gelaber.

»Ich bin ä bissle sauer«, fange ich meinen Satz an und stütze mich mit beiden Fäusten auf die Theke, als wollte ich noch zwei Bier bestellen. Dabei versuch ich, extrem grimmig zu gucken.

Es funktioniert. Justin hat die Augen weit aufgerissen, er spürt, dass sich möglicherweise gleich Ärger anbahnt. Und dann leg ich los, wie ich es mir vorgenommen hab: »Hör mal, Justin, ich hab letztschte Woche hier zwei Metallica-Tickets gewonnen. Live. In der Sendung von meinem Lieblingsmoderator Steffen. Des war echt wahnsinniges Glück. Erschtens war es schwierig, durchzukommen, und zweitens war die Frage alles andere als einfach. Aber ich hab es geschafft. Und ich hab mich wahnsinnig gefreut, denn ich bin der gröschte Metallica-Fan jenseits des Mississippi (des isch natürlich erstunken und erlogen, und den Satz mit dem Mississippi hab ich irgendwo in einem Film aufgeschnappt), aber bisher isch nix, aber auch gar nix, NADA bei mir in der Post gewesen. Net mal eine E-Mail hab ich gekriegt. Des Konzert isch nächschte Woche, und ich muss langsam auch mal planen. Ich bin in der Pfläge und hab wirklich einen harten Job!« Dabei guck ich leicht herablassend auf seinen gemütlichen Bürostuhl und den halben Donut auf dem Teller.»Also, was isch des hier für ein Verein? Wird man hier angelogen? Es werden einem Tickets versprochen und dann net zugeschickt? Soll ich des vielleicht mal denen vom Pfleidelsheimer Tageblättle oder vom Ludwigsburger Boten erzählen?«

Justin Weigle, der mit halb offenem Mund meiner Schimpftirade zugehört hat, ist jetzt knallrot angelaufen und räuspert sich verlegen. »Das tut mir total leid, Frau … äh, Frau …«

»Bullatschek!«, ergänze ich wütend.

»... wenn wir Sie verärgert haben.«

Er siezt mich, um klarzustellen, dass ich eine alte Schachtel bin und eigentlich nicht zur Zielgruppe von 89.9, dem Hitradio, gehöre. Ich spür das!

»Wissen Sie, wir hatten letzte Woche eine kleine Datenpanne. Also, äh. Ja. Der Server hat gesponnen.«

Gott, hab ich ein Glück, geht es mir durch den Kopf. Aber ich spiele weiterhin die verärgerte Hörerin.

»Ja, des isch ja blöd für den Sender, aber wie komm ich denn jetzt an meine Metallica-Tickets? Die sind ja offensichtlich gar net rausgeschickt worden, oder?«

»Ich vermute, nein.«

»Vermuten isch schön. Wissen isch besser!« (Wow, ich bin in Höchstform! Was so ein kleiner Kreislaufkollaps alles bewirken kann!)

Justin nimmt den Telefonhörer ab und drückt eine vierstellige Nummer. »Ja, der Empfang! Der Justin«, säuselt er in den Hörer. »Sag mal, haben wir noch welche von den Metallica-Tickets? Ich hab hier eine Hörerin, die ... Ja ... Nee, die hat welche gewonnen beim Steffen. Ja, ich weiß. Ja, die ist ziemlich sauer. Also extrem.«

Ich setze einen noch beleidigteren Blick auf. Justin hält jetzt mit einer Hand die Telefonmuschel zu.

»Wann war das?«

»Mittwoch!«

»Mittwoch«, wiederholt er jetzt in den Hörer.

Die Person am anderen Ende der Leitung sagt irgendeinen langen Satz, den ich natürlich net versteh. Ich bete innerlich, dass die Datenpanne auch am Mittwoch war und net erst später.

»Oki. Jo. Ja, mach ich. Ja, weiß ich. Jaaaa. Okay. Ja. Tschüssi. Jaaaa.«

Justin legt auf.

»Aaaalso. Der Tine vom Ticket-Marketing tut das total leid. Echt! Natürlich kriegen Sie Ihre Metallica-Tickets.«

YES! Ich jubiliere innerlich, aber es soll noch besser kommen.

»Und wegen der Unannehmlichkeiten dürfen Sie sich auch noch zwei Tickets für ein anderes Konz…«

»PUR!!!«, schreie ich, ohne dass er den Satz beendet hat. »PUR im September! Jaaaa!«

Er schaut irritiert. Für einen leidenschaftlichen Metallica-Fan war das wohl etwas zu enthusiastisch. Deshalb häng ich noch einen Satz dran: »Also für meine Schwester, die isch großer Fan.«

Er macht einen Schrank auf und holt eine große verschlossene Kassette raus. Dann macht er sie auf und reicht mir feierlich zwei Metallica-Tickets und zwei PUR-Tickets.

»Noch mal sorry für die Unannehmlichkeiten. Das passiert sonst nie!«

»Na ja, das will ich mal hoffen. Schöne Grüße noch an den Steffen.«

Er nickt bedröppelt, ich mache auf dem Absatz kehrt und stolziere mit meinen vier Tickets wieder zur Drehtüre raus. Als ich außer Sichtweite bin, schrei ich laut: »JA, JAAAAA. JA!«, und hüpf kurz in die Luft.

Sascha, der im Auto sitzt und mich beobachtet hat, schüttelt nur mit dem Kopf, als ich einsteige. »Na, auf die Story bin ich ja jetzt megagespannt.«

Zwei Apfelkuchen und drei Milchkaffee später hab ich Sascha die ganze Geschichte von meinem missglückten Date und den Konzertkarten haarklein erzählt. »Sybille, da soll einer noch mal sagen, dein Leben wäre langweilig!«

»Ja, oder?«, pflichte ich ihm bei.

»Und diesem komischen Momo willst du nach der ganzen Sache wirklich die Tickets überlassen?«

»Verkaufen! Ich muss auch sehen, wo ich bleib. Und des war echt Einsatz heute.«

»Hach, du bist zu gut für diese Welt, Sybille! Was für ’ne Story!«

»Und was sind deine wichtigen News, die du mir berichten wollteschtʔ«, frag ich neugierig.

»Es geht mal wieder um die *Duftys*. Es ist unglaublich, was ich auf den Videos entdeckt hab. Ich glaub, am besten guckst du es dir selbst an, ich hab mir ein Backup auf meinen Rechner gezogen. Hast du noch Zeit?«

Achtung! Versteckte Kamera

Wir fahren, nachdem wir mein Auto abgeholt haben, zu Sascha, der direkt über einer Spielothek wohnt. Vor der Tür lungern ein paar dubiose Gestalten rum, die Platz machen, als Sascha die Eingangstür aufschließen will. Er grüßt freundlich, und alle grüßen zurück. Man kennt sich offensichtlich.

»Auch net grad ein einladendes Viertel, wo du da wohnscht«, raune ich ihm zu, als wir ins düstere, muffig riechende Treppenhaus kommen.

»Ach, harmlos. Immerhin ist immer was los. Spielsucht kennt halt keinen Feierabend. Die haben 24 Stunden auf.«

Saschas Wohnung ist winzig. Evelyn würde jetzt wieder ihren Witz machen: »Barbie hat angerufen, sie will ihre Wohnung zurück!« Er hat nur ein einziges großes Zimmer, in dem sein ganzes Leben stattfindet. Vor dem Fenster steht eine aufklappbare Schlafcouch mit einer bunten Bettdecke, die er aber wahrscheinlich nie zusammenklappt, davor dient ein kleiner Tisch als Esstisch. Darauf gammelt eine halb leere Aluschale mit kalten Spaghetti vor sich hin, und eine leere Cola-Flasche liegt auf dem Boden daneben. Gut, dass Mama net hier ist. Sie hätte bei dem Anblick schon einen Herzkasper gekriegt.

An der Wand hängt ein großes Poster mit Bob Marley, der an einem Joint zieht. Neben der Tür steht auf einem alten schweren Schreibtisch sein Rechner. Daneben zahllose Kabel, die ineinander verheddert sind, und ein Stapel mit Computerspielen. Jetzt kann ich verstehen, warum er so oft im Heim abhängt. Gemütlich ist anders.

»Tja, hier hause ich!«, sagt er halb belustigt, halb beschämt.

Ich kann mich net dazu durchringen, zu lügen und zu sagen: »Hach, schön hascht du es hier«, deshalb rutscht mir ein »Isch bestimmt günstig!« raus, was ich gleich wieder bereue.

Er lacht. »Ja, 300 Euro warm, so was find ich so schnell nicht wieder!«

»Verstehe ich!«

Er holt mir einen Klappstuhl und stellt ihn neben seinen Bürodrehstuhl.

»Setz dich. Geht gleich los!« Er drückt einen Knopf am Computer, und nachdem ein dumpfer Sound ertönt, erscheinen plötzlich zahllose Ordner auf dem Bildschirm. Er klickt wild hin und her. Dann öffnet er einen Ordner, der mit »HS top secret« beschriftet ist.

HS steht für Haus Sonnenuntergang, vermute ich.

»So, dann halt dich mal fest, was gestern während des Spätdienstes passiert ist.«

Er drückt auf »Play«. Im Bild erscheint jetzt das schwarzweiße Überwachungsvideo aus dem »kleinen Wohnzimmer«, wie wir es nennen. In anderen Heimen heißt es oft »die gute Stube«. Es ist im Prinzip ein großer Raum, der eingerichtet ist wie ein Wohnzimmer und in dem viele Lehnsessel und ein Sofa für die Senioren stehen, ein Korb mit Groschenromanen und Zeitschriften, die alle mit dem Wort »Frau« anfangen. Frau im Spiegel, Frau aktuell, Frau und Haus, Frau im Leben, Frau von heute, Frau von gestern, Frau von vorgestern. An der Wand hängt unser zweiter Flatscreen-Fernseher. Den ersten haben unsere Gangs runtergeschmissen. Es darf eigentlich net nach draußen dringen, aber mir haben zwei Seniorengangs bei uns im Heim. Wir nennen sie die Bandidos und die Rollator Angels. Zwei Gruppen von drei bis vier Senioren, die überhaupt net miteinander klarkommen. Die Bandidos werden – wie könnte es anders sein – von Seifert angeführt. Jeder weiß, dass man beide Gruppen NIE zusammen ins kleine Wohnzimmer lassen darf. Als das mal passiert ist, haben sie sich dermaßen um das Fernsehprogramm gezofft, dass Seifert mit seinem Stock den Flatscreen runtergedonnert hat, den Elektro-Schlägle uns geschenkt hat. Dann war erst mal Sendepause. Netterweise haben sie uns noch einen spendiert. Der hängt jetzt deutlich höher, sodass keiner mehr dran kommt. Aber das nur am Rande.

Otterle senior hat das kleine Wohnzimmer damals liebevoll mit schönen alten Möbeln und Teppichen einrichten lassen, »damit die Senioren sich fühlen wie zu Hause im Wohnzimmer«, hat er gesagt.

Ich starre auf den Bildschirm, doch es passiert nichts. Alle Senioren im Raum schlafen tief und fest. Entweder im Rollstuhl oder in einem Sessel. Normalerweise kein ungewöhnliches Bild, aber irgendwie ist es trotzdem komisch, dass sich so gar keiner rührt. Frau Spielmann hält eine Tasse in der Hand, die nur nicht runtergefallen ist, weil sich ihr Daumen noch im Griff verhakt hat. Auf dem Schoß von Herrn Strauß liegt ein angefangenes Sudoku. Der dazugehörige Kuli ist wohl auf den Boden gefallen und direkt neben seinem Schuh gelandet. Es sieht ein bissle aus wie bei Dornröschen. Und dann sehe ich Steffi. Sie sitzt neben Herrn Kämmerer auf der Couch und hat sich schlafend an ihn gekuschelt.

»Was zur Hölle …?«

»Warte, es wird noch besser!«, fällt mir Sascha ins Wort und fährt mit der Maus auf der Timeline ein Stück nach rechts.

»Achtung! Jetzt!«

Cat kommt plötzlich ins Bild, sie hatte ja gestern Spätdienst. Man sieht, dass sie irgendwas zu den schlafenden Senioren sagt, man kann es aber nicht hören, weil die Überwachungsvideos ohne Ton sind. Keiner reagiert. Jetzt geht sie zu Steffi, tippt ihr erst auf die Schulter und schüttelt sie dann sanft. Nichts. Sie ruft noch mal irgendwas in den Raum und rennt dann panisch aus dem Zimmer.

»Sind sie tot? Alle?«, frage ich schockiert und weiß, dass es

Quatsch ist, sonst hätte ich es natürlich schon erfahren. »Massensuizid im Seniorenheim« wäre eine Schlagzeile, die es sogar in die Tagesschau geschafft hätte. Außerdem hätte Mama mich sofort angerufen.

»Was isch da los?«

Sascha fährt mit der Maus auf dem Standbild Richtung Tür. Dann zeigt er mit dem Pfeil der Maus auf das *Dufty*. »Das ist der Übeltäter!«

»Das *Dufty*! Natürlich! Was ist das für eine Duftrichtung?«

»Das Ding heißt *Sleeping Beauty*«, klärt mich Sascha auf. »Scheint irgendein Narkotikum drin zu sein. Vielleicht ein bisschen überdosiert.«

»Du heilige …! Wer macht so was?«

»Auch das kann ich dir sagen«, fährt Sascha triumphierend fort. Er drückt auf »Play«.

Eine Minute später taucht Cat mit Beate wieder im Bild auf. Sie zeigt ratlos auf die Senioren. Beate macht eine beschwichtigende Handbewegung, sagt irgendwas und schiebt Cat aus dem Zimmer. Dann geht sie zum *Dufty*, zieht aus ihrem Kasack eine Art Schlüssel, öffnet es und hantiert kurz daran herum. Was sie genau macht, kann man nicht erkennen, denn sie verdeckt mit ihrem Körper die Sicht.

Dann verlässt auch sie das kleine Wohnzimmer und kommt kurze Zeit später mit einem weiteren *Dufty* wieder.

Sie läuft im Raum auf und ab und drückt zweimal auf den Spender. Zwei riesige Nebelwolken schießen aus dem Gerät. Dann verlässt sie schnell das Zimmer.

»Und jetzt pass auf!« Sascha scrollt noch mal zwei Minuten vor.

»Tadaaaa!«

Die Senioren sitzen jetzt wach und gut gelaunt in ihren Sesseln, als wäre nix gewesen.

Steffi schenkt mit einer Kanne Tee aus.

»Das gibt's doch net, das glaub ich jetzt net!« Ich bin sprachlos.

»Tja, unsere liebe Beate!«

»Weißt du, was ich mich frage: Macht sie das im Auftrag von Otterle oder eigenständig?«

»Ich vermute stark, dass Otterle davon weiß«, mutmaßt Sascha. »Wahrscheinlich hat er Beate eingeweiht, und sie ist jetzt quasi *Dufty*-Beauftragte und soll gucken, wie die Reaktionen bei verschiedenen Dosen sind. Ich könnte mir vorstellen, dass Otterle vom Hersteller ein nettes Sümmchen kriegt für diesen kleinen Feldversuch. Tja, und für Beate fällt wahrscheinlich auch was ab!«

»Alter Verwalter! Wenn des stimmt … Oh Mann. Mir hatten ja schon vermutet, dass Beate ein Maulwurf isch, aber dass sie in solche Machenschaften verstrickt isch … Unfassbar!«

»Wie, Beate ist ein Maulwurf?« Sascha schaut mich irritiert an.

Da die ganze Geschichte mit Cat und der Schwangerschaft jetzt aber zu weit führen würde, sag ich nur: »Sie tratscht alles, was wir untereinander bereden, an Otterle weiter! Wir haben ihr vor ein paar Tagen eine Falle gestellt, und sie ist reingetappt.«

»Heftig. Und jetzt noch die Nummer hier. Aber die Frage, die sich stellt, ist: Was machen wir mit ihr?« Sascha schaut mich fragend an.

»Wir könnten sie voll reinreiten mit den Videos!«, überleg ich laut.

»Ja, aber dann wird Otterle alles abstreiten und den Ahnungslosen spielen und es auf Beate schieben. Die wird dann abgemahnt oder entlassen oder so. Es gibt einen Riesenskandal, das Heim schließt, und wir sitzen alle auf der Straße …«

Ich muss lachen. Pflegekräfte sitzen nie auf der Straße, dafür sind wir einfach zu begehrt. Ich könnte schon morgen in fünf anderen Heimen anfangen, wenn ich wollte.

Aber Haus Sonnenuntergang ist mein Heim. Das ist wie mein Zuhause. Hier hab ich angefangen, und hier fühl ich mich wohl. Ich hab keine Lust, mich irgendwo anders einzugewöhnen. Außerdem bin ich es in gewisser Weise auch Herrn Otterle senior schuldig, dass wir das Ding net an die Wand fahren. Des wäre für ihn das Schlimmste.

»Kommt demnächst nicht dieses Komitee vorbei, wegen der albernen Auszeichnung ›Heim des Jahres‹?«, fragt mich Sascha jetzt.

»Ja, ich glaub, diese oder nächschte Woche, warum?«

»Ich hab da so eine Idee, lass mich mal machen, Sybille!«

Kapitel 11

Unser Heim soll schöner werden

Als ich am Montagmittag zum Spätdienst ins Heim komme, steht ein großer Lkw von Blumen-Scheuerle vor der Tür. Zwei Männer in grünen Latzhosen laden Unmengen Zimmerpflanzen aus und tragen sie in den Eingangsbereich. Anke am Empfang, die meinen fragenden Blick sieht, schüttelt nur mit dem Kopf und zuckt mit den Schultern, kann aber nicht sprechen, weil sie gerade an zwei Telefonhörern gleichzeitig hängt.

»Ach, sind das schöne Pflanzen!«, ruft Frau Spielmann, die mit ihrem Rollator auf der Bank sitzt und das Treiben gespannt beobachtet.

»Für wen sind die denn?«, will Frau Bäuerle wissen.

»Also, die Große da, mit den gestreiften Blättern, ist giftig. Davon hat mein Waldi damals ein Blatt gefressen und ist qualvoll verreckt!«, weiß Herr Junghans zu berichten.

Frau Spielmann und Frau Bäuerle quittieren den Satz mit einem erschrockenen Gesichtsausdruck.

»Das ist aber kein schönes Wort!«, sagt Frau Spielmann pikiert. »Er ist daran verstorben, sagt man!«, blafft sie besserwisserisch in Junghans' Richtung.

»Klingt aber zu friedlich, er hatte Schaum vor dem Mund und hat keine Luft mehr gekriegt und bloß noch geröchelt, dann ist er erstickt«, kontert Junghans wütend und legt nach. »Ich hoffe, dass Sie nicht so von dieser Welt gehen müssen!«

Spielmann ist kurz irritiert aufgrund des Vergleichs mit dem Hund, reagiert aber schlagfertig wie immer: »Ich werde garantiert in kein Blatt beißen, von einer Pflanze, die ich nicht kenne. Höchstens ins Gras!« Und dann schiebt sie noch ein »Wuff, wuff« hinterher und grinst.

Mitten in die Diskussion kommt plötzlich Otterle aus seinem Büro gestürmt und dirigiert die Männer mit den Blumenkübeln Richtung Glastür.

»Alle erst mal dahin, bitte!«

»Herr Otterle, was wird des denn mit den Pflanzen, und wo sollen die denn alle hin?«, frag ich neugierig.

»Frau Bullatschek! Lassen Sie das mal meine Sorge sein. Pflanzen hauchen diesem Ort Leben ein. Sie sollen unser Heim wohnlicher machen! Grün ist doch schließlich die Farbe der Hoffnung!«, sagt er jetzt stolz. Das sieht Herr Junghans nach seiner Hundegeschichte vermutlich anders …

Das sind ganz neue Worte von Otterle. Erst vor zwei Monaten wurden auf seine Anweisung hin alle Kakteen im Heim entfernt, nachdem Yvonne Baumann da war, die macht Feng-Shui-Beratung und Raumdesign und hat uns eröffnet, dass Kakteen Unglück bringen. Wusste ich auch noch net. Ich hab ihr erzählt, dass meine Eltern, schon seit ich denken kann, das ganze Wohnzimmer voll mit Kakteen haben und bisher – toi, toi, toi – alles gut gelaufen ist.

»Tja, Sybille, aber woher willst du wissen, was deine Eltern für ein Leben hätten führen können, wenn sie die Kakteen nicht gehabt hätten?«, hat sie mich provozierend gefragt. Ich hab tatsächlich kurz überlegt. Vielleicht wären sie Lotto-Millionäre geworden, und ich wär in einer schicken Villa in St. Tropez aufgewachsen und hätte mit zwölf schon mein erstes Glas Champagner getrunken. Wir hätten einen Butler gehabt, der mir morgens mein Frühstück ans Bett gebracht hätte, und am Wochenende wären wir mit der Yacht rausgefahren. Hätte, hätte, Fahrradkette. So war es aber net. Und ob ich dann heute glücklicher wäre, weiß ich auch net. Wie heißt es so schön: More money, more problems. Wahrscheinlich wär ich entführt worden, und sie hätten mir einen Finger abgehackt, weil mein Vater, ganz Schwabe, das Lösegeld net bezahlen wollte, oder ich wäre von der Yacht gefallen und fast ersoffen, wäre drei Tage im Koma gelegen und hätte danach einen Hirnschaden gehabt. Danke! Danke, liebe Kakteen, dass ihr mich davor bewahrt habt! Im Leben ist alles für was gut, und ich bin mit meinem so weit eigentlich ganz zufrieden.

Im Umkleideraum klärt mich Ute dann auf. »Du, die Pflanzen sind nur eine Leihgabe vom Blumen-Scheuerle! Das weiß ich zufällig von der Gaby Scheuerle. Die hat es mir erzählt. Otterle will sie nur für zwei Wochen, weil doch das Komitee kommt, du weißt schon, wegen dem ›Heim des Jahres‹. Und da soll es ein bisschen frischer und wohnlicher hier aussehen«, flüstert sie mir zu, als könnte uns jemand belauschen. Ach, daher weht der Wind. Typisch Otterle. Und mir einen vom Pferd erzählen, von wegen »Leben einhauchen«. Was für ein Quatsch. Und natürlich sollen die Pflanzen net stehen bleiben, wär ja auch viel zu teuer.

»Und, wie findste die Musik?«, fragt Ute mich jetzt und schaut mich erwartungsvoll an.

»Musik? Welche Musik?« Ich bin noch halb taub von den Zombie Slashern und glaube, ich werde die nächsten Monate erst mal gar nix hören. Bin schon froh, dass über den Zimmertüren ein Lämpchen brennt, wenn jemand von den Senioren klingelt, sonst würde ich das womöglich auch net mitkriegen.

»Hör doch mal!«, rät Ute mir und hält mir einen Spalt breit die Tür zum Flur auf.

Ich lausche angestrengt. Tatsächlich! Im Hintergrund läuft ganz leise irgendein Musikgedudel. »Das wirkt sich positiv auf das Befinden der Bewohner aus, sagt eine Oxford-Studie.«

Ich schau Ute ungläubig an. Der Satz klingt so gar net nach ihr.

»Willscht du mich veräppeln?«

Ute lacht jetzt schallend. »Nee, is nicht von mir. Das hat Otterle uns heute allen Ernstes beim Frühdienst erklärt!«

»Lass mich raten, es hat net zufällig was mit dem Überraschungsbesuch des Komitees zu tun?«

»Hm … Ein Schelm, wer Böses dabei denkt, Sybille.«

Ute zieht ihre Jeansjacke an und schnappt sich ihre Tasche.

»So, ich bin raus für heute. Viel Spaß beim Spätdienst, wer weiß, mit was für sensationellen Ideen Otterle heute noch ankommt!« Wieder lacht sie laut. »Halt mich bitte auf dem Laufenden, falls noch eine Sauna oder ein Whirlpool eingebaut wird. Dann komm ich sofort zurück!«

Jetzt muss ich auch lachen. Das fehlte noch.

»Mach ich«, ruf ich ihr zu, ehe die Tür mit einem lauten Knall zufällt.

Gut, dass sie das *Dufty*-Geheimnis net kennt. Sie würde durchdrehen.

Als Evelyn eintrudelt, berichte ich ihr erst mal von den Neuerungen, von denen ich gerade von Ute erfahren hab.

»Der spinnt total! Wieso in aller Welt glaubt er denn, dass wir mit so einem Blödsinn ›Heim des Jahres‹ werden? Der soll lieber mehr Pflegekräfte einstellen, als das Geld für so einen Quatsch rauszupulvern! Und dann auch noch dieser ›Lift me up‹-Bullshit. Was das alles kostet!«

»Der … was?«, frage ich erstaunt.

»Hahaha, sag bloß, den hast du nicht gesehen? Der neue Treppenlift vorne am Treppenaufgang. Von der Firma ›Lift me up‹.«

»Ein Treppenlift? Wozu? Mir ham doch zwei Aufzüge.«

»Tja, der neue Service im Haus Sonnenuntergang«, sagt Evelyn und macht eine präsentierende Geste mit dem Arm, wie ein Magier, der gerade ein Kaninchen aus dem Hut gezaubert hat.

Offensichtlich hab ich durch die ganze Pflanzenaktion den Treppenlift total übersehen. Ich renn noch mal runter zum Empfang, um mich selbst davon zu überzeugen, dass Evelyn mir keinen Bären aufbindet.

Gerade als ich die Treppe runterkomme, saust Frau Spielmann kaum hörbar an mir mit dem neuen Lift vorbei. Sie thront wie eine Königin auf dem modernen Gerät und jauchzt: »Ach, ist das herrlich! Das könnte ich den ganzen Tag machen.«

Als sie mich erblickt, reckt sie die Hände in die Luft. »Frau Bullatschek, huhu! Schauen Sie mal! Das geht sogar freihändig!«, ruft sie jetzt entzückt.

Otterle, der mit einigen neugierigen Senioren am unteren Ende der Treppe steht und die Probefahrt verfolgt, wird leicht unruhig.

»Bitte festhalten! Ich fahre Sie jetzt wieder runter.« Er drückt konzentriert auf einen Knopf auf einem kleinen Kästchen, das aussieht wie die Bedienung eines ferngesteuerten Autos, und der Lift fährt in die entgegengesetzte Richtung.

»Das macht so einen Spaß!«, freut sich Frau Spielmann, als sie mit Hilfe von Otterle aussteigt.

»Ich will auch mal!«, rufen die anderen Senioren jetzt wie kleine Kinder auf dem Spielplatz, wenn die Schaukel frei wird.

»Schluss jetzt. Das reicht für heute«, sagt Otterle streng.

Ich mag mir gar net ausmalen, was für eine Enttäuschung es sein wird, wenn das Ding, nachdem das Komitee da war, wieder abgebaut wird. Otterle gibt garantiert keine 10.000 Euro für so ein Spielzeug aus.

»Frau Bullatschek, was stehen Sie denn hier so sinnlos rum?«, ruft Otterle, als er mich erblickt. »Sie haben doch oben zu tun. Hopp, hopp!«

Ich kann es einfach net glauben. Das Heim sieht aus wie ein Dschungel, die Senioren werden mit einem Treppenlift chauffiert und von *Duftys* manipuliert, und im Hintergrund dudelt seichte Geigenmusik. Schlechter als in jedem Film! Scheint ja wirklich lukrativ zu sein, »Heim des Jahres« zu werden. Und von der Kohle sehen wir alle natürlich nix. Das Einzige, was wir davon haben, ist, dass wenn wir den Titel gewinnen, noch mehr Senioren zu uns ins Heim kommen und wir noch schneller rennen müssen, weil es einfach zu wenig Personal gibt. Na, danke schön, Herr Otterle.

Als ich ins Zimmer von Frau Bongartz komme, studiert sie gerade neugierig den Menüplan für diese Woche, den Steffi gerade vorbeigebracht hat.

»Was ist denn Coq au Vin?«

»Coq au was?«

»Hier, am Donnerstag.« Sie zeigt auf den Plan. Ich nehm ihr den Zettel aus der Hand, um mich zu vergewissern, dass sie sich net verlesen hat.

»Keine Ahnung. Nie gehört.« Ich überfliege weiter das Menü und lese ungläubig vor: »Sonntag: Rumpsteak an Rosmarinkartoffeln mit Gemüse-Mousselines?«

»Rumpsteak? Seit wann gibt's hier Rumpsteak?«

»Und Mittwoch Medaillons vom Kalb? Als Nachtisch Crème brulée? Ich glaub, ich spinn. Wo isch der gute alte Vanillepudding mit Dosenobst? Die Grünkernküchle? Der Backfisch?«

»Das kenn ich alles nicht, und das mag ich alles nicht«, sagt Frau Bongartz jetzt bockig und zerknüllt den Zettel. »Wann gibt's denn wieder die Königsberger Klopse mit Reis?« Sie schaut mich mit großen Augen an.

»Ich vermute, in zwei Wochen wieder. Aber des, was hier steht, schmeckt bestimmt auch alles total lecker!«

»Nein, nein und noch mal nein.« Sie haut sich mit der Faust auf den Oberschenkel. »Ich will meine Königsberger Klopse!«

»Ich guck, was sich machen lässt!«, versuch ich, sie zu beruhigen, und weiß eigentlich schon, dass sich wahrscheinlich gar nix mehr am Speiseplan rütteln lässt. Wahrscheinlich hat Otterle längst einen Dreisternekoch engagiert, um beim Komitee Eindruck zu schinden, und der wird einen Teufel tun und so was Banales wie Königsberger Klopse kochen.

Eigentlich sollte man sich ja freuen über zwei Grießbreifreie Wochen mit erstklassigem Essen wie im Gourmet-Restaurant, aber die Senioren sind Gewohnheitstiere. Je älter man wird, desto stärker hält man an einem bestimmten Rhythmus und festen Gepflogenheiten fest. Und bei uns gibt es nun mal jeden zweiten Mittwoch die vermaledeiten Königsberger

Klopse. Mir würden sie auch zu den Ohren rauskommen, aber die Senioren freuen sich jedes Mal drüber. Vielleicht haben manche auch einfach vergessen, dass sie sie gerade erst gegessen haben. Ein nachlassendes Gedächtnis kann auch seine Vorteile haben.

Als ich die Senioren zum Nachmittagskaffee in den Speisesaal bringe, hängt am *Dufty* ein großer Aufkleber: »Vorübergehend außer Betrieb«. Wahrscheinlich ist Otterle die Sache mit dem plötzlichen Heißhunger zu Ohren gekommen, und er will jetzt um jeden Preis verhindern, dass sie ihn in den finanziellen Ruin stürzen, wenn das überteuerte Essen diese Woche auf dem Plan steht. Ich spreche Frau Berthold, unsere Kitchenaid on Duty, auf den neuen Menüplan an. Sie stöhnt nur laut hörbar.

»Sag mal, ist der Otterle jetzt plötzlich zum Samariter geworden, oder hat er Geburtstag und gibt einen aus? Wer soll das denn alles bezahlen? Rumpsteak? Weißt du, was da das Kilo kostet?«

»Schon gesehen! Unglaublich, oder? Des macht er nur, um ›Heim des Jahres‹ zu werden. Weil des Komitee doch kommt, und er glaubt, dass wir dann bessere Chancen haben«, erklär ich ihr.

»Ach, das ist der Grund! Uns sagt ja wieder keiner was, ich hab mich schon gewundert.« Sie schüttelt den Kopf. »Ich sag dir nur eins, Sybille, wenn die Senioren genauso viel essen wie die letzten Tage, dann sind wir pleite, noch bevor die Urkunde an der Wand hängt!«

»Oh, das werden sie sicher net!« Ich nicke in Richtung des stillgelegten *Duftys*. Frau Berthold schaut mich irritiert an, versteht aber offensichtlich den Zusammenhang net. Wie auch. Ich wäre ohne die Videoaufnahmen schließlich auch net draufgekommen, dass das *Dufty* im Speisesaal appetitanregend wirkt. Jetzt bloß nix verraten.

»Ich denk, des war nur Zufall. Vielleicht die neuen Medikamente«, sag ich schnell und lenk vom Thema ab. »Aber heute gibt's ja nur den guten alten Hefezopf. Das ist ja noch im Rahmen.«

»Noch!« Sie rollt die Augen und holt aus der Schublade einen weiteren Zettel. Es ist der Plan für die wöchentliche Kuchenlieferung vom *Café Schnäbele*.

»Jeden Tag Torte?«, frag ich erstaunt, als ich die lange Liste sehe.

Sie zuckt mit den Schultern. »Ich hab es mir nicht ausgedacht!«

»Na, hoffen mir mal, dass die komischen Willi Wichtigs vom Komitee auch wirklich kommen, sonst ist das Heim um einige Euro ärmer, und die Senioren haben einen Zuckerschock.« Wir lachen beide, und ich renne zurück nach Südcorega.

Um 17.30 Uhr gibt es zu allem Überfluss auch noch eine überraschende Besprechung. Ich hatte den Zettel schon am Info-Bord gesehen, als ich mir mittags in der Kaffeeküche ein Glas Sprudel eingeschenkt hab, aber ich hab die Nachricht einfach ignoriert.

»Betr. Heim des Jahres

Heute: Wichtiges Meeting. Anwesenheitspflicht für alle!!! 17.30 Uhr großer Aufenthaltsraum.

gez. Otterle.«

Meeting! Mir sind doch net in der Management-Abteilung vom Daimler, dass wir alle fünf Minuten in ein wichtiges Meeting rennen. Na ja. Wahrscheinlich alles Show fürs Komitee.

Ich hab für so was überhaupt keine Zeit. Frau Häfele hat sich beim Mittagessen den Magen verdorben und musste sich dreimal in einer Stunde übergeben. Senioren können so einen »Output« leider nimmer so gut wegstecken, deshalb überlegen wir, ob wir den Krankenwagen rufen. Herr Strauß reißt sich ständig seinen Verband vom Fuß, weil es angeblich so juckt, sodass wir ihn alle halbe Stunde neu verbinden müssen. Und das alles zusätzlich zum normalen Wahnsinn. Und Herr Bellis, ja, Herr Bellis ist mal wieder on Tour.

Herr Öçan vom Kiosk in der Hauptstraße ruft um 16.30 Uhr völlig verzweifelt an und brüllt immer nur »Abholen. Jetzt. Bitte. Trinkt wieder zu viel!« in den Hörer. Ich weiß natürlich sofort, dass er Bellis meint, denn es ist nicht das erste Mal, dass der eine kleine Spritztour zum Kiosk unternimmt. Komischerweise ist es heute noch keinem aufgefallen, dass er fehlt, aber es ist einfach zu viel los.

Im Trubel der ganzen Unser-Heim-soll-schöner-werden-Aktionen ist sein Verschwinden irgendwie untergegangen. Da Steffi mal wieder nirgends aufzufinden ist, übernehme ich den Job. Eigentlich hab ich weder Lust noch Zeit, einen Ausflug zu Herrn Öçan zu machen, aber so kann ich mir wenigstens noch einen Schokoriegel fürs Meeting holen, wenn ich schon mal da bin. Immerhin muss ich net ins *Moulin Rouge*! Ein aufgebrachter Türke ist mir dann doch lieber als ein Russe, der Rache schwört.

Als ich die Glastür von »Mustafas Kiosk« öffne, ertönt ein lautes Klingelgeräusch. Ich erblicke Herrn Bellis in der Ecke an einem Stehtisch. Er plaudert angeregt mit einem älteren Herrn mit grauem Vollbart und zotteligen Haaren. Vor ihnen stehen einige leere Flachmänner. Herr Öçan wedelt genervt mit den Armen und deutet auf Bellis, der sich gut zu unterhalten scheint.

»Ich sag doch immer, schuld sind die Politiker! Die da oben, die haben einfach keine Ahnung!«, ruft der Mann jetzt, und beide stoßen an. Ich geh zum Tisch und hak Herrn Bellis unter. »So, des reicht mit Schnäpsle für heut, mir gehen jetzt wieder ins Heim.«

Der andere Mann mit dem schmuddeligen Trenchcoat mustert mich argwöhnisch. »Wer ist die denn, dass die dir befehlen kann, wann du zu gehen hast?«

Bellis schaut mich irritiert an und sagt nur: »Keine Ahnung! Wer sind Sie?« Herr Bellis ist zwar leicht verwirrt, aber definitiv nicht dement. Er weiß ganz genau, wer ich bin. Tolle Show, die er hier abzieht. Aber net mit mir!

»Ich bin von der Polizei. Sie sind verhaftet. Mitkommen!«, sag ich streng und packe ihn am Ärmel.

Jetzt schauen beide wie ein Auto, und Bellis lässt sich von mir zur Kasse ziehen, wo Herr Öçan erleichtert aufatmet.

»Hier sind auch Kinder manchmal, das geht nicht!«, sagt er mit seinem türkischen Akzent. Ich starre in den leeren Laden.

»Wo denn? Also ich seh keine!«

Herr Öçan rollt genervt die Augen. »Manchmal!«

Ich hab keine Ahnung, was er mir sagen will. Ist ja schön, wenn auch Kinder bei ihm einkaufen. Die Auswahl an Gummibärchen und Brausebonbons, die in großen Boxen auf der Theke stehen, ist ja auch riesig, das zieht Kinder an. Ich hab mir früher auf dem Heimweg von der Schule auch oft ä Tütle mit ein paar Schleckereien gegönnt. Und Mama hat sich immer maßlos aufgeregt.

»Sybille, muss des sein? Du verdirbscht dir den ganzen Appetit fürs Mittagessen!« Was für ein Quatsch. Appetit kann man sich doch gar net verderben. Höchstens die Laune, wenn man KEINE Süßigkeiten isst. (Siehe Beate!)

»Na ja, mir gehen ja jetzt«, beschwichtige ich Herrn Öçan. »Aber vorher müssen mir noch bezahlen, gell, Herr Bellis?!« Ich schaue den Senior auffordernd an.

Herr Bellis hat natürlich kein Geld dabei. Sherlock Bullatschek hat das schon geahnt, und deshalb hab ich meinen Geldbeutel mitgenommen. »Vier Jägermeister und zwei Underberg, macht 14,50 Euro – oder kommt noch was dazu?«

Ich fixiere das Regal mit den Schokoriegeln und überlege, was mir jetzt schmecken könnte. Karamell mit Erdnüssle oder lieber Kokos-Nougat?

»Ich hätt gern den Riegel da rechts, der mit doppelt Schokolade …« Ich zeige in die Ecke. Herr Öçan dreht sich zum

Regal um, deutet auf einen übergroßen Riegel in silberner Folie und fragt: »Der da? Der XXL-Riegel?«

Noch bevor ich Ja sagen kann, werden wir von der Ladenklingel unterbrochen. Herr Öçan dreht sich wieder um und schaut in Richtung Tür, um zu sehen, wer reingekommen ist. Ich verharre in meiner Position, weil ich vermute, dass es die Kinder sind, von denen er gerade gesprochen hat.

»Grüß Gott«, schallt es laut durch den Raum, und ich erstarre für einen Moment. Die Stimme kenn ich. Aber woher?

Herr Öçan lächelt freundlich.

»Dr. Meder! Ich grüße Sie!«

Ich zucke zusammen. »Ach du heilige …« Zum Glück hab ich den Schokoriegel noch net in der Hand, aber Herr Öçan will mir das Corpus Delicti gerade überreichen.

Als mich Dr. Meder erkennt, erhellt sich sein Gesicht.

»Frau Bullatschek, hallo! Wie geht's dem Zahn? Alles gut gelaufen am Wochenende?«, fragt er neugierig. Ich überlege kurz, ob ich ihm von meiner Odyssee mit der geschwollenen Backe erzählen soll und ihm dann vorwerfe, dass er ein Frauenhasser ist, weil er mein Date ruiniert hat, aber ich muss zeitgleich Herrn Öçan von der Schokoriegel-Übergabe abhalten und Herrn Bellis sichern, der schon wieder zu seinem neuen Freund abhauen will. Multitasking. Ich entscheide mich für eine kleine Schauspieleinlage.

»Danke, Herr Doktor Meder, es geht schon wieder!«, sag ich lachend und rufe empört in Herrn Öçans Richtung: »Nee, keine Schokolade, der isch doch Diabetiker!«

Ich tätschle den Arm von Herrn Bellis.

»Des geht net, Ihr Zucker isch doch zu hoch, Sie kriegen im Heim einen Diätkeks!«

Bellis wirft mir einen Blick zu, der sagt: »Jetzt ist sie völlig verrückt geworden.«

Dr. Meder, der voll auf meine Show reingefallen ist, schaut jetzt gespielt streng zu Herrn Bellis und macht einen kleinen Witz.

»Zucker ist nicht gut für die Beißerchen, glauben Sie mir! Obwohl … Das sind ja wahrscheinlich eh die Dritten!« Er lacht künstlich, und ich lache genauso künstlich mit. Hahaha. Wenn Zahnärzte Witze machen.

Puh, das war knapp.

Herr Öçan möchte uns jetzt so schnell wie möglich loswerden. »Also doch nur die Jägermeister und der Underberg?«, fragt er ungeduldig.

»Ja«, sage ich und wühle in meinem Portemonnaie. Dabei spüre ich Dr. Meders prüfenden Blick auf mir. Wahrscheinlich fragt er sich gerade, ob Bellis oder ich den Alkohol intus haben. Mir egal, soll er lieber denken, dass ich eine Schnapsdrossel bin, als dass ich seinen frischrenovierten Zahn mit Schokolade ruinieren will.

Muffins bringen Unglück!

Als ich mit Bellis zum Eingang vom Haus Sonnenuntergang komme, steht Ute mit ein paar anderen Pflägekräften vom Früh- und Nachtdienscht davor, die alle hektisch an ihren Zigaretten ziehen. Es ist 20 nach fünf.

»Na, Ausflug, Sybille?«, ruft mir Tanja aus Nordcorega leicht amüsiert zu und deutet mit einer Kopfbewegung auf Herrn Bellis.

»Ja, ich bin doch auf froh, wenn ich mal rauskomm!«, kontere ich. Tanja lacht.

»Auweia! Der schwankt aber ganz schön!« Ich stütze Herrn Bellis, der fast ins Beet mit den Krokussen fällt.

»Nimmer lang. Ich glaub net, dass er zum Abendessen noch die Augen aufhalten kann!«

»Viel Glück, wir sehen uns ja gleich beim Meeting!« Dabei macht sie beim Wort »Meeting« mit den Händen so Anführungsstriche.

Ich bringe Bellis in sein Zimmer und sag ihm, dass er sich einfach kurz aufs Bett legen soll, dass gleich jemand kommt, um ihn fertig zu machen. »Gleich« ist natürlich übertrieben, denn wir sind mindestens 15 Minuten im Meeting, und danach ist Abendessen für die Senioren dran. Aber Bellis schläft, wie erwartet, sowieso gleich ein.

Ich renne runter in den großen Aufenthaltsraum. Es ist relativ voll, denn Otterle hat alle einbestellt, die das Wort »Pfläge« buchstabieren können – auch die, die eigentlich schon Feierabend oder frei haben. Die Begeisterung hält sich folglich in Grenzen. Ute hat demonstrativ ihre Jacke angelassen, was so viel heißt wie »Ich hab überhaupt keine Zeit und muss gleich wieder los«, und um das zu unterstreichen, hat sie Bobo auf dem Arm, der ja eigentlich Hausverbot hat.

Als sie meinen Blick sieht, legt sie gleich los: »Der Otterle soll ein Wort wegen dem Hund sagen, dann bin ich gleich wieder weg! Ich bin nur gekommen, weil Anke vom Empfang gesagt hat, dass es nicht lang dauert, dringend ist und es Muffins gibt!«

Auch Evelyn ist nicht allein erschienen. Sie hat Jan-Niklas im Schlepptau, den ihre Eltern ihr gerade überraschend vorbeigebracht haben. Sie haben wohl kurzfristig einen Arzttermin für Evelyns Mutter gekriegt (irgendwas mit der Lunge) und versprochen, ihn im Anschluss wieder abzuholen. Er steht unsicher mit seinem blonden Wuschelkopf und dem bunten Schulranzen zwischen den ganzen Erwachsenen. Jan-Niklas leistet uns öfter mal für ein paar Stunden Gesellschaft, wenn Eveyln niemanden zum Aufpassen hat. Sehr zum Missfallen von Otterle. »Ein Kind lenkt Sie alle viel zu sehr von der Arbeit ab«, hat er mal gesagt. Was für ein Quatsch. Jan-Niklas ist um einiges leichter zu handeln als manch einer von den Senioren. Den kann man auch mal unbeaufsichtigt lassen, ohne dass er gleich zum Kiosk abhaut und sich die Birne zukippt. Meistens guckt er mit den Senioren im Aufenthaltsraum Fernsehen oder malt ein Bild für sie.

Steffi stellt ein großes Tablett Muffins auf den ovalen Tisch in der Mitte. Wahrscheinlich Anweisung von Otterle, um die Gemüter zu beruhigen. Ute schnappt sich gleich einen Schoko- und einen Blaubeer-Muffin und beißt genussvoll rein. Bobo beobachtet sie dabei, als wäre er hypnotisiert, und hofft wohl, dass Ute wenigstens einen kleinen Krümel fallen lässt.

»Prima! Es sind ja wirklich fast alle da!«, poltert Otterle los, noch bevor er die Tür hinter sich geschlossen hat. »Ich mach es auch kurz und will Sie nicht lange aufhalten!«, ruft er betont laut, damit es auch ja alle mitkriegen.

Es ist wahnsinnig voll in dem kleinen Raum, der eigentlich nur für die Hälfte der Leute bestimmt ist. Und weil auch noch zusätzlich Hunde und Kinder mit drin sind, ist es mehr als eng und schon nach drei Minuten extrem stickig.

Wenn ich ganz ehrlich bin, interessiert mich das, was Otterle zu sagen hat, reichlich wenig. Eigentlich spekuliere ich, wie Ute, nur auf einen Muffin. Ich brauch jetzt dringend was Süßes, nachdem mich Dr. Meder um meinen Schokoriegel gebracht hat. Mein Körper will jetzt Zucker. Leider hab ich nur einen Stehplatz in einer der hinteren Reihen gekriegt, weil ich erst um zwei Minuten nach halb da war, und die Muffins sind meilenweit entfernt. Ich muss mich ä bissle zwischen Sascha und Ute durchdrängeln, damit ich überhaupt in die Nähe des Tabletts komme.

»Sorry, darf ich?«, flüstere ich, und beide gehen ein Stück zur Seite, damit ich durchkomme.

»Es ist also Folgendes …«, fährt Otterle freudig fort, der am Kopfende des langen Tisches steht. »Wie Sie ja wissen, erwarten wir in dieser Woche hohen Besuch vom Komitee, das die Auszeichnung ›Heim des Jahres‹ vergibt.«

Ich gehe auf die Knie und krieche zwischen den Stühlen von Steffi und Beate durch, die direkt am Tisch sitzen und Otterle aufmerksam zuhören. Beate nickt bei allem, was Otterle sagt, zustimmend wie ein Wackeldackel. Ich versuche, mich unauffällig unter dem Tisch zu verstecken, und nur meine Hand gleitet wie eine Boa Constrictor über die Tischplatte, um sich ihre Beute, den »seltenen Schokomuffin«, zu schnappen. Gerade als ich mir mit Mühe einen geangelt hab und meine Hand zurückziehen will, entdeckt mich Beate.

»Was machst du denn hier unten, Sybille? Bist du verrückt?« Ich erschrecke mich fast zu Tode, gehe instinktiv hoch und knalle mit dem Kopf an die Tischplatte. Aua. Dann lege ich meinen Finger auf den Mund, um zu signalisieren, dass sie doch einfach die Klappe halten soll. Aber Beate liebt das große Drama. Sie hat extra laut gesprochen, damit es Otterle auch ja mitkriegt, dass ich unter dem Tisch hocke. Sie rückt mit ihrem Stuhl zur Seite und gibt die Sicht auf mich frei.

»Was ist denn da schon wieder los?« Otterle schaut kurz irritiert zu mir und schüttelt dann genervt den Kopf. Scheinbar ist er aber so sehr in sein Thema verliebt, dass er mich heute ausnahmsweise ignoriert. Okay, zumindest für ein paar Sekunden.

»Um zu beweisen, dass wir diese Auszeichnung verdient haben, hab ich mir ein paar ganz spezielle Gimmicks einfallen lassen. Wir haben eine Themenwelt ›Blumenparadies‹, unsere beliebten *Duftys*, und jetzt auch noch die Musikboxen, die uns mit Lounge-Musik in eine andere Welt …«

Als ich meinen Muffin-Arm zurückziehen will, bleib ich blöderweise mit dem Ärmel an der spitzen Ecke des Tabletts hängen, und die komplette Platte donnert mit einem lauten Knall auf den Fußboden.

Die hübsch drapierten Muffins fliegen in alle Richtungen und zerschellen auf den grauen Fliesen. Alle schauen mich entsetzt an. »Oh nein, Sybille, die schönen Küchle!«, ruft Frau Berthold aus der Küche und eilt schnell heran, um zu gucken, ob noch was zu retten ist.

Beate schlägt die Hände vors Gesicht und stöhnt laut: »Das ist ja wieder typisch, na bravo!«

Steffi jammert: »Oh nein, Mist! Ich hatte doch noch gar keinen! Zum Glück hab ich vorhin das Pic für Instagram gemacht!«

Ute lacht und schiebt sich ein großes Stück von ihrem Muffin, den sie sich vor meiner Aktion gesichert hat, in den Mund.

Dann ist Stille.

»Tut mir leid, Leude! Ich back euch neue für morgen«, höre ich mich sagen, als ich zerknirscht unter dem Tisch vorkrieche. Ein paar Leute applaudieren.

Allerdings weiß ich selbst noch nicht so genau, wann ich das noch machen soll, denn ich hab ja morgen Frühdienst, und bis ich heute daheim bin, ist es halb elf.

Jan-Niklas schaut enttäuscht auf die kaputten Muffins auf dem Boden, und ich sehe an seinem Gesicht, dass er sich auch auf einen gefreut hat. Ich drück ihm meinen in die Hand und sag: »Der isch für dich! Du hascht doch am Samschtag Geburtstag gehabt!«

Er lächelt mich an und sagt tatsächlich, ohne, dass Evelyn ihn dazu zwingen muss: »Danke, Sybille!«

Otterle klopft nervös mit dem Kuli auf einen Kaffeebecher. »So, wenn Sie jetzt Ihre zwei Minuten Aufmerksamkeit genossen haben, Frau Bullatschek, würde ich gern fortfahren!«

»Ich muss sowieso wieder! Notfall in Südcorega!« Ich halte demonstrativ meinen blinkenden Beeper in die Luft, der just in dem Moment angefangen hat, Alarm zu schlagen. Otterle stemmt die Arme in die Hüfte. »Das geht so nicht! Kann man denn nicht mal für fünf Minuten ein Meeting abhalten? Wir sind eine Business Company im Health-and-Care-Sektor! Das ist unprofessionell! Das muss jetzt warten.«

»Aber Frau Grube isch gestürzt! Soll ich sie jetzt etwa wegen einem Meeting einfach liegen lassen? Isch des vielleicht professionell?«, frag ich provozierend – ich hatte ja immer noch keinen Zucker und bin leicht reizbar!

Jetzt herrscht absolute Stille im Raum, und alle schauen gespannt auf Otterle.

Der Satz hat gesessen. Er starrt mich mit offenem Mund an. Mit so viel Gegenwind hat er wohl net gerechnet. Ich hab keine Ahnung, ob Frau Grube gestürzt ist oder ihr vielleicht nur ihre Blumenvase runtergefallen ist. Sie hat einfach nur geklingelt. Dreimal. Aber manchmal muss man halt ä bissle improvisieren.

Otterle tänzelt jetzt wie ein kleines Kind, das aufs Klo muss, von einem Fuß auf den anderen.

»Was? Äh, nein, natürlich nicht. Der Mensch steht bei uns natürlich im Vordergrund! Na, dann los! Was lungern Sie denn noch hier rum?«

Otterle macht eine wedelnde Handbewegung in meine Richtung, und ich drängle mich durch den Pulk an Leuten zur Ausgangstür.

Als ich fast draußen bin, flüstert mir Tanja aus Nordcorega noch zu: »Aber nichts mit Nuss, ich bin allergisch!«

»Welche Nuss?«, frag ich verwirrt.

»Na, deine Muffins morgen!«

»Ach so, ja klar.«

Ich rase zu Frau Grube, die wie erwartet kein großes Problem hat.

»Ich will gern zum ZDF, aber das geht irgendwie nicht.« Sie sitzt auf ihrem Bett und fuchtelt wild mit der Fernbedienung rum.

»Da kommt doch jetzt die Tiersendung. Diese Dokumentation aus Afrika. Der Mann hat letztes Mal gesagt: ›Schalten Sie auch nächste Woche wieder ein!‹ Das muss ich doch jetzt auch machen!« Wieder drückt sie auf mehrere Knöpfe gleichzeitig.

Ich beschließe, ihr zu helfen, schließlich kennt man das ja. Am Ende steht der Mann aus dem Fernseher irgendwann hier vor der Tür und sagt: »Frau Grube hat letztschte Woche gar net eingeschaltet, obwohl ich es ihr gesagt hab!«

»Moment, ich guck mal.« Ich nehm ihr die Fernbedienung aus der Hand und dreh sie um. »Der große Knopf zum Anschalten muss oben sein und uff den Fernseher deuten, wegen dem Signal! Sehen Sie?«

»Welches Signal denn?«

»Na, der Fernseher und die Fernbedienung sind doch verbunden mit einem unsichtbaren Signal. Des isch wie ein Kabel, aber des kann man net sehen. Des läuft über Infrarot …«

»Hier im Zimmer ist ein unsichtbares Kabel?«

»Ja, also quasi!«

»Oh Gott. Das wusste ich nicht. Und ist das gefährlich, nicht dass ich da mal drüber stolpere?«

»Nee, des sagt dem Fernseher nur, dass er angehen soll.«

»Das hab ich noch nie gehört.«

»Was?«

»Na, wenn die sprechen.«

»Des kann man auch net hören, weil des isch so ä Lichtle.«

»Wo denn?«

Ich deute auf die Leuchtdiode an der Fernbedienung und auf den Fernseher, wo eigentlich auch ein roter Punkt leuchten sollte. Nix tut sich.

Ich steh auf, um zu gucken, ob am Fernseher alles okay ist.

»Der Stecker isch ja gar net drin!«

Ich steck den Stecker in die Steckdose, und mit einem Mal springt der Fernseher an.

Frau Grube starrt mich an, als hätte sie eine Erscheinung.

»Frau Bullatschek! Jetzt kann ich es sehen! Ich kann es sehen!«

»Was?«

»Das unsichtbare Kabel! Da hinter dem Fernseher!«

»Nee, des isch ein richtiges Kabel.«

»Ich kann es sehen! Sie glauben es mir jetzt bestimmt nicht. Neulich hat mir auch keiner geglaubt, als mir mein Mann nachts erschienen ist.«

Ich atme tief durch. »Schauen Sie mal! Jetzt können Sie Ihre Tierdoku gucken.«

Eine Horde Elefanten trampelt durch die Steppe. Für einen kurzen Moment denk ich: »Wie schön muss es sein, wenn der einzige Gedanke den ganzen Tag isch: ›Wo finde ich des nächste Wasserloch?‹«

In meiner Pause versuch ich, Mama zu erreichen, die muss mir helfen bei meinem Backproblem. Wenn ich rechtzeitig anrufe, schafft sie es noch zum Supermarkt, um Mehl und Eier für die Muffins zu holen. Da ich net viel Zeit hab, fall ich auch gleich mit der Tür ins Haus.

»Bullatschek?«

»Mama, ich brauch bis morgen 30 Muffins!«

Ich kling ä bissle so, als wär ich in die Hände von Erpressern gefallen und sie müsste bis morgen ein Lösegeld von einer Million Euro bezahlen.

»Sybille, geht's dir gut?«

»Ja, noch. Aber wenn ich bis morgen net 30 Muffins hab, machen die mich hier einen Kopf kürzer, und ich hab doch heute Spätdienscht und morgen gleich wieder Frühdienscht, und des krieg ich net hin.«

»Was isch denn passiert?«

»Ach, lange Geschichte, ich hab ä Tablett mit Muffins runtergeschmissen, und jetzt muss ich neue backen bis morgen.«

»Du bischt manchmal aber auch zu hektisch. Wer sagt des denn, dein Chef?«

»Ja, nee, ich selber, aber Mama, was isch jetzt, kannscht du die für mich backen?«

»Muffins, du liebe Zeit, die hab ich ja noch nie gemacht. Aber ich kann dir ä Schwarzwälder-Kirsch machen!«

»Nee, ich brauch Muffins. Fahr zu mir heim, und hol die Form.«

»Welche Form denn?«

»Na, für die Muffins, die müssen in ä bestimmte Form.«

»Auch des noch! Sybille, sei mir net bös, aber so was kann ich net.«

»Bitte!!!«

»Vorschlag: Ich mach dir den Teig, und du backscht die selber, wie wär des denn?«

Mama hat manchmal gar keine schlechten Ideen.

»Super! 15 Mal Schoko und 15 Mal Blaubeer bitte. Ganz normaler Rührteig. Ich komm dann nach meinem Dienscht vorbei und hol alles ab. Danke, Mama!«

»Na klar, net dass du deinen Job wegen so was Blödem verlierscht, Sybille. Des will die Mama doch auch net.« Noch bevor ich erklären kann, dass ich bestimmt net wegen einem läppischen Tablett Muffins meinen Job verlier, klingelt Frau Bäuerle, und ich muss sie abwürgen.

»Bis später, ich muss ufflegen!«

Beim Umziehen nach dem Spätdienst erzählt mir Evelyn endlich, was Otterle noch Wichtiges wollte in seinem Meeting.

»Halt dich fest, wir kriegen Verstärkung diese Woche!«

»Was? Na endlich! Wurde ja auch Zeit.«

»Stimmt, aber Ute und ich vermuten, dass es auch nur eine kleine Show für dieses Komitee ist. Damit die denken, dass hier richtig viele Leute arbeiten, und keiner merkt, dass wir unterbesetzt sind.«

»Ja, das wär typisch Otterle. Kommen wieder die ›engagierten‹ Mädle von der Zeitarbeitsfirma, wie hießen die noch? ›Running Pfläge‹?«

»Nee, zum Glück nicht, aber viel besser wird es nicht …«

»Lass mich raten, es kommen welche von ›Sleeping Pfläge‹?«

Evelyn muss lachen und verschluckt sich fast an ihrer Sprudelflasche.

»Nee, das ist ja der Witz. Aus der JVA! Da kommen irgendwelche Sträflinge, die Sozialstunden ableisten müssen.«

»Waas? Verbrecher, bei uns im Heim?« Ich muss mich hinsetzen.

»Des isch doch jetzt net dein Ernscht?«

»Otterle sagt, die müssen sich ja auch wieder in die Gesellschaft eingliedern, und das wäre doch auch eine tolle Chance für uns. Es kommt sogar der Eddy vom Pfleidelsheimer Tageblättle, um darüber zu berichten, dass wir so social sind.« Sie sagt extra das englische Wort und nicht »sozial«, um Otterles Business-Gelaber zu unterstreichen.

Häftlinge aus dem Strafvollzug. Das ist wieder typisch Otterle. Der macht nix ohne einen Hintergedanken. Im Grunde geht es ihm überhaupt net darum, uns zu entlasten oder den Häftlingen zu helfen, sondern nur um sich und sein blödes Image.

»Die sollen wohl in die Betreuung mit eingebunden werden, du weißt schon, Basteln, Malen, Singen – aber keiner darf wissen, dass die aus der JVA sind. Also pssst!« Evelyn legt sich den Finger auf den Mund.

»Singen? Was singen die denn? ›I shot the sheriff‹?«

Evelyn lacht.

»Na, hoffentlich halten die uns keine Waffe an den Kopf oder entführen jemanden.«

»Och, den Otterle können sie gern mitnehmen. Der macht sich bestimmt gut im Kofferraum mit einem Socken im Mund.«

Jetzt lachen wir beide.

»So, ich bin dann weg.« Evelyn schnappt sich ihre große Stoff-Handtasche und den bunten Schulranzen von Jan-Niklas. »Das Kind muss ins Bett!«

»Wo isch er denn, der Bub, wieder bei deinen Eltern?«

»Nee, er liegt im Fernsehzimmer auf der Couch. Ist wohl bei Frau Häfele auf dem Schoß eingeschlafen.«

»Hach, der hat's gut! Ich muss jetzt gleich noch Muffins backen!«

»Oh, shit, das hatte ich ganz vergessen.« Evelyn guckt mich mitleidig an. »Aber lass das doch, das weiß morgen eh keiner mehr.«

»Nee, ich hab Mama schon mit dem Teig beauftragt, du weißscht, wie sie ist. Es ist gut, wenn sie eine Aufgabe hat, dann nervt sie mich net so!«

»Clever! Also, bis morgen. Ich freu mich auf die Muffins. Und vergiss dein Pfefferspray nicht, wegen der Knastis.« Sie zwinkert mir zu.

»Ich bring mein Butterfly-Messer und meine Kalaschnikow mit. Bis morgen!«

Evelyn zeigt mir einen Daumen hoch und rennt aus der Umkleide.

Mama steht schon mit zwei großen Schüsseln in der Tür, als ich um 22.30 Uhr bei ihr aufkreuze. »Psscht, leise! Der Papa schläft schon«, flüstert sie mir zu. »Ich helf dir schnell zum Auto.«

Eigentlich würde ich mich jetzt gern bei meinen Eltern auf die Couch legen, so wie früher. Ich bin todmüde, und der Gedanke, dass ich jetzt noch eine Stunde warten muss, bis die Muffins fertig gebacken sind, erfüllt mich net gerade mit Euphorie.

»Aber schlaf net ein vorm Fernseher, wenn der Ofen an isch, Sybille! Du weißscht ja, des isch der Frau Nägele passiert, und dann isch des ganze Haus abgebrannt. Die hatten nix mehr. Gar nix! Zum Glück sind sie noch heil rausgekommen, weil der Rauchmelder angegangen isch. Du hascht doch einen Rauchmelder in der Wohnung?!«

»Ja, Mama, aber ich schlaf eh net ein!«

»Ich hatt keine Deckel für die Schüsseln, da isch jetzt bloß Alufolie druff, also fahr anständig!«, rät sie mir, als sie die beiden orangefarbenen Plastikschüsseln auf die Rückbank stellt.

»Ja, klar! Und tausend Dank noch mal!« Ich werf ihr ein Luftküssle zu.

»Isch doch gern geschehen, ich helfe, wo ich kann. Sag mir morgen mal, wie sie geschmeckt ham.«

»Ja, mach ich!«, ruf ich noch durchs offene Fenster, bevor ich davonfahre.

Ich sehe sie noch im Rückspiegel, wie sie unter der Straßenlaterne steht und mir hinterherwinkt, so als würde ich zu einer dreimonatigen Reise quer durch Amerika aufbrechen, dabei sind es bis zu meiner Wohnung höchstens fünf Minuten.

Ich bin total in meine Gedanken vertieft und lausche der sonoren Stimme von Steffen Riedlinger auf 89.9, dem Hitradio, der wieder irgendeine Gewinnfrage zu einem Song stellt. Deshalb sehe ich es auch zu spät. Viel zu spät. Ein kleines weißes Kätzle steht plötzlich im Scheinwerferlicht von meinem Fiesta.

Dann geht es rasend schnell. Ich geh volle Pulle in die Eisen und lege eine spielfilmreife Vollbremsung hin. So ähnlich wie neulich Bruce Willis in »Stirb langsam 2«.

Nur, dass Bruce Willis in seinem amerikanischen Flitzer keine Schüsseln mit Muffin-Teig auf der Rückbank hatte. Als mir das bewusst wird, ist es schon zu spät. Die Schüsseln fliegen in hohem Bogen, wie in Zeitlupe, nach vorne. Ich versuche noch, den Kopf einzuziehen, hab aber keine Chance. Die Schokomuffin-Schüssel trifft mich am Hinterkopf, bevor sie an mir vorbei nach vorne schleudert und dabei den ganzen Teig im Auto verteilt. Als ich zum Stillstand komme, klebt eine riesige Ladung Schokopampe auf dem Lenkrad, den Sitzen, in meinen Haaren, auf meiner Brille und an der Windschutzscheibe. Der Beifahrersitz sieht auch net besser aus. Die Blaubeeren schmücken den Stoffbezug wie ein kreatives Muster. Und der gelbe Teig tropft laut hörbar auf die Fußmatte.

»Des isch doch jetzt alles net wahr! Ich kann nimmer«, sag ich zu mir selbst. Ich bin fertig mit der Welt. Ich press für einen kurzen Moment meinen Kopf aufs Lenkrad und atme tief durch. Steffen Riedlinger säuselt jetzt: »Und hier hab ich noch einen tollen Hit für alle, die noch wach sind – Hot Chocolate mit ›You Sexy Thing‹.« Ich boller mit der Faust gegen den On/Off-Knopf vom Radio.

»Schnaaaaauuuuze, ich hab genug von Chocolate!« Dann fällt mir die Katze wieder ein. Ob sie noch lebt? Hab ich sie erwischt?

Ich mach die Warnblinkanlage an und stell den Motor aus. Dann wisch ich mir die Brille frei, was net wirklich gelingt, und guck durch die verschmierten Gläser in den Spiegel, ob ich eine Schramme hab. Ich seh aus, als hätte ich bei einer

Runde Schlammcatchen mitgemacht – und verloren. Dann steig ich aus.

»Mienz, mienz, wo bischt du?«, ruf ich in die ruhige Pfleidelsheimer Nacht.

Die Katze sitzt im Gebüsch und schaut mich verängstigt an. Gut, so wie ich aussehe, kann man wahrscheinlich auch Angst kriegen. Vielleicht hat sie eine Folge von Evelyns Zombie-Serie geguckt und denkt, dass ich sie gleich fressen will. Aber immerhin: Sie lebt!

Ich wisch mir mit Taschentüchern den zuckrigen Teig aus den Haaren und von der Windschutzscheibe und steig schnell wieder ins Auto, bevor mich jemand sieht. Dann schleich ich mit Tempo 30 die letzten Meter bis zu unserem Haus. So muss sich ein Maulwurf fühlen. Ich sehe nix. Gar nix. Dafür riecht mein Auto, als hätte ich 20 Duftbäumle mit Schoko/Vanille-Aroma am Innenspiegel hängen. Nachdem ich mir daheim drei Mal die Haare gewaschen hab, schreib ich mir noch eine kurze »To-do-Liste« für morgen:

Muffins kaufen (Kuchenplatte zur Tarnung von daheim mitnehmen)

Bei Kfz-Kienzle erkundigen, ob die auch Tatortreinigung fürs Auto machen. Falls er zu viele Fragen stellt, im Internet gucken. (Hoffentlich isch es net zu teuer.)

Ausrede für Mama ausdenken …

In der Bücherei gucken, ob es irgendwas gibt zum Thema »Chronische Ungeschicktheit – 10 Tipps, die wirklich helfen« oder wahlweise »Hilfe, ich bin vom Muffin-Pech verfolgt«.

Kapitel 12

Guck mal, wer da hüpft

Musste heut mit dem Fahrrad ins Heim fahren, nachdem ich zehn Minuten probiert hab, die Autotür aufzukriegen. Der zuckrige Muffin-Teig von Mama ist so hartnäckig, dass er beide Türen – Fahrer und Beifahrerseite – einfach festgeklebt hat. Notiz an mich selber: vielleicht als Kleber für die Fußleiste im Wohnzimmer verwenden, eventuell auch hilfreich für die Dritten von Frau Bongartz. Ich bin dann durch den Kofferraum eingestiegen und hab mir beim Klettern auf den Vordersitz die ganzen Klamotten mit dem restlichen Teig versaut. Und gerade als ich zwischen den Sitzen festklemme, kommt auch noch Irene mit den Zwillingen vorbei.

»Guten Morgen, Sybille, na, bissle Frühsport?«

»So ähnlich!«, ruf ich keuchend.

»Hasch den Schlüssel stecken gelassen?«

Ich ignorier den Satz. Selbst mein Auto ist schon so modern und hat Zentralverriegelung. Die Zeiten, wo man sich aussperrt, weil die Knöpfe unten sind und der Schlüssel steckt, sind schon seit Mitte der 90er vorbei. Aber woher soll Irene das wissen. Um alles, was die Technik an ihrem Auto betrifft, kümmert sich ja der Martin. Sie tritt näher an die verschmierte Autoscheibe und guckt neugierig rein.

»Du liebe Zeit, wie sieht's denn da drin aus?«

»Isch bloß Muffin-Teig«, spiel ich die Situation runter.

»Wieso schmierscht du Muffin-Teig in dein Auto?«

WIESO? Hat sie grad wirklich gefragt »wieso«?

»Ach, isch so ein Trend aus dem Internet. Des macht man jetzt so, damit's gut riecht, und ab und zu kann man mal drüberlecken.« Blöde Frage, blöde Antwort.

Sie runzelt die Stirn. Irene ist manchmal extrem leichtgläubig. Den ironischen Tonfall in meiner Stimme hat sie wohl gar net bemerkt.

»Hach, was sich die Leute immer alles für einen Quatsch einfallen lassen.« Sie lächelt irritiert, schnappt sich hastig die beiden Buben und eilt mit einem »Na ja, mir müssen jetzt zum Kinderarzt nach Stuttgart« davon. Ganz nach dem Motto »Sybille ist verrückt geworden, sie leckt Muffin-Teig von Autoscheiben, und es ist besser, wenn wir schnell das Weite suchen. Vielleicht ist ihr Spleen ja ansteckend«.

»Zum Kinderarzt um halb sechs morgens? Ich hoff, es isch nix Schlimmes ...«, ruf ich ihr noch hinterher, während ich umständlich rückwärts aus dem Kofferraum rausklettere. Aber da steht sie schon vor ihrem Kombi und bugsiert schnell die Kinder ins Auto.

Mir bleibt keine Zeit mehr, mich noch mal umzuziehen, weil ich durch die Tür-Aktion sowieso schon wahnsinnig spät dran bin. Falls mich jemand auf meine mit Schokolade verschmierten Klamotten ansprechen sollte, sag ich einfach, es wär getrocknetes Blut – ich hätte ein paar Zombies überwältigen müssen, die mich auf dem Fahrrad angegriffen hätten. The Muffin Dead oder so.

Um die Uhrzeit sieht einen zum Glück ja kaum jemand, und im Heim zieh ich mir sowieso gleich meine unschuldigen weißen Pflägeklamotten an.

Ich komm mir ä bissle vor wie einer von diesen Massenmördern, die nachts die Leute abmurksen und dann tagsüber geschniegelt und gestriegelt irgendwelchen langweiligen Berufen nachgehen. Das hab ich neulich erst wieder in einer Doku gesehen. Und wenn sie dann gefasst werden, sagen die Nachbarn: »Ach, der hat immer so freundlich gegrüßt, des hätt ich dem gar net zugetraut.«

Kurz bevor ich die breite Einfahrt zum Heim hochradle, fällt mir ein, dass ich die Alibi-Kuchenplatte für die Muffins vergessen hab. Mist! Aber vielleicht hat Evelyn ja recht, und es erinnert sich sowieso keiner mehr an mein Missgeschick von gestern. Dann gibt's halt keine Muffins. Basta. Wer will, kann ja gern mal an meiner Autotür lecken.

Seit sich das Komitee angekündigt hat, ist sowieso jeden Tag die Hölle los, und wahrscheinlich kommt Otterle heute wieder mit einer neuen absurden Idee. Mir kommen die JVA-Häftlinge in den Sinn, von denen mir Evelyn gestern berichtet hat. Hoffentlich stehen die nicht gleich auf der Matte, morgens ist es sowieso immer so stressig, da kann ich net auch noch ein paar Schwerverbrecher zwischen den Füßen gebrauchen.

Als ich zur Schiebetür am Eingang rein will, ist die verschlossen. Ich stell mich noch mal demonstrativ unter den Sensor, aber nix tut sich. Komisch, denk ich noch so bei mir und guck auf meine Uhr, ob ich zu spät bin und man mich deshalb ausgesperrt hat. Aber so was machen wir eigentlich im Haus Sonnenuntergang net. Das kenn ich nur aus der Kita vom Leon und vom Luca. Das hat mir mal die Irene erzählt. Wenn du zu spät kommst, musst du warten, bis der Morgenkreis fertig ist, was eine halbe Stunde dauern kann. Deshalb rennt sie morgens immer wie bekloppt mit den Kindern zum Auto, als wär ein Hurrikan im Anmarsch, der gleich des ganze Haus wegpustet, und sie müsste sich noch schnell in Sicherheit bringen.

Ich klopf an die Glastür. Nach einer halben Ewigkeit kommt Milena angerannt und macht eine hektische Winkbewegung mit den Armen und deutet immer in die Luft. Dann formt sie mit den Lippen ein Wort, was ich aber net enträtseln kann.

»Hobel?«, rufe ich laut und gucke sie verständnislos an.

Ich überlege kurz, ob die Häftlinge vielleicht schon da sind und das Heim mit Hilfe von einem Hobel unter ihre Kontrolle gebracht haben. Aber dafür sieht Milena, die ja sonst vor allem Angst hat, zu fröhlich aus.

»Oben?«, versuche ich es noch mal und komme mir vor wie in einer Ratesendung im Fernsehen. Sie schüttelt den Kopf.

Dann rennt sie weg und streckt ein paar Sekunden später den Kopf durch das Fenster der Besuchertoilette im Erdgeschoss.

»Die Vogel ist weggeflogen von Frau Bäuerle. Also alle beide!«

Na, das hat mir ja gerade noch gefehlt. Jetzt müssen wir auch noch die Wellensittiche einfangen. Das kann Stunden dauern. Frau Bäuerle hat wahrscheinlich mal wieder des Türle vom Käfig net richtig zugemacht, und Heino und Hannelore sind auf der Flucht.

Beim letzten Mal hat es geschlagene drei Stunden gedauert, bis wir sie wiederhatten.

Milena lässt mich schnell zum Hintereingang rein, wo die Senioren noch vor ein paar Tagen dank des *Duftys* fast die Tür aus den Angeln gerissen hätten.

»Schnell, schnell!«, ruft sie mir zu und zieht mich an der Jacke rein. Bisher hat offensichtlich noch niemand von den Senioren gemerkt, dass die Vögel in Freiheit sind, denn es ist mucksmäuschenstill auf dem Flur. Beim letzten Fluchtversuch hat der ganze Wohnbereich Südcorega versucht, die beiden Piepmätze einzufangen, was darin endete, dass sich Frau Richter den Fuß verstaucht hat und Herr Junghans fast die Treppe runtergefallen wär. Otterle wollte sie daraufhin ins Tierheim geben, also die Vögel, net die Senioren, was aber zu lautstarken Protesten geführt hat. Allerdings dürfen sie kein zweites Mal abhauen, sonst macht er Ernst, hat er gesagt.

Aber heute versucht niemand, den mutigen Vogelfänger zu geben. Kein Wunder, es ist ja auch erst kurz vor sechs.

»Sybille, was ist mit dir passiert?« Milena starrt erschrocken auf die unübersehbaren Schokoflecken auf meiner Hose und meiner Jacke.

Ich spar mir die Zombie-Geschichte, die ich mir ausgedacht hab, weil sie sonst vor Angst gar nichts mehr gebacken kriegt. Es würde mich net wundern, wenn in Polen auch mal eine Frau von Zombies gefressen worden ist.

»Isch nur Schokolade, keine Sorge. Kleiner Unfall!«, sag ich deshalb betont nebensächlich.

Gegen zehn Uhr sitz ich hochkonzentriert im Dienstzimmer, als Steffi plötzlich reinplatzt. Ute hat mich gebeten, die Medikamentenliste noch mal gegenzuchecken.

»Duuuu, Sybille … Hast du einen kurzen Moment?«

»Nee. 136 plus 49 sind 185 und 8 sind 193.« Ich rechne jetzt extra laut, damit sie versteht, dass ich net gestört werden will. Aber das kann eine Steffi net beeindrucken.

»Du, die stellen das Ding jetzt im Garten hinter den Birken auf, ist das okay? Ich wusste es jetzt echt nicht, wo man so was platziert.«

»ZWEIHUNDERTSIEBZEHN, ZWEIHUNDERTEINUNDZWANZIG.«

»Sybille?«

Ich starre auf den Zettel, aber kann mich partout nicht mehr konzentrieren. Als ich hochschaue, sieht mich Steffi unsicher an. Ich werfe ihr einen drohenden Blick zu. Sie hebt abwehrend die Hände.

»Okay, okay. Bin schon weg. Ich nehm nur den Schlüssel vom Gartentor aus der Schublade, okay?« Endlich! Sie hat es kapiert.

»ZWEIHUNDERTDREIUNDFÜNFZIG.« Sie versucht, leise aus dem Zimmer zu schleichen, nachdem sie mit einem lauten Rumms die klemmende Schublade am Schreibtisch zugeschoben hat.

»Also, dann hab ich das Okay von dir, nur falls Otterle nachher fragt, der ist ja heute Vormittag nicht da …«

»RAAAAUUUUS!«, brülle ich jetzt und erschreck mich fast selbst über die Lautstärke.

Steffi rennt panisch zur Tür und erinnert mich ä bissle an die kleine Katze, die ich gestern fast überfahren hätte. Als sie draußen ist, schlage ich mir die Hände vor den Kopf.

»Neiiiin!« Wo war ich?

Ich fang wieder an, zu zählen. Steffi ist manchmal wirklich schwer von Begriff.

Ich hab keine Ahnung, wovon sie gesprochen hat, aber ich

bin auch nicht für alles, was im Heim abläuft, verantwortlich. Man darf sich net alles ans Bein binden.

»ICH BIN KEINE HELIKOPTER-PFLÄGEKRAFT!«, wiederhol ich meinen Satz, den ich mir neulich ausgedacht hab und jetzt mantramäßig jeden Tag runterbete, als wäre ich in einer Therapiegruppe. Gut, ich bin allein in meiner Therapiegruppe – und ich bin zeitgleich Patientin und Therapeutin. Vielleicht werde ich langsam wirklich verrückt.

Am späten Vormittag hat sich dann schließlich doch überall herumgesprochen, dass die Wellensittiche auf Tour sind. Aus allen Ecken des Heims tönt es: »Heeeeinooo! Haaaannnelore!« Zum Glück ist jetzt noch keine Besuchszeit, sonst würden die Angehörigen vermutlich denken, sie wären im Irrenhaus und net im Seniorenheim. Jeder will die Vögel irgendwo gesehen haben. Tot oder lebendig.

»Vielleicht sind sie in der Küche im Kochtopf gelandet. Falls wir eine grüne Feder heute im Essen haben, wissen wir Bescheid!«, meint Seifert, der auf seinen Stock gelehnt am Eingangsbereich sitzt. »Gut, dass die Viecher weg sind, das Gezwitschere war ja nicht auszuhalten.«

»Ich mag sie sehr gern!«, fällt ihm Frau Spielmann ins Wort. »Die haben sich wenigstens was Interessantes zu erzählen, im Gegensatz zu manch anderem hier.« Dabei schaut sie herablassend zu Seifert.

»Drecksviecher. Die hätte jemand schon längst abknallen sollen.«

»Also, jetzt reicht's, Sie sind geschmacklos!« Frau Spielmann steht empört auf und schlurft Richtung Aufzug.

Gegen 11.30 Uhr will ich Frau Grube in den Garten schieben, damit sie vor dem Mittagsessen noch ä bissle frische Luft schnappen kann. Als wir schnell zum Seiten-Eingang raushuschen, wegen der Vögel, seh ich Steffi am Haupttor stehen, die sich von ein paar jungen Männern in blauen Arbeitsklamotten verabschiedet, die gerade in einen weißen Kleinbus steigen.

»Waren des die Männer aus der JVA?«, will ich wissen.
»Was? Nee, das waren die Monteure.«
»Welche Monteure?«
»Na, die Monteure von der Hüpfburg.«
»Welche … Hüpfburg?«, frag ich fassungslos.
Sie dreht sich um und zeigt auf das riesige, bunte Luftkissen im Garten, an dessen Ecken vier große Disney-Schlösser prangen, die leicht im Wind hin und her wehen.
»Sie haben gesagt, die wurde bestellt und sie sollen sie im Garten aufbauen. Ich hab dich extra gefragt, ob das an der Stelle okay ist, aber du warst ja sooo beschäftigt«, sagt sie jetzt beleidigt und schiebt mir einfach die Verantwortung zu.
Ich bin fassungslos. Eine Hüpfburg! Jetzt dreht Otterle völlig durch. Was sollen Senioren bitte mit einer Hüpfburg? Und alles nur, damit das Komitee denkt, dass wir hier ein erstklassiges Freizeitangebot haben.
Ich bin wütend. Für so einen Quatsch ist Geld da, nur nicht für die Sachen, die wirklich wichtig sind. Ein neuer Computer fürs Dienstzimmer oder Spinde, die man auch wieder abschließen kann und net bloß notdürftig zukleben muss, damit sie net aufspringen, oder ein Sprachlehrer für die neuen Pflägekräfte aus dem Ausland zum Beispiel. In Nordcorega arbeiten seit Kurzem ein paar Mädle aus Madagaskar, die mit den Senioren nur mit Händen und Füßen kommunizieren können. »Das werden sie schon noch lernen«, war Otterles lapidarer Kommentar, als eine Pflägekraft ihn völlig genervt zur Rede gestellt hat. »Auf der London Business School haben wir uns damals auch teilweise nur mit Zeichensprache verständigt, und es hat trotzdem geklappt.« Ja, auf der London Business School war wahrscheinlich auch keiner über 80.
»Also, ich find sie super!« Steffi steht jetzt mitten auf dem bunten Kissen und hüpft schwungvoll auf und ab. »Das macht so einen Spaß!«
»Das ist doch mal eine schöne Idee!«, ruft jetzt auch Frau Grube begeistert, als sich Steffi auf die riesige weiche Luft-

matratze fallen lässt. Ich rolle die Augen und bedeute ihr mit einer Handbewegung, runterzukommen. Ihre Gymnastikübungen kann sie gern in ihrer Freizeit machen. Fast rutscht mir raus: »Wir sind hier schließlich eine Business Company im Health-and-Care-Sektor!« Aber da ich mich net auf das Niveau von Beate oder Otterle begeben will, sag ich bloß: »Komm jetzt! Mir müssen wieder was schaffen, die Senioren und zwei entflogene Wellensittiche warten auf uns!«

Wenn ich ganz ehrlich bin, würde ich allerdings auch lieber eine Runde mithüpfen, statt Katheder zu entleeren oder Kompressionsstrümpfe anzuziehen.

In der Pause beschließen Evelyn, Ute und ich, dass wir Otterle einfach gar nix von Heinos und Hannelores Verschwinden sagen.

»Der kommt eh erst heute Mittag, mit Glück haben wir sie dann schon – und außerdem verschanzt er sich doch sowieso gleich in seinem Büro!«

»Stimmt!«, pflichtet Evelyn Ute bei.

»Falls er net erscht eine Runde auf seiner neuen Hüpfburg turnen will, wer weiß …«

»Gott, die hatte ich schon wieder ganz verdrängt!«

Ute lacht schallend laut, und wir stellen uns im Geiste alle Otterle vor, wie er steif wie ein Brett versucht, das Gleichgewicht beim Springen zu halten.

Ute und Evelyn wussten auch nix von der Hüpfburg und haben genauso geschockt auf das neue »Spielzeug« reagiert wie ich. Ich konnte es mir net verkneifen, ihnen die Neuanschaffung zu präsentieren, nachdem ich mit Steffi wieder reingegangen bin.

»Jetzt dreht er durch. Irgendwann weisen sie ihn ein!«, hat Evelyn ungläubig gestammelt, als wir vom Fenster aus in den Garten geguckt haben. Ute hat nur den Kopf geschüttelt.

»Na ja, die Vögel sind unser kleinschtes Problem«, fahre ich fort. »Um mal beim Thema Tiere zu bleiben.«

»Was? Haben wir etwa schon wieder eine Maus?«

»Nee, aber es fängt auch mit Mau an!«

»Maulwurf!«, rufen Ute und Evelyn zeitgleich.

»Sag bloß, du weißt jetzt, wer es ist?«

»Los, wer isses, Sybille?«

»Der Anfangsverdacht hat sich doch bestätigt«, sag ich jetzt triumphierend.

Ich berichte von meinem Gespräch mit Cat, die Otterle noch gar nix von ihrer Schwangerschaft gesagt hatte.

»Folglich kann es bloß Beate sein. Und ich kann euch so viel verraten, die isch noch in viel mehr verstrickt, als ihr euch vorstellen könnt!«

Ute und Evelyn starren mich an. Leider kann ich die *Dufty*-Story net auspacken, weil es klingelt und Milena reinstürmt und fragt, wo wir so lange bleiben.

»Isch ä lange Geschichte, die muss ich euch in Ruhe erzählen, bei einem Stückle Apfelkuchen und einem Latte!«

»Unfassbar. Mann, hat die ein Glück, dass sie heute frei hat, die kann was erleben ...«

Ute ballt wütend die Faust.

Ich hab jetzt fast ä bissle Angst, wie sie erst reagieren wird, wenn sie erfährt, dass Beate und Otterle die Senioren als Versuchskaninchen für das *Dufty*-Experiment eingesetzt haben. Das könnte net gut ausgehen für Beate.

Auf 180 in drei Sekunden

Kurz vor meinem Schichtende trudelt Otterle ein. Wir haben die Senioren ermahnt, nichts von den entflogenen Vögeln zu erzählen.

»Wenn der Herr Otterle davon erfährt, dann müssen Heino und Hannelore ins Tierheim, und des wollen mir doch alle net!«, hab ich mit traurigem Blick erklärt.

»Wir schweigen wie ein Grab!«, verspricht Frau Spielmann

und zwinkert mir verschwörerisch zu, so wie neulich, als wir unseren Speed-Dating-Ausflug geplant haben.

Frau Spielmann liebt Geheimnisse. Manchmal erzählt sie mir uralte Geschichten, die schon Jahre zurückliegen, und fügt danach immer ein »Aber pssst. Das muss unter uns bleiben!« hinzu. Ich bezweifle zwar, dass es heute noch irgendjemand interessiert, dass sie in einer Berghütte in Österreich 1967 ein Schnapsglas stibitzt hat, aber ich lass sie gern in dem Glauben, dass ich sie bestimmt net verrate.

Und mein Plan geht auf: Keiner von den Senioren sagt ein Wort. Gut, vielleicht haben sie es auch schon wieder vergessen, dass die Vögel weg sind. Das weiß man bei älteren Leuten halt nie so genau. Otterle ist kurz verwundert, dass er den Seiteneingang nehmen muss, weil die automatische Tür am Eingang angeblich einen technischen Defekt hat, aber sonst schöpft er keinerlei Verdacht. Wie geplant marschiert er mit seiner Aktentasche schnellen Schrittes über den Flur, grüßt rechts und links die Senioren flüchtig und verschwindet kurz darauf in seinem Büro. Ich lehne über dem Empfangstresen und gucke auf den Bildschirm von Anke, die mir ein paar Fotos vom neuen Haus zeigen will, das sie gerade mit ihrem Mann renoviert hat.

»Und des Wohnzimmer geht dann hier direkt ins Ess…«

Ein lauter Schrei ertönt, der offensichtlich aus Otterles Büro kommt.

»WAAAAS ZUR HÖLLE IST DAAAAAAS! DAS GLAUBE ICH JETZT NICHT!«

Alle starren auf die geschlossene Tür.

»Oh Gott, Heino und Hannelore!«, schießt es mir durch den Kopf. Sollten die beiden Wellensittiche wirklich so dumm gewesen sein, dass sie ausgerechnet in Otterles Büro Schutz gesucht haben? Ausgerechnet bei dem Mann, der sie am liebsten ins Tierheim verbannen will? Dumm, dumm, dumm! Im Haus Sonnenuntergang gibt es tausend Ecken, wo man sich verstecken kann. Warum denken die net für fünf Cent mit?

Warum ist ihr Gehirn so klein? Haben Wellensittiche überhaupt ein Gehirn? Wahrscheinlich haben sie ihm den ganzen Schreibtisch vollgekackt, und er hat jetzt überall auf seinen Dokumenten die kleinen schwarzweißen Köttel. Und Federn. Dutzende von kleinen Federn, die sich überall festsetzen. Wahrscheinlich ist die ganze Tastatur voll davon. Ich weiß, wovon ich spreche. Meine Eltern hatten jahrelang Wellensittiche, und selbst nachdem sie tot waren – also die Wellensittiche, net meine Eltern –, haben wir noch Monate später ihre Hinterlassenschaften gefunden.

»Nie wieder Vögel, Sybille, da bischt du den ganzen Tag nur noch am Staubsaugen!«, hat Mama damals geschimpft.

Anke schaut mich gebannt an. »Oje, oje, das klingt nicht gut.«

In dem Moment springt die Tür auf, und Otterle kommt mit hochrotem Kopf rausgestürmt.

»Wer war das? WER?«, brüllt er jetzt hysterisch. »Was soll das? WAS BITTE SOLL DAS? Wollen Sie mich denn alle lächerlich machen, wenn das Komitee kommt?«

Ohne zu übertreiben, kann man sagen: Otterle ist auf 180. Die Senioren schauen verängstigt auf den Boden, als er den Flur hektisch auf und ab rennt und dabei die ganze Zeit wie von Sinnen herumbrüllt.

Da ich die einzige Pflägekraft bin, die er gerade zu fassen kriegt, wendet er sich umgehend an mich.

»Frau Bullatschek, Sie kommen mir ja gerade recht!« Er ist kurz davor, mich am Arm zu packen und in sein Büro zu zerren, wahrscheinlich würde er mich noch lieber an den Haaren ziehen, aber zum Glück darf er das ja alles net als Chef.

Ich versuche, beruhigend auf ihn einzureden, das funktioniert bei unseren Dementen schließlich auch immer ganz gut.

»Herr Otterle, jetzt beruhigen Sie sich doch erschtmal. Was isch denn passiert?«

»Was passiert ist?«, schreit er mich jetzt an. »Haben Sie vielleicht zufällig mal aus dem Fenster geschaut heute?«

Mir dämmert, auf was er hinauswill, aber ich kapier nicht, warum er sich so aufregt. Wahrscheinlich ist die falsche Hüpfburg geliefert worden. Vielleicht hatte er sie in einer anderen Farbe bestellt.

»Aber die Hüpfburg isch doch toll, die wird den Senioren viel Freude machen!«

Ich tu so, als hätte er eine sensationelle Idee gehabt. Ich hab mal irgendwo gelesen, dass man hysterische Menschen so am besten beruhigt kriegt.

Jetzt kommt er gefährlich nah auf mich zu, sodass seine Nase fast meine berührt. Seine Augen funkeln bedrohlich.

»Freude? Die wird überhaupt niemandem Freude machen!«

»Aber Sie haben die Hüpfburg doch bestellt!«

»Bitte was?! Das wird ja immer besser! Sind Sie jetzt total verrückt geworden? Wir sind eine Business Company im Health-and-Care-Sektor, wir sind in der Endrunde für die Auszeichnung ›Heim des Jahres‹ – wenn wir gewinnen, kommen wir auf das Titelblatt von allen wichtigen Pflegezeitschriften! Glauben Sie allen Ernstes, ICH würde so was Bescheuertes wie eine Hüpfburg für ein Seniorenheim bestellen?«

»Aber Steffi sagt, die isch auf Bestellung geliefert worden.«

Jetzt macht er eine ungeduldige Handbewegung. »Wo ist sie?«

»Na, draußen im Garten, haben Sie doch gerade selbst gesehen!«

»Nein, die Riedlinger, nicht die dämliche Hüpfburg.«

»Keine Ahnung, oben irgendwo.«

»Soll herkommen. Jetzt.« Und dann brüllt er »SOOOFFFOOOORT!« und haut mit der flachen Hand auf den Tisch. Ich zucke zusammen.

Fünf Minuten später steht Steffi bedröppelt neben mir im Büro.

»Aber Sybille hat gesagt, die soll da hin, ich hab extra noch mal nachgefragt, mir kam es ja auch komisch vor, dass wir eine Hüpfburg kriegen.« Jetzt schaut sie bestätigend zu mir und nickt noch mal, um ihren Worten Nachdruck zu verleihen. »Da hab ich natürlich gedacht, das wäre alles okay so.«

Diese kleine Hexe! Jetzt schiebt sie mir den schwarzen Peter zu und spielt die Ahnungslose, dabei hat sie mir kein Sterbenswort davon erzählt, dass die Männer eine Hüpfburg aufbauen. Wie mies von ihr.

Otterle atmet schwer.

»Na gut. Eins nach dem anderen. Wo ist denn der Lieferschein? Es wird ja wohl einen Lieferschein geben, oder eine Rechnung. Die haben uns dieses Monstrum ja wohl kaum geschenkt!«

Steffi überreicht Otterle jetzt einen DIN-A4-Zettel, auf dem unten gut leserlich ihre Unterschrift prangt. Otterle überfliegt ihn kurz und flippt dann erneut aus.

»Können Sie lesen, Frau Riedlinger? Oder schicken Sie nur Sprachnachrichten per WhatsApp? Haben Sie überhaupt eine Schule besucht?«

Steffi schaut ihn verängstigt an und nickt.

Otterle klopft hektisch mit einem Kugelschreiber auf den Zettel und lässt Steffi jetzt laut vorlesen.

»Was steht da, hm? Was steht da als Lieferadresse?«

»Kindertagesstätte Kunterbunt …«

»Und weiter?«

»Lieferung einer Hüpfburg für das Kinderfest.«

»So, und jetzt frage ich Sie: Sind wir etwa eine KiTa?«

»Nein«, sagt Steffi kleinlaut.

Sie hat jetzt einen knallroten Kopf, ist aber um keine Ausrede verlegen.

»Sorry, das hab ich nicht gelesen, das ging alles so schnell.«

Ich muss innerlich lachen. Die Männer waren schließlich über zwei Stunden da. Aber immerhin bin ich jetzt aus dem Schneider.

Otterle schnappt sich das Telefon und wählt die Nummer, die unter dem Logo der Firma »Luftikus« auf dem Zettel steht.

»Ja, Otterle hier, Haus Sonnenuntergang«, säuselt er jetzt

freundlich in den Hörer und lässt sich seine schlechte Laune von eben null anmerken.

»Ich wollte nur sagen, wir haben hier eine Fehllieferung. Wir haben gar keine Hüpfburg bestellt, wir sind nämlich ein Seniorenheim und keine KiTa.« Er lacht künstlich. Die Person am anderen Ende der Leitung sagt irgendwas.

»Heute.«

»Wie die aussieht? Bunt!«

»Was weiß ich, ob das die Disney-Version ist. Das müssen Sie doch wissen, was Sie geliefert haben.«

»Ja, aber verstehen Sie nicht? Die ist gar nicht für uns.« Jetzt läuft Otterle nervös im Zimmer auf und ab, so weit, wie ihn das Telefonkabel gewähren lässt.

»Nein, die muss weg! Sofort.«

Die Person am anderen Ende der Leitung sagt irgendeinen langen Satz, den wir natürlich net hören können.

»Das gibt es doch nicht! Dann müssen Sie eben Leute finden, die das Ding abbauen! Wir haben hier morgen einen wichtigen Präsentationstermin! ... Doch, und wie die stört. Wir sind doch hier nicht im Zirkus! ... Was sind Sie denn für eine unfähige Firma! Es muss doch möglich sein ... Nein, Freitag ist zu spät. Es ist mir egal, ob die KiTa die Hüpfburg erst am Wochenende braucht ... Nein, ich will sie auch nicht umsonst hier stehen haben, ich will überhaupt keine verdammte Hüpfburg in meinem Garten! Aber das muss doch möglich sein, dass die irgendein Hansel abholt. Die muss weg bis morgen ... Ja, rede ich denn Chinesisch? Das ist ja eine Unverschämtheit, nein, ich BIN ruhig! ... Hallo? Hallloooo?«

Otterle knallt den Hörer auf die Gabel.

»Ich fasse es nicht. Bin ich denn hier nur von Idioten umgeben?« Jetzt schaut er Steffi und mich an, und ich bin mir sicher, dass er mit »Idioten« nicht nur die Leute von Luftikus meinte.

»Die vom Komitee halten des bestimmt für eine tolle Idee!«, versuche ich, ihm das Ganze schmackhaft zu machen.

Otterle schnaubt kurz.

»Wir sind so nah dran, so nah!« Er zeigt mit seinem Daumen und Zeigefinger einen Abstand von ungefähr einem Zentimeter. »Das lass ich mir jetzt nicht von diesen unfähigen Hüpfburg-Heinis vermiesen. Wir decken das blöde Ding ab. So!«

»Aber des sieht ja noch bescheuerter aus. Die werden sich fragen, was da drunter isch und ob mir was zu verbergen haben!«, wende ich ein.

Otterle denkt kurz nach und gibt mir widerwillig recht.

»Auch wieder wahr. Ach, Herrgott noch mal.«

Als Steffi merkt, dass ich bei Otterle gerade punkte, mischt sie sich mit einem – wie ich finde – wenig hilfreichen Kommentar ein:

»Also, die Stacey Q., das ist so eine Influencerin, der ich folge, die hat neulich in ihrer Story ein Pic gepostet mit einer Hüpfburg im Hintergrund. Die hatte über 10.000 Likes!«

Otterle rollt die Augen. Ich bin mir net mal sicher, dass er überhaupt weiß, was Instagram ist, von Stacey Q. mal ganz zu schweigen.

»So, Themawechsel!« Otterle springt von seinem Stuhl hoch, öffnet die Tür und komplimentiert Steffi auf den Flur. »Frau Riedlinger, Sie können gehen, Frau Bullatschek, Sie bleiben noch einen Moment.«

Seine Wut hat sich jetzt offensichtlich wieder etwas gelegt, und er scheint in Gedanken schon woanders zu sein.

»Frau Bullatschek. Morgen kommt es hier auf jeden Einzelnen an. Wir sind eine Business Company ...«

»... im Health-and-Care-Sektor«, ergänze ich ungefragt. »Jaja, ich weiß.«

»Keine Extrawürste, keine Spirenzchen, keine meckernden Senioren. Es muss alles laufen wie am Schnürchen. Bilderbuch-Heim, verstehen Sie?«

»Geht klar, Chef«, sage ich jetzt wie bei der Bundeswehr. Ich hab noch nie zu Otterle »Chef« gesagt, und es klingt irgendwie befremdlich.

»Wir haben nicht nur das Komitee im Haus, sondern auch diese jungen Männer aus der JVA. Das ist natürlich eine etwas unglückliche Kombination. Ich möchte unter keinen Umständen, dass da etwas schiefgeht.«

»Ich dacht, die kommen heute schon.«

»Ja, nein, der Fahrer ist ausgefallen, deshalb ist der Termin erst morgen. Da gelten natürlich strengste Sicherheitsauflagen. Das Wichtigste ist, dass Sie als Erstes checken, ob alle Häftlinge, die auf der Liste stehen, auch wirklich da sind.«

»Ich? Aber ich hab überhaupt keine Zeit, ich hab tausend andere Sachen zu tun!«

»Morgen nicht. Wir arbeiten ausnahmsweise in Doppelbesetzung, damit alles klappt!«

Doppelbesetzung – ich wusste gar net, dass das Wort überhaupt existiert.

»Im Gegenzug erwarte ich aber, dass Sie ausnahmsweise alle ein paar Stunden dranhängen. Die können Sie ja dann irgendwann abfeiern.« Abfeiern! Noch ein Fremdwort bei uns.

Er zieht seine Schreibtischschublade auf und reicht mir ein Blatt Papier.

»Das sind die Namen der Verbr… äh, Häftlinge. Um den Rest kümmert sich dann ein Betreuer, der dabei ist, und Herr Bollinger ist ja auch noch da, zur Verstärkung.«

Sascha. Gott sei Dank. Der kann bestimmt gut mit der Klientel. Wahrscheinlich rauchen sie erst mal einen Joint zusammen in seinem Kämmerle.

Ich beschließe, mir die Namen vorher ein paarmal durchzulesen, falls ein schwieriger dabei ist. Wär ja blöd, wenn ich mich gleich am Anfang verhaspele. Das wirkt unsicher, und ich muss ja einen souveränen Eindruck machen, damit sie Respekt vor mir haben, so wie vor einer professionellen Gefängniswärterin. Die tanzen einem sonst gleich auf der Nase rum. Und streng muss ich sein. Sehr streng. Das hab ich in einer Reportage über die härtesten Gefängnisse der Welt auf NTV gesehen.

»Und jetzt drücken Sie uns die Daumen! Vielleicht arbeiten Sie ja schon bald im ›Heim des Jahres‹!«

»Das wär ja der Hammer!«, schwindele ich und mach die Bürotür zu. Als ich auf dem Weg zum Fahrradständer den Zettel aus meinem Rucksack hole, um einen ersten Blick drauf zu werfen, trifft mich fast der Schlag.

Es stehen drei Namen auf der Liste. Einer davon ist Piotr Malinkowski.

Piotr Malinkowski kommt also morgen ins Heim! Piotr Malinkowski, besser bekannt als *Moulin-Rouge*-Vladi oder das Wodkaflaschenopfer. OMG! Wahrscheinlich wird er erst Herrn Bellis und dann mich kaltblütig abmetzeln. Vor den Augen des Komitees. Und das Einzige, was Otterle sagen wird, wenn wir tot über der Balkon-Brüstung hängen, ist: »Tja, Frau Bullatschek, so wird das nix mit dem Heim des Jahres.« Meine Fantasie geht mit mir durch, aber ich hab wirklich ä bissle Angst.

Als ich mit dem Fahrrad heimfahre, überleg ich fieberhaft, wer mir helfen könnte.

Es nutzt nix. Ich muss irgendjemanden in die *Moulin Rouge*-Geschichte einweihen und erzählen, wie es wirklich war. Sollte Bellis und mir was zustoßen, muss wenigstens jemand die Hintergründe kennen und sie der Polizei schildern können.

Sascha ist die einzige Person, die mir spontan einfällt. Der hält dicht und hat bestimmt einen guten Ratschlag für mich. Ich schick ihm eine WhatsApp-Nachricht, dass er mich schnellstmöglich anrufen soll, wenn sein Dienst zu Ende ist.

Gegen 19 Uhr, als ich mir im Internet gerade zum dritten Mal ein Selbstverteidigungsvideo angucke, klingelt mein Handy.

»Na, Sybille, schon aufgeregt wegen morgen? Uhh, das Komitee kommt!« Er lacht kurz, und an seiner Stimme merke ich, dass er das Ganze net wirklich ernst nimmt.

»Na ja, eher wegen den JVA-Buben.«

»Ach, die sind doch bestimmt harmloser als diese albernen Komitee-Fuzzies. Mach dir mal keinen Kopp!«

»Äh, ja, vielleicht, aber du, ich muss dir noch was erzählen, was keiner weiß.«

Ich schildere Sascha die komplette *Moulin Rouge*-Geschichte. Er hört geduldig zu und unterbricht mich nur einmal kurz an der Stelle, als Bellis die Wodkaflasche auf Vladis Kopf zertrümmert.

»Der hat waaas? Das ist ja der Hammer, was für eine coole Socke ist DER denn? Guck an, der alte Bellis!« Jetzt lacht er noch lauter als vorhin.

»Aber verstehst du jetzt? Wir sind in Gefahr, wenn der Russe morgen auftaucht.«

Schweigen in der Leitung.

»Hm. Okay. Ja, könnte eventuell zu einer kleinen Racheaktion kommen. Aber nur, wenn er dich erkennt! Vielleicht hat der die Sache ja auch schon längst vergessen.«

Sascha scheint der Ernst der Lage nicht bewusst zu sein.

»Vergessen? SASCHA, der hockt wegen mir im Knascht! Der will net mit den Senioren Mau-Mau spielen, der kommt, um mich umzulegen!«

»Ach, Sybille, jetzt werd mal nicht paranoid! Schließlich sind genug Leute um dich rum, und außerdem haben wir ja noch unsere Geheimwaffe, von der keiner was weiß!«

»Welche Geheimwaffe?«

»Na, die *Duftys*!«

Es dauert einen Moment, bis ich kapiere, was er meint. Natürlich! Wenn man Senioren damit in den Schlaf wiegen kann, warum dann nicht auch einen zwei Meter großen Russen? Wahrscheinlich muss man einfach nur ein bisschen öfter auf den Spender drücken, bis es wirkt. Wenn dieser Piotr Malinkowski erst mal mit einer ordentlichen Portion *Sleeping Beauty* betäubt ist, schläft er wie ein Baby und kann mir so schnell nix anhaben.

»Das ist die Rettung!«, rufe ich begeistert. »Danke, Sascha!«

»Danken Sie nicht mir, danken Sie den *Duftys*, die jeden unangenehmen Geruch und auch jeden unangenehmen Typen einfach beseitigen!«, sagt er jetzt wie ein Werbesprecher. Ich muss lachen.

»Na, hoffentlich klappt des auch alles so!«

»Wird schon schiefgehen. Ich freu mich auf morgen, ich hab irgendwie das Gefühl, das wird ein verrückter Tag!«, verabschiedet er sich und legt auf.

Da ahnen wir beide noch nicht, dass »verrückt« noch reichlich untertrieben ist.

Kapitel 13

Hilfe, sie kommen!

Ich kann die ganze Nacht kein Auge zumachen. In meinem Kopf reiht sich ein Horrorszenario ans nächste. Piotr Malinkowski darf mich unter keinen Umständen heute erkennen.

Vielleicht hab ich ja Glück, und Sascha kann die Sache mit der Namensliste für mich übernehmen, was aber recht unwahrscheinlich ist, denn Otterle wird ihn bestimmt ganz schön in Beschlag nehmen. Ich muss also auf das Schlimmste vorbereitet sein.

Um drei Uhr kommt mir die rettende Idee. Ich spring aus dem Bett und renn im Schlafanzug, mit einer Taschenlampe bewaffnet, in den Keller. Irgendwo hatte ich doch noch eine Perücke! Nach einer halben Ewigkeit finde ich endlich die Kiste mit den Faschingssachen. Ich schnapp mir die Tüte, die ich mit »Haare« beschriftet hab, und hechte wieder zurück in die Wohnung. Nachts im dunklen, muffigen Keller rumzulungern, in Gedanken an Vladimir, ist net so mein Ding. Aber immerhin bin ich jetzt safe. Nur für den Fall der Fälle. Mit einer anderen Frisur erkennt er mich morgen garantiert net.

Ich bin schon fast wieder eingeschlafen, da kommt mir Bellis in den Sinn! Ach du liebe Zeit, der ist ja mindestens genauso gefährdet wie ich, nur dass er im Gegensatz zu mir nix davon weiß. Da ich bezweifle, dass er sich auch eine Perücke aufsetzen wird, muss ich ihn in Sicherheit bringen. Am besten sag ich ihm gar nix davon, dass der Russe kommt. Wahrscheinlich hat er die ganze Sache eh schon längst vergessen. Ich beschließe, ihn nach dem Frühstück zum Kiosk zu schicken, in der Hoffnung, dass er da wie vor ein paar Tagen versumpft. Dürfte ja net so schwer sein. Falls Herr Öçan anruft, sag ich einfach, ich hätte keine Zeit, ihn abzuholen. Freiwillig kommt der sowieso net zurück.

Ich muss an Hänsel und Gretel denken. Bellis wird von seiner Pflägerin (mir!) im Kiosk ausgesetzt, und sie hofft, dass er nimmer zurückfindet. Hört sich irgendwie fies an, ist aber natürlich nur zu seinem Besten, denn der böse Piotr ist ihm auf den Fersen.

Bei der Übergabe um sechs Uhr ist die Hölle los. Irgendwie seltsam, wenn doppelt so viele Pflägekräfte arbeiten wie sonst. Man hat fast den Eindruck, alle kloppen sich darum, was zu tun zu kriegen. Hach, wenn es doch bloß immer so wär!

Beate versucht, das Chaos irgendwie zu ordnen, und delegiert wichtig herum, wer was wann machen soll.

»Und wenn ihr die Senioren heute anzieht, denkt dran: festlich und sauber! Ich will keinen Fleck auf irgendeinem Pullover sehen. Gleich kommt auch noch Tanja, unser Frisurenengel, und zaubert den Senioras eine hübsche Haarpracht.«

»Na, da kann sie ja gleich bei Beate anfangen«, flüstert mir Evelyn zu und zeigt auf Beates Igelschnitt, der heute Morgen offensichtlich eine Überdosis Haarspray abgekriegt hat. Sie sieht aus, als hätte sie vor dem Dienst in die Steckdose gelangt. Ich muss lachen.

Ute, die unser Gespräch mit angehört hat, setzt noch einen drauf: »Na, hoffentlich kommt dann aber auch noch ein Make-up-Artist, der ihr zeigt, wie man sich richtig schminkt!« Evelyn prustet laut los. Beate hat heute net bloß eine dicke Schicht Make-up im Gesicht, was sie sonst nie trägt, sondern auch einen knallroten Lippenstift aufgelegt, der auf ihre Schneidezähne abgefärbt hat. Ich kann mich kaum drauf konzentrieren, was sie sagt, weil ich immer auf ihre Zähne gucken muss, wie auf einen Unfall. Sie erinnert mich irgendwie an die Frau aus der Zahnpasta-Werbung, die ganz schlimm Parodontose hat. Mit dem Rouge hat sie es auch leicht übertrieben. Die

Backen sind so rot, als hätte ihr der Peter, ihr Mann, heut früh rechts und links eine gescheppert.

»Na ja, vielleicht war ja des Licht im Bad kaputt«, versuche ich, sie in Schutz zu nehmen, weil mir das Lästern doch ein bissle zu weit geht. Ich kann Beate zwar net leiden, aber ich bin in der Schule jahrelang selber gemobbt worden wegen meiner Brille und reagier extrem empfindlich drauf, wenn man Leute wegen ihrem Äußeren runtermacht. Mit 15 hab ich meine Eltern angebettelt, dass sie mir doch bitte Kontaktlinsen kaufen sollen, aber Mama meinte bloß: »Ach Sybille, die verlierscht du doch bloß, und dann bischt du den ganzen Tag am Suchen. Mit einer Brille kann dir des net passieren!« Heut muss ich drüber lachen, denn der meistgesagte Satz von Mama ist: »Sag mal, Richard, hasch du irgendwo meine Brille gesehen?«

Bei Ute und Evelyn löst meine Theorie mit dem kaputten Licht im Bad einen Lachflash aus. Dabei war das eigentlich gar kein Witz. Meine Lampe am Spiegel ging auch lange net, und ich musste immer die Tür zum Flur auflassen, damit ich überhaupt was gesehen hab, wenn ich im Bad stand. Aber das ist natürlich beim perfekten Haus von der perfekten Beate äußerst unwahrscheinlich.

»So, dann wissen ja alle, was zu tun ist. Und wenn die Herrschaften vom Komitee später da sind, verhaltet euch doch bitte wie immer.« (Sagt ausgerechnet Beate, die rumrennt wie ein aufgescheuchtes Huhn!)

Ich schließ mich der Truppe von Ute und Evelyn an, und wir huschen in die Zimmer im Gang C, um die Senioren fertig zu machen und anlassgemäß anzuziehen.

Frau Spielmann hat sich schon drei Kleider ausgesucht und kann sich wie immer net entscheiden. Sie ist, glaube ich, auch die Einzige, die verstanden hat, was heute auf dem Spiel steht.

»Das pinkfarbene Kostüm vielleicht? Obwohl, wenn ich den halben Tag auf dem Treppenlift verbringe, ist das vielleicht etwas zu unbequem.«

»Wieso sitzen Sie den halben Tag im Treppenlift?«

»Das wollte Herr Otterle so, er sagt, er bräuchte jemanden, der grazil dabei aussieht, und ich bin schließlich die Einzige, die vorgestern schon geübt hat! Und man kann ja schlecht einen dieser dickbäuchigen Greise da reinsetzen, wie sieht das denn aus?« Sie rümpft pikiert die Nase. Ich muss zugeben, da hat sie net ganz unrecht.

»Frau Bullatschek, das ist MEINE Showtreppe, verstehen Sie?«

Oh weh, Frau Spielmann will sich wieder in den Vordergrund spielen wie beim Speed-Dating. Na, das kann ja heiter werden. Net dass sie wieder irgendeine Akrobatik-Einlage vorbereitet hat und ich am Ende mit den Telefonnummern des gesamten Komitees versorgt werde. Ich hab ihr im Übrigen net gesagt, dass ich keinen von den Männern aus dem *Pinocchio* je angerufen hab – erst hat mich ja Sebastian, der Seelsorger, gestalkt, und dann war ich mit Momo beschäftigt. Und jetzt brauch ich da auch nimmer anzurufen.

»Sind das denn nur Männer oder auch Frauen?«, will sie jetzt wissen. »Mit Männern kann ich ja besser. Denen muss man doch nur tief in die Augen schauen und ein bisschen mit den Wimpern klimpern, und schon haben wir diesen Preis, das krieg ich hin.« Sie schlägt elegant das eine Bein über das andere und nimmt in ihrem Morgenrock eine aufreizende Pose ein. »So vielleicht?«

Ich bewundere das Selbstbewusstsein, das sie noch mit Ende 80 an den Tag legt, aber für meinen Geschmack ist es ä bissle zu viel Sexappeal.

»Ähm, vielleicht etwas dezenter? Es isch schließlich der Preis ›Heim des Jahres‹ und net der Beate-Uhse-Gedächtnispreis.«

Frau Spielmann lacht schelmisch über meinen Spruch. »Na ja, gut, das kriegen wir schon irgendwie hin.« Sie zwinkert mir zu. »Vielleicht gehe ich heute ja auch ausnahmsweise zum Gedächtnistraining, ich hab gehört, da sollen ein paar fesche junge Männer eingelernt werden. Das könnte mir gefallen!«

Die JVA-Jungs. Bellis. Kiosk!, schießt es mir durch den Kopf. Ich bringe Frau Spielmann zum Frühstück und renne zum Empfang, um Anke zu fragen, ob sie weiß, wann der Bus aus der JVA angekündigt ist. Sie schlägt kurz in einem dicken Ordner nach, kann mir aber keine genaue Antwort geben.

»Irgendwann heute Vormittag, oder, warte … Vielleicht auch erst heute Nachmittag. Die Betreuung ist ja heute ausnahmsweise um elf UND um 14 Uhr, ich denke, dass sie irgendwann dann eintrudeln, weil sie ja da mitmachen sollen.«

»Und des Komitee?«, will ich wissen, da Otterle uns darüber völlig im Unklaren gelassen hat.

»Die kommen so spontan wie der MDK oder ein Schluckauf, das wird eine Überraschung«, sagt sie und zuckt dabei hilflos mit den Schultern.

Mein Gehirn macht einen zeitlichen Schnelldurchlauf. Wenn die Häftlinge tatsächlich schon um elf Uhr auftauchen, muss Bellis bis dahin beim Kiosk sein. Da ich net weiß, wie lange er zu Fuß braucht, muss ich ihn rechtzeitig losschicken. Andererseits darf ihn natürlich auch keiner von den Pflägekräften sehen, weil die ihn sonst wieder zurückbringen. Ich beschließe, meine Aktion »Zeugenschutz« jetzt durchzuziehen, wo alle anderen noch vielbeschäftigt sind. Als ich in sein Zimmer komme, bin ich überrascht. Er ist gerade im Begriff, seine Jacke anzuziehen.

»Herr Bellis, wo wollen Sie denn hin, so früh am Morgen?«, frage ich und versuche, ganz unbedarft zu klingen.

»Ich hab einen wichtigen Termin.« Er knöpft die Jacke zu und schnappt sich seinen Stock.

»So, wo denn?«

»Das tut mir leid, aber das darf ich Ihnen leider nicht verraten.«

Im Normalfall dürfte ich ihn jetzt auf keinen Fall gehen lassen, ohne dass er mir sagt, wo er hinwill. Aber heute ist ja nix normal. »Soso, des isch aber gemein, dass Sie mir des net verraten wollen.« Ich spiele die beleidigte Leberwurst.

»Ja, ich hab schließlich auch noch ein Privatleben, Frau Bullatschek.«

»Oh, ja natürlich. Na dann, viel Spaß oder Glück, oder was man so wünscht, da, wo Sie hingehen.« Keine Reaktion. Ich hatte gehofft, dass er sich wenigstens durch einen Kommentar verrät. Aber egal, wo er hinwill, ich bin froh, dass er von sich aus geht, dann kann man mir wenigstens hinterher net vorwerfen, dass ich ihn zum Kiosk geschickt hätte. Nur für den Fall, dass er später irgendwo aufgegriffen wird und wieder irgendwelche Russen k. o. geschlagen hat. Hauptsache, er ist aus der Schusslinie. Im wahrsten Sinne des Wortes.

Als ich auf dem Weg zurück ins Erdgeschoss bin, komm ich zufällig am Kameraraum vorbei. Die Tür steht sperrangelweit offen. Ute und Evelyn lehnen am Schreibtisch und starren auf den Überwachungsmonitor, wo gerade das von Sascha abgespeicherte *Dufty*-Video mit Beate läuft.

»Tja, und so haben Sybille und ich rausgefunden, was es mit den Duftdingern auf sich hat. Wir sind quasi das Ermittlerduo im Fall *Dufty*!«, erklärt Sascha stolz. Als er mich im Türrahmen stehen sieht, fügt er ein »Stimmt's, Sybille?« hinzu und grinst. Ute und Evelyn drehen die Köpfe in meine Richtung. Mir ist jetzt gar nicht nach Grinsen zumute. Bestimmt sind sie megasauer, dass ich sie net eingeweiht hab.

»Du hast es die ganze Zeit gewusst?«, fragt Ute prompt.

»Ja, jein, ich wusst doch auch net, was ich machen soll.«

Ich werfe Sascha einen beleidigten Blick zu. »Ich hätt es ihnen schon noch gesagt, warum musste des denn ausgerechnet jetzt sein?«

»Ganz einfach: Weil Ute Beate heute beobachtet hat, wie sie an den *Duftys* rumhantiert hat. Und da hat sie mich gefragt, ob ich zufällig mehr darüber wüsste.«

»Ach!«, entfährt es mir. Ute nickt bestätigend.

»Die hat ewig dran rumgefummelt, und dabei hat sie sich immer umgeguckt, ob sie jemand sieht. Das sah einfach verdächtig aus. Und weil du gesagt hast, dass sie in noch mehr verstrickt ist, hab ich eins und eins zusammengezählt.«

»Ganz ehrlich, das müssen wir melden!«, sagt Evelyn jetzt und deutet auf den Monitor. »Das geht doch nicht. Appetizer okay, aber Narkotika, das ist kriminell!«

»Mich würde bloß interessieren, was sie heute mit den Dingern will, ich dachte, die sind abgeschaltet«, werfe ich ein und erinnere die anderen an den »Außer Betrieb«-Aufkleber am *Dufty* im Speisesaal.

»Hm. Vielleicht nicht alle. Und jetzt hat sie Anweisung von Otterle, die anderen auch zu deaktivieren, wenn das Komitee kommt«, sagt Sascha und verschränkt die Arme hinter dem Kopf.

»Ja, klar, damit sie nicht erwischt werden bei ihrer illegalen Aktion!«, ruft Evelyn.

»Aber da könnten wir ihnen ja ein bisschen in die Parade fahren, wenn ihr versteht, was ich meine.« Er zwinkert uns verschwörerisch zu.

Ute reibt sich die Hände »Au ja, das wird ein Spaß! Das kriegen sie zurück!«

»Ich hol mir gleich mal so ein Ding aus dem Putzraum und guck, wie es aufgeht und wie man es aktiviert, das kann ja nicht so schwer sein, wenn sogar Beate das hinkriegt!« Sascha springt von seinem Stuhl auf und rennt mit einem »bis später« an uns vorbei.

»Meint ihr echt, des isch so eine gute Idee – ausgerechnet heute, wo das Komitee kommt? Der Otterle macht uns alle einen Kopf kürzer!« Ich hör mich schon an wie meine Mutter, aber ganz wohl ist mir bei der Sache wirklich net.

Ute schlägt meine Warnung in den Wind. »Ja, aber machen kann er ja nix. Der wird schweigen wie ein Grab! Schließlich war es seine Idee, die Senioren zu manipulieren. Das ist jetzt eben die Retourkutsche.«

Um elf Uhr kommt Anke vom Empfang kreidebleich auf den Wohnbereich gestürmt.

»Kommt mal alle her, ich muss euch was Dringendes sagen!«

Da es wirklich nach einem Notfall aussieht, stehen alle sofort Gewehr bei Fuß.

»Also, das Krankenhaus hat gerade angerufen. Der, äh ...«, stakst sie herum. »Der Herr Otterle hatte einen Unfall auf der Autobahn.«

»Ach du liebe Zeit!«, ruft Beate geschockt.

Milena bekreuzigt sich.

»Ist er tot?«, fragt Steffi sofort.

»Hallo? Des Krankenhaus hat angerufen, net des Leichenschauhaus«, erklär ich ihr.

»Was hat er denn?«, will Beate wissen, die jetzt nervös auf einem ihrer Fingernägel rumkaut, die sie extra für heute rot angemalt hat.

»Es geht ihm so weit gut, es ist ihm wohl im Stau einer hintendrauf gefahren, oder er ist jemandem hintendrauf gefahren, so genau weiß ich das nicht mehr. Sieht nach einem Schleudertrauma aus.« Erleichterung macht sich breit.

»Ach, sein Audi hat doch tausend Airbags, der steht bestimmt in einer Stunde wieder auf der Matte.« Ute lacht.

»Also, er will wohl tatsächlich unbedingt heute Nachmittag wieder da sein, wenn das Komitee kommt, er weiß aber nicht, ob und wann sie ihn entlassen. Aber bis dahin sollt ihr euch um alles kümmern.«

»Das machen wir, darauf kannst du dich verlassen. Wir werden Herrn Otterle nicht enttäuschen, gell!«, sagt Beate und guckt streng in die Runde.

»Dann übernehme halt ich die Hausführung, ich denke, das kriege ich ganz gut hin.«

Ute schaut Beate mit zusammengekniffenen Augen feindselig an. Ich weiß genau, dass sie unserem Maulwürfle am liebsten das Fell über die Ohren ziehen würde. Ich pack sie am Ärmel, damit sie sich net zu irgendeinem blöden Kommentar oder zu Handgreiflichkeiten hinreißen lässt.

In unserem Friseursalon »Silberlocke« im Wohnbereich Nordcorega herrscht Riesenandrang. Wie von Beate angekündigt, sollen die Senioras noch ein kleines Styling kriegen, damit sie für das Komitee »was hermachen«, wie sie sich ausgedrückt hat. Die Schlange reicht bis auf den Flur. Einige Damen haben es sich auf den Sitzflächen ihrer Rollatoren auf dem Flur bequem gemacht, weil Tanja, unsere neue Friseurin, einfach net hinterherkommt. Als sie mich sieht, ruft sie erleichtert: »Ach, Sybille, kannst du mir nicht ein bisschen helfen mit dem Kämmen? Ich werde sonst nie fertig!«

Sie streckt mir eine Bürste entgegen. Ich bin eigentlich nur rübergegangen, um den Pflägekräften aus Nordcorega von Otterles Unfall zu berichten. Die Kommunikation zwischen unseren beiden Wohnbereichen funktioniert net immer so reibungslos, und ich bin mir ziemlich sicher, dass Beate sie net eingeweiht hat.

Ich schüttle bedauernd den Kopf. »Sorry, ich hab noch so viel zu tun drüben. Aber ich kann dir Steffi vorbeischicken, die kennt sich mit so was super aus und hat bestimmt auch Bock drauf.« Da wir uns in Südcorega heute eh auf die Füße treten, ist das doch die perfekte Aufgabe für sie. Und die beiden verstehen sich bestimmt super, denn sie sind fast gleich alt. Tanja wirft mir ein Luftküssle zu.

»Danke, das wäre super!«

Es ist kurz vor zwei, ich bin gerade am Teeausschenken, als Milena aufgeregt zu mir kommt.

»Sybille!! Da unten stehen ein paar Männer, die sagen, dass wir sie erwarten würden. Anke ist gerade nicht am Empfang, Beate hab ich auch nirgends gefunden, ja, und Herr Otterle ist ja vielleicht schon tot ...«

»Was?«

»Na, Herr Otterle ist doch in die Krankenhaus, das kann manchmal ganz schnell gehen! In Polen hat mal die Sohn von der Freundin einer Tante einen Unfall gehabt, sah alles ganz harmlos aus, und am nächsten Tag war er tot. Mausetot!«

»Ach, der Otterle berappelt sich schon wieder, Unkraut vergeht net!«, beruhige ich sie.

»Aber was sind des für Männer, wie sehen die aus?«, will ich wissen und schau sie eindringlich an.

»Keine Ahnung. Wie Männer halt so aussehen. Der eine ist ein bisschen dicker, und einer sieht südländisch aus. Vielleicht ein Türke oder ein Iraner oder so, und dann ist noch eine Mann mit einer Glatze dabei. Aber so genau hab ich sie mir nicht angeschaut.«

Glatze ist natürlich ein Alarmsignal. Piotr Malinkowski is in the house! Mir läuft es eiskalt den Rücken runter. Jetzt ganz cool bleiben, Sybille, und bloß nix anmerken lassen.

»Ach, des sind bestimmt nur die Buben aus der JVA«, sage ich betont beiläufig. Zu spät fällt mir ein, dass wir Milena mit Absicht net eingeweiht haben, dass jemand aus dem Gefängnis kommt, weil sie sonst einen Herzinfarkt bekommen hätte.

»Was ist das, JVA?«, will sie wissen.

»Äh, ja, also JVA heißt Job-Vorbereitungs-Aktion. Die gucken, welche Berufe ihnen vielleicht Spaß machen könnten, des sind so Umschüler …«, schwindele ich. Milena scheint beruhigt.

»Das ist gut. Sehr gut. Kümmerst du dich drum?«

»Ja, klar, aber dann musst du hier weiter Tee ausschenken.«

Milena nimmt mir die Kanne ab, und ich renne in einem Affenzahn in die Umkleide, um den Zettel mit den Namen und meine Perücke zu holen. Als ich die Tüte mit der Aufschrift »Haare« aufmache, die ich gestern Nacht noch im Keller gefunden hab, trifft mich der Schlag. Ich hab die falsche Tüte!

Auch das noch. Ich wollte eigentlich die Perücke mit den blonden langen Haaren aufsetzen, die ich vor zwei Jahren als Bond-Girl »Miss Pflägepenny« aufhatte.

Alle haben beim Faschingsball im Sportheim gesagt, dass sie mich fast net erkannt hätten und dass mir Blond auch wirklich gut stehen würde. Ich bild mir ein, einige Männer hätten mich sogar angeflirtet.

Stattdessen hab ich die Clown-Perücke mit den roten Locken eingepackt, an der eine rote Nase und eine alberne Brille befestigt sind. Die hat Mama mir neulich vorbeigebracht, weil sie die auf dem Dachboden gefunden hat.

»Sybille, des isch so ein schönes Koschtüm! Ich hab gedacht, du willscht mal wieder als luschtiger Lappenclown zum Fasching gehen, und bevor ich sie wegschmeiß …«

Nein, ich wollte nie als »luschtiger Lappenclown« irgendwohin gehen. Alle haben mich damals mit der Perücke ausgelacht, als ich so in der achten Klasse bei der Faschingsfeier aufgetaucht bin. Ich hab es Mama bloß nie erzählt, weil sie mir in tagelanger Arbeit das Kostüm dazu genäht hatte und ich sie net vor den Kopf stoßen wollte.

Aber es nutzt nix. Jetzt muss ich eben als lustiger Clown vier Häftlinge aus der JVA begrüßen und dabei noch streng und seriös wirken. Ich versuche, meine langen Haare irgendwie unter die viel zu enge Perücke zu wurschteln, aber ständig rutschen ein paar Strähnen wieder raus. Eigentlich will ich auch noch die Brille und die Nase abschneiden, aber ich kann nirgends eine Schere finden. Deshalb setz ich meine eigene Brille ab, denn zwei Brillen sehen ja noch bescheuerter aus. Problem ist nur, dass ich durch die Fake-Brille nur noch verschwommen sehen kann. Tja, wenn ich jetzt Kontaktlinsen hätte!

Ich beschließe, mit der schlecht sitzenden Perücke und der Plastik-Brille loszulaufen, schließlich dürfen die JVA-Männer net unbeaufsichtigt sein, und die warten schon viel zu lange.

Ich renn den Flur entlang, und die Senioren, die mir entgegenkommen, gucken mich verdattert an, weil sie sich wohl fragen, warum mitten im Frühling ein Clown im Heim rumrennt. Vielleicht denken sie auch einfach nur, ich wär so ein

Klinik-Clown. Die hatten mir auch mal da. War eine tolle Sache, bis Seifert, weil er so genervt war, die Jacke von Pepino angezündet hat. Seither kommen sie nicht mehr. Komisch. Haben dann wohl doch net so viel Humor, wie ich immer dachte.

Als ich zur Eingangstür komme, kann ich die Männer nur schemenhaft erkennen. Trotzdem ist mein erster Gedanke: »So schlimm sehen sie gar net aus.« Aber das weiß man ja von Aktenzeichen XY, das Bild kann trügen!

Erstaunlicherweise tragen sie keine typischen gestreiften Gefängnisklamotten, wie man das aus Filmen kennt. Wahrscheinlich haben sie sich extra für den Tag bei uns rausgeputzt. Der Typ mit der Glatze sitzt in einem der Besuchersessel, und ich bilde mir ein, dass er mich die ganze Zeit misstrauisch anstarrt. Ich versuche, mich an Piotr Malinkowskis Gesicht zu erinnern, aber ich weiß partout nimmer mehr, wie er aussah. Es ging ja auch alles so schnell im *Moulin Rouge*. Ich kneife meine Augen zusammen, um ihn besser sehen zu können, was wahrscheinlich so wirkt, als würde ich ihn mit meinem Blick fixieren. Er ist groß und hat eine Glatze. Das muss er sein! Noch lässt er sich natürlich nix anmerken, aber in einem unbeobachteten Moment wird er zuschlagen!

Die anderen Männer mustern mich argwöhnisch, weil ich vielleicht doch einen Moment zu lange auf den Russen starre. Ich beschließe, mein bestes Gefängniswärterinnengesicht aufzusetzen, was mir durch die blöde Brille und die rote Nase, durch die ich kaum Luft kriege, net wirklich gelingt. Aber vielleicht haben sie ja Respekt vor mir, wenn ich anfange, zu sprechen. Ich hab mir überlegt, dass ich meine Stimme verstelle und ganz tief spreche. So, wie sie das im Fernsehen machen, wenn jemand net erkannt werden darf, weil er gegen seine Firma, den Ex-Freund oder den Präsidenten ausgepackt hat.

Dabei versuche ich, einigermaßen hochdeutsch zu klingen. Ich weiß gar net, was schwieriger ist. Noch bevor ich was sagen kann, tritt der Mann mit dem südländischen Aussehen auf mich zu.

»Grüß Gott, Saleri mein Name, wir möchten gern zu Herrn Otterle.«

Hat er jetzt Saleri oder Sellerie gesagt?, geht es mir durch den Kopf. Er kann net Sellerie heißen, niemand heißt wie ein Gemüse. Vielleicht ein Code-Name? Stand der auf der Liste? Ich suche meine Taschen nach dem Zettel ab, aber ich hab ihn wohl vor lauter Perückendrama in der Umkleide liegen lassen. Egal, der hätte mir eh nix genutzt, denn ich bin mit meiner Faschingsbrille fast so blind wie Stevie Wonder. Aber es sind vier. Und Otterle sagte, es wären vier. Passt!

»Mein Name isch, äh, ist Bu… Bu… äh, Blumenkohl! Sabine Blumenkohl«, stakse ich herum und ärgere mich darüber, dass ich vor lauter Sellerie auch einen Gemüsenamen gewählt hab. Dann erinnere ich mich an die Wärterin im gefährlichsten Gefängnis der Welt. Sie hat gesagt: »Zeigen Sie den Häftlingen immer, wer die Hosen anhat.« Ich muss zugeben, als Sabine Blumenkohl, die eine Clownperücke aufhat und mit einer roten Plastiknase im Gesicht rumrennt, wäre ich für den Dienst in einem US-Hochsicherheitsgefängnis wahrscheinlich eher ungeeignet. Aber um ein paar Sozialstunden-Bubis zu täuschen, sollte es doch reichen.

Ich überlege, wie ich mir Respekt verschaffen kann. Erst mal duzen, das zeigt gleich, wer in der Hierarchie ganz oben steht.

»Der Herr Otterle isch net für euch zu sprechen. Ihr geht mal jetzt erschtmal ins Fernsehzimmer und macht beim Gedächtnistraining mit.« Ich dirigiere die Männer in den Raum im Erdgeschoss, wo Saskia schon mit den Senioren zugange ist.

Alle brüllen wild durcheinander, als sie fragt, welche Länder an Deutschland grenzen.

»Polen!«, ruft Frau Häfele.

»Dänemark«, brüllt Herr Junghans.

»Bayern!«, scherzt irgendjemand, und es bricht schallendes Gelächter aus.

Ich geh zu Saskia und flüstere ihr ins Ohr, damit keiner von den Senioren mich hören kann. »Hier isch deine Verstärkung! Das sind die Häftlinge aus der JVA!« Dann deute ich auf die Männer, die sich neugierig im Raum umschauen. »Einer davon isch der Betreuer, aber keine Ahnung, welcher.« Ich zucke mit den Schultern. »Sie schwätzen net so viel, aber denk bitte dran, die sind möglicherweise gefährlich.«

Saskia, die mein albernes Outfit völlig ignoriert, mustert die Männer skeptisch. Dann folgt sie meinem Rat und sagt in strengem Ton: »Bitte hinsetzen und das Training nicht stören. Sie können ja auch gern eine Frage stellen, wenn Ihnen was einfällt.«

Die Männer schauen erst mich und dann sie verdattert an, folgen aber brav den Anweisungen und setzen sich auf die Stühle in der hinteren Reihe am Fenster. Die Senioren beobachten sie neugierig. Kurz bevor ich den Raum verlasse, ruft plötzlich Frau Bäuerle: »Frau Bullatschek, was ist das denn für eine hübsche Perücke? So eine hätte ich auch gern!«

Ich schaue sie ernst an und sage: »Für Sie immer noch Frau Blumenkohl, und das sind meine echten Haare.«

»Frau Blumenkohl?« Frau Bäuerle fängt an, zu lachen. »Dann bin ich aber Frau Kohlrabi!«

Ich reiße drohend die Augen auf. »Frau Bullatschek ist heute nicht da.«

Dann schließe ich die Tür von außen und atme tief durch. Puh, das wär geschafft. Piotr Malinkowski hat mich scheinbar net erkannt! Ich reiß mir die juckende Perücke vom Kopf und renne nach oben.

Im Aufenthaltsraum ist es für eine Doppelbesetzung einfach zu eng. Ich erwische keinen freien Stuhl mehr und stell mich ans Sideboard vor die Kaffeemaschine.

»Und wann kommen jetzt die Leute von diese komische Komitee?«, will Milena wissen.

Beate, die am Tischende sitzt und in irgendwelche Unterlagen vertieft ist, guckt kurz hoch. »Das weiß niemand, sonst wäre es ja kein Überraschungsbesuch«, sagt sie schnippisch. »Aber ihr macht einfach euren Dienst wie immer. Wenn es gut läuft, kriegt ihr von denen sowieso nichts mit. Herr Otterle ist ja nicht da, und deshalb muss ich …« Sie wird unterbrochen, weil ihr Handy klingelt.

»Hallo? Ach, hi, Iris. Ja, auch heute. Ja, wie spannend. Ach, bei euch waren sie schon. Und, wie isses gelaufen?« Beate springt von ihrem Stuhl auf und stellt sich mit dem Rücken zu uns ans Fenster. Dabei tuschelt sie leise. Wir tun so, als würden wir gar net zuhören, und plaudern einfach weiter. Aber natürlich will jeder wissen, was sie gerade am Telefon mitgeteilt kriegt.

»Sitzt Frau Spielmann schon auf ihrem neuen Lift-me-up-Dings?«, versuche ich, abzulenken.

»Auf dem was?«, hakt Ute nach.

»Na, fährt sie schon auf ihrem Treppenlift die Showtreppe rauf und runter? Sie hat mir gesagt, dass des heut ihr Job isch, sie muss des Heim präsentieren.«

»Den ganzen Tag?«

»Na ja, zumindescht, solange die vom Komitee da sind.«

»Also ich meine, ich hätte sie vorhin drauf gesehen«, wirft Evelyn ein. »Seifert stand an der Fernbedienung, was vielleicht nicht gerade die beste Idee war.«

»Oh Gott, die zwei können sich doch nicht leiden!« Ute kriegt einen Lachanfall. Beate, die jetzt aufgehört hat, zu telefonieren, schaut beschwörend in die Runde.

»Ich hab ja eine geheime Quelle«, fängt sie wichtigtuerisch an. »Fragt mich jetzt bitte nicht, wer es ist, denn das darf ich euch nicht sagen …« Sie macht eine abwehrende Handbewegung in unsere Richtung.

»Isch klar, sonscht wär es ja auch keine geheime Quelle!«, rutscht es mir raus, und Ute schubst mich lachend in die Seite. Beate atmet genervt aus.

»Jedenfalls wurde mir berichtet, dass das Komitee auf dem

Weg zu uns ist. Sie müssten jeden Moment hier sein. Schaut bitte alle noch mal, ob ihr eure neuen Schildchen lesbar am Kittel festgemacht habt, ob nichts auf den Gängen rumliegt, und kümmert euch doch bitte wieder um die Senioren.«

»Okay, des Letztschte krieg ich hin, des mach ich beruflich!«, ruf ich und lache albern.

Vielleicht liegt es an der Clownsperücke, die ich vorhin aufhatte, aber ich hau einen Gag nach dem anderen raus. Beate wirft mir einen giftigen Blick zu. »Sybille, vielleicht ist dir der Preis ja nicht so wichtig wie uns allen, weil du dich bald woanders bewerben willst, aber wir werden uns jetzt hier ins Zeug legen!«

Beate schnappt sich das Diensttelefon und dreht sich zum Schrank um, während Ute hinter ihrem Rücken alberne Grimassen schneidet. »Die Beate hier, sag mal, die Kanapees sind doch fertig? Die Kuchentafel auch? Ja, gut, gut. Dann könnt ihr so langsam mal die Kaffeemaschine anschmeißen. Ja, ich schätze, in den nächsten zehn Minuten.« Beate scheucht uns aus dem Zimmer mit dem Satz »Jetzt wird es ernst. Gebt alles!«.

Das Dufty-Einsatzkommando

Ich will gerade zu Herrn Maurer, um noch mal seinen Blutdruck zu checken, der heute früh so hoch war, als Evelyn mich zu sich ruft. Sie steht am Flurfenster und guckt interessiert zum Eingangstor, wo aus einem weißen Kleinbus widerwillig ein paar Männer aussteigen.

»Sag mal, ist DAS das Komitee? Die sehen aber nicht wirklich freundlich aus. Wenn die uns den Preis verleihen wollen, dann gute Nacht.«

Ute, die jetzt auch dazugekommen ist, reckt den Hals in die Höhe, um auch was zu sehen. »Nee, die haben bestimmt keine vergitterten Fenster. Ich schätze, das ist die Truppe aus der JVA. Solltest du die nicht abfangen, Sybille?«

Ich lasse vor Schreck das Blutdruckmessgerät laut scheppernd auf den Boden fallen.

Mir wird schwindelig. Wenn das die echten JVA-Buben sind, wer sitzt dann bei Saskia im Gedächtnistraining? Ein schlimmer Verdacht beschleicht mich. Aufgeschreckt vom lauten Scheppern, drehen sich Evelyn und Ute instinktiv zu mir um.

»Sybille, ist alles okay? Oh Gott, du bist ja kreidebleich!«

»Ja. Nein. Scheiße!«

»Was, in aller Welt, ist denn los?«

Es sprudelt aus mir raus, schneller als früher bei Dalli Dalli, wo die Kandidaten in Windeseile Begriffe von sich geben mussten.

Ich erkläre in der Kurzversion, was im *Moulin Rouge* mit Piotr Malinkowski passiert ist, dass ich mich vorhin als Sabine Blumenkohl verkleidet hab, um net erkannt zu werden, und dass jetzt das hochrangige Komitee mit den Senioren beim Gedächtnistraining sitzt.

Beide starren mich an.

»Das glaub ich jetzt nicht!«, ruft Evelyn.

»Sascha. Wir brauchen Sascha und die *Duftys*. Jetzt!«, schreit Ute hysterisch.

Wir finden ihn in der Putzkammer, und ich schildere ihm schnell die Situation. Die wahre *Moulin Rouge*-Geschichte kennt er ja zum Glück schon.

»… und jetzt müssen die *Duftys* Schlimmeres verhindern«, beende ich meinen Satz.

»Was hängt denn jetzt wo?«, will Ute ungeduldig wissen.

Sascha nestelt verlegen an seinem blauen Hausmeisterkittel rum und holt tief Luft. »Aaalso, es gibt eine gute und eine schlechte Nachricht. Die schlechte zuerst: Ich hab die Dinger in der Kürze der Zeit nicht abgeschraubt gekriegt. Die gute ist, ich hab im Schrank noch jede Menge Ersatzduftys gefunden, die ich präpariert habe.« Er zeigt auf eine Handvoll Spender, die auf dem Fußboden stehen. »Die schnappen wir uns, und damit können wir die Situation genauso gut steuern.«

Die Tatsache, dass wir jetzt quasi als *Dufty*-Einsatzkommando agieren, beflügelt mich. Ich komm mir ä bissle vor wie bei »Drei Engel für Charlie«, nur dass wir halt »Drei Engel für Sascha« sind. Meine Angst von vorhin ist wie weggeblasen. Wir schmieden schnell einen Plan. Sascha wird beauftragt, den Eingangsbereich mit *Sleeping Beauty* dermaßen einzunebeln, dass die JVA-Buben uns nicht gefährlich werden können. Er flitzt sofort mit seinem *Dufty* unter dem Arm davon. »Ich muss mich beeilen, bevor sie durch die Haupttür sind!«

»*Yummy Yummy* brauche ich!«, ruft Evelyn und schnappt sich einen anderen Behälter.

»Ich sprüh ein bisschen beim Gedächtnistraining rum und bringe das Komitee dazu, dass sie plötzlich unbedingt was essen wollen. Dann haben wir sie erst mal los. und Beate kann sie im Speisesaal belabern.«

»Des isch gut, aber wie erklären wir ihr, dass die Männer schon da sind und jetzt beim Gedächtnistraining sitzen, ohne dass sie gleich total ausflippt?«, will ich wissen.

»Ich hab schon eine Idee!«, sagt jetzt Ute und grinst vielsagend.

Es bricht Hektik aus. Alle rennen in irgendeine Richtung mit einem Duftspender davon. Zum Glück arbeiten wir heute in Doppelbesetzung, sonst würde sich gar keiner mehr um die Senioren kümmern. Ich stehe etwas planlos rum, weil ich gar net weiß, was ich jetzt machen soll. Deshalb beschließe ich, mir das *Dufty Euphoric Moments* zu nehmen, das noch hinter dem Sockel vom Waschbecken steht und das scheinbar keiner gesehen hat. Ein bisschen gute Laune wird die Senioren beflügeln an so einem Tag, und es macht ja auch einen guten Eindruck beim Komitee, denk ich mir. Dann sehen sie gleich, dass wir ein fröhliches Heim sind.

Fünf Minuten später stehe ich im Erdgeschoss und sprühe wild mit meinem *Dufty* umher wie ein durchgeknallter Feuerwehrmann, der nicht weiß, wo er löschen soll. Ich neble die Flure ein, und als ich vorne an die Treppe komme, verteile ich dort auch zwei große Ladungen. Als Erstes trifft es Frau Spielmann, die immer noch ihre Runden auf dem Treppenlift dreht und dabei schon ä bissle müde aussieht. Plötzlich reißt sie die Augen auf und ruft wie von Sinnen: »Ich kann fliegen! Jaaa! Ich fliege!« Dabei wedelt sie hysterisch mit ihren Armen auf und ab, als wären unsichtbare Flügel daran befestigt. Das ging aber schnell mit der Wirkung, denk ich bei mir.

Als ich nach oben schaue, um ihr zuzurufen, dass sie sich bitte wieder festhalten soll, schießt plötzlich was Grünes pfeilschnell an mir vorbei und streift meinen Kopf.

Frau Spielmann schreit plötzlich: »Daaaa. Daaaa. Hannelore!«, und beugt sich gefährlich weit aus dem Lift. Einer der beiden grünen Wellensittiche sucht panisch einen Landeplatz und bleibt schließlich in Frau Spielmanns Haaren sitzen. Jetzt sieht sie aus wie wie eine Königin mit einer grünen Krone auf dem Kopf. Seifert, der die Steuerung in der Hand hält, drückt den Stopp-Knopf, und der Lift kommt auf der Hälfte der Strecke ruckartig zum Stehen. Frau Spielmann bleibt sitzen wie eine Statue, nur ihre Augen bewegen sich, und sie versucht, zu sehen, ob der Vogel noch auf ihrem Kopf sitzt. Seifert ist jetzt auch völlig aufgekratzt.

»Nicht bewegen! Nicht bewegen! Ich hol mein Jagdgewehr. Den schieß ich ab!«

»Neeeeinn. Um Gottes willen! Nein! Hilfe, Hiiilllfeee!«, brüllt Spielmann jetzt panisch, bewegt sich aber keinen Millimeter, um den Wellensittich net aufzuscheuchen.

»Keine Sorge! Der Herr Seifert hat doch gar kein Gewehr!«, ruf ich ihr zu.

»Hab ich wohl! Ich hab ja schließlich Freunde – im Gegensatz zu Ihnen, Frau Bullatschek! Im Schützenverein!«, giftet er mich an.

»Jaja. Isch klar! Gehen Sie jetzt bitte in Ihr Zimmer oder ä bissle spazieren! Hier wird niemand abgeschossen!« Widerwillig trabt Seifert davon.

Plötzlich muss ich lachen. Frau Spielmann sieht einfach zu

komisch aus mit dem Vogel in den Haaren. Urkomisch, ach, so was Lustiges hab ich lange nimmer gesehen. Ich krieg mich gar nimmer ein vor Lachen, und die Senioren, die auf dem Flur unterwegs sind, lachen plötzlich alle mit und zeigen mit dem Finger auf Frau Spielmann, die irgendwann auch lachen muss. Ich versuche, mich zusammenzureißen, aber es klappt einfach net. Sobald ich mich beruhigt habe, pruste ich wieder los.

Dann dämmert es mir! Das *Dufty*! Na klar! Ich hab es ja genauso eingeatmet wie alle anderen! Plötzlich steht Sascha im Flur an der Glastür und gibt mir ein hektisches Zeichen, dass ich kommen soll.

»Sybille, Notfall! Die JVA-Jungs liegen alle im Eingangsbereich und schlafen tief und fest!«, flüstert er mir zu. »*Sleeping Beauty* hat seine Wirkung voll entfaltet. Was sollen wir denn jetzt mit denen machen?«

Ein erneuter Lachanfall erschüttert mich.

»Hahaha, schlafen! Wie können die denn jetzt schlafen! Des Komitee isch doch da, uhhh, des wichtige Komitee!«, rufe ich albern, als wär ich betrunken.

Sascha schaut mich skeptisch an. »Sybille, alles klar bei dir?«

»Ja, alles superdupergut!«

»Hast du irgendein *Dufty* eingeatmet?«

»Ja, ich hatte *Euphoric Moments* aus der Putzkammer mitgenommen und wollt, dass die Senioren ä bissle in Schwung kommen! Dabei hab ich wohl auch ä bissle abgekriegt. Des isch der Hammer, des Zeug!« Wieder muss ich lachen.

»Oh no, Sybille! Das hatte ich doch extra unter dem Waschbecken versteckt. Da hab ich aus Versehen zu viel reingekippt, die Dosis ist mindestens doppelt so hoch!« Er schaut mich erschrocken an. »Reiß dich jetzt bitte ein bisschen zusammen. Du musst mir helfen, die schlafenden Männer in Otterles Büro zu ziehen!«

»Mit dem größten Vergnügen!«

»Aber vorher musst du dir einen Spritzer von dem hier ins Gesicht sprühen!«

Er reicht mir ein *Dufty*, auf dem *Calm down* steht.

»Was isch des?«, frage ich lachend.

»Das wirst du gleich merken – das wird dich wieder ein bisschen runterbringen.«

Drei Minuten später fühle ich mich leicht benebelt. Ich hab das Gefühl, alles läuft in Zeitlupe ab.

»Sybille, hallllooo! Jetzt nimm schon die Beine, sonst werden wir hier nie fertig!«, brüllt mich Sascha an, der seine Arme unter einen der JVA-Jungs geschlungen hat und ihn in Richtung Büro zieht. Es dauert gefühlt Stunden, bis wir alle vier in Otterles Zimmer verfrachtet haben, aber als ich auf die Uhr an der Wand guck, sind bloß fünf Minuten vergangen. Die jungen Männer liegen schlafend auf dem Fußboden verteilt, als wären sie Opfer einer Massenschießerei. Am liebsten würde ich mich dazulegen. Als ich sie genauer mustere, fällt mir auf, dass gar keiner mit Glatze dabei ist. Wo ist Piotr Malinkowski? Hat er vielleicht auch eine Perücke auf, und ich erkenne ihn deshalb net? Durch das *Dufty* kann ich keinen klaren Gedanken fassen.

Auch das Klingeln meines Diensttelefons höre ich erst, als Sascha mich darauf hinweist. Er deutet auf die Gürtelschlaufe an meiner Hose.

»Dein Telefoooon. Sybille, geh ran!«

Es ist Evelyn, die ziemlich aufgebracht klingt.

»Die Aktion ist schiefgelaufen, oh Mann!« Ich drück mir den Hörer fester ans Ohr, weil ich vor lauter Gelache und Gejauchze der Senioren fast nix verstehen kann.

»Was isch denn passiert?«, will ich wissen.

»Ich bin ins Fernsehzimmer gerannt und hab ein paarmal auf das *Dufty* gedrückt. Im Nebel konnte ich aber nix erkennen. Saskia sagte mir dann, dass die Männer schon vor einer Viertelstunde rausgegangen sind, nachdem sie sich ein paar Notizen gemacht haben. Aber dafür sind jetzt alle Senioren losgestürmt, weil sie so einen Hunger hatten.«

Sascha und ich rennen hoch in den Speisesaal. Das Büfett, das die Küche auf einer großen weißen Tafel für das Komitee angerichtet hatte, gleicht einem Schlachtfeld. Die Platten sind bis auf ein paar Krümel leergefegt, und die Senioren, die eben noch ihr Gedächtnis trainiert haben, sitzen jetzt mit vollbeladenen Tellern an den Tischen und stopfen sich mit den Händen den Kuchen und die Kanapees in den Mund. Frau Berthold steht mit weit aufgerissenen Augen hinter ihrer Ausgabetheke und schüttelt immer nur ungläubig den Kopf.

»Ich wollte sie noch abhalten, aber ich hatte keine Chance«, nuschelt sie frustriert.

»Ach du heilige …«, rutscht es Sascha raus, und er zeigt mit dem Kopf in Richtung Glastür. Draußen auf dem Flur steht Beate, die sich lachend mit dem Komitee unterhält. Sie geht scheinbar voll auf in ihrer Rolle als stellvertretende Heimleitung. Typisch. »Was macht die denn hier?«, will Sascha wissen. »Ich dachte, Ute wollte sich darum kümmern …«

»Keine Ahnung, isch wahrscheinlich auch was schiefgelaufen. Aber wenn jetzt net gleich ein Wunder passiert, sind mir geliefert.«

Beate öffnet die Tür, und ich höre, wie sie stolz sagt: »Und das hier ist unser Speisesaal, hier können Sie sich erst mal stärken, nach dem anstrengenden Gedächtnistraining.« Sie lacht künstlich. »Wie gesagt, das war eigentlich so nicht gedacht, unsere Praktikantin Frau, äh, Blumenkohl wusste es nicht besser.«

Ach, jetzt bin ich also die Praktikantin. Na, vielen Dank.

Die Männer betreten den Raum und bleiben plötzlich verdutzt stehen. Dann starren sie entsetzt auf das leere Büfett und die schlingenden Senioren. Genau in dem Moment sticht Frau Häfele Herrn Junghans ihre Gabel in den Handrücken, als der sich ein Stück Donauwelle von ihrem Teller schnappen will.

»Das ist meins! Finger weg!«

Junghans heult auf wie ein angeschossenes Reh.

Herr Sellerie oder Salerie und der Typ mit der Glatze, der

aussieht wie Piotr Malinkowski, schreiben hektisch was auf ihre Zettel, die sie auf Klemmbrettern befestigt haben. Herr Sellerie schüttelt ungläubig den Kopf.

»Wie oft am Tag werden denn in Ihrem Haus Mahlzeiten verabreicht?«, will er wissen.

Beate, die einem Ohnmachtsanfall nahe ist, stammelt betreten: »Na, immer. Also wie in jedem Heim. Frühstück, Mittagessen, Kaffeetrinken, Abendessen. Ich versteh das jetzt auch nicht, warum die so einen Hunger haben.«

Die Männer werfen sich einen vielsagenden Blick zu. »Danke, wir haben genug gesehen, wir würden uns noch unten etwas umsehen.«

»Ja, ja natürlich«, sagt Beate schnell. »Ich komme mit.«

Sascha und ich nehmen die Abkürzung durch die Küche, um vor dem Komitee im Erdgeschoss zu sein. Unten erwartet uns schon die nächste Überraschung: Steffi hat ihre Aufgabe im Friseursalon offensichtlich sehr ernst genommen. Frau Bongartz, Frau Grube und Frau Richter erkenn ich fast net wieder. Sie sitzen wie Diven auf der Bank im Eingangsbereich und schauen ständig in die Glasscheibe, ob ihre Haare noch sitzen. Alle drei tragen monströs hochtoupierte Frisuren und sind geschminkt, als würden sie sich für den Titel »Miss Germany« bewerben. Pinkfarbener Lippenstift prangt auf ihren Lippen, die Augen sind tiefschwarz umrandet.

»Kämmen, das war die Aufgabe! Nur kämmen!«, rufe ich entsetzt.

»Das sind Smokey Eyes«, sagt Frau Grube stolz. Steffi nickt zustimmend. »Sieht doch cool aus, Sybille, sie erinnert mich irgendwie an ein Topmodel.«

»Mich erinnert sie eher an einen Panda-Bär. Mach des lieber weg, der Otterle dreht durch, wenn er des sieht.«

Plötzlich steht Beate mit hochrotem Kopf vor uns. Die Hände in die Hüfte gestemmt, holt sie tief Luft. »Seid ihr völlig verrückt geworden?«

»Wie sehen denn die Senioren aus? Warum sind alle so aufgekratzt? Was glaubt ihr denn, was das Komitee von uns denkt?« Sie zeigt auf die Männer, die hinten an der Treppe stehen und völlig verdattert dem ausgelassenen Treiben zuschauen. Im Flur wirkt wohl immer noch der Nebel von meinem *Dufty* nach.

Frau Spielmann, die jetzt wieder mit dem Treppenlift auf und ab fährt, ruft den Männern ein fröhliches »Huhu, ich habe einen Vogel!« zu und zeigt auf Hannelore, die immer noch auf ihrem Kopf thront. Frau Bäuerle und eine andere Seniora liefern sich laut gackernd eine kleine Rollator-Ralley, um zu schauen, wer als Erste die Standuhr am anderen Ende des Flurs erreichen kann.

»Auf drei!«, brüllt Frau Bäuerle, und gerade als die beiden Senioras losstürmen wollen, ertönt passenderweise ein lauter Startschuss.

Ich traue meinen Augen net: Seifert steht plötzlich mit einem Jagdgewehr hinter den zahlreichen Pflanzenkübeln von Blumen-Scheuerle und zielt in Frau Spielmanns Richtung. Er hat scheinbar die Wahrheit gesagt – einer seiner Schützenfreunde scheint ihm ein Gewehr ins Heim geschleust zu haben.

Frau Spielmann schreit wie am Spieß, und Hannelore fliegt panisch davon, gefolgt von Heino, der sich wohl auch irgendwo im Treppenhaus verschanzt hatte. Die Männer vom Komitee starren fassungslos auf die Szenerie. Sascha stürzt sich geistesgegenwärtig auf Seifert, überwältigt ihn und nimmt ihm das Gewehr ab.

»Sind nur Platzpatronen. Keine Sorge!«, ruft er beschwichtigend in die Richtung der Männer. Ich bin mir net sicher, ob's stimmt. Er schnappt sich Seifert und führt ihn wie einen Schwerverbrecher ab.

Beate ist, glaube ich, kurz vor einem Herzinfarkt. Sie ist kreidebleich, und Schweißperlen haben sich auf ihrer Stirn gebildet. Sie stützt sich an der Lehne des Besuchersessels ab.

Just in dem Moment schleicht sich Ute von hinten an, die

scheinbar von dem ganzen Theater von eben nix mitgekriegt hat. Sie schaut Beate mit zusammengekniffenen Augen an und ruft provozierend: »Na, Frau *Dufty*, wie wär's mit einem kleinen *Walk in the park*?« Dann sprüht sie der überrumpelten Beate unvermittelt eine große Ladung aus ihrem Spender ins Gesicht. Ich kann net glauben, was hier gerade abgeht. Wenige Sekunden später rennt Beate hektisch zum Haupteingang mit dem Satz: »Ich brauche Luft! Viel Luft. Ich geh 'ne Runde spazieren!« Und dann reißt sie befreiend die Arme in die Höhe.

Draußen stößt sie fast mit dem Eddy vom Pfleidelsheimer Tageblättle zusammen, der gerade angekommen ist, um einen Bericht über die Sozialstunden der JVA-Häftlinge zu schreiben.

»Hey, langsam, langsam, junge Frau!«, ruft er ihr lachend hinterher, aber das hört Beate gar nicht mehr. »Sybille, grüß dich, also bei euch isch heut ja richtig was los!«, freut er sich, als er die aufgedrehten Senioren sieht. »Na, da haben die Häftlinge aber ä bissle Schwung in die Bude gebracht, was?«

»Äh, nee, die eher weniger«, sag ich und muss an die *Dufty*-»Leichen« in Otterles Büro denken. Irgendwie muss ich dem Eddy beibringen, dass er jetzt wieder gehen muss.

»Isch heut ä bissle schwierig mit dem Bericht, Eddy, die sind nämlich leider schon wieder weg!«, schwindele ich und setze ein enttäuschtes Gesicht auf.

»Was? Aber ich sollte doch extra kommen, des isch doch mit dem Herrn Otterle so abgesprochen! Halb vier, hat er gesagt.« Eddy schaut auf seine Armbanduhr. »Wo isch er denn, El Chefe? In seinem Büro?« Er geht ein paar Schritte auf die Zimmertür zu. Ich überhol ihn schnittig von rechts und stell mich ihm in den Weg.

»Äh, ja, nein. Nee. Ach, der hatte einen Unfall.«

Eddy schaut mich misstrauisch an. Ich hatte vergessen, dass er ja Journalist ist. Die finden alles raus. Hysterische Senioren, eine fliehende Beate, und Otterle, der angeblich einen Unfall hatte, sind vielleicht doch ä bissle viel auf einmal. Ich überlege kurz, ob Sascha ihm auch eine Dosis *Sleeping Beauty* verpassen soll, um ihn aus dem Weg zu räumen. Im Film ist das ja so, dass man jeden, der falsche Fragen stellt, einfach ausschaltet. Eddy reißt mich aus meinen kriminellen Gedanken.

»Und wer isch jetzt des da vorne? Die Herrschaften da an der Treppe?« Er nickt in Richtung von Herrn Sellerie, der sich erneut hektisch Notizen macht.

»Sind die auch von der Zeitung?«

»Nee, des isch des Komitee, mir sind doch nominiert für den Preis. ›Heim des Jahres‹.«

»Und warum gucken die so bockig?«

»Ähm, ja … Also ganz ehrlich, Eddy? Es läuft grad net so gut.«

»Ach, mach dir nix draus«, sagt er väterlich und tätschelt mir die Schulter. »Ich schreib euch einen schönen Artikel dazu, des biegen mir wieder hin!« Eddy holt seine Kamera aus der Tasche und fängt wild an, zu knipsen.

»Du, Sybille?« Steffi zieht mich hektisch am Ärmel. »Ein paar von den Senioren sind jetzt auf der Hüpfburg, ist das okay? Ich dachte nur, ich sag es dir, weil du weißt ja, die ist eigentlich für die KiTa, nicht dass Herr Otterle wieder schimpft.«

»Die sind wo?«

»Auf der HÜPFBURG«, wiederholt Steffi jetzt lauter, weil sie offensichtlich glaubt, dass ich sie akustisch net verstanden habe.

»Ihr habt eine Hüpfburg?« Eddys Gesicht hellt sich auf. Noch bevor ich mir eine absurde Ausrede einfallen lassen kann, übernimmt Steffi das Gespräch.

»Ja, voll chillig. Steht vorne im Garten, war aber eigentlich eine Fehllieferung.«

»Und die Senioren sind da drauf? Fotos, ich brauch Fotos!« Eddy rennt mit seiner großen Kamera, die jetzt an einem schwarz-gelben Gurt um seinen Hals baumelt, euphorisch davon. »Warten Sie, ich komm mit. Vielleicht können Sie mich ja auch shooten für Insta. Das wäre echt nice!«, brüllt Steffi und flitzt hinterher.

Ute und Evelyn, die sich ein kurzes Verschnaufpäusle auf der Fensterbank gönnen, schauen mich fragend an.

»Und, wie geht es jetzt weiter, Sybille?«, will Evelyn wissen.

»Keine Ahnung, aber die Sache isch ganz schön aus dem Ruder gelaufen.«

»Ja, also dem Blick nach zu urteilen, würde ich sagen, das Komitee ist nur semi-begeistert«, stimmt mir Ute zu.

»Vor allem müssen mir die Senioren wieder in den Griff kriegen, bevor Otterle kommt.«

»Mist, den hatte ich ja ganz vergessen!«, wirft Evelyn ein.

»Des isch der Typ, der den Laden hier leitet«, versuche ich, einen Witz zu machen, aber keiner lacht. Dann werden wir unterbrochen von Herrn Junghans, der für seine Verhältnisse in einem Affenzahn mit seinem Rollator auf uns zugesteuert kommt.

»Frau Bullatschek, kommen Sie schnell, hier ist ein Missgeschick passiert!«

Wir folgen ihm zur Treppe, und ich sehe gleich, was los ist. Frau Spielmann, der wahrscheinlich ihr stundenlanges Cruisen auf dem Lift und Seiferts Ballerei zu Kopf gestiegen sind, hat sich direkt ins Treppenhaus übergeben. Ihr gesamter Output hat sich über das Geländer, die Stufen und bedauerlicherweise auch über Herrn Sellerie verteilt. Der wischt sich gerade sichtlich angeekelt mit zig Taschentüchern die Überreste von seinem weißen Hemd.

Ute ist die Erste, die reagiert. Sie rennt mit einem Lappen bewaffnet auf ihn zu. Er sagt irgendwas, oder besser, er schreit, macht eine abwehrende Handbewegung und stürmt dann mit den restlichen Männern schnurstracks zum Ausgang. Evelyn, Ute und ich gucken ihnen wortlos hinterher.

Auf dem Weg zum Parkplatz bleibt Herr Sellerie plötzlich unvermittelt am Gartenzaun stehen und starrt auf die Hüpfburg. Er kneift angestrengt die Augen zusammen, weil er sich net sicher ist, ob er richtig sieht. Eddy, der voll in seinem Element ist, springt um die Hüpfburg herum, als wäre er ein Starfotograf am roten Teppich, und feuert die Senioren mit »Höher, höher«-Rufen an. Steffi sitzt schmollend am Rand und zieht eine Schnute.

»Tja, das wird wohl nix mit dem ›Heim des Jahres‹«, sagt Sascha lachend und deutet auf die Männer, die jetzt panisch in ihr Auto steigen. »Aber lustig war es auf jeden Fall. Vielleicht besser, wir bringen jetzt die Senioren wieder ein bisschen runter. Geht mal alle raus, oder haltet die Luft an!«

Er setzt sich eine FFP2-Maske auf, schnappt sich das *Dufty Calm Down*, mit dem er mich heute auch schon betäubt hat, und sprüht drei riesige Wolken in den Flur und ins Treppenhaus.

Alles auf Anfang

Nach fünf Minuten ist der Spuk vorbei. Es ist mucksmäuschenstill. Die Senioren, die eben noch völlig aufgekratzt waren, schlurfen in ihrem üblichen Zeitlupentempo davon. Ute und Evelyn schrubben den Flur und beseitigen Frau Spielmanns Hinterlassenschaften, während ich unserer benommenen Treppenlift-Queen aus ihrem Gefährt helfe.

»Frau Bullatschek, das hat so einen Spaß gemacht, das müssen wir unbedingt öfter machen. Nur schade, dass Heino und Hannelore wieder weggeflogen sind!«

»Die fangen mir morgen ein«, beruhige ich sie. »Für heute hatten mir erschtmal genug Remmidemmi.« Ich beauftrage Steffi, sie ins Zimmer zu bringen.

»Und keine neuen Frisuren-Experimente«, rufe ich noch mahnend hinterher. Sie wirft mir einen eingeschnappten Blick zu. Dann renne ich in den Garten, um Herrn Kämmerer, Frau Häfele und Frau Schneider irgendwie von der Hüpfburg zu locken. Eddy hat mittlerweile aufgehört, zu knipsen. Er sitzt auf dem Mattenrand und begutachtet die Fotos auf dem kleinen Display seiner Digitalkamera.

»Des da isch der Knaller, Sybille, guck mal! Des isch ja bruuudaaaal.« Er streckt mir die Kamera entgegen. Brutal sagt man bei uns gern, heißt aber bloß, dass was sensationell gut ist. Das ist halt Schwaben-Slang. Steffi würde wahrscheinlich sagen »Ich feiere das«, was genauso albern klingt. Steffi feiert alles. Evelyns neue Schuhe, dass sie Montag frei hat, dass Otterle sie gelobt hat. Die feiert alles, bloß net ihren Geburtstag. Zumindest hat sie noch nie einen Kuchen mit ins Heim gebracht.

Auf dem winzigen Display-Foto sieht man, wie die Senioren gerade in die Luft springen. Na ja, springen ist vielleicht übertrieben, aber zumindest sind sie ein paar Zentimeter vom Boden abgehoben und strahlen um die Wette. Damit sie net umkippen, klammern sie sich aneinander wie kleine Kinder. Ich muss zugeben, dass das Bild wirklich gelungen ist, wenn man bedenkt, dass Herr Kämmerer 94 ist, Frau Häfele eine neue Hüfte hat und Frau Schneider von Rheuma-Schüben geplagt wird.

»So, jetzt isch aber Schluss!«, rufe ich laut und klatsche in die Hände, damit sie mich auch hören. Sie leisten überraschenderweise keinen großen Widerstand, als ich ihnen vom bunten Luftkissen helfe. Wahrscheinlich war es doch ä bissle zu viel Action. Alle drei sind ziemlich aus der Puste. Herr Kämmerer stützt sich schnaufend an meinem Arm ab, und auch Frau Häfele muss sich kurz auf einen Gartenstuhl setzen.

Frau Schneider, die sich suchend umguckt, zeigt auf ihren offenen Mund und wiederholt ständig: »Meine Häne, meine Häne sind weg!« Ich kapier erst gar nicht, was sie meint, bis mir dämmert, dass ihre Zahnprothese offensichtlich irgendwo in den Tiefen der Hüpfburg verschollen ist. Eddy wirft mir einen belustigten Blick zu, als er es mitkriegt. Ich scanne die Hüpfburg, kann aber auf die Schnelle nix erkennen.

»Die tauchen schon wieder auf!«, beruhige ich Frau

Schneider. »Die stecken bestimmt in irgendeiner Ritze fescht, so wie neulich hinter der Heizung, wissen Sie noch? Jetzt gehen mir erschtmal alle rein.«

Ich dirigiere die Senioren zum Seiteneingang. Eddy zieht seine speckige Lederjacke an, die er beim »Shooting« ins Gras geschmissen hat, und packt sein Equipment zusammen.

»Du, Sybille, ich würd dir ja suchen helfen, aber ich muss zum Jubiläum von den Anglerfreunden, die ham doch heute 75sten.«

»Ach, wie aufregend, uh, des wird bestimmt toll. Na, dann Petri heil oder Fischersfritzefischtfrischefische oder was man da so sagt.« Ich versuche, begeistert zu klingen, aber ich kann mir nix Langweiligeres vorstellen, als auf einer Feier vom Angelverein zu sein. Da sind alle Schlafmützle aus Pfleidelsheim versammelt. Na ja, Männer, die den ganzen Tag an einem Fluss oder See hocken und stundenlang drauf warten, dass ein Fisch anbeißt, sind halt in den seltensten Fällen Stimmungskanonen.

»Ich schreib was Schönes über euch, Sybille, darauf kannscht du dich verlassen.« Er zwinkert mir zu.

»Ja, wenn der Artikel gut isch, ham mir ja vielleicht dann doch noch die Chance auf den Preis.« Das ist natürlich glatt gelogen. Das Komitee muss wahrscheinlich erst mal in Therapie, und danach können wir froh sein, wenn sie uns net anzeigen. Aber ein positiver Bericht wär schon gut, für den Fall, dass Otterle von unserer *Dufty*-Aktion Wind kriegt. »Danke noch mal, bis bald.«

Gerade als Eddy auf dem Parkplatz in seinen alten Daimler steigt, fährt ein Polizeiauto an uns vorbei und hält direkt vor dem Eingang vom Haus Sonnenuntergang.

Ich ahne Schlimmes. Wahrscheinlich ist es jemand von der JVA, der nach dem Rechten sehen will, weil die Strafgefangenen noch net wieder zurück sind oder der Betreuer sich net gemeldet hat.

»Na, bei euch isch ja heut wirklich was los!«, ruft mir Eddy noch durchs offene Fenster zu und braust davon.

Ich rufe panisch Sascha an.

»Die Polizei isch vor der Tür, du musst die JVA-Buben wecken. Jetzt!«, brülle ich ins Telefon.

»Schon längst passiert, Sybille, bleib cool. Pass du sie vorne am Eingang ab, die Jungs brauchen noch einen kurzen Moment, bis *Euphoric Moments* wirkt.«

»*Euphoric Moments*? Bischt du wahnsinnig? Dann drehen sie ja gleich voll auf!«

»Das ist das einzige *Dufty*, was einen schnell wieder in einen wachen Zustand versetzen kann.«

Ich renne zum Eingang. Voller Erleichterung stelle ich fest, dass es nur Peter Spielmann mit einer Kollegin ist. Mit dem kann ich ja gut. Er lächelt mich freundlich an.

»Grüß dich, Peter, sorry, mir ham heut ä bissle Stress.«

»Na, hoffentlich nicht mit unseren schweren Jungs?« Er schaut mich prüfend an.

»Nee, die waren superentspannt!«, sage ich, was ja net wirklich gelogen ist.

»Und, wie geht es meiner Mutter?«

»Oh, die macht grad ein Nickerchen, hat heut einige Runden gedreht …«

»Ach, schön, dass sie wieder am Rollator läuft.«

»Ähm, ja. Bewegung isch so wichtig für die älteren Leute!« Dass sie sich im Treppenlift übergeben hat, nachdem sie mit einem Wellensittich auf dem Kopf den halben Tag auf und ab gefahren ist, verschweige ich lieber.

Peter lehnt sich entspannt an die Motorhaube von seinem silberblauen Polizeiauto.

»Und, hast du dich über meinen Witz erschrocken?« Er grinst schelmisch in meine Richtung und erinnert mich in dem Moment optisch extrem an seine Mutter, die ja auch einen Schalk im Nacken hat.

»Witz? Welcher Witz?«, hake ich nach, weil ich mich net erinnern kann, dass er einen erzählt hat.

»Na, mit dem Piotr Malinkowski?«

Mir entgleiten alle Gesichtszüge. »Das war ein Witz? Piotr Malinkowski sollte gar net zum Sozialdienst antreten?«

»Ach, jetzt guck doch nicht so böse. Ich dachte, du hast Humor. Sybille, ich würde euch doch nie so einen gefährlichen Typen für Sozialstunden vorbeischicken, wofür hältst du mich?«

»Peter, des war net luschtig. Gar net luschtig!« Ich verschränke die Arme vor meiner Brust und setz ein beleidigtes Gesicht auf. Wahrscheinlich sehe ich aus wie eine Fünfjährige, der man ein Eis versprochen hat, was sie dann doch net kriegt.

Peter nimmt mich kurz in den Arm. »Ach, Sybille, man muss auch über sich selbst lachen können!«

»Schau mal, dafür hab ich dir jemanden mitgebracht.« Er zeigt auf den Rücksitz.

Durch die Scheibe des Polizeiautos erkenne ich das Gesicht von Bellis!

»Euer alter Vagabund ist heute wohl wieder ausgebüxt. Wir haben ihn an der Landstraße aufgegriffen, als er von Ludwigsburg zurücktrampen wollte.«

»Was in aller Welt hat er denn da gemacht? Des *Moulin Rouge* hat doch noch zu«, sag ich. Peter lacht.

»Keine Ahnung. Er sagt, er hätte auch ein Privatleben, und des würde uns nix angehen.« Den Satz kenne ich irgendwoher. »Na ja, so sind sie halt, die alten Leute.« Peter zuckt mit den Schultern.

Ich helfe Bellis aus dem Auto. »Ausflug isch ja schön, Herr Bellis, aber die Polizei isch kein Taxi. Sie können net jedesmal mit denen zurückfahren!«, schimpfe ich, aber ich klinge dabei net wirklich ernst.

»Ach, das machen wir doch gern, du weißt doch: dein Freund und Helfer.« Peter zwinkert Bellis aufmunternd zu. Der zeigt sich relativ unbeeindruckt.

Just in dem Moment, als ich mit Bellis zum Vordereingang rein will, geht die Schiebetür auf. Die aufgedrehten jungen Männer kommen uns entgegen. Sascha, der alte Fuchs, hat

Herrn Strauß und Frau Bäuerle überredet, sich in einen Rollstuhl zu setzen, und jetzt lässt er sie von den Strafgefangenen rausschieben. So wirkt es, als hätten sie ihre Aufgabe gut gemeistert und wären bester Laune, weil ihnen die »Arbeit« mit den Senioren so viel Spaß gemacht hat. Einer der Buben gibt Bellis sogar noch ein High five und zwinkert ihm zu. »Wir sehen uns, Opi!«, ruft er fröhlich.

Peter ist beeindruckt.

»Herr Spielmann, das war ein super Tag!«, ruft der eine schlanke, dunkelhaarige Typ mit den Locken. »Die sind so krass drauf hier.« Alle vier wirken superentspannt. Kein Wunder, so viel Schlaf hatten die wahrscheinlich schon lange nimmer. Und dann noch so eine Überdosis Stimmungsaufheller, da kann nix schiefgehen.

Der Betreuer fährt den weißen Bus vor, und Peters Kollegin schaut streng, ob die Männer auch brav einsteigen. Sie zählt sie sogar nach, wobei ich des bei drei Häftlingen ä bissle übertrieben find. Aber Vorschrift ist halt Vorschrift. Das hab ich in meiner Doku über die gefährlichsten Gefängnisse der Welt gelernt. Peter winkt mir zum Abschied.

»Tschüss, Sybille, und nicht mehr böse sein!« Er lässt den Motor an, springt dann aber noch mal schnell aus dem Auto. »Hier, die Tasche hat dein Vagabund auf der Rückbank vergessen.« Er reicht mir eine braune Ledertasche, von der ich mir sicher bin, dass ich sie am Morgen net bei Bellis gesehen hab.

»Danke dir!« Dann eskortieren sie den weißen Bus zur Straße.

Die frohe Botschaft kommt von Anke vom Empfang.

»Herr Otterle wird doch nicht entlassen!«, ruft sie über den Flur. Jubel bricht aus.

»Ist er tot?«, fragt Milena zum zweiten Mal heute.

»Nee, aber er sieht nicht ganz so frisch aus. Schaut mal, er hat sogar ein Selfie geschickt!«

Anke zeigt uns ihr Handy. Otterle liegt mit leidendem Gesichtsausdruck in einem Krankenhausbett. Sein Hals wird von einer dicken Halskrause gestützt, sein Bein ist geschient.

»Och, der Arme!«, ruft Ute gespielt mitleidig.

»Wartet! Er hat euch sogar eine Sprachnachricht geschickt.«

»Ja, Otterle hier. Tja, jetzt war heute endlich der große Tag, und ich konnte nicht dabei sein. Ich nehme aber an, alles ist nach Plan gelaufen? Bitte informieren Sie mich umgehend. Was haben die Herren gesagt? Wie sind unsere Aktionen angekommen? Ich erwarte einen ausführlichen Bericht. Frau Kienzle soll mich doch bitte schnellstmöglich mal zurückrufen.«

Typisch Otterle. Kein Danke. Kein Lob. Kein Gruß. Nix.

»Frau Kienzle soll mich bitte mal zurückrufen!«, äfft Ute ihn nach. »Frau Kienzle ist aber frische Luft schnappen!«

»Rennt Beate etwa immer noch im Garten rum?«, will ich wissen.

»Ach so, nee, die ist daheim, die hat angerufen, ihr geht es nicht so gut«, klärt uns Anke auf.

»Ich brauch jetzt einen Schnaps!«, ist Utes erster Satz, als wir wieder im Aufenthaltsraum sind. »Wir haben doch noch den Baileys, den uns Frau Grube geschenkt hat.«

Evelyn holt die braune Flasche und drei Gläser aus dem Schrank.

»Wie könnt ihr jetzt Alkohol trinken? Herr Otterle ist schwer krank, und ihr betrinkt euch. Pfui!«, sagt Milena vorwurfsvoll und verlässt den Raum.

»Na, was heißt hier schwer krank? Der liegt die ganze Zeit im Bett und macht sich einen Lauen!« Ute lacht.

»Während mir hier vielleicht schon ›Heim des Jahres‹ geworden sind!«, ergänze ich.

Evelyn muss losprusten und spuckt fast ihren Baileys über den Tisch.

»Apropos Komitee, Sybille, jetzt machst du uns aber mal die Sabine Blumenkohl!«

»Okay, weil ihr's seid, aber nur ganz kurz!« Ich stürme los, um in der Umkleide die Tüte mit meiner Perücke zu holen, dabei fällt mir die braune, schwere Tasche von Bellis auf, die ich vor meinen Spind gestellt hatte. Ich nehm beides mit in den Aufenthaltsraum.

»Aber danach muss ich Herrn Bellis seine Tasche bringen, die hat er im Polizeiauto liegen gelassen.« Ich halte die braune Aktentasche in die Luft.

»Wo war der denn überhaupt heute?«, will Ute wissen.

»Privatsache, hat er gesagt.«

»Soso.« Evelyn grinst.

»Und was ist da drin?«

»Uhh. Vielleicht die Dessous von seiner neuen Freundin?« Ute ist sichtlich amüsiert über den Gedanken.

»Keine Ahnung, ich hab doch net reingeguckt. Des isch Privatsache.«

»Ach was, lass mal sehen.« Ute reißt mir die Tasche aus der Hand und macht den silbernen Verschluss auf. Als sie reinschaut, wechselt ihr Gesichtsausdruck schlagartig von amüsiert in geschockt.

»Das glaubt ihr nicht!«, ruft sie entsetzt. »Das GLAUBT ihr nicht.«

Evelyn und ich werfen nacheinander vorsichtig einen Blick rein. Evelyn bleibt der Mund offen stehen. Ich kapier erst gar net, was los ist.

»DAS MUSS UNTER UNS BLEIBEN!«, ist Utes letzter Satz, bevor wir die Tasche in einem der unbenutzten Spinde in der Umkleide einschließen.

Als Otterle sich drei Tage später maßlos über den Bericht von Eddy im Pfleidelsheimer Tageblättle aufregt, der mit der Überschrift »Sie haben Ihr Gebiss auf der Hüpfburg verloren« übertitelt ist und unter dem das Sprungfoto von den fröhlichen Senioren prangt, ahnt er noch gar net, was für eine weitere Überraschung ihm noch ins Haus stehen soll.

Ach so, und übrigens:
Der Preis »Heim des Jahres« ging erstaunlicherweise net an uns, sondern an die Luxus-Seniorenresidenz Senior Palace, die gerade neu eröffnet hat.